우리에게 없는 밤

위수정 소설집
우리에게 없는 밤

펴낸날 2024년 7월 22일

지은이 위수정
펴낸이 이광호
주간 이근혜
편집 김필균 이주이 허단 윤소진 유하은
마케팅 이가은 최지애 허황 남미리 맹정현
제작 강병석
펴낸곳 ㈜문학과지성사
등록번호 제1993-000098호
주소 04034 서울 마포구 잔다리로7길 18 (서교동 377-20)
전화 02)338-7224
팩스 02)323-4180(편집) 02)338-7221(영업)
대표메일 moonji@moonji.com
저작권 문의 copyright@moonji.com
홈페이지 www.moonji.com

우리에게 없는 밤

위수정 소설집

문학과지성사

a에게

차례

아무도

어머니는 오지 않았다. 내가 수형과 별거하기로 했다고 통보했을 때 어머니는 놀란 눈을 했다가 입을 다물지 못하다가 이유를 물었다. 아니지. 놀란 눈이나 다물지 못한 입은 볼 수 없었다. 전화로 말했으니까. 그런데도 어머니의 표정이 기억에 남아 있는 것은…… 착각이겠지. 그때가 아니라 과거의 언젠가 보았던 표정이겠지.

아버지는 아마 어머니에게 들었을 것이다. 구체적인 이유는 수형에게 들었을 것이고. 어머니와 통화하고 나서 며칠 후에 내가 집을 나와 원룸을 구해 이사하는 날, 아버지에게서 연락이 왔다. 짐도 많지 않았고 좋은 일로 하는 이사도 아니어서 아무도 부르지 않았다. 아버지는 주소를 물었고 나는 순순히 답했다. 아버지는 내게 많은 것을 묻는 사람이 아니었기에 무언가 물을 때면 그냥 넘어가기 힘들었다.

한창 짐 정리를 하고 있는데 초인종이 울렸다. 인터폰으로 아버지 얼굴을 보았을 때 작게 한숨을 쉬었다. 아버지는 크리스피크림 도넛 상자를 들고 서 있었다. 나는 웃지 않을 수 없었다. 아버지 당뇨 조심해야 되잖아. 내가 봉투를 받아 들며 말했다. 응, 대리만족하려고.

어머니는?

나 혼자 왔어.

아직도 화가 안 풀렸나 보네. 나는 도넛을 포장째 냉장고에 넣으며 말했다. 아니야, 스크린 골프 갔어. 그러고서 아버지는, 희진아, 도넛 지금 먹어. 하나만 먹어. 나는 커피를 내려 아버지와 작은 테이블을 사이에 두고 마주 앉았다. 그렇게 작지는 않네. 아버지는 실내를 한번 둘러보고 말했다. 햇빛도 잘 들고. 잘 골랐어. 나는 고개를 끄덕이며 수긍했다. 회사 근처라서 좋아. 우리는 별 의미 없는 말들을 골라 대화를 이었다. 이번 여름은 너무 더웠는데 이제 곧 가을이고, 금방 연말이 되겠지. 올겨울에는 또 얼마나 추울까. 그러면서 나는 아버지가 본론을 꺼내기를 기다렸다. 정말 하고 싶은 말은 따로 있을 텐데. 맛있어? 포크로 도넛을 잘라 입에 넣는 내게 아버지가 물었다. 아버지도 한입만 드실래? 아버지는 고개를 저었다. 한 조각은 괜찮지 않을까? 나는 포크로 도넛 조각을 찍어 내밀었다. 나는 아버지가 여전히 고개를 젓거나, 아니면 못 이기는 척 포크를 받아 들 줄 알았다. 그런데 아버지는 입을 벌렸다. 나는 좀 놀랐지만 아무렇지 않은 듯 아버지의 입에 도넛을 넣어주었다. 빵을 받아먹은 아버지는 금방 입맛을 다셨다. 이게 이렇게 달았나. 아버지는 마치 쓴 것을 먹은 사람처럼 얼굴을 찌푸렸다. 속세의 맛이지. 나는 웃었지만 조금 슬펐고 그건 아버지도 마찬가지였을 거라 생각한다.

내가 이제 그만 가시라고 해도 아버지는 굳이 팔을 걷어붙이고 청소를 돕겠다고 나섰다. 여기 아버지가 도울 게 뭐가 있겠어. 나는 짜증을 숨기지 못했다. 그런데 아버지는 내 말이 들리지 않는 것처럼 어디서 수세미를 찾아 들고 주방 타일을 닦기 시작했다. 이거만 닦고. 자세히 보니 지저분하네.

아버지는 부엌 청소를 마치고 화장실 청소를 한 후 짜장면과 탕수육을 주문해 이른 저녁까지 먹고 돌아갔다. 아버지는 남의 집에 오래 있는 사람이 아니었다. 부모님은 내가 사는 곳에 와도 간단하게 식사나 차를 함께한 후 서둘러 돌아가기 바쁜 사람들이었다. 그것이 그들이 생각하는 예의였다. 나는 이분이 오늘 왜 이러시나, 의아해하다가 나중에는 그냥 포기했다. 언젠가는 가시겠지, 하고.

아버지가 돌아간 후 나는 소파에 누워 잠이 들었다. 이상한 꿈을 꾸었다고 생각했는데 눈을 뜨자마자 내용은 잊고 찜찜한 기분만 남았다. 실내는 이미 어두웠다. 간혹 자동차와 오토바이 지나가는 소리가 들렸다. 문득 내가 더 이상 수형과 살지 않는다는 사실이 실감되었다. 어제까지 수형과 같은 집에서 생활했는데 오늘은 이런 집에 홀로 누워 있다는 것이 낯설었다. 그냥 돌아갈까. 역시 잘못한 걸까. 그러나 물어볼 사람이 없었다. 불을 켜면 괜찮을 거야, 생각했지만 한참을 그대로 누워 있었다. 그러면서 나는 수형이 아닌 다른 사람을 떠올렸다. 그 사람의 무엇이 아니라 그냥 그 사람 자체를. 마치 어떤 영화 속 캐릭터를 떠올리듯. 그것만으로도 시간이 잘 갔고 그러다 그와 나누었던 대화들, 말할 때의 표정, 웃음소리, 체온…… 그런 식으로 내가 점점 더 외롭고 고통스러워진다는 것을 이미 알고 있었다. 그러나 나는 생각을 그대로 두었다. 이러려고 집을 나온 거니까.

나는 일상을 살아갔다. 출근을 했고 회사에서 동료들과 함께 식사를 하고 잡담을 나누었다. 날씨에 대해, 아파트 시세와 요즘 잘나가는 주식 종목에 대해, 살인 사건과 불륜에 대해. 인간 같지 않은 것들에 대해. 하지만 사랑에 관한 이야기는 나누지 않았다. 종종 야근을 했고 정해진 날짜에 월급을 받았다. 그리고 돈을 쓰는 데 성실했다. 경조사를 챙겼다. 세금을 내고 장을 보았다. 술과 안주를 샀다. 그러한 일상에서 수형을 떠올렸다. 수형과 지난 11년간 함께하던 일들이었으니까. 집을 나온 것을 잊고 무의식적으로 수형과 살던 집으로 가다가 돌아온 적도 있었다. 밤에는 홀로 술을 마시며 음악이나 영화를 틀어놓고 창밖이나 텔레비전 화면을 바라보았다. 그럴 때에는 수형이 아니라 그 사람을 생각했다. 친구를 만나지 않은 지는 꽤 되었다. 그들의 물음에 거짓말을 하고 싶지도, 솔직하게 말하고 싶지도 않았다. 제대로 된 말이라는 걸 할 마음이 없었던 것 같다. 아니, 말을 제대로 할 자신이 없었다는 편이 더 맞는 거겠지.

문제는 주말이었다. 생각이 넘쳐흘러 무슨 짓을 저지를지 모르겠다는 두려움이 들었다. 그래서 술을 마셨다. 어느 주말인가, 밤새 술을 마시고 잠이 들었다가 눈을 떠보니 일요일 오후 3시였다. 겨우 몸을 일으켜 욕실 세면대 앞에 섰는데 코피가 났다. 코피를 보는 순간 현기증이 일어 주저앉았다. 나는 주저앉은 김에 한번 울기로 했다. 코피가 멈출 때까지 소리 내어 울었고 뜨거운 물로 샤워를 했다. 욕실에서 나와 집을 둘러보니 거대한 쓰레기통 안에 있는 기분이었다. 나는 천천히 청소를 시작했다. 그리고 쓰레기를 버리러 밖에 나갔다가 다시 집으로 올라가기가 싫어서 그대로 슬리퍼를 끌고 산책을 나갔다.

처음 달리기를 시작했던 밤을 기억한다. 금요일이었고 내게는 똑같은 하루였다. 퇴근 시간이 가까웠을 때 아버지에게서 전화가 왔다. 받을까 말까 망설이는 사이 전화는 끊겼다. 나는, 일하는 중. 왜요?라고 문자를 보냈다. 그러자 아버지는, 저녁 같이 먹을까? 엄마 모임 가서. 나는, 바쁜데,라고 썼다가 지우고 시간과 장소를 정했다. 아버지는 집 근처의 한우 전문 식당에서 나를 기다리고 있었다. 아버지는 오늘 주식 단타로 50만 원을 벌었다며 꽃등심과 전골을 주문했다.

아버지도 어머니랑 같이 골프 다니지. 운동하셔야죠.

나랑 잘 안 맞아. 사람들이랑 몰려다니는 거.

어머니도 전에는 그랬던 거 같은데.

그랬지. 그런데 지금은 너무 좋아하니까. 엄마 거기서 버디순이로 통한다.

버디순이? 아버지는 싫지 않아?

뭐가?

아니, 거기 아저씨들도 많을 텐데.

나는 농담처럼 말했다가 아차 했다. 국자를 들고 끓지도 않은 전골을 괜히 저었다.

그럼 좋지 뭐.

나는 전골을 젓던 손을 멈추고 아버지를 바라보았다.

좋다고?

이 나이에 뭐. 즐겁게 살아야지.

아버지는 눈빛과는 다른 말을 하고 있었다.

아버지.

응?

아버지 백내장 있어?

응. 그런데 나도 운동해. 러닝. 몰랐나?

식사를 마치고 가게를 나선 후에도 아버지는 돌아가기 싫은 눈치였다. 아버지, 나 집에 가서 마저 일해야 해서. 아버지는, 그래, 그래, 하고 당연하다는 듯 수긍했다. 함께 걷다가 배스킨라빈스 간판이 보였고 아버지가 걸음을 멈추었다. 엄마 사다 줘야겠다. 나는 먼저 갈까 하다 마지못해 아버지를 따라 가게로 들어갔다. 아버지는 어머니 몫의 아이스크림을 주문하고는 내게도 골라보라고 했다. 괜찮다고 하는 내게 아버지는 굳이 작은 사이즈의 아이스크림 케이크를 포장해서 손에 쥐여주었다.

집에 돌아오자 피곤함과 졸음이 밀려와 소파에 누웠다. 수형은 내가 화장을 지우지 않은 채 누워 있으면 클렌징 티슈를 가져와 꼼꼼하게 얼굴을 닦아주곤 했다. 수형은 부지런했다. 성실한 사람이지, 수형은. 그리고 그 사람도. 나는 성실한 사람에게 끌리나. 수형의 손이 내 얼굴에 닿기를 기다렸다. 희진아, 방에 들어가서 자자. 수형은 화가 나 있었다. 우리는 목소리만 들어도 알았다. 나한테 화났어? 화났지? 그런데 나는, 미안하다고 말하기가 싫어. 그렇게 말하고 싶지가 않아. 수형은 대답이 없다가 나지막이 내 이름을 불렀다. 박희진.

임수형, 내 이름이 왜 희진인 줄 알아? 박태희와 정연진의 딸이라서 희진이래. 아버지와 어머니의 이름에서 한 자씩 따서 지었대. 징그럽지? 네 이름은 누가 지었다고 했지? 돈 주고 지었댔나? 나는 부모님의 얼굴을 떠올리며 자리에서 일어났다. 이것은 꿈도 현실도 아니었다. 밤 11시가 넘어가고 있었고 속이 더부룩했다. 좋아하지도 않는 소고기는 괜히 먹자 그래서.

나는 슬리퍼를 끌고 집을 나섰다. 편의점에서 소화제와 간단한 음료를 사서 밖으로 나와 몇 발짝 걷는데 빗방울이 떨어졌다. 비가 오는구나, 했는데 곧이어 굵은 빗줄기가 머리를 때렸다. 사람들이 뛰기 시작했다. 나는 굳이 뛸 필요가 없었지만 사람들을 따라 뛰기로 했다. 슬리퍼를 신은 데다 봉지까지 들고 있어서 속도는 나지 않았다. 마지막으로 뛰어본 적이 언제였더라. 잠깐 뛰었을 뿐인데 숨이 찼고, 그게 좋았다. 집에 들어와서 차가운 탄산수를 마셨다. 창밖으로 비가 세차게 내리는 것이 보였다. 휴대폰을 들어 그 사람에게 거의 한 달만에 메시지를 보냈다. 우리는 서로 연락하지 않기로 했는데.

각자 생각해보기로 했는데. 상대가 연락이 없다면 정리한 것으로 이해하자고 했는데. 온 힘을 다해 참고 있었는데. 나는 안부를 썼다가 지웠다. 연락하지 않기로 했지만,이라고 썼다가 또 지웠다. 그리고 주소만 보냈다. 나는 혼자 안절부절못하다가 운동화를 꺼내 신고 밖으로 나왔다. 휴대폰은 일부러 두고 나왔다.

나는 빗속에서 달리기를 했다. 동네를 돌아 나가면 남산 둘레길이 멀지 않았다. 늦은 시간인 데다 비까지 와서 인적이 드물었다. 나는 천천히 달리다가 숨이 차면 걷는 것을 반복했다. 그러다 전력 질주를 했다. 몸이 뜨거워졌고 전력 질주 후에 숨을 토해내는 순간이 괴로워서 좋았다. 달리는 동안에도 나는 그를 생각했다. 아니, 사실은 언제나 그를 생각했다. 그를 생각하거나, 그를 생각하지 말아야 한다는 생각을 하거나. 둘 중 하나였으니까. 집으로 돌아가면 그에게 답이 와 있을까. 집으로 돌아오는 길에 비는 멈추었다. 서울에는 이제 장마가 없어. 스콜만 있지. 다들 그렇게 말했다. 차가운 바람이 이마를 식혀주었다. 빌라 계단을 올라가는데 몸이 떨렸다. 이제 여름이 끝났다는 것을 알았다.

집에 도착하자마자 휴대폰을 확인했다. 메시지가 와 있어서 심장이 뛰었다. 그러나 그건 아버지에게서 온 것이었고 나는 기운이 쑥 빠졌다. 잘 들어갔지? 비 한번 대차게 온다.

노인네가 잠도 없이. 속으로 아버지에게 욕을 했다. 번지수가 잘못되었다는 걸 알았지만 상관없었다. 아버지에 대한 원망의 힘으로 샤워를 하고 술을 마셨다. 동병상련. 의식적으로 피하고 싶었던 그 고리타분한 단어를 결국에는 끄집어냈다. 아버지는, 나를 그렇게 생각하는 거겠지. 그런 짐작이 확신이 되었고 나는 이해할 수 없는 혐오감에 사로잡혀 쉽게 진정하지 못했다. 소주를 맥주잔에 따랐다. 내가 소주 두 병을 비울 때까지 그에게서는 아무런 연락이 없었다. 주소를 알려주었지만 당장 그가 오리라고 기대하지 않았다. 다만, 한마디라도. 거절의 말이라도 괜찮은데. 뜬금없이 주소를 보낸 내 잘못인가.

고등학교 1학년 때였다. 나는 아버지가 다른 사람과 함께 있는 것을 본 적이 있다. 시험 기간이 끝나 부모님 몰래 학원을 빼먹고 친구들과 쇼핑몰에서 영화를 보고 집으로 가던 길이었다. 「해피 투게더」. 장국영은 여자보다 더 예뻐. 야, 엉덩이 잡는 거 봤지. 둘이 진짜 사귀는 거 같지 않냐. 장국영 게이래. 이런 말들을 나누면서. 그러다 나는 아버지를 보았다. 아버지의 뒤통수와 어깨를, 그 낯익은 자세를. 아버지 옆에는 여자가 있었다. 여자가 얼굴을 돌렸고 순간 나는 낯선 얼굴을 보았다. 그 환한 표정을. 나는 반사적으로 아버지를 피했다. 피했다고는 하지만 고작 고개를 돌렸을 뿐이었다. 친구들은 수다를 떠느라 정신이 없어서 나의 당황한 모습을 보지 못했다. 그 찰나의 순간 나는 아버지가 몸을 돌려 나를 발견하는 일이 없기만을 간절히 바랐다. 둘은 대로변에 서 있었다. 손을 잡거나 팔짱을 낀 것도 아닌데 의외의 장소에서 아버지를 보았다는 것이, 아버지와 함께 있는 그 여자가 어머니가 아니라는 사실이, 민소매 원피스에 긴 머리의 젊은 여자라는 사실이 내게는 충격이었다. 나는 옆 친구의 어깨에 가능한 한 깊이 얼굴을 숙인 채 둘을 지나쳤는데 한참 걸어가서도 뒤돌아볼 수가 없었다. 아버지와 눈이 마주칠까 봐. 그대로 서서 당황한 얼굴로 나를 보고 있을까 봐. 그날 아버지는 자정이 넘은 시간에 돌아왔다. 어머니는 아버지가 회식으로 늦는다고 무심하게 말했다. 그즈음 어머니는 밤에 잠이 잘 안 온다고 했다. 밤만 되면 몸이 뜨겁다고. 이유 없이 화가 난다고. 정말 이유가 없어? 내가 조심스레 물었다. 엄마는, 응. 진짜로. 그냥 아무 생각도 안 나고 다 싫어.

아버지는 언제나 단정했다. 술에 취해서도 실없는 소리를 하지 않았고 회사에서 성실하게 돈을 벌어 왔다. 여름휴가 철이 되면 우리는 매년 함께 여행을 다녔다. 내가 그 장면을 목격한 이후로도 아버지는 똑같은 모습이었다. 어머니와 간혹 다투기는 했지만 함께 걸을 때면 어머니는 언제나 아버지에게 팔짱을 꼈고.

나는 종종, 아버지와 여자가 함께 서 있던 장면을 떠올렸다. 그리고 납득하려고 애썼다. 그저 회사 부하 직원이거나 우연히 만난 대학 후배거나. 내가 너무 어려서, 뭘 잘 몰라서 오해한 거라고. 어른들의 생활을 몰랐을 때니까. 한동안 예민했던 나도 대학을 가고 연애를 하면서 부모님의 삶에 점점 무심해졌다. 그러나 간혹, 아빠, 그때 그 여자 누구야? 하고 천진한 눈빛으로 물어보고 싶은 마음이 들었다. 하지만 나는 결국 묻지 못했다. 손을 잡지 않았어도, 그저 나란히 서 있기만 했어도 그 둘이 평범한 관계가 아니라는 걸 나는 본능적으로 알았던 것 같다. 차라리 그때 아빠, 여기서 뭐 해,라고 말할걸. 같이 집에 가자고 할걸, 하고 후회도 했다. 왜 나는 그때 내가 잘못한 것처럼 숨기 바빴을까. 그러다가도, 아니야, 내가 오해하는 걸 거야, 하며 고개를 흔드는 것의 반복.

시간이 흐르면서 나는 엄마, 아빠라는 말 대신 어머니, 아버지라는 호칭을 쓰기 시작했다. 그렇게 부르는 것이 편한 나이가 되었다.

술에 취해 깜빡 잠이 든 나는 꿈에서 수형을 만났다. 수형은 땡볕에서 땅을 파고 있었다. 바지를 무릎까지 걷어 올렸고 맨발이었다. 자기 거기서 뭐 해? 내가 묻자 수형이 나를 돌아보며 말했다. 개구리가 없어, 개구리가. 수형의 손에 무언가가 들려 있었다. 그건 개구리 아니야? 내가 물었다. 이거, 이

거는 맹꽁이야. 저거는 두꺼비고. 개구리를 찾아야 하는데, 없어. 수형은 절박하게 말하며 맨손으로 맹렬하게 진흙 더미를 뒤졌다. 나는 수형이 장난을 친다고 생각했다. 나를 놀리는 거라고. 그래서 웃을 준비를 하고 있었는데 수형이 너무 간절해 보였다. 자기 덥지 않아? 땀이 너무 많이 나는데. 수형은 내 말이 들리지 않는 듯, 없어, 이것도 아니야. 개구리가 없어,라는 말만 반복했다. 나는 그를 도와주려 자리에서 일어났다. 개구리는 뭐 하려고? 물어보려는데 현기증 때문에 다시 자리에 주저앉았다. 땅이 빙글빙글 돌았다. 나는 안간힘을 써서 그에게 몇 발짝 다가갔다. 자기야, 나 너무 어지러운데. 걸을 수가 없는데. 나 좀 봐봐, 수형 씨. 그러나 수형은, 개구리가 없어, 개구리가.

눈을 떴을 때, 나는 개구리를 잊었다. 두꺼비나 맹꽁이도. 다만 어떻게 꿈에서 그렇게 어지러울 수 있는 것인지, 물리적으로 어지러움을 느낄 수 있는 것인지 의아했다. 무슨 병에 걸린 게 아닐까. 뇌에 문제가 생긴 건가. 그런데 현실의 나는 숙취로 인한 두통과 갈증으로 괴로웠다. 누가 물을 좀 가져다줬으면. 애드빌 한 알도. 수형 씨. 남편을 불렀다가 천천히 몸을 일으켰다. 이럴 때 수형이 떠오르는 건 어쩔 수 없는 건가. 관성이란 집요한 것이어서 항상 함께였던 이가 없을 때 느껴지는 허전함이 때때로 고통스러웠다. 그러나 나는, 이러려고 나온 것이니까.

새벽빛이 희미하게 거실을 밝히고 있었다. 나는 두통약이 없다는 것을 깨달았다. 냉장고를 열어 물을 찾는데 물도 없었다. 있는 게 없네, 있는 게 없어. 이런 걸 집이라고 할 수 있어? 나는 홀로 중얼거렸다. 물은 냉장고가 아니라 식탁 위에 있었다. 미지근한 물을 달게 마신 후 식탁 의자에 앉아 멍하니 벽을 바라보았다. 그 사람에게는 아이가 있다. 큰아이가 중학생이라고 했던가. 아이가 있다는 건 어떤 느낌일까. 그는 아내의 질에서 자신의 DNA를 받은 아기가 나오는 장면을 보았을까. 탯줄을 자르며 피냄새를 맡았을까. 두려웠을까. 함께 손을 잡고 감격했을까. 나도 당신과 공유할 무언가가 있으면 좋겠다. 우리 둘만이 가질 수 있는 것. 우리가 나누었던 말들이나 미소나 잠깐의 체온 같은, 각자의 기억 속에서 변형되는 그런 것 말고. 둘 중 하나가 잊으면 증명 불가능한 그런 것 말고. 눈에 보이고 만질 수 있는 무언가를. 나도 그런 걸 갖고 싶다. 나도.

머리가 무거웠고 차가운 게 먹고 싶었다. 입안이 얼얼할 정도로 차가운 것. 나는 습관처럼 냉동실 문을 열었다. 얼음을 얼려놨던가. 얼음이 있을 리가 없겠지. 이런 걸 집이라고 할 수가…… 그런데 아까 아버지가 사 준 아이스크림 케이크 상자가 보였고, 그제야 그게 선물처럼 여겨졌다. 나는 케이크

상자를 꺼냈다. 핑크색 리본을 풀고 스티로폼 상자를 열었는데 하얀 김이 올라왔다. 하트 모양의 작은 케이크가 보였다. 나는 케이크를 꺼내기 위해 손을 넣었다. 시원하다고 생각하는 순간 손등이 따끔했다. 드라이아이스가 아직 남아 있었던 모양이다.

나는 조리대 앞에 선 채로 아이스크림을 퍼먹었다. 너무 차가워서 머리가 찌릿했지만 입안으로 계속 밀어 넣었다. 달고 차가운 것이 이렇게 좋을 때도 있구나. 그러나 연달아 서너 스푼을 삼켰더니 얼얼함 때문에 맛이 잘 느껴지지 않았다. 그래도 나는 인상을 쓴 채로 꾸역꾸역 아이스크림을 다 먹어치웠다. 혀와 목구멍이 마비된 듯했다. 수형과 나는 아이스크림을 즐기지 않았다. 아이스크림을 사본 것이 언제인지 기억나지 않을 정도로. 그런데 아버지는 아직도 내가.

어릴 때 부모님과 종종 아이스크림을 나눠 먹은 기억이 있다. 어머니는 체리쥬빌레를 좋아했지. 아버지는 주로 사 오는 역할을 담당했고. 아버지는 약속도 잘 지키는 편이었다. 그러나 적극적인 사람은 아니었다. 어머니가 그런 말을 하는 것을 간혹 들은 적이 있다. 사람이 뭐랄까, 믿을 만은 해요. 그런 남자 잘 없어. 아니, 남자건 여자건 잘 없잖아요? 그게 중요해. 성실하고. 간혹 입 꾹 다물고 있을 때는 열불 나긴 하지만.

어머니가 말한 믿을 만한 사람이라는 건 어떤 의미였을까?

거짓말을 하지 않는다? 아니면, 엉뚱한 짓을 하더라도 완전 무결하게 숨기고 어떤 상처도 주지 않을 사람이라는? 떠나지 않을 거라는? 그렇다면 아버지는 어머니와 가장 가까웠을까. 믿었을까. 깊이 사랑한다고. 그런 것만이 진정한 사랑이라고. 그 사람도 자신의 아내와? 그렇다면 나와 수형은? 깊은 관계라는 건 오래 함께 살아 서로 손을 놓지 못하는 사이를 말하는 건가. 그 익숙함의 관성에서 벗어날 수 없게 되는 걸까. 거울 속의 나처럼 당연히 보여야 하는 존재로서. 안온한 일상의 풍경으로서…… 아직 술이 덜 깼나. 상자 안에서 하얀 김이 스멀스멀 올라오는 것이 보였다. 나는 상자 안에 손을 넣었다. 그리고 종이 봉지를 손에 쥐었다. 조약돌만 한 것이 잡혔다. 손바닥이 서늘하게 차갑다가 따끔한 통증이 느껴지는가 싶더니 금방 뜨거워졌다. 입술을 깨물며 참아보았다. 그러나 어느새 손바닥이 찢어지는 것처럼 아팠고 그제야 급히 손을 뺐는데 드라이아이스 봉지가 손에 붙어 떨어지지 않았다. 나는 싱크대로 가서 물을 틀어 손을 담갔다. 봉지는 물에 닿아도 금방 떨어지지 않고 하얀 연기만 천천히 뿜어냈다. 이러다 손을 못 쓰게 되는 건 아닌가 두려웠다. 그러나 봉지는 잠시 뒤에 떨어져 나갔고 손바닥이 붉게 부풀어 올랐다. 너무 아파서 신음이 나왔다. 기묘하게도 두통은 사라졌고 믿음이니 사랑이니 하는 생각도 들지 않았다. 오로지 손바닥의 통증만이

나를 지배했고 나는 그 통증 때문에 마음 놓고 울었다. 서랍을 뒤져 구급상자를 찾았다. 집을 나온 후 처음으로 정상적인 생활인이 된 기분이었다. 발바닥에 닿는 바닥의 감촉이 비로소 실감되는.

다음 날에도 통증 때문에 잠에서 깼다. 드라이아이스가 닿았던 부분에 벌겋게 물집이 잡혀 주먹을 쥘 수가 없었다. 나는 옷만 대충 챙겨 입고 근처 병원을 찾았다. 나이가 지긋한 의사는 내 손을 보고도 아무런 표정의 변화가 없었다. 그 표정을 보자 나도 마음이 가라앉았다. 통증도 줄어든 것 같았다. 모르고 드라이아이스를 잡았어요. 의사는, 소독합시다. 그러곤 드레싱을 시작했다. 소독액이 닿았을 때는 반사적으로 움찔했다.

그래도 화상에 비해서는 덜 아플 거예요. 조직이 이미 좀 죽어서.

죽었어요? 그런데 이게 화상이 아니라고요? 엄청 뜨거웠는데.

이건 동상. 뭐, 증상은 비슷한데.

되게 뜨거웠는데. 불에 덴 것처럼.

그게, 너무 차가워서 뜨겁다고 느끼는 겁니다.

얼마나 갈까요?

좀 걸립니다. 어떻게, 오래 쥐고 계셨나 봐요.

네?

항생제 드시고 드레싱 받으러 서너 번 더 오세요.

의사는 대수롭지 않다는 듯 말했다. 진료실을 나오다 나는 의사에게 물었다. 흉 질까요? 의사는 키보드를 두드리다 말고 나를 바라보았다. 감염 안 되게 조심하세요.

삼키면 죽나요? 내 말에 의사가 미간을 살짝 찌푸렸다.

일단 구강에서 붙어버립니다.

나는 고개 숙여 인사를 하고 진료실을 나왔다.

수형의 어머니 생신 기념 식사 모임이 다음 주 주말에 있었다. 수형이 자신의 식구들에게는 별거 사실을 알리고 싶지 않다고 했고 나는 동의했다. 시간이 지나도 내 마음에 변함이 없다면 그때 가서 알려도 좋지 않겠느냐고 말하는 수형에게 그마저도 싫다고 할 수는 없었다. 그래서 중요한 가족 모임에는 함께 참석해야 했다. 그것까지 계산에 넣지는 못했는데.

수형은 집 앞에서 기다리고 있었다. 내가 조수석에 타자 수형이 웃으며 말했다. 오랜만이네. 나도 그를 따라 웃었다. 응, 그렇네. 그러나 우리는 서로의 눈을 제대로 쳐다보지 못했다. 나는 그에게 잘 지냈느냐고 물으려다 입을 다물었다. 어색한 공기가 우리 사이를 맴돌았다. 서로 말을 고르는 동안 떠도는 잠깐의 침묵이 낯설었다. 수형은 말끔한 슈트를 입고 있었지만 얼굴이 까칠했다. 손을 들어 그의 얼굴을 쓰다듬고 싶었는데 그럴 수가 없었다. 가자. 내가 짐짓 밝게 말했고 그는 고개를 끄덕였다.

손은 왜 그래?

밴드를 붙인 손을 본 수형이 물었다. 어, 좀 데었어.

어쩌다?

응, 그냥…… 근데 자기, 너무 차가워도 불에 덴 것처럼 뜨거운 거 알아? 그걸 구분을 못 한대, 우리가.

드라이아이스?

아네.

알지. 그런데 어쩌다?

어쩌다.

나는 수형에게 무의식적으로 자기,라고 한 게 마음에 남았다. 우리는 식당에 도착할 때까지 별다른 대화를 나누지 않았다. 식당에는 이미 수형의 어머니와 여동생 부부가 우리를 기다리고 있었다. 수형의 어머니는 은빛 원피스를 입고 테이블 중앙에 앉아 우리를 맞았다. 어머님, 생신 축하드려요. 아가씨도 잘 지내셨죠? 나는 반가운 얼굴로 인사를 건넸다. 고맙다. 수형의 어머니는 웃으며 우리 둘의 얼굴을 살폈다. 일이 힘들지? 올여름 너무 더웠어. 응, 엄마. 너무 더웠지. 수형이 대답했다. 서은이는 안 왔어? 수형이 동생 부부에게 물었다.

이제 중3이라고 사적으로 바쁘시대. 그래도 외숙모한테 꼭 안부 전해주라고. 서은이가 올케언니 좋아하잖아. 나는 웃는 것 말고는 할 게 없었다. 그래도 할머니 생신인데. 수형이 말했고 수형의 어머니는, 며칠 전에 집에 왔었어. 생일이 뭐 대수라고. 요즘 세상에. 수형이 너는 희진이 잘 좀 먹여야겠다. 하나밖에 없는 내 며느리 얼굴이. 참, 안사돈한테 선물 고맙다고 전하고.

나는 그렇게 임수형 가족의 일원으로서 식사를 했다. 전에는 당연하게 받아들였던, 나를 부르는 다양한 호칭이 이토록 견고하게 나를 묶고 있었다니. 싫다는 마음은 없었다. 다만 하나씩 다르게 불릴 때마다 나는 나로부터 조금씩 멀어졌다. 나의 생활과 나의 마음이 이렇게나 서로 멀 수도 있구나, 생각하며 그들과 함께 있는 동안 밝은 얼굴로 앉아 있는 나를, 또 다른 내가 무감하게 바라보고 있었다. 나는 나를 잊고 싶었다. 고개를 돌려 수형을 보았다. 그는 여전히 나와 눈을 맞추지 않았다. 그도 나와 비슷한 마음일까. 그렇겠지. 나는 미안함과 죄책감을 느꼈다. 그러나 사과를 하는 대신 나는 웃기로 했다. 어머님, 오늘 너무 멋지세요. 나는 수형의 어머니에게 할 수 있는 한 가장 밝은 목소리로 말을 걸었다. 이러려고 여기 온 것이니까.

모임이 끝난 후, 수형은 나를 집 앞까지 바래다주었다. 오늘, 고마웠어. 수형이 말했다. 이런 건 아무것도 아니야. 내 말에 그가 나를 바라보았다. 아무것도 아니라니?

알잖아. 중요해 보여도 실은 아무것도 아니라는 거. 어려운 것도 아니고.

······그래도 나는 좋았어. 고맙고.

자기가 고마울 일이 아니야. 약속을 못 지킨 건 나니까.

약속? 무슨 약속?

결혼했잖아. 우리가.

아······ 희진아. 그거야말로 정말 아무것도 아니야. 아무 것도.

9월 말이 되자 달리기하기 좋은 날씨가 찾아왔다. 나는 밤이 되면 달리기 위해 나갔다. 처음에는 뛴다고 하기에도 민망한 수준이었는데 점점 뛰는 시간이 늘어났다. 폐가 아플 때까지 뛰다가 멈춰 서서 숨을 내뱉는 그 순간이 기다려졌다. 집에 돌아와 샤워를 하고 맥주 한 잔을 마시면 잠이 잘 왔다. 내가 달리기를 한다는 사실을 안 아버지는 러닝화를 사 들고 찾아오기도 했다. 내 발 사이즈는 어떻게 아셨어?

엄마가 알던데? 아버지는 이번 주에 함께 러닝을 할 수 있는지 물었다. 나는 바로 답하지 못했다. 그러나 아버지 역시 많은 망설임 끝에 꺼낸 말이라는 것을 알았다. 너 바쁘면 됐고. 아니 거기 코스가 좋다고들 그래서.

약속한 날이 되었고 아버지는 운동복에 러닝화 차림으로 차에서 내렸다. 소위 가을장마로 불리는 시즌이라 전날에는 하루 종일 비가 내렸다. 우리는 산책로를 향해 천천히 걸었다. 비가 내린 다음 날이라 한층 더 선선한 바람이 불었다. 나는 그냥 내 맘대로 뛰어요. 아버지는 답답할 수도 있어. 산책로에 다다라 우리는 함께 달리기 시작했다. 시간이 지날수록 우리는 말이 없어졌고 각자 내뱉는 숨소리만 들렸다. 아버지는 잘 달렸다. 달리는 모습을 보면 노인 같지 않았다. 아버지는 자신의 나이를 어떻게 느낄까. 믿기지 않겠지. 결국 우리는 자신이 믿을 수 없는 나이에 들어서게 되니까. 예외 없이.

나는 아버지의 뒷모습을 보며 뛰었다. 기온은 높지 않았지만 달리다 보니 금방 땀이 났다. 나는 이미 숨이 턱까지 차서 한계에 도달했는데 나 때문에 아버지의 달리기를 멈추게 하고 싶지 않았다. 그러나 더 이상 숨을 쉴 수 없을 것 같은 순간이 왔고 나는 최대한 소리를 내지 않으려 애쓰며 천천히 멈춰 섰다. 조금씩 멀어지는 아버지의 뒷모습을 바라보며 힘겹게 숨을 토해냈다. 아버지, 돌아보지 말고 뛰어. 계속 가세요. 멀리. 나는 속으로 간절하게 외쳤다. 그러나 아버지는 금방 뒤돌아보았고 나를 향해 뛰어왔다.

내 앞에서 아버지는 제자리 뛰기를 하며 웃었다. 아버지 대단하다. 내가 여전히 헐떡이며 말했다. 너도 생각보다는 괜찮네. 아버지는 규칙적으로 숨을 내쉬었다. 우리는 천천히 걸어 산책로를 내려왔다. 너도 스마트 워치를 사. 아버지는 자신의 시계를 보여주며 우리가 얼마나 달렸는지 알려주었다. 3.2킬로미터, 31분. 고작 30분 지났다고? 와, 말도 안 돼. 그런데 아버지는 좀더 뛰어야 하지 않아? 그러나 아버지가 혼자 달릴 거라는 생각은 들지 않았다. 확실히 여기 공기가 좋네. 아버지는 스트레칭을 하며 말했다. 아버지가 다음에도 함께 달리자고 하면 어쩌나, 어떻게 거절을 하나 생각하다가, 아버지 동네도 공기 좋은데 뭐. 나는 겨우 그런 대답으로 내 본심을 전했다.

달릴 때는 몰랐는데 걷다 보니 화단에서 기어 나온 지렁이들이 곳곳에 눈에 띄었다. 나는 지렁이를 밟지 않기 위해 바닥을 보며 걸었다. 지렁이들은 더듬이 같은 그런 센서가 없나봐. 왜 이렇게 기를 쓰고 죽으려고 나오는 걸까. 멍청하게 엉뚱한 데로 계속 가잖아. 내가 속상하다는 듯 말하자 아버지가 웃었다.

너, 어릴 때 기억 안 나? 지렁이 보이면 소금 집어다가 뿌렸어.

내가?

응. 소금 뿌리면 지렁이가 아주 난리를 치면서 죽잖아.

그렇지. 맞아. 내가 그랬어.

넌 그게 재밌다고 비 온 뒤에는 매번 소금을 집어서 밖에 나가기 바빴어.

왜 안 말렸어?

걱정했지. 애가 왜 저렇게 잔인한가, 우리가 잘못 가르쳤나, 하고. 그런데 엄마가 그냥 두라더라고.

엄마가?

응. 엄마가.

아버지는 어머니 말을 잘 듣네.

아버지는 집에 들르겠다는 말 없이 바로 차를 타고 돌아갔다. 나는 아버지의 차가 시야에서 사라질 때까지 서서 지켜보았다. 주스라도 한잔하고 가시라고 했어야 했나.

그 사람에게서 연락이 온 것은 그로부터 며칠 뒤였다. 아직도 그 주소가 유효한 거냐고 물었다. 나는 그렇다고 답했다. 그는 마지막으로 보았을 때와 변함없는 모습이었다. 마치 우리 사이에 아무 일도 없었다는 듯 웃으며 인사했다. 집이 아늑하고 예쁘네요.

나는 그가 가져온 와인을 땄다. 술을 마시며 우리는 그간의 안부를 묻고 각자의 회사 생활과 최근에 본 영화와 전염병의 추이와 전기 차와 북극곰에 대해 이야기를 나누었다. 사랑에 관한 이야기는 하지 않았다. 나는 취기가 돌았고 어느 순간 그가 도대체 왜 여기서 이런 말들을 하고 있는 것인지 의아해졌다. 나는 말을 하는 그의 입술을 바라보았다. 희진 씨, 취했어요? 그가 물었고 나는 시선을 옮겨 그의 눈을 보았다. 안 취했다고 말하면 취한 건가요. 그는 또 웃었다. 여기에 왜 왔어요?

나도 모르겠어요.

이제, 어떡할까요?

희진 씨, 나는…… 아내를, 가족을, 사랑하거든요.

그래서요?

나는 자리에서 일어났다. 어지러웠다. 내가 테이블을 잡은 채 눈을 감고 서 있자 그가 다가와 나를 잡았다. 괜찮아요? 나는 그의 얼굴에 손을 대보았다. 우리 섹스할래요? 나의 말에 그의 눈빛이 흔들렸다. 머뭇거리는 그에게 입을 맞추었다. 그의 혀가 내 입술에 닿았다. 나는 입술을 뗐다. 나는 이러려고 집을 나온 거예요. 그런데, 왜 나를 볼 때마다 아내 얘기를 하는 거죠? 그건 당신 아내한테 해야 하는 말이잖아요.

나는 그의 상처받은 얼굴을 보았다. 한참 후에 그가 입을 열었다.

희진 씨, 나는 1999년으로 돌아가고 싶어요.

낙엽이 지나 했는데 어느새 눈이 내리고 있었다. 손바닥의 상처는 갈색 흉터를 남겼지만 크게 거슬리지는 않았다. 시간이 지나면 점점 희미해지겠지. 나는 중고 마켓에서 스마트 워치를 샀고 달리기를 계속했다. 저렴한 가격에 샀다고 좋아했는데 시계 기능만 정상이었다. 어느 날에는 9.1킬로미터를 23분에 뛰기도 했고 심박수가 8BPM으로 표기되는 날도 있었다. 처음에는 화가 났는데 나중에는 그게 재미있었다. 어제는 우사인 볼트가 오늘은 좀비가 되어 달렸다. 홀로 달리기를 할 때면 간혹 아버지와 뛰던 날이 생각났다. 아버지는 얼마 전 백내장 수술을 받았고 아버지가 회복하면 어머니 차례라고 했다. 어머니는 가끔 반찬을 가지고 아버지와 함께 집에 들렀다가 언제나 그랬듯 금방 떠났다. 그런데 그날은 어머니 혼자였다. 근처 백화점에서 쇼핑을 하고 잠깐 시간이 났다고 했다. 주말인데 왜 매번 집에 있니. 어머니는 쇼핑백 하나를 내게 건네며 말했다. 주말이니까 집에서 쉬어야지.

너 연애하려고 나온 거 아니었어?

나는 아무 대답도 하지 못하다 쇼핑백 안을 들여다보았다. 이건 뭔데?

속옷. 예쁘더라고. 내 거 사면서 네 거도 샀어. 쇼핑백 안에는 검은색 레이스 속옷이 들어 있었다. 맘에 안 들면 교환해.

고마워요. 그런데, 이런 비싼 속옷은 좀 아깝다.

나이 들수록 기분 전환이 쉽지 않잖아. 돈 좀 써야지 뭐. 이쁘지? 어머니는 속옷을 꺼내 들어 보였다. 난 아직도 이런 게 좋더라.

어머니 좋으면 됐지 뭐.

그렇지? 너도 너 좋은 걸로.

응?

그거, 맘에 안 들면 바꾸라고. 2주일인가, 하여간 그 안에 교환해야 돼. 그리고, 수형이 저렇게 내버려두지 마. 아예 이혼을 하든가, 아니면 얼른 들어가든가. 너도 참. 그렇게 계산 없이.

어머니, 난 누굴 닮은 걸까?

나도 모르겠다. 근데, 누굴 닮았으면 뭐.

어머니는 피곤하다는 듯 길게 하품을 하고 머리를 매만졌다.

어머니가 돌아간 후 혼자 밥을 먹었다. 그 사람 생각을 하다가 정작 문자는 수형에게 보냈다. 이따 밤에 같이 아이스크림 먹을까? 그리고 한참 뒤 운동복으로 갈아입고 밖으로 나갔다.

바깥 공기가 찼다. 나는 산책로에 들어서기 전부터 천천히 달리기 시작했다. 이렇게 달리다 보면 차가운 바람이 시원하게 느껴지는 순간이 찾아온다. 나도 이제는 그것을 안다. 이 계절에는 비나 눈이 내린 다음 날에도 지렁이가 나오지 않는다. 지렁이들은 땅속에서 잠을 자는 걸까. 공간 감각은 떨어져도 기온에는 예민한 건가. 나는 산책로에 진입해 속도를 높였다. 간혹 낯익은 사람들이 보였다. 비슷한 시간대에 매일 달리기를 하는 사람 몇몇이 있다. 그들도 내가 눈에 익겠지만 우리는 서로 알은척을 하지 않았다. 그게 좋았다. 한참을 뛰고 있는데 수형에게서 메시지가 왔다. 뭐 사 갈까? 내가 그 답을 보고 미소 지었던가. 아무거나. 체리쥬빌레는 빼고.

나는 20분 정도를 더 가다가 몸을 돌려 집을 향해 달렸다. 3분의 1쯤 돌아왔을 때 하늘에서 진눈깨비가 떨어지기 시작했다. 작고 차가운 것이 얼굴에 부딪혔다. 나는 달리기를 멈추었다. 산책로 옆으로 난 길에 벤치가 보였다. 그곳에 가서 앉았다. 옆에 누군가 있으면 좋겠다는 생각이 들었다. 그게 수형은 아니라는 사실이 슬펐다. 그래서 나는 눕기로 했다. 그런 생각이 들지 않도록. 누워보니 야외 벤치에 누워본 적이 한 번도 없었다는 것을 깨달았다. 땀이 났던 등이 차갑게 식었다. 얼굴로 진눈깨비가 점점이 떨어졌다. 나는 눈을 뜬 채, 물도 얼음도 아닌 것이 떨어지는 것을 바라보았다. 밤은 어둡지만 아예 깜깜하지는 않구나. 언젠가, 노숙인이 되어도 좋겠다는 생각을 한 적이 있다. 아무에게도 말하지는 않았다. 중2병이라거나 배부른 허무주의자라는 비난을 받았겠지. 여전히 나는 노숙인의 삶을 간혹 상상한다. 집이 없는 사람이 되어 아무거나 먹고 아무나와 자고 소중한 것을 서서히 잊어가는 상태를. 안온한 일상이 존재하지 않는 나날을. 친구와 가족과 이름을 버리고. 집착도 사랑도 모르는. 그렇게 죽음에 노출되어 하루하루 연명해가는 삶을. 결코 자살은 하지 않고. 나는 눈을 감았다. 눈을 감았는데도 입에서 나오는 하얀 입김을 보고 있는 기분이었다. 점점이 떨어지는 진눈깨비도. 물도 얼음도 아닌……

어우, 깜짝이야!

놀라는 낯선 목소리에 나는 반사적으로 몸을 일으켰다. 내 앞에는 연인으로 보이는 젊은 남녀가 눈만 동그랗게 내놓고 서 있었다. 죄송합니다. 나는 자리에서 일어나며 사과했다. 괜찮으세요? 여자가 물었고 나는 네네, 하고 등을 돌려 걷기 시작했다. 와 씨바 존나 놀랐네. 야, 조용히 해. 들리겠다. 하는 말을 들으며. 그런데…… 내가 왜 사과를……

수형의 차가 라이트를 켠 채 주차장에 서 있었다. 내가 다가가 창문을 누르니사 수형이 고개를 돌려 나를 보았다. 수형은 아이스크림 봉투를 들고 차에서 내렸다. 많이 기다렸어? 전화기가 맛이 가서. 나는 시계를 들어 보였다. 얼마 전에 중고로 샀는데 사기당한 거 같아. 그걸 왜 중고로 사. 내가 새 거 하나 사 줄게. 와, 멋지다. 그런데 이제 필요 없어. 이런 대

아무도

화를 나누며 우리는 마치 함께 사는 사람들처럼 집으로 올라
갔다.

수형은 첫 방문임에도 어색한 기색 없이 나를 따라 실내로
들어섰다. 그러나 나는 그가 긴장을 숨기고 있다는 것을 알았
다. 별거한 지 4개월째 접어들고 있었다. 수형은 내가 옷을 갈
아입고 샤워를 하는 동안 손수 아이스크림 포장을 풀어 식탁
위에 세팅했다. 마치 자신에게도 당연히 허락된 공간이라는
듯. 손은 좀 어때? 그는 나의 손을 잡고 손바닥을 살폈다. 희
미하게 남아 있는 흉터를 보고 수형은 혀를 찼다. 그러고 나
서 싱크대에 물을 받아 아이스크림 포장에 들어 있던 드라이
아이스를 버렸다. 그런데 갑자기 아이스크림은 왜? 날도 쌀
쌀한데.

몰라. 이상하게 차가운 게 가끔 먹고 싶더라고. 나이 드니
까 체질도 변하는 건지.

우리가 그런 나이인가. 수형은 스푼으로 아이스크림을 떠
서 내게 내밀었다. 나는 스푼을 받으려다 입을 벌렸다. 수형
은 피식 웃으며 아이스크림을 먹여주었다. 자기도 먹어. 수형
은 고개를 끄덕이고는 새 스푼을 들어 아이스크림을 떴다. 정
말 오랜만이네. 수형이 말했고 우리는 한동안 말없이 아이스
크림을 먹었다. 그래봤자 고작 두세 스푼이었지만. 나는 아이
스크림을 입안에서 천천히 녹여 먹었다. 그러다 어느 순간 오

한이 들었다. 찬 것을 먹어 추운가 했는데 목덜미와 관자놀이 부근이 점점 뜨끈해지기 시작했다. 근데 나, 열나는 거 같아. 수형이 망설임 없이 손을 뻗어 내 이마를 짚었다. 그러네. 추운데 땀 흘려서 그런가 보다. 그런데 아이스크림은 왜 먹냐. 약 먹자. 수형이 자리에서 일어났다. 약이 없어.

사 오면 되지.

아니야, 그냥 앉아 있어. 기분이 좋거든. 몽롱한 게.

수형은 내 말을 듣지 않고 약을 사러 다녀오겠다고 했다. 조금만. 조금만 있다가 가면 안 될까. 수형은 마지못해 다시 자리에 앉았다. 수형 씨, 나는 1999년으로 돌아가고 싶다?

1999년?

응.

그때로 돌아가면 뭘 하려고?

운동. 운동을 열심히 해서 선수가 되려고. 일찍 일어나서 하루 종일 훈련하는.

수형이 허공을 보며 웃었다. 어떤 종목?

음, 테니스나 탁구? 아니면 활을 쏴 볼까.

그래. 그렇게 해.

우리는 오래전 각자 지나온 과거에 대해 마치 미래의 이야기를 하듯 대화했다. 나는 과거로 돌아가면 하고 싶은 일들에 대해 열에 들떠 주절거렸다. 그러나 말을 하면 할수록 과거로부터 멀어져 빠르게 늙어가고 있는 기분이었다. 그런데도 말을 멈출 수가 없었다. 내 말을 듣고 있는 수형의 얼굴이 점점 낯설어졌다. 그렇게 해. 1999년으로 돌아가면. 전에 본 적 없는 차가운 표정으로 수형이 말했다. 나는 그제야 입을 다물었다. 아이스크림이 녹고 있었지만 우리는 그것을 보고만 있었다.

희진아, 이제 그만 집에 들어가자. 수형이 마른세수를 하며 말했다.

집? 여기는 집이 아닌가. 생각했지만 말하지는 못했다. 감기에 걸린 게 분명했다. 아니면 몸살. 그것도 아니면 몸살감기. 귀랑 머리가 이렇게 뜨거운데 몸은 이렇게 춥고 떨리다니.

수형 씨, 나는 당신을 사랑해. 이런 게 사람들이 흐뭇한 표정으로 고개를 끄덕여주는, 그런 사랑이라는 걸 알아. 하지만 나는 그 사람을 원해. 지금껏 이렇게 누군가를 원한 적이 없었어. 아니, 있었겠지. 있었을 거야. 하지만 그런 적이 있었다는 것을 잊을 정도로 원해. 나를 개라고 생각해도 좋아. 그래, 그게 맞을지도 모르지. 이건 그저 개 같은 욕망일 뿐이라고. 미래는 없다고. 지나가는 바람이라서 나중에 백 퍼 후회할 거라고. 더러운 꼴을 볼 거라고. 그런데 그게 뭐? 그게 어쨌다는 거지?

하지만 나는 당신과 집으로 돌아갈 것이다. 당신이 이 일을 결코 잊지 못하리라는 것을 나는 안다. 그럼에도 너와 함께 생활하기 위해. 아주 오랫동안 함께 살기 위해. 부모는 되지 않고.

어떤 마음은 없는 듯, 죽이고 사는 게 어른인 거지. 그렇지? 그런데 어째서 당신들은 미래가 당연히 존재할 것이라고 믿는가. 그러나 이 모든 말을 나는 할 수 없었다. 수형의 뒤에서 하얀 연기가 뭉게뭉게 피어오르고 있었다. 자기야, 꿈같아. 내가 겨우 입을 열었다.

응?

자기 뒤로 하얀 연기가 막 피어오르니까.

수형은 뒤를 슬쩍 돌아다보고는 힘없이 웃었다. 연기가 아니라 수증기지. 그걸 뭐라고 하더라. 승화? 맞나? 승화. 그러니까 이산화탄소가……

수형 씨, 나는 지금 꿈을 꾸는 거 같아. 아주 낯선, 처음 꾸는 꿈. 그런데 이게 좋은 꿈인지 나쁜 꿈인지 모르겠다?

빨리 깨고 싶어?

나는 남편의 말에 천천히 고개를 끄덕였지만 아니라고 말하고 싶었다. 누군가 단 한 명이라도 깨지 않아도 된다고 말해주는 사람이 있으면 좋겠다고 생각했다. 그러나 아마 그런 사람은 없겠지. 아무도.

오후만
있던
일요일

원희는 남편이 몸에 딱 붙는 바이크 웨어를 입은 채 현관 거울에 자신의 차림을 이리저리 비추는 모습을 바라보았다. 규석은 은퇴 후 한동안 우울증 약을 복용하다 동창의 권유로 자전거 동호회에 가입했다. 이제 동호회에서도 운영진 위치에 있는 규석은 몸의 굴곡이 적나라하게 드러나는 라이딩 전용 복장도 전혀 민망해하지 않는 수준에 이르렀다. 아니, 그렇게 된 지도 이미 몇 년이 흘렀다. 처음에 규석은 원희에게도 함께 나가면 안 되겠느냐며 부탁에 가까운 권유를 해왔다. 혼자서는 어색하다고. 그러나 원희는 여럿이 모여서 하는 운동에는 흥미가 없었다. 단호하게 거절했으나 규석이 정 견디지 못하는 것 같으면 함께할 만한 다른 취미라도 찾아야 하나

고민은 했다. 의외로 규석은 금방 자전거에 빠졌다. 나도 자전거 배워볼까? 원희는 천만 원이 넘는 티타늄 MTB 자전거를 가볍게 들고 나서는 규석에게 충동적으로 물었다. 응? 규석은 못 들은 척 되묻고는 말을 이었다. 수임이 만난댔지? 맛있는 거 먹고 잘 놀다 와. 현관문을 빠져나가는 순간에도 규석은 거울에 비친 자신의 모습을 다시 한번 재빨리 훑었다. 규석이 나가자 현관문이 닫혔고 이어서 도어록 잠기는 익숙한 소리가 들렸다. 몇 초 후 조용히 현관 센서등이 꺼졌다. 빈 공간에 신발 몇 켤레만 우두커니 남았다. 원희는 그 적막을 잠깐 응시하다 몸을 돌려 욕실로 향했다.

원희는 대학 동기이자 음대 교수인 수임과 미용실에서 만나 머리를 한 후 피부 관리를 받으러 갈 예정이었다. 원희는 고주완이 연주한 쇼팽의 에튀드를 들으며 외출 준비를 시작했다. 부드럽고 힘 있게 건반 위를 질주하는 고주완의 손가락과 유연한 팔의 움직임, 텐션에 따라 달라지는 어깨와 등의 곡선…… 그의 모습을 떠올리자 어디선가 감미로운 바람이 불어와 가슴이 기분 좋게 벅차올랐다.

원희는 대학에서 피아노를 전공했지만 결혼 후 육아와 살림을 하며 연주에 손을 놓았다. 간혹 피아노 앞에 앉아 쇼팽의 왈츠나 브람스를 연습하기는 했는데 그마저도 그만둔 지 꽤 되었다. 청소를 할 때나, 피아노에 대해 누군가 물어볼 때마다, 여유가 생기면 다시 시작해야지, 생각은 했으나 시간은 정말이지 솜사탕이 물에 녹듯 스르르 흘러 사라져버렸다. 원희는 자신이 손녀가 있는 '할머니'라는 사실이 문득문득 믿기지 않았다. 너무 일찍 아이를 낳은 딸이 가끔은 원망스럽기까지 했다. 피아노는 언젠가부터 집 한편에서 장식품 역할을 충실히 하고 있었다. 원희는 이제 자신은 그저 클래식 애호가일 뿐이라 여겼지만 내심 아직도 언제든 연습만 하면 손가락이 금방 풀리지 않을까 생각하고 있었다. 생각만.

가벼운 화장을 마친 후 원희는 콧노래를 부르며 휴대폰으로 고주완 팬 사이트에 들어가 게시 글을 훑어보았다. 어어서 날씨를 확인했다. 실크 스카프를 두르고 트렌치코트를 챙겼다. 봄이었지만 해가 지면 아직 쌀쌀했다. 원희는 신발장에서 와인색 플랫 슈즈를 골라 신고 거울을 보며 매무새를 점검했다. 최근 들어 머리숱이 눈에 띄게 적어지는 것 같아 짧게 혀를 찼다. 엘리베이터를 타고 지하 주차장으로 내려가는데 전화벨이 울렸다. 유나였다. 원희는 받을까 말까 잠깐 고민했다. 응, 유나야. 엄마 엘리베이터. 이따 전화할게. 그러나 운전석에 앉아 시동을 걸고 라디오를 켜는 순간 원희는 딸을 잊었다. 유나는 현재 셋째를 임신 중이었다. 일곱 살, 다섯 살의 딸을 두고 또다시 임신해 만삭에 가까운 유나 생각을 하면 원희는 절로 고개가 저어지고 한숨부터 나왔다. 미용실에 도착해

대기하고 있는데 유나에게 다시 전화가 걸려 왔다. 엄마, 어디야?

미안. 운전한다고 깜빡했네. 엄마 지금 미용실, 수임 이모랑.

엄마, 나 게장 안 좋아하는 거 알지. 근데, 갑자기 예전에 엄마가 해준 양념게장이 너무 먹고 싶어서 하루 종일 그 생각밖에 안 나는 거야. 아, 지금도 말하니까 입에 막 침이……

양념게장? 내가 언제?

왜, 그때 있잖아. 김서방 생일 때랑…… 또, 언제였더라.

그거 할머니가 해주셨던 거 같은데. 아니 샀던 거 같기도 하고. 아, 유나야. 엄마 이제 샴푸 해야 해. 문자 남겨. 미안.

원희는 바쁜 척 급히 전화를 끊었다. 서운하려나? 좀더 들어줄 걸 그랬나. 게장은 나중에 사다 주지 뭐. 원희는 대기 소파에 앉아 잡지를 뒤적이다 문득 요양원에 있는 시모가 떠올랐다. 시모가 지방의 요양원에 들어간 지도 어느새 5년이 지나고 있었다. 시모는 자식들이 모두 결혼을 하고 시부가 세상을 뜬 뒤 20년 가까이 홀로 살았다. 초기 치매 판정을 받은 후에는 규석의 형 부부와 서너 달 함께 살다 스스로 요양원행을 택했다. 그때가 여든한 살이 되던 해였다. 원희 부부를 비롯해 모든 자녀가 당분간만이라도 함께 살자며 요양원행을 반대했으나 시모는 완고했다. 희고 풍성한 파마머리에 핑크색 트위드 투피스를 단정하게 차려입은, 팔순 생신 때의 환했던 시어머니의 모습을 원희는 며칠 전 일처럼 선명히 기억하고 있었다. 중학교 영어 선생이었던 그녀는 언제나 우아했다. 원희가 보아온 수십 년간, 시모는 알아서 적당한 거리를 두고 자식들과 크게 서운한 일 없이 대체로 잘 지냈다. 하소연이나 잔소리가 거의 없었다. 그런 만큼 다정한 성격은 아니어서 간혹 차갑게 느껴질 때도 있었다. 결혼하고 처음 몇 년간은 시모가 자신을 달가워하지 않는 것은 아닐까 생각한 적도 있었다. 그러나 시간이 지나면서 원희는 시모의 현명함을 존경하게 되었다. 아주 가끔이지만 시모는 명절 식사 자리나 가족 모임에서 술을 한두 잔 하고 평소와 달리 천진한 표정으로 소리 내어 웃을 때가 있었다. 그럴 때에는 시모를 따라 가족 모두가 함께 웃었다. 원희는 시모를 닮고 싶다고 생각했다. 저렇게 늙고 싶다고. 현명하고 아름답게.

그런 그녀가 치매라는 말을 들었을 때, 원희는 두려웠다. 시모의 다른 모습을 보게 될까 봐. 그녀가 요양원에 입소하던 날을 떠올리면 여전히 가슴이 아리고 눈시울이 뜨거워졌다. 그러나 가족들이 고심해서 정한 요양원은 환경이 나쁘지 않았고 시모는 꽤 잘 적응하는 것처럼 보였다. 전과 완전히 같다고는 할 수 없으나 여전히 단정한 편이었고 사람들과도 잘 어울렸다. 원희는 면회를 갈 때마다 조금씩 변해가는 그녀의 모습을 의외로 담담히 받아들이고 있다는 것을 어느 순간 깨달았다. 규석도 그런 듯했다. 시간이 흐르면서 자신도 모르게 마음의 어떤 끈을 조금씩 놓게 된 것일까. 그런데 어머님이 물려주신 진주 목걸이를 어디에 뒀더라. 다음에 하고 가면 알아보고 좋아하실까…… 여보세요. 원희는 장난스레 자신을 부르는 목소리에 정신을 차리고 고개를 들었다. 수임이 웃음 띤 얼굴로 서 있었다.

신세계가 펼쳐진다더니 왜 그런지 알겠어.

안식년을 맞아 몇 주 전에 노안 수술을 받은 수임이 자신의 얼굴을 이리저리 훑어보며 말했다. 너무 잘 보여. 너무. 둘은 두피 관리를 받은 후 뿌리 염색을 하기 위해 거울을 마주하고 나란히 앉았다. 넌 하지 마.

왜?

눈도 건조하고 밤 운전도 힘들고.

그놈의 건조. 지겹다.

원희의 말에 수임이 웃었다. 그런데 그보다도, 너무 잘 보이니까. 늘어진 모공부터 잡티 하나까지.

잡티가 뭐 얼마나 있다고.

하여간, 넌 하지 마. 수임은 피곤하다는 듯 눈을 감았다. 원희는 거울로 수임의 얼굴을 잠깐 바라보다 자신에게로 시선

을 옮겼다. 햇살을 받은 얼굴 라인이 적나라하게 드러나 있었
다. 리프팅 시술을 받을 때가 됐나. 원희는 짧게 한숨을 내쉬
었다.

　최근 들어 원희는 수임을 따라 피부과에 가서 부지런히 관
리를 받았다. 고객님을 누가 육십대로 보겠어요. 피부과 실장
은 오늘도 원희에게 그렇게 말했다. 요즘은 기계들이 너무 잘
나와서 관리만 꾸준하게 하시면 전혀 그 나이로 안 보여요.
물론 고객님처럼 타고나는 게 사실 제일 중요하긴 해요. 여자
는 마치 대단한 비밀을 말해준다는 듯 작게 속삭였다. 누구에
게나 하는 말이라는 걸 알았지만 실장의 립서비스는 언제나
듣기 좋았다. 수임은 이 병원의 VIP였다. 수임은 피부과에서
받는 다양한 시술은 물론이고, 방학 때면 성형외과에서 지방
흡입이나 눈매 교정 같은 수술도 받았다. 수임이 나이에 비해
젊은 외모를 유지하는 비법이 요가라든가 채식 같은 것만이
아니라는 사실을 잘 알고 있었다. 그러나 수임이 안면 거상
술 얘기를 꺼냈을 때에는 말려야겠다고 생각했다. 하지만 수
임은 이미 결정을 내린 듯했다. 이게 다 노안 수술 때문이야.
자세히 보니까 얼굴에 주름이 많아도 너무 많고, 너무 처졌
어. 이렇게 좀 올리면 훨씬 낫잖아. 수임은 손으로 이마를 땡
겨 올려 보였다. 너 지금도 충분히 예뻐. 누가 육십대라고 하
겠어. 원희는 그렇게 말하면서도 이런 말을 사십대부터, 아니

어쩌면 삼십대부터 서로 주고받았다는 사실을 기억했다. 그 나이로 안 보인다는 말. 우리가 서른이라니 믿어지니. 우리가 마흔이라니. 아줌마라니. 오십이라니. 갱년기가 왔나 봐. 환갑? 환갑이 뭐니. 나 할머니 됐다.

우리 전에 그랬잖아. 원래 나이보다 딱 다섯 살만 젊어 보이자. 그게 제일 자연스럽고 좋은 거라고.

야, 내일모레면 다섯 살 젊어 보여도 육십이다.

수임이 떫은 얼굴로 말했고 잠시 후에 둘은 큭큭대며 웃었다.

미쳤지.

미쳤네.

원희는 관리실 침대에 누워 고주완의 리사이틀이 얼마나 남았는지 머릿속으로 계산해보았다.

고주완은 얼마 전 해외 콩쿠르에서 입상하며 티켓 파워가 급상승한 젊은 피아니스트였다. 그러나 처음 수임이 고주완의 연주회에 가자는 말을 했을 때만 해도 원희는 아무런 기대가 없었다. 수임의 말로는 입상 전에도 국내에는 이미 고주완 마니아가 많았다고 했다. 걔가 아주 파워풀한 매력이 있어. 실력이야 말할 것도 없지만 그보다 뭐랄까, 어딘지 섹시하달까. 수임의 말에 원희는 고개를 저었다. 또 시작이네. 아들 같은 애한테. 아니, 그게 아니라, 너도 보면 알 거야. 원희는 수임의 말을 흘려들었다. 원희는 젊고 패기 있는 신인보다는 경지에 오른 중견 연주자가 자신의 취향이라 굳게 믿고 있었다. 어린 시절부터 백발의 노련한 연주자들이 훨씬 관능적으로 느껴졌다. 그날 원희는 공연 프로그램도 확인하지 않았다. 그저 나들이 가는 기분으로 따라나섰을 뿐이었다. 그런데 고주완은 달랐다. 그의 연주는 아름다웠다. 아니, 아름답다는 말로는 부족할 정도로 원희는 그의 연주에 매료되었다. 슈베르트로 시작해 쇼팽을 거쳐 버르토크 소나타가 시작되었을 때에 원희는 전율했다. 평소 버르토크는 거의 듣지도 않았는데 그 현란한 불협화음에 완전히 매혹되었다. 원희는 연주가 끝날 때까지 소리는 물론이고 그의 얼굴과 몸짓, 손가락과 관절의 작은 움직임까지 하나도 빼놓지 않고 담아두려 온 정신을 쏟아 집중했다. 앙코르까지 끝낸 고주완이 땀에 젖은 얼굴로 객석을 향해 인사하는 모습을 보며 원희는 오랫동안 갈채를 보냈다. 수임이 옆에서 그런 자신을 바라보며 웃고 있는 줄도 알아차리지 못했다.

와인 한잔만 하고 가자. 수임이 공연 뒤풀이에 함께 가자며 원희를 잡았다. 평소였다면 거절했을 테지만 원희는 시계를 보며 대답을 끌었다. 주완이 보고 가. 오늘 연주 좋았지? 거봐, 잘한다니까.

응, 잘하더라.

공연장 근처의 작은 와인 바에 몇몇의 관계자와 지인이 모였고 서로 간단하게 인사를 나누었다. 연주복 대신 청바지에 푸른색 체크 셔츠를 입은 고주완이 도착했을 때에는 모두 일어나 박수로 맞았다. 옷차림 때문인지 무대 위에서 보았던 모습보다 좀더 어리고 밝아 보였다. 소개의 시간이 시작되었다. 여기는 내 대학 동기이자 40년 절친, 오원희 여사님. 까다로운 분이신데 오늘 공연 보고 주완 님 팬 되셨대. 고주완의 시선이 자신을 향하자 원희는 가슴이 뛰었다. 그러나 감정을 숨긴 채 자연스러운 미소를 지어 보이는 것은 이제 원희에게는 쉬운 일이었다. 연주 너무 좋았어요. 특히 버르토크. 주완이 원희의 말에 활짝 웃으며 고개를 숙였다. 아유 감사합니다. 버르토크 매력 있죠. 둘의 대화는 그것으로 끝이었다. 사람들 사이에서 주완은 무척 활달하고 사교적으로 보였다. 연주할 때의 모습만으로는 전혀 알 수 없었을 그의 경쾌한 말투와 웃음소리. 긴장이 풀려서일까, 아니면 평소의 모습인가. 그것도 아니면, 그저 낯선 이들과 있을 때 의례적으로 나오는 태도일 뿐일까. 원희는 사람들의 말이 귀에 들어오지 않았다. 주완의 옆에는 주완과 비슷한 또래의 젊은 여자가 앉아 있었다. 원희는 주완과 여자를 훔쳐보느라 수임의 말에도 건성으로 답했다. 주완과 간혹 눈이 마주칠 때마다 원희는 아무렇지 않게 시선을 돌렸지만 겨드랑이에서 땀이 났다.

술자리가 끝난 후 인사를 나누며 무슨 학교 이사장이라는 노신사가 주완에게 악수를 청했다. 훌륭한 연주자의 좋은 기를 받는다며 기뻐했다. 그러자 너도 나도 악수를 청했다. 수임은 고주완의 등을 토닥이며 가벼운 포옹까지 했다. 원희는 그 모습을 옆에서 가만히 보고 있었다. 내 친구한테도 악수 한번 해드려. 수임의 말에 주완이 공손하게 손을 내밀었고 원희는 그의 손을 반쯤 잡았다 금방 놓았다. 둘은 잠깐 눈이 마주쳤고 원희는 고개 숙여 인사했다. 주완은 옆에 있던 여자와 함께 자리를 떴다. 원희는 둘의 뒷모습에서 시선을 떼지 못했다. 여자는 허리 라인이 드러나는 타이트한 블라우스에 고주완과 마찬가지로 청바지 차림이었다. 뒤태는 군살 없이 꼿꼿했고 머리를 쓸어 넘기자 길고 풍성한 생머리가 탄력 있게 흔들렸다. 수임이 원희의 어깨를 툭 쳤다. 완전히 반했네. 수임이 빙글거리며 원희를 보고 있었다.

집으로 돌아가는 길에 휴대폰을 확인해보니 규석에게서 문자가 와 있었다. 어디야? 한 시간도 더 전에 온 문자였다. 원희는 전화를 하려다 답을 남겼다. 지금 가는 중. 집에 도착할 때까지 규석도 원희도 더 이상 연락하지 않았다.

원희는 그날 밤 쉽게 잠들지 못했다. 휴대폰으로 고주완을 검색해 그의 이력과 기사를 샅샅이 훑었다. 일반적인 영재들

보다 조금 늦은, 초등학교 고학년 때부터 피아노를 시작했다는 점을 제외하면 예술 중·고등학교를 거쳐 예술 종합대학에 들어가 국내외 콩쿠르에 입상하며 인지도를 높인 전형적인 케이스였다. 작년부터 베를린 거주. 서른두 살. 미혼. 유나보다 다섯 살이나 어리네. 그리고 나보다는…… 원희는 그런 생각을 하다 씁쓸하게 웃으며 고개를 저었다. 수임의 말처럼 고주완은 이미 팬이 많았다. 180센티미터가량 되는 키에 마른 것도 근육질도 아닌, 적당하게 살집이 있는 체격이었다. 전형적인 미남이라고 할 수는 없으나 코가 얼굴의 비율에 맞게 오뚝하게 솟아 있어 보기 좋았다. 웃지 않을 때에는 차갑게 보이는 쌍커풀 없는 눈도 매력적이었다. 그리고 파워풀한 연주와 달리 결코 과하지 않은 그 절제된 표정, 조명을 받아 부드럽게 빛나는 섬세한 손가락의 흐름과 그에 따라 반응하는 팔과 어깨의 움직임. 때로는 강하게, 때로는 부드럽게…… 원희는 그 모든 것에 마음을 빼앗겼다. 길에서 지나쳤다면 아무런 눈길도 끌지 못했을, 어떤 직업을 가졌다 해도 수긍할 만큼 평범하다면 또 평범한 외모이지만 어디에 그런 섬세하고 열정적인 예술 감각과 절묘한 테크닉이 숨어 있는 것인지, 원희는 그러한 간극이 더 마음을 끌었는지도 모르겠다고 생각했다. 무엇보다 저토록 힘 있고 유려한 연주 실력과 나이에 비해 탁월한 곡 해석 능력에…… 아니다. 원희는 스스로를 속이고 있다는 것을 알았다. 사실은 연주가 시작되기 전부터 이미 그에게 매혹되었다. 그가 무대에 모습을 드러내자마자. 그런 식으로 누군가에게 끌릴 수도 있다는 사실을 아주 어릴 적에도 이미 알고 있었던 것 같은데. 너무 오랜 시간 잊고 지낸 감각이었다.

고주완의 팬 카페가 있다는 것을 알고 원희는 며칠간 가입을 심각하게 고민했다. 다 늙어서 이게 도대체 뭐 하는 짓인가 싶은 마음에 휴대폰을 끄고 켜기를 반복했다. 원희는 유튜브에서 고주완의 연주 동영상을 찾아 보기 시작했다. 인터뷰와 기사도 검색해서 빠짐없이 읽어보았다. 마음에 드는 인터뷰는 몇 번이나 다시 보았다. 고주완의 얼굴이 클로즈업된 사진은 휴대폰에 저장했다. 고주완은 버르토크나 프로코피예프 같은 20세기 작곡가를 특히 애정하는 듯했다. 원희는 불협화음에 매력을 느끼지 못했다. 기승전결이 있는 고전적인 곡들을 선호했다. 그런데 고주완의 공연 이후로 달라졌다. 원희는 이렇게 단번에 취향이 다른 쪽으로 열리는 경험을 해본 기억이 없었다. 원희는 고주완의 모든 앨범과 버르토크, 프로코피예프, 진은숙의 시디를 주문했다. 그리고 유튜브로 종일 고주완의 연주와 20세기 작곡가들의 피아노 소나타와 콘체르토를 반복해서 들었다. 하루가 금방 지나갔다. 어느 날은 규석이 한마디 던졌다. 뭐 이런 걸 들어?

이제 20세기 음악을 좀 들어보려고.

음악은 20세기가 최고지. 팝 마니아인 규석이 웃으며 물었다. 당신 아직도 멜론 안 하지?

뭘 한다고? 멜론을 해?

규석이 웃으며 돋보기를 끼고 원희의 휴대폰을 가져갔다. 남의 휴대폰은 왜? 원희는 짜증을 숨기지 않았다. 가만 있어 봐. 이 멜론은 먹는 게 아니라 듣는 건데……

아니, 시디 주문했어. 오기 전까지만 듣는 거야. 그러나 규석은 가만있어보라는 말만 반복하며 원희의 휴대폰을 들고 이것저것 눌렀다. 원희는 규석이 자신의 휴대폰을 만지는 것이 불안했다. 잘못한 것도 없는데. 아, 싫어. 이리 줘. 원희는 규석의 손에서 휴대폰을 빼앗았다. 규석이 돋보기 너머로 원희를 건너다보았다. 왜 그래?

프라이버시라는 게 있는 거야. 내가 당신 휴대폰 보는 거 봤어?

규석은 피식 웃었지만 기분이 상한 표정이었다.

결국 원희는 고주완의 팬 카페에 가입했다. 눈을 뜨면 카페부터 들어갔다. 고주완에 관한 정보가 가장 빨리 업데이트된다는 점이 좋았고 무엇보다 익명 활동이 가능한 것이 마음에 들었다. 카페에서 사람들은 고주완과 관련된 글뿐만 아니라 다른 클래식 공연 정보나 관람 후기, 음악 취향, 심지어 일상까지 공유했다. 원희는 하루에도 몇 번씩 카페를 들락거렸다. 카페는 가입 인사를 쓰고 정해진 댓글 개수를 채워야 등급이 올라가 모든 게시물을 볼 수 있는 시스템이었다. 원희는 자신의 개성을 최대한 지우고 가장 일반적인 내용으로 글을 올렸다. 존재감을 지우고 고주완에 관한 정보만 얻는 것이 원희의 처음 목적이었다. 그러나 등업을 위해 달았던 의무적인 댓글에도 반응을 보여주는 이들이 있었다. 사람들은 대체로 유쾌했고 글을 맛깔나게 쓰는 이도 많아 점점 새로운 소식들이 기다려졌다.

카페 등급이 업그레이드된 후에도 원희는 댓글을 달았다. 처음에는 간단한 댓글 하나도 썼다 지우기를 반복했는데 이제는 좋아하는 곡이나 감상을 직접 올리기도 했다. 그러고 나서 사람들의 반응을 기다렸다. 자신의 글에 회원들이 흔적을 남기는 것을 보면 무언가 의미 있는 일을 하는 기분이었다. 무엇보다 고주완에 대한 애정을 마음껏 표현할 수 있는 점이 좋았다. 고주완과 같은 테이블에 앉아 술을 마신 적이 있다는 이야기를 하면 사람들은 어떤 반응을 보일까. 그러나 그 이야기는 참기로 했다. 아침에 눈을 뜨면 원희는 전과 달리 가볍게 일어났다. 규석에게 짜증을 내는 일도 줄어들었다. 매일 고주완의 앨범을 반복해서 들었고, 유튜브 연주 동영상이나 인터뷰는 아무리 보아도 질리지 않았다. 햇살이 내리쬐는 거실 창가에 서서, 어느새 짙어진 녹음을 보면 이유 없이 웃음이 났다. 남편의 코 고는 소리도 크게 거슬리지 않았다. 수면제를 먹지 않아도 잠들 수 있는 날이 많아졌다.

고주완은 아직 미혼이었으나 약혼녀가 있다고 했다. 네 살 연상의 발레 전공자라는 말부터 베를린에서 만난 유학생이라는 설 등이 있었으나 정확한 이야기는 아무도 모르는 것 같았다. 원희는 술자리에서 보았던 긴 머리의 여자를 떠올렸다. 고주완 애인 있어? 무심함을 가장한 채 수임에게 물은 적이 있다. 수임이 놀리면 뭐라고 대답할지까지 생각해두었다. 그러나 수임은 무심하게 답했다. 응? 약혼자 있다고 들었는데.

그래?

원희의 표정이 미묘하게 변하는 것을 보고 수임이 웃으며 말했다. 단단히 빠졌네. 리사이틀 티켓 구해줘?

원희는 습관적으로 아니라고, 무슨 말이냐고, 설레발을 치려다 티켓이라는 말에 급히 마음을 바꾸었다. 정말? 같이 가. 그리고 수임에게 고백했다. 나 사실 걔 팬 카페도 가입했다? 미쳤지? 수임이 웃었다. 그랬어? 그게 뭐 어때서.

나 이런 적 처음이야. 너 나 알잖아.

응, 알지. 그런데 처음은 아닐걸? 옛날에도 그런 적 있었던 거 같은데.

내가? 내가 언제?

원희는 콘서트홀 회원 우선 티켓 오픈 날에 맞추어 R석 예매 완료라는 글을 팬 카페에 올렸다. 친구 덕이라는 말은 숨겼다. 누군가는 자신도 성공했다는 글을, 누군가는 아쉽다, 부럽다는 글을 달았다. 원희는 뿌듯한 마음으로 사람들의 반응을 즐겼다. 규석은 누구를 덕질하기 시작한 거냐고 물었다. 덕질이 뭐야? 원희는 아무것도 모른다는 듯 순진한 표정으로 되물었다. 규석이 소리 내어 웃었다. 그게 뭐냐면…… 이런저런 설명을 해주는 규석의 얼굴을 보았다. 입가에 깊은 주름이 패어 있었고 볼에는 희미하게 올라온 검버섯이 보였다. 그에 비해 머리칼은 너무 검었다. 예전에는 원희가 염색 좀 하라고 잔소리를 해도 상관없다던 사람이었다. 언젠가부터 규석은 3주에 한 번씩 미용실에 가서 꼬박꼬박 두피 관리와 천연 염색을 받고 왔다. 당신도 해, 덕질? 원희가 물었다. 나? 나야 자전거지 뭐.

그것뿐이야, 정말?

당신은 누군데? 요즘 맨날 듣는 그 피아니스트?

응. 궁금해?

원희는 고주완의 영상을 찾아 보여주었다. 규석은 10초 정도 보고는, 고개를 끄덕이고 금방 딴짓을 했다. 당신은 누구야? 있을 거 같은데. 말해봐, 얼른. 규석은 그런 거 없다며 허허 웃기만 했다. 내가 다른 남자 좋아해도 당신은 안 싫어? 원희가 눈을 흘기며 물었다. 싫기는, 다 늙어서 뭐.

그 말 좀 그만할 수 없을까? 말끝마다 툭하면 다 늙었대. 지겹지도 않냐? 원희가 발끈했다. 아니, 당신은 아직 젊지…… 예쁘고…… 그냥 하는 말이지 뭘 그렇게…… 규석은 횡설수설 말을 주워 담으며 원희의 눈치를 보았다. 그런 규석을 화난 얼굴로 바라보다 원희는 갑자기 웃음을 터뜨렸다. 규석은 영문을 모르겠다는 듯 따라 웃으며, 오춘기야 뭐야, 육춘긴가, 하는 썰렁한 농담을 하고는 입맛을 다셨고 원희는 손가락으로 눈물을 찍었다. 규석을 놀려먹은 것이 너무 우스워서 못 참겠다는 듯. 그러다 웃음기를 싹 지우고 규석에게 말했다. 당신은 덕질인지 뭔지 하지 마. 다 죽일 거야. 원희의 말에 규석의 눈이 커졌다. 원희는 남편의 얼굴을 잠깐 응시하다 금방 다시 웃기 시작했다. 놀라기는. 죽이긴 뭘 죽여.

어머니가 발목을 삐끗하셨대. 규석의 형에게서 연락이 온 것은 본격적인 여름을 알리는 소나기가 쏟아지던 날 늦은 오후였다. 최근 몇 달간 시모의 컨디션이 좋지 않았다. 한 달 전쯤 찾아갔을 때에 시모는 원희를 금방 알아보지 못했다. 이 사람은 누군가? 하는 눈빛으로 자신을 응시하던 시모의 텅 빈 표정에 가슴이 내려앉았다. 아, 너구나. 그 말에 원희는 얼마나 안도했던가. 규석을 다른 사람으로 착각하는 일도 한두 번 있었다. 간병인의 말에 따르면, 최근 들어 부쩍 밤중에 나가겠다고, 급히 가야 할 곳이 있다고 고집을 피울 때가 있다고 했다. 특이 증상은 아니고, 일반적인 겁니다. 날이 따뜻해지면 많이들 그러세요. 의사 선생님도 괜찮다고 하셨어요. 너무 걱정하지 않으셔도 되고요. 식사도 잘 하시고 연세에 비해 다른 부분은 양호한 편이시니까. 담당 조무사는 별일 아니라는 듯 덤덤하게 말했다. 저 사람은 하루에 저런 말을 몇 번이나 할까. 원희는 조무사의 얼굴을 보며 생각했다. 잘 부탁드립니다. 부부는 죄인처럼 고개 숙여 인사하고 발길을 돌렸다. 그런 날에는 돌아오는 차 안에서 둘 다 말이 없었다. 그저 가끔씩 한숨을 나눌 뿐이었다. 그런데, 발목을 삐었다니. 화단에 얕은 담 같은 게 있는데 거길 잘못 디디셨다나 봐. 그래도 골절 안 된 게 어디야. 규석은 길게 한숨을 내쉬었다. 입가 주름이 한층 더 깊어 보였다. 당신, 입가 리프팅 좀 해야겠다.

뭐라고?

아니야. 그럼 어떻게 해야 돼?

입원까지는 안 해도 된다니 다행인데. 그냥 뭐, 당분간 휠체어지.

걱정이네. 식사라도 잘 드셔야 할 텐데.

내일 내가 가본다고 했어. 형수가 갑자기 또 아프다네. 장염이라는데, 여름에 회를 왜 먹나 몰라.

이번 주 면회는 원희네 차례가 아니었다. 내일은 유나를 만날 예정이었다. 다음 달로 다가온 출산을 앞두고 간만에 세 식구만 만나 식사를 할 예정이었다. 그다음 날은 고대하던 고주완의 리사이틀이 있었다. 시모와 관련된 전화가 올 때마다 걱정이 앞섰지만 이번에는 고주완이 먼저 떠올랐다. 못 가게 되면 어쩌지. 마음을 숨길 수 있어서 다행이라는 생각을 하며 걱정스러운 얼굴로 규석을 바라보았다.

약속을 미루기 위해 유나에게 연락을 했을 때, 유나는 자신도 요양원에 함께 가겠다고 했다. 할머니 못 뵌 지 너무 오래됐잖아. 내일 아니면 언제 만날 수 있을지도 모르고.

원희 부부는 다음 날 일찍 딸을 데리러 갔다. 거의 한 달 반만에 만난 유나는 만삭에 살이 오른 모습이었다. 이번엔 손발도 너무 많이 부어. 장갑 낀 거 같아. 유나는 양손을 들어 보이고는 웃으며 말했다. 원희는 딸의 살찐 모습보다 아무렇게나 묶은 머리에 눈이 갔다. 그러나 피부는 매끄럽게 빛났다. 유나는 원래 외모에 크게 관심이 없었다. 나 임신 체질인가봐. 임신만 하면 피부가 엄청 좋아져. 근데 이번엔 허리가 너무 아픈 거 있지. 확실히 전이랑 달라. 유나는 이마를 찌푸리며 투정 부리듯 말했다. 도대체 너희는 무슨 생각으로 또 애를 가져서 이 고생을…… 원희는 목까지 올라오는 잔소리를 애써 삼키고 짐짓 밝은 얼굴로 말했다. 할머니 뵙고 나오면서 맛있는 거 먹자.

　서울에서 한 시간 반 정도 떨어진, 요양원이 있는 해안 도
시에 들어서면 바다를 보기도 전에 차창으로 들어오는 특유
의 내음을 맡을 수 있었다. 유나는 그것을 미역 냄새라고 했
다. 엄마, 근데 오늘따라 유독 진하지 않아?

　난 모르겠는데?

　왜. 확 나는데.

　규석이 운전하는 동안 끼고 있던 선글라스를 벗으며 딸의
편을 들었다. 서울에서 일기예보를 확인하고 출발했는데도
예상과 달리 하늘에는 먹구름이 짙게 내려앉아 있었다. 어떤
녀석이길래 막달까지 괴롭히나 몰라. 아주 나오기만 해봐라.
유나는 내렸던 창을 올리며 혼잣말하듯 중얼거렸지만 원희는
자신에게 들으라고 하는 말이라는 것을 알았다. 그러나 원희
는 아무 말도 하지 않았다. 몇 초간의 짧은 침묵이 지난 후 규
석이 허허 웃으며 딸이 원하는 답을 대신 해주었다. 제일 야
무질 거야. 언니들 다 이겨 먹을걸. 얼마나 예쁠까.

　……건강하기만 하면 되지 뭐. 원희가 마지못해 겨우 덧붙
였고 유나는, 응, 하고 말았다.

　시모는 잠들어 있었다. 불과 한 달 새 부쩍 작아진 시모의

모습에 원희는 내심 놀랐다. 이불을 들추자 붕대를 감은 작고 여윈 발이 보였다. 시모의 잠든 얼굴은 무방비 상태였다. 살짝 벌어진 입가에는 침이 말라붙어 있었다. 창백하고 주름진 얼굴로 시모는 숨을 내쉴 때마다 푸, 푸, 하는 소리를 냈다. 유나는 할머니 옆에 가서 가만히 얼굴을 들여다보다 금방 눈물을 떨구었다. 규석은 유나의 어깨를 토닥였다. 괜찮아. 깨시겠다. 나가 있자.

규석은 상담을 하러 가고 원희와 유나는 정원에 나와 벤치에 나란히 앉았다. 면회 온 가족들과 함께 테이블에 둘러앉아 담소를 나누는 이들, 짝을 지어 한가롭게 산책을 하거나 웃으며 수다를 떠는 노인들이 보였다. 전에 왔을 땐 우리도 저랬는데. 1년도 안 됐잖아. 그새 너무 많이 변했어. 유나가 가라앉은 목소리로 말했다. 괜찮아지실 거야. 원희가 다독였다.

할머니 연세가 이제 몇이지?

이제, 여든여섯이네.

아까 할머니 얼굴을 보는데, 할머니가 여잔지 남잔지도 모르겠는 거야. 그냥…… 늙은…… 아기 같아서 그게 너무 슬픈 거야. 유나는 또다시 울먹였다. 우리 할머니가 어떤 분이셨는데. 유나는 손으로 연신 눈물을 닦았다. 원희는 가방에서 손수건을 꺼내어 딸에게 건넸다. 너 이럴 줄 알았으면 같이 안 오는 건데. 유나는 눈물을 훔친 후 코맹맹이 소리로 말했다.

아니야, 잘 왔어. 후회하는 것보다는 나아. 마치 시모가 돌아가실 날이 얼마 남지 않았다는 말처럼 들렸다. 나중에 애들 보여드리러 또 와야지. 원희의 말에 유나는 아무 대답도 하지 않았다.

요 며칠 잠도 잘 못 주무셔서 처방받은 진정제를 간혹 드린다네. 아무래도 발이 불편하니까 더 그렇겠지…… 규석의 얼굴이 수척해 보였다. 우리 나가서 점심 먹고 올까? 유나, 너 전에 게장 먹고 싶다고 했지? 원희는 상담 내용을 자세히 묻는 대신 다른 말을 꺼냈다. 그게 언젠데. 지금은 별로야. 유나는 원희를 쳐다보지도 않고 말했다. 엄마 먹고 싶은 데로 가. 나 어차피 이젠 많이 먹지도 못하고 입맛도 없어. 유나는 이마를 살짝 찌푸린 채 부푼 배를 쓰다듬었다.

셋은 해안가에 늘어선 식당가를 지나며 간판을 훑었다. 잠시 뒤에 유나가 물었다. 해물수제비가 뭐야? 규석은 식당 앞에 차를 세웠다. 주말인데도 식당 안은 한산했다. 주문한 음식이 나오기를 기다리는 동안 셋은 별말이 없었다. 규석은 사위와 손녀들의 안부와 출산 예정일 따위를 물었다. 차 안에서도 이미 한 얘기들이었다. 삼시 후, 커다란 양푼만 한 그릇에 홍합과 게, 낙지, 전복 등이 수북이 올라간 해물수제비가 나왔다. 규석이 앞접시에 음식을 덜어 주었다. 나 이런 수제비는 처음 먹어봐. 유나는 좀 전과 영 딴판으로 입맛을 다시며 국물을 떠먹었다. 와, 맛있다. 속이 확 풀리네. 음식을 맛있게 먹는 딸의 모습에 부부는 눈빛을 교환하며 슬며시 웃었다. 식사를 마친 후 규석이 커피를 한잔 마시자고 했다. 셋은 바다가 보이는 카페에 자리를 잡았다. 하늘이 흐려서인지 바다는 회색빛에 가까웠다. 바다는 바다라는 이름이 정말 잘 어울리는 거 같아. 유나가 말했다. 그러네. 규석이 웃으며 동의했다. 파도도 그렇다. 나무도. 바람도. 구름도. 설탕이랑 소금도. 셋은 돌아가며 생각나는 것들을 말했고 서로 웃으며 고개를 끄덕였다. 유나도 유나라는 이름이 잘 어울리지 않아? 원희가 묻자, 유나가 고개를 갸웃했다. 그런가? 그럼 엄마는? 엄마는 원희가 잘 어울리는 거 같아? ……할머니는 현복이라는 이름이 어울리나? 송현복 여사님. 예전에는 너무 잘 어울렸는데 이제는 그냥 너무 슬픈 이름이 돼버린 거 같아. 유나는 다시 울먹였고 원희는 서둘러 자리에서 일어섰다. 너 호르몬 때문인 거 알지? 그만 울어. 애기 힘들다.

시모는 다행히 깨어 있었다. 몸을 일으켜 침대에 기댄 채 간병인이 주는 죽을 먹고 있었다. 셋이 방에 들어서자 시모는 고개를 돌려 바라보았다. 응, 왔니? 그 말에 원희는 마음이 탁 풀렸다. 아니, 꽃밭에 튤립이 한창이잖아. 너희도 봤지? 그왜…… 짙은 남색 튤립은 잘 없잖아. 그런데 내가 그 향이 어떤지 갑자기 너무 궁금한 거야. 뭐 그렇게 된 거지. 발을 딱 이렇게 디디는데. 시모는 또박또박 말하며 고개를 저었다. 스스로가 한심하다는 표정으로.

금방 괜찮아져요. 살짝 접질린 거라. 규석이 시모의 다리를 주무르며 말했고 시모는 고개를 들어 창을 보며 작게 말했다. 금방? 금방이라고……

셋은 시모를 휠체어에 태우고 정원으로 산책을 나갔다. 기온이 높은 데다 날이 흐려 후텁지근했지만 실내보다는 숨이 트였다. 유나는 할머니의 손을 잡고 이런저런 이야기를 늘어놓았다. 원희는 유나가 또 갑자기 울음을 터뜨릴까 봐 염려스러웠다. 그런데, 넌 애를 왜 자꾸 낳아? 시모의 뜬금없는 질문에 유나가 눈을 동그랗게 뜨고 할머니의 표정을 찬찬히 살피며 대답했다. 할머니, 난 외동인 게 너무 싫었잖아. 애들이 좋아요. 많을수록 좋아. 봐줄 사람만 있으면 넷도 좋을 거 같아. 원희가 어이없다는 듯 유나를 보았다. 그러나 유나는 원희의 눈길을 모른 척했다. 그럼, 이제 일은 못 하겠네? 시모가 물었다. 역시 우리 할머니, 나 일한 것도 기억하시네. 애들 좀 키워놓고 다시 해야죠. 시모가 피식 웃었다. 그게 되나. 그렇게 말하는 시모의 얼굴은 원희가 전에 알던 표정 그대로여서 자신도 모르게 웃음이 났다. 치, 뭐 엄마는 나 하나 낳고도 일 안했잖아요? 난 아니라니까. 두고 보세요. 유나는 할머니를 보며 말했지만 원희 들으라고 하는 말이라는 것을 알았다. 시모는 유나를 잠깐 동안 빤히 보았다. 그러다 천천히 웃으며 유나의 배를 쓰다듬었다. 그래, 그래. 잘했어요. 근데…… 남편이랑 그게 엄청 좋은가 보네요. 시모의 말에 셋은 금방 얼굴이 굳었다. 유나는 어색하게 웃으며 자신의 배 위에 놓인 할머니의 손을 들어 잡았다. 우리 할머니 재밌어졌네. 하여간 얼른 나으세요. 알겠죠? 유나는 손녀로서 할 만한 말들을 두서없이 늘어놓았고 규석은 휠체어 뒤에 가서 섰다. 이제 들어가자. 비 올 거 같다.

시모를 다시 방으로 옮긴 후 유나는 화장실에 가고 싶다고 했고 원희가 함께 일어섰다. 배가 불러 뒤뚱이며 걷는 유나의 팔을 잡아주자 유나는 원희에게 몸을 기대 왔다. 엄마, 아까는 그냥 한 말이야. 알지?

무슨 말?

아니, 나 하나 낳고 일을 안 하고 뭐라 뭐라 한 거.

아, 그거. 생각도 안 하고 있었어. 괜찮아.

괜찮아?

응. 난 그냥 싫었거든. 싫어서 일 안 한 거야. 전에 말하지 않았니?

근데…… 그럼 왜 애도 더 안 낳았어?

그것도 싫어서. 우울증 왔다고 했잖아. 애는 알면서 왜 자꾸 물어봐?

시모는 눈을 감은 채 규석의 책 읽는 소리를 듣고 있었다. 평소에도 오디오북을 곧잘 듣는다고 간병인이 알려주었다. 예전에 부군께서 자기 전에 책을 많이 읽어주셨다던데요. 원희는 처음 듣는 이야기였다. 규석은 원희에게 눈짓을 했다. 원희와 유나는 입을 다물고 소파에 조용히 앉았다. 유나는 금방 졸기 시작했다. 원희는 유나에게 어깨를 내어주고 휴대폰을 꺼냈다. 고주완의 팬 카페에 들어가 새 글을 확인했다. 내일 드디어 볼 수 있는 건가요? 사람들의 글을 읽는 원희의 얼굴에 미소가 떠올랐다. 원희는 고개를 들어 방 안을 둘러보았다. 약하게 에어컨이 나왔지만 공기가 탁했다. 이곳을 벗어나고 싶었다. 빨리 집으로 돌아가고 싶었다. 그러나 남편의 목소리는 계속 이어졌다. 책 한 권을 다 읽을 작정인가, 힘들지도 않나, 생각하다 원희도 가물가물 잠에 빠졌다. 그러다 무언가 떨어지는 소리에 원희는 화들짝 깨어났다. 책이 바닥에 떨어져 있었다. 어머니, 어머니. 저예요, 둘째. 규석의 난감한 목소리가 들렸다. 낯설고 기묘한 광경이 원희의 눈에 들어왔다. 원희는 눈앞에 펼쳐진 장면이 무엇을 의미하는 것인지 잠깐 동안 이해하지 못했다. 시모가 규석의 손을 쥐고 손가락을 입안에 넣어 빨고 있었다. 원희는 시모와 눈이 마주쳤다. 시모의 눈이 탐욕스럽게 번뜩였다. 처음 보는 눈빛이었다. 규석은 힘을 써서 급히 손을 빼내고는, 딸과 아내를 돌아보았다. 원희는 지금껏 남편의 그런 얼굴을 본 적이 없었다. 당황과 비참이 뒤섞인 얼굴. 규석은 무슨 말인가 하려 입을 달싹였으나 아무 말도 하지 못했다. 원희는 뭐라 말할 수 없는 표정이라는 게 저런 것인가, 생각했다.

집으로 돌아오는 차 안에서 유나는 멀미가 난다고 했다. 수제비에 조미료가 많이 들어갔나. 너무 많이 먹었나 봐. 규석은 잠깐씩 차를 세웠고 원희는 유나의 등을 쓸어내려주었다. 아, 얘는 갑자기 이렇게 발로 찬다니까. 엄청 세게. 유나가 자신의 배를 내려다보았다. 유나의 부른 배가 기묘하게 꿀렁이고 있었다. 원희는 딸의 배 위에 가만히 손을 올렸다. 손바닥에 강한 태동이 느껴졌다. 옆구리에 오소소 소름이 돋았지만 아무렇지 않다는 듯 천천히 손을 떼었다. 막내가 힘이 대단하네. 일부러 '막내'라고 강조해서 말했지만 유나는 그저 희미한 미소를 지으며 멋대로 움직이는 자신의 배를 내려다보고 있을 뿐이었다. 집에 다다랐을 때, 유나가 잠깐 올라가서 손녀들을 보고 가지 않겠느냐고 물었으나 부부는 고개를 저으며 손을 흔들었다. 다음에. 어서 올라가서 쉬어. 유나가 예의상 해본 말이라는 것을 알고 있었다.

규석은 저녁도 먹는 둥 마는 둥 했다. 함께 소파에 앉아 뉴스를 보았으나 원희는 규석이 아무것도 보고 있지 않다는 것을 알았다. 술 한잔할까? 원희가 물었지만 규석은 고개를 저었다. 내일 라이딩 있어서. 둘은 일찍 잠자리에 들었다. 그러나 규석은 간간이 한숨을 내쉬며 몸을 뒤척였다. 누구로 착각하신 걸까? 원희가 침묵을 깼다. ……모르지. 규석은 길게 한숨을 내쉬었다. 그러실 수 있어. 솔직히 그렇잖아, 사람인데. 규석은 말이 없었다. 한참 후에 규석이 작게 말했다. 처음엔 너무 놀랐는데, 이제 마음이 너무 아프네. 왜 아픈가 생각해봤는데, 어머니가 자신이 무슨 짓을 했는지 알면 어떤 심정일까, 그런 생각이 자꾸 들어서. 규석의 목소리가 떨렸다. 여보, 어머님은 이제 모르셔 그런 거. 원희는 규석에게 바짝 다가가 가슴을 토닥여주었다. 어머님은 이제 그냥…… 사람이야. 우리가 아끼는 사람. 전에 알던 어머님은 잊어야 돼. 규석은 돌아누웠다. 너는 그게 되니…… 규석의 목소리에 눈물이 섞여 있었다. 시모의 눈에 규석은 누구로 보였던 것일까. 그녀의 마지막 섹스 상대는 언제, 누구였을까. 원희는 규석의 등을 쓸어내리며 생각했다. 이 사람과 마지막으로 했던 때가 언제였더라. 그러다 또다시 고주완이 떠올랐다. 내일 리사이틀에는 뭘 입고 가지. 각자 조금 다른 이유로 뒤척이던 부부는 수면제 한 알씩을 먹고서야 겨우 잠이 들었다.

원희는 정성껏 화장을 하고 아끼는 원피스를 꺼내 입었다.

몇 번이나 거울로 자신의 모습을 점검하고 귀걸이도 여러 번 바꾸었다. 콘서트홀 안은 이미 관객들로 북적였다. 지금껏 수많은 공연을 보러 다녔지만 오늘은 유독 관객들에게 눈길이 갔다. 프로그램 브로슈어를 펼쳐 보며 앉아 있는 사람들, 한껏 꾸민 차림으로 삼삼오오 모여 사진을 찍고 수다를 떠는 이들이 모두 팬 카페 회원들로 보였다. 회원들은 함께 만나서 공연을 보기도 했다. 그러면서 서로 얼굴을 익히고 사적으로 친분을 쌓기도 하는 모양이었다. 원희도 그들을 만나고 싶은 마음이 있었다. 하지만 그런 식으로 사람들을 만나 친해진다는 게 상상이 잘 되지 않았다.

공연 시작까지는 아직 30분 정도 남아 있었다. 원희는 수임을 기다리다 밖으로 나왔다. 길어진 햇살이 나무들을 휘감고 있었다. 공연장 바깥에는 고주완의 얼굴이 크게 인쇄된 포스터가 붙어 있었다. 원희는 망설이다 고주완의 얼굴을 클로즈업해서 사진을 찍은 후 숨을 깊게 들이마셨다. 원희에게서 조금 떨어진 벤치 주위에서 큰 소리로 이야기를 나누는 젊은 남녀 무리가 보였다. 짧은 스커트에 어깨가 드러난 셔츠. 누군가 농담을 던졌는지 무리는 동시에 크게 웃음을 터뜨렸다. 그 모습이 못 견디게 아름다웠다. 가슴 깊은 곳에서 질투심이 솟아났다. 하지만 시간은 누구에게나 공평하니까. 나도 저런 때가 있었던가? 저들도 지금 자신들이 얼마나 아름다운지 모를까. 무심할까. 원희는 한동안 그들에게서 눈을 떼지 못했다. 그들이 무지하기를 바랐다. 실수를 반복하고 좌절하기를. 그리고 후회하기를. 내가 그랬던 것처럼.

수임은 공연 시작이 임박해서 도착했다. 결국 얼마 전에 안면 거상술을 받았다고 들었는데 아니나 다를까 모자에 마스크를 쓴 모습이었다. 둘은 급히 공연장으로 들어가 자리에 앉았다. 어차피 오늘은 공연만 보고 갈 거니까. 술도 못 마시고 집에만 있었더니 답답해서 못 참겠다. 수임은 손수건을 꺼내 땀을 닦았다. 마스크를 내린 수임의 얼굴은 부어 있었고 귓윗부분으로 흉터가 길게 나 있었다. 화장을 진하게 한 얼굴이 땀으로 번들거렸다. 볼 아래에는 짙은 화장으로도 감추지 못한 멍이 보였다. 흉터는 몇 개월 지나야 된대. 그래도…… 참아야지. 수임은 아무렇지 않게 말했지만 지친 표정이었다. 그래, 그래. 잘된 거 같은데? 사십대로 보이겠다. 원희는 마음과는 다른 말을 했다.

객석의 불이 꺼지고 무대 위에 고주완이 모습을 드러냈다. 몸에 잘 맞는 검은 연주복을 입은 그는, 피아노 옆에 서서 은은한 미소를 지으며 관객을 향해 인사했다. 원희는 자신의 심장이 뛰는 소리를 수임이 들을까 봐 괜히 옷깃을 다시 여몄다. 고주완은 피아노 의자에 앉아 손을 건반 위에 올린 후 눈을 감았다. 연주가 시작되었고, 원희는 가슴이 벅차올라 눈물이 날 것 같았다. 고개를 살짝 들어 올려 천장을 응시했다. 객석이 어두워서 다행이라고 생각했다. 고주완은 두 번의 앙코르까지 끝내고 객석을 향해 환한 웃음을 지어 보였다. 원희는 자신도 모르게 따라 웃으며 손이 아프도록 박수를 쳤다. 다른 관객들처럼 기립 박수를 보내고 싶었지만 차마 일어서지는 못했다. 고주완이 퇴장했고 원희는 그가 사라질 때까지 눈을 떼지 못했다. 객석에 불이 들어왔다. 수임과 원희는 공연장 밖으로 나왔다. 잠깐 인사라도 하고 갈래? 수임이 물었다. 너 괜찮아? 원희는 되물었으나 올라가는 입꼬리를 숨길 수 없었다. 가자. 원희와 수임은 함께 화장실에 들러 손을 닦고 화장을 고쳤다.

대기실 앞에는 꽤 많은 사람이 모여 있었다. 이삼십대로 보이는 젊은이들과 중년의 남녀, 그리고 백발의 노부인과 노신사도 한둘 보였다. 그들은 꽃다발이나 선물을 든 채 비슷한 표정으로 고주완을 기다리고 있었다. 수임과 인사를 나누는 이도 몇몇 있었다. 그들이 수임의 얼굴을 쳐다보는 눈빛을 원희는 보았다. 수임 역시 모르지 않았을 테지만 아무렇지 않은 듯 자연스럽게 웃고는 고개를 돌렸다. 꽃이라도 한 다발 사 올 걸 그랬네. 원희가 말하자, 꽃다발 선물 젤 싫어해. 수임이 툭 던졌다. 가까이에 서 있던 하이힐을 신은 젊은 여자가 수임을 흘끗 쳐다보았다. 그녀의 손에는 파스텔 톤으로 고급스럽게 포장된 커다란 꽃다발이 들려 있었다. 원희가 수임의 팔을 잡으며 조용히 하라는 눈짓을 했다. 그런데도 수임은, 꽃 선물은 어차피 다 가져가지도 못해. 누가 줬는지 기억도 못 할걸, 하고 아무렇지 않게 말을 내뱉고는 모자를 고쳐 썼다. 여자는 휴대폰을 만지작거리며 혼잣말처럼 한마디 던졌다. 존나 추해. 여자의 말이 원희의 귀에 와서 박혔다. 목덜미가 뜨거워졌다. 반사적으로 수임을 보았는데 수임은 들었는지 어쨌는지 무심한 표정으로 팔짱을 낀 채 서 있었다. 원희는 한 손으로 머리를 매만지며 둘로부터 몇 발짝 떨어졌다.

잠시 뒤 고주완이 대기실 문을 열고 나왔고 사람들은 그의 주위에 모여 환호했다. 모두 안면이 있는 이들인 듯 반갑게 인사를 하거나 함께 사진을 찍었다. 사인을 해주기도 했다. 수임에게는 전에 그랬던 것처럼 선생님, 하면서 정중하고도 반갑게 인사했다. 원희는 주완이 수임의 어색한 얼굴을 어떤 표정으로 보는지 살폈다. 그러나 그는 전과 다름없는 표정으로 수임과 간단히 안부를 나누었다. 이 친구 전에 봤지? 왜, 내 대학 동기. 수임이 원희의 팔을 끌어당겼다. 주완은 원희와 눈을 맞춘 후 안녕하세요, 하고 고개 숙여 인사했다. 그러나 원희는 주완이 자신을 기억하지 못한다는 사실을 직감했다. 힐을 신은 여자는 밝게 웃으며 주완에게 꽃을 안겼고 주완은 그녀의 이름을 부르며 반겼다. 주완은 그녀의 어깨에 손을 올리고 함께 사진을 찍었다. 원희는 여자의 힐 위로 드러난 하얗고 매끈한 발등을 보았다. 너도 사진 한 장 찍을래? 수임의 말에 원희는 고개를 흔들며 수임의 팔을 끌었다. 그만 가자.

규석은 거실에서 텔레비전을 보며 라면을 안주로 소주를 마시고 있었다. 아, 당신 저녁 먹고 오는 줄 알았는데. 규석이 원희의 눈치를 보았다. 원희는 규석의 옆에 앉았다. 집에 소주가 있었어? 원희는 잔에 든 소주를 입안에 털어 넣었다. 소주 한 병을 비운 후 원희는 간단한 샐러드를 만들었고 규석은 반쯤 남은 위스키를 꺼냈다. 한동안 둘은 말없이 술잔만 기울였다. 섞어 마시면 숙취가 심할 텐데. 평소와 달리 과음을 하는 원희를 보며 규석이 말했다. 심하면 뭐 어때. 할 일도 없는데.

오늘 무슨 일 있었나?

우리도 미리 요양원 알아볼까?

규석이 들었던 술잔을 내려놓았다. 요양원?

응, 왜. 보증금 내고 들어가는…… 좋은 데 많다던데. 호텔식 실버타운인가.

아…… 실버타운. 나도 사실 생각해보기는 했어.

규석은 휴대폰으로 이런저런 검색을 해서 원희에게 내밀

었다. 15년에 보증금 8억, 월 5백, 1인 추가 시 3백. 엄청 비싸구나. 원희가 이마를 찌푸렸다. 여기는 제일 비싼 데고…… 한 10년 후에 들어갈까. 그럼 내가 몇 살이야. 규석이 중얼거렸다. 그만 자자. 원희가 자리에서 일어섰다. 원희야. 원희는 자신의 이름을 부르는 규석을 바라보았다. 나는, 저, 나중에……혹시라도…… 안 좋아지고 그러면, 괜히 이런저런 거 하지 말고. 원희는 규석의 말을 끊었다. 당신 지금 무슨 소리 하는 거야. 정신 차려요. 우린 아직 아니야. 방으로 들어가며 원희는 입술을 깨물었다.

또다시 주말이 되었고 규석은 아침 일찍 라이딩을 나갔다. 규석은 여느 때처럼 현관 거울로 자신의 모습을 점검하며 선글라스를 낀 얼굴을 이리저리 살펴보았다. 원희가 선물한 선글라스가 마음에 든다고 했다. 몸매만 보면 삼십대 같아. 자전거 잘 탔어. 원희가 말했고 규석은 삼십대는 무슨, 했지만 기분 좋은 얼굴로 손을 들어 보이고 현관을 나섰다.

규석이 나간 후 원희는 음악을 틀고 커피를 내렸다. 거실 창으로 보이는 바깥 풍경은 눈이 부셨다. 여름 오전의 화창한 햇살이 초록의 이파리들을 빛내고 있었다. 낮에는 많이 덥겠구나. 원희는 혼잣말을 하며 어디론가 향하는 사람들의 모습을 눈으로 좇았다. 다들 목적지가 분명해 보였다. 원희는 몇 년 만에 피아노 앞에 앉았다. 돋보기를 쓰고 오래된 악보를 뒤적이다 쇼팽의 악보를 피아노 위에 펼쳐놓았다. 녹턴 18번. 쇼팽이 마지막으로 작곡한 녹턴. 예전의 원희는 이 곡을 즐겨 연주했었다. 무엇보다 잔잔하고 평화롭고 나른한 도입부가 마음에 들었다. 그리고 중반부로 갈수록 고조되는 슬픔, 그러나 결코 나락으로 떨어지지 않는 우아함. 쇼팽의 녹턴은 아름다운 기승전결을 가지고 있었다. 원희는 그런 기승전결을 좋아했다. 원희는 건반 위에 손을 올렸다. 손가락은 역시 마음처럼 움직이지 않았다. 예전에는 눈 감고도 연주할 수 있던 곡이었는데, 연습을 너무 오래 안 했지. 연습을 해야 해, 연습을. 그러면 금방 손이 풀리니까. 오래 방치된 피아노는 미묘하게 소리가 어긋나 있었다. 조율을 받은 지가 언제였던가. 원희는 자신의 손등에 도드라진 굵은 핏줄을 보았다. 콘서트홀 대기실 앞에서 본 젊은 여자가 내뱉던 말이 떠올랐다. 원희는 몇 번의 시도 끝에 작게 한숨을 내쉬고 조용히 피아노 뚜껑을 닫았다.

유나에게 전화가 왔을 때 원희는 거실 소파에 누워 깜빡 졸던 참이었다. 응, 유나야.

엄마, 나 비상.

유나의 예정일은 일주일 정도 남아 있었다. 그런데 오늘 갑자기 진통이 시작되어 급히 남편과 병원으로 이동한다고 했다. 동네 엄마한테 애들 잠깐 봐달라고 했거든. 엄마가 지금 좀 와줘.

원희는 정신을 차린 후 재빨리 준비를 마치고 차에 올랐다. 차 안은 후끈한 열기로 뜨거웠다. 시동을 켜고 에어컨을 작동시켰다. 유나의 집에 가까워질수록 급했던 마음이 조금씩 가라앉았다. 유나는 무사히 셋째를 낳을 것이고 손녀들은 안전하게 나를 기다리고 있을 것이다. 이제 30분 정도 후에는 무사히 유나의 집에 도착할 것이고, 아이들은 할머니, 하고 나를 부르며 안겨 올 것이다. 그러나 손녀들은 금방 집요하게 무언가를 요구하고 못 들은 척하고 소리를 지르고 어지르겠지. 반복되는 말을 하며 칭얼대고 엄마를 찾으며 울고…… 할머니 좋아. 싫어. 안 해. 사랑해. 미워. 엄마는 언제 와…… 너희 엄마는 또 아이를 낳으러 갔단다. 동생을 데려올 거야. 회음부가 찢어지는 아픔을 잊고 내 딸은 또 딸을 낳고 또 낳고 또 낳고…… 신호등이 빨간색으로 바뀌었고 원희는 브레이크를 밟았다. 언제나 클래식 채널 주파수에 맞추어져 있는 라디오를 켰다. 몇 분 후에 원희는 유나의 아파트에 들어섰다. 주차할 곳을 찾아 돌다가 놀이터가 보이는 자리에 겨우 빈 곳을 발견하고 차를 세웠다. 라디오에서는 스트라빈스키의 「봄의 제전」이 흘러나오고 있었다. 원희는 조급했다. 아이들에게 어서 가야 하는데. 그러나 그대로 시동을 켠 채 가만히 앉아서 음악을 들었다. 강한 리듬의 불협화음이 고조되었다. 에어컨 바람 때문인지 팔에 오소소 소름이 돋았다. 바깥에는 뜨거운 햇살이 강하게 내리쬐고 있었다. 오후 3시 15분. 시간은 계속해서 흐르고 있었다. 백미러로 얼굴을 비춰 보았다. 거기에는 자신을 이상한 표정으로 바라보는 늙은 눈빛이 있었다. 그 눈빛은 너무 많은 것을 알고 있었다. 버르토크를 연습해볼까. 기승전결이 없는 불협화음을. 매일 연습을 하면 손가락은 금방 힘을 되찾을 것이다. 열 손가락이 균일한 힘으로 단단하게. 근육이라는 건 그런 거니까. 원희는 시선을 창밖으로 돌렸다. 멀리 놀이터에서 아이들이 놀고 있었다. 남자아이 하나와 여자아이 둘이 미끄럼틀에 올라가 차례로 내려왔다. 여자아이들은 유나의 딸들이었다. 나를 할머니라고 부르는 아이들. 그 옆에는 유나 또래의 여자가 앉아 아이들을 지키고 있었다. 아이들은 무구한 표정으로 모래 위에 앉아 웃거나 뛰어다녔다. 아이들의 표정에는 아무런 불안도 의혹도 비밀도 없었다. 과거도 현재도 미래도 모르는 무심한 얼굴들. 놀이터 가장자리에 서 있는 키 큰 나무들이 바람에 흔들리며 빛났다. 여기서 나가자. 얼른 저곳으로 가자. 차 문이 닫히는 견고한 소리를 뒤로하고. 나는 금방 아이들의 보드라운 살결과 달큰한 향기에 파묻힐 수 있을 것이다. 여름의 식물들이 내뿜는 아련한 향과 열기에 휩싸일 수 있을 것이다. 그러나 갈 수 있을까. 바로 앞에서 보고 있는 장면들이 원희에게는 너무 아득하고 먼 곳 같았다. 마치 다른 세계를 보고 있는 듯. 문득 가슴 깊은 곳에서부터 슬픔이 깊은 통증이 되어 올라왔다. 눈물이 흘러내렸다. 터져버린 눈물은 멈추지 않았고 원희는 아이들에게서 눈을 떼지 못한 채 소리 내어 울기 시작했다. 고통스러웠다. 원희는 손을 떨며 불협화음의 볼륨을 높였다.

제인의
허밍

한나는 전신 거울 앞에 섰다. 바깥 기온은 영하로 내려갔지만 오피스텔 안은 28도. 하늘색 데님에 검은색 브래지어. 속옷 색깔이 은근히 비치는 하얀 셔츠를 입고 가는 목선과 얇은 로즈골드 목걸이가 보이도록 단추는 언제나 두 개 풀 것. 구독자 20만 명 달성 기념으로 구매한 다이아몬드가 박힌 프레드 팔찌를 찼다. 팔 라인이 드러나도록 셔츠 소매는 두어 번 접어 올렸다. 어제 네일 숍에서 손질받은 손톱은 옅은 핑크빛으로 깔끔하게 정돈되어 있었다. 입술 색도 중요했다. 코럴색 틴트에 투명 립밤으로 자연스럽게 마무리하고 머리는 포니테일로 올려 묶었다. 마지막으로 연한 회색의 반스 캡 모자를 쓰고 잔머리가 자연스럽게 흘러내리는지 꼼꼼하게 체

크할 것. 눈 화장이나 눈썹 손질은 할 필요가 없었다. 화면에
는 한나의 코끝까지만 잡히기 때문이다. 한나는 외모 확인을
마친 후 마지막으로 무선 이어폰을 귀에 꽂았다. 개인 유튜브
채널 '제인의 허밍' 라이브 방송이 시작되기 10분 전이었다.
한나는 잠시 후면 제인이 된다. 거울을 보며 입꼬리를 올려
보았다. 입만 보면 사람들은 한나가 미소 짓는 줄 알 것이다.
얼굴을 상상하겠지. 자신의 취향에 맞는 눈동자와 콧대와 이
마와……

20만 축하해! 규희에게서 생각지도 않은 메시지가 와 있
었다. 규희는 지금 파리에서 오후를 보내고 있을 것이다. 어
떻게 알았어? 고마워. 그리고 부끄러워하는 오리 이모티콘을
보냈다. 나 다음 달에 들어가. 이번에는 꼭 만나! 규희의 말에
한나는, 오! 그래. 진짜 꼭 보자!라며 호들갑 떠는 답을 남겼
다. 하지만 한나의 마음은 천천히 가라앉았다. 다음 달. 다음
달이면 규희를 대면하게 되는 걸까. 그동안 몇 번이나 이런저
런 핑계로 만남을 미루었는데 이번에는……

한나는 준비된 무대인 책상 앞에 가서 앉았다. 간단하게 카
메라 테스트와 필터 조정을 마치고 심호흡을 했다. 그리고 맞
은편 벽을 바라보았다. 거기에는 미니 원피스를 입고 긴 생머
리를 내려뜨린 젊은 시절 제인 버킨의 사진이 붙어 있었다.
아무리 보아도 질리지 않았다. 한나는 제인 버킨을 동경했다.

동경. 그러니까 한나는 제인 버킨이 되고 싶었다. 1960년대쯤인가. 자신이 원하는 대로 활짝 웃거나 찡그리는 제인. 거리낌 없이 입고 싶은 옷을 입고 들고 싶은 가방을 들고 노래하며 사랑하던 제인. 무엇을 해도 빛이 나던 그녀. 에르메스에서는 그녀의 이름을 따 버킨 백을 만들었다고 했다. 그녀처럼 살고 싶었다. 연예인이 되고 싶은 것은 아니었다. 다만, 그녀처럼 아름답고 싶었다. 빛을 발하며 마음껏 살고 싶었다. 그러기 위해서는 무엇보다, 돈이 필요했다. 무엇보다 돈.

제인 버킨은 올해 7월에 사망했다. 76세였다. 한나는 그녀의 사망 소식이 실감 나지 않았다. 살아 있었다는 사실이 실감 나지 않았던 것처럼. 제인 버킨은 영국 태생이었지만 파리에서 죽었다. 규희가 있는 파리에서. 규희도 제인 버킨을 좋아한다고 했다. 그래서 버킨 백을 모은다고 했던가.

'제인의 허밍' 스트리밍 영상은 매주 토요일 22시부터 일요일 01시까지 세 시간 동안 실시간으로 방송되었다. 한나의 방송 콘텐츠는 간단했다. 무선 이어폰으로 음악을 들으며 공부하는 것. 그리고 간혹 노래를 따라 부르거나 허밍하기. 한나가 아닌 제인으로서. 아무도 제인이 김한나인지 모를 것이다. 그 점이 중요했다. 한나는 얼굴을 알리고 싶은 마음이 조금도 없었다. 내향적인 성격 때문이기도 했지만 이런 식으로 유명해지고 싶지는 않았다.

세 시간 동안 한나는 정말로 공부를 한다고 생각했다. 처음에는 그랬다. 그러려고 만든 채널이기도 했다. 공부하는 채널은 이미 셀 수 없이 많았다. 상큼한 외모를 내세운 대학생부터 거의 속옷 차림에 가까운 모습으로 고시 공부를 하는 사람까지. 제인처럼 얼굴을 드러내지 않는 유튜버도 이미 꽤 있었다. 한나도 사실 그런 채널을 벤치마킹한 것이었다. 따라 하되 좀 다른 방식은 없을까. 한나는 고민했으나 새로운 아이디어가 떠오르지 않았고 그냥 혼자 공부한다고 생각하자고 마음먹었다. 뭐 누가 많이 보겠어. 그저 누군가 지켜본다면 적어도 세 시간은 공부하는 척이라도 할 수 있을 거라고, 그것만으로도 자신은 발전할 수 있을 것이라는 데 의미를 두었다. 한나에게는 적절한 긴장감이 필요했다. 학원 같은 곳에는 가고 싶지 않았고 사람들을 만나 스터디를 하고 싶지도 않았다. 그렇게 시작한 채널이 매달 생각지도 못한 수익을 주리라고 그때는 상상하지 못했다. 그런데 이제 한나는 무엇이 되기 위해 공부를 할 필요가 없어졌다. 일주일에 세 시간 라이브 방송과 그동안 업로드된 동영상 광고 수익으로 꽤 많은 돈을 벌 수 있었기 때문이다. 유튜버가 되기 전과는 비교도 할 수 없을 정도로.

한나는 이제 어떤 시험에 통과할 필요 없이 그저 공부만 하면 되었다. 단정하면서도 신비로운 모습으로 가끔씩 허밍을 하며. 무심하고 지적인 모습을 보이기 위해 열심히 준비하고 애쓰며. 구독자는 최근에 20만을 넘겼다.

책상 위에는 민트색 몰스킨 노트와 그날 공부할 책이 세팅되어 있다. 그 옆에는 필기도구가 들어 있는 미도리 철제 필통과 물이 담긴 그란데 사이즈 스타벅스 텀블러, 그리고 바이레도 핸드크림이 나란히 놓여 있다. 마치 한때 유행했던 잡지 『킨포크』의 한 페이지처럼. 감성이나 안목이 좀 있다는 사람들은 누구랄 것 없이 그 잡지를 배경에 둔 사진을 찍어 SNS에 업로드했던 적이 있었다. 이제 『킨포크』의 유행은 사그라들었지만 미니멀하면서 내추럴한 북유럽 인테리어는 여전히 유행이었다. 구독자들은 매번 조금씩 바뀌는 제인의 필기도구와 노트 그리고 공부 내용을 궁금해했다. 제인이 입은 셔츠와 착용한 액세서리, 사용하는 립 제품의 브랜드를 묻기도 했다. 그러면 누군가 나타나 답을 했다. 아마도 어디어디 제품 같아요,라는 식으로. 구독자들은 제인이 필기하는 모습, 글씨를 쓸 때 나는 소리, 펜의 종류를 궁금해했다. 구독자들의 취향을 간파한 한나는 수익이 생긴 후 마이크를 가장 먼저 바꾸었다. 멀리 두어도 필기 소리와 숨소리까지 잡히는 성능 좋은 제품으로. 다음으로는 학용품과 소품 들을 하나씩 바꾸기 시작했다. 처음에는 카피 제품이었지만 점점 오리지널 브랜드 제품으로. 하지만 가성비 좋은 제품들을 섞어서. 대형 문구점에서 쉽게 구할 수 있는 펜과 희귀하고 비싼 제품을 3 대 1정도의 비율로. 그래야만 욕을 덜 먹는다는 것도 한나는 알고 있었다.

구독자들은 짙은 오크색의 책상과 감각적으로 깔끔하게 배치한 학용품들이 주는 고급스러운 안정감을 좋아했다. 그리고 은근히 드러나는 가슴 굴곡과 하얗고 긴 손가락의 움직임. 필기를 하고 펜을 입에 무는 제인의 습관들. 간혹 제인은 연필을 깎기도 했다. 연필을 깎을 때 나는 사각거리는 소리와 함께 적당히 허스키하면서 공중을 떠다니는 듯 어딘가 비어 있는 제인의 목소리가 들리면 채팅창은 폭주했다. 우연하게 일어난 일이었는데, 한나는 이제 누구보다 그 점을 잘 알고 있었다. 자신의 목소리에 담긴 모호함이 사람들을 끌어들인다는 것을. 사람들은 제인의 얼굴을 볼 수 없었다. 얼굴은 대체로 인중까지만. 맥시멈은 콧대. 다른 채널에서 보통 유튜버의 얼굴이 보이는 위치에 제인의 가슴이 잡히도록 카메라 포커스가 맞춰져 있었다. 제인은 마치 구독자들이 존재하지 않는 듯 자신만의 시간에 집중하는 척했다. 채팅창은 책 읽듯 훑어보고 절대 대꾸하지 않았다. 어떤 악플에도 반응하지 않을 것. 마치 혼자 있는 것처럼.

한나는 무선 이어폰으로 제인 버킨의 음악을 자주 들었다. 흥얼거리기 좋은 멜로디. 하지만 음악 없이 이어폰만 꽂고 있을 때도 많았다. 한나는 한쪽 귀가 거의 들리지 않았다. 여섯 살 때 수막염을 앓았다. 다행히 말을 배운 뒤라서 언어 학습에 큰 문제는 없었다. '세균성 수막염은 감기 증상과 유사하지만 적절한 치료가 지연될 경우, 치명적인 후유증을 남길 수 있다.' 한나는 이 문구를 잊고 싶었다. 수술비와 병원비와 결국 잘 들리지 않게 된 한쪽 귀가 자신의 탓이 아니라 무지한 부모 탓이라는 생각을 지울 수 없었다. 그때 얼른 병원에만 갔어도. 인공 와우 수술은 하지 못했다. 보청기는 있지만 잘 끼지 않았다. 누군가 볼까 봐 움츠러드는 게 싫었다. 장애인 취급을 받는 것은 무엇보다 참을 수 없었다. 한쪽 귀로 수업을 듣거나 대화를 하는 덴 큰 문제가 없었지만 누군가 자신을 부를 때 어디서 나는 소리인지 위치를 알 수 없었다. 한쪽 눈을 가리면 원근감을 느끼지 못하는 것처럼 한쪽 귀로는 소리의 방향을 알아차릴 수 없었다. 무엇보다 소음이 큰 곳이 가장 문제였다. 데시벨이 높은 장소에서는 사람들의 말소리가 들리지 않았다. 한나는 사람들의 눈을 보는 대신 입술을 보는 습관이 생겼다. 자신이 말을 해도 목소리가 상대에게 들리는지 가늠이 되지 않아 곤란했다. 대화할 때면 자동적으로 상대의 표정에 예민해졌다. 그렇게 30년 가까이 살아왔다.

라이브 방송을 마친 후 한나는 구독자 수와 조회 수, 채팅창을 다시 천천히 확인했다. 오늘도 여전히 아름답습니다. 언니, 네일 컬러 뭐예요? 설정 완전 대놓고 표절. 너는 벤치마킹이라는 말도 모르냐? 누나, 예쁜 말만 보세요. 가슴 사이즈, 덕분에 힐링, 백만 가즈아, 얼굴 좀, 허세녀, 목소리 이상, 몽블랑 쩔, 프레드, 골 때림, 협찬, 초힐링…… 스크롤을 주루룩 내린 후 지난 회차 조회 수를 다시 한번 확인하고 제인은 창을 닫았다.

처음 방송을 했을 땐, 규희와 가까운 친구 몇몇을 제외하면 시청자는 열 명이 채 되지 않았다. 그럼에도 긴장되어 책이고 뭐고 아무것도 눈에 들어오지 않아 영어 단어만 계속 필기했던 기억이 있다. 한 달이 지나도 조회 수는 백 회가 될까 말까였다. 댓글이 올라오면 조마조마해서 밤새 새로운 댓글이 올라왔는지 확인하기를 반복했다. 처음 악플을 받았을 때 한나는 이런 짓은 접어야겠다고 생각했다. 그런데 다른 댓글이 달렸다. 뭐냐 이 컨셉은. 이상하게 계속 보게 되네. 기다려짐. 한나는 다시 힘을 얻었다. 악플은 어디에나 달린다. 신경 쓰지 말자고 다짐했다. 어차피 누군지 모르는 사람들. 한나는 적응이 빠른 편이었다. 치료를 받으러 다닐 때 의사도 그랬다. 한나는 아주 똑똑해요. 이렇게 빠르게 적응하는 아이는 드뭅니다. 그때 머리를 쓰다듬어주던 의사의 손길을 한나는 아직 기억했다.

20만이라는 숫자는 비현실적이었다. 비현실적인 만큼

30만, 50만, 100만도 안 될 것 없다는 마음이 들었다. 한나는 대담해졌다. 무엇보다 구독자 수가 10만, 15만, 20만으로 늘어날수록 수익이 눈에 띄게 달라졌다. 통장에 잔고가 늘어나면서 한나는 삶이 풍요로워진다는 말을 조금씩 이해했다. 한나는 가능성에 대해서 생각했다. 먹고 싶은 것, 가고 싶은 곳, 갖고 싶은 것. 그게 무엇이든 기회가 많아졌다. 다음 목표는 50만,이라고 한나는 노트에 적었다. 최소 1년 안에 달성. 그러면 수익은…… 한나의 입꼬리가 올라갔다. 다음 페이지에는 50만이 되면 바꿀 것들,이라는 제목 아래 목록을 하나씩 적어두었다. 밝고 넓은 집으로 이사할 것. 강남이나 한남? 맨 위에 적어둔 것이었다. 아르바이트를 할 때나 중소기업 계약직을 전전할 때와는 생활이나 꿈이 완전히 달라졌다. 부모에 대한 원망도 줄어들었다. 아직도 방 두 개짜리 전셋집을 벗어나지 못하고 있는 부모가 안쓰럽게 여겨지기도 했다. 마음이 내킬 때마다 조금이나마 용돈을 보낼 수 있었고 부모는 그런 한나를 함부로 대하지 못했다. 돈은 이런 거구나. 중요한 사람으로, 좋은 사람으로 만들어주는구나. 알고 있었지만 직접 경험하는 것은 달랐다.

한나는 책상 뒤편의 침대로 가 누웠다. 열 평 남짓한 오피스텔은 한나의 집이자 직장이었다. 규희를 집으로 초대할까 하다 방을 한번 둘러보고 금방 마음을 바꾸었다. 한나는 휴대폰을 열었다. 중고 거래 사이트에 접속해 새로 올라온 상품들을 확인했다. 버킨 30사이즈 에토프 은장 2천3백만 원. 이제는 그 가격이 놀랍지도 않았다. 관심 품목에 저장했다. 눈으로 이것저것 훑어보다 저렴하게 올라온 셀린느 풀오버가 눈에 띄었다. 작년에 백화점에서 샀어요. 한두 번 착용. 거의 새것. 정품 문의 안 받음. 한나는 재빨리 채팅창을 열었다. 구매 가능한가요? 판매자와 약속 장소를 정한 후 창을 닫았다. 귀에서 윙 하는 소리가 났다. 아직도 간혹 이명이 들렸다. 한참 눈을 감고 누워 있던 한나는 자리에서 일어나 냉장고를 열어 냉동 도시락을 하나 꺼냈다. 전자레인지에서 도시락이 데워지는 것을 기다리는 동안 다시 휴대폰을 켜고 온라인 식품 마켓에 들어가 이것저것 주문했다. 밥을 먹으면서 예능 프로그램을 보았다. 그러나 머리로는 규희를 떠올렸다. 규희, 한규희.

규희를 처음 만난 건 대학 병원 소아 병동 외래 진료를 다닐 때였다. 규희는 선천적 난청이었다. 말 배울 시기를 훌쩍 넘긴 뒤에 인공 와우 이식수술을 받았다고 했다. 두 쪽 다 할 수는 없어서 한쪽만 했는데 경과가 나쁘지는 않다며 규희 엄마는 딸의 볼을 매만졌다. 규희 엄마의 손은 희고 부드러워 보였다. 그래서 우리 애가 말이 좀 느려요. 규희 엄마는 한나에게로 시선을 돌렸다. 한나야, 우리 규희랑 친하게 지내. 그때 한나는 저 아줌마는 말을 왜 저렇게 크게 할까, 하고 생각했다.

병원이 아니었다면 규희를 만날 수 있었을까?

규희 엄마는 유독 한나와 한나 엄마에게 잘해주었다. 규희 엄마의 차에 처음 탔을 때 맡았던 냄새. 그때도 겨울이었다. 뒷좌석에 규희와 나란히 앉아 가며 보았던 한강. 규희의 앙고라 원피스와 대조되었던 자신의 낡은 갈색 코듀로이 바지. 조수석에 앉은 엄마의 작은 뒷모습. 일곱 살 때였던가. 한나는 그렇게 큰 집에 사는 사람이 있다는 사실에 놀랐다. 2층 규희의 방에서는 앞집이 보이는 것이 아니라 잘 정돈된 아름다운 정원이 내려다보였다. 그 장면들이 아직도 생생했다. 규희네 집은 조용했다. 규희네 집에서 처음 자기로 한 날 밤, 한나는 고요한 밤이 무엇인지 처음 알았다. 아니, 소음이 무엇인지 알았다고 해야 할까. 한나네 집에서는 밤중에도 사람들의 소리가 들렸다. 자동차 소리는 물론, 누군가 가래침 뱉는 소리까지도 들을 수 있었다. 아무런 소리도 들리지 않는 방이 있구나. 고요한 것은 이렇게 편안한 거구나. 어둠 속에서 한나는 잠들지 않기 위해 노력했다. 고요를 좀더 오래 느끼고 싶었다.

한나가 목소리를 잊지 않기 위해 노력하는 동안 규희는 목소리를 점점 찾아갔다. 그래도 규희는 비장애인과 완전히 같

아지지는 않았다. 한나처럼 장애를 숨길 수 없었다. 어딘가
어눌한 발음과 먼 곳에서 울리는 듯한 목소리. 그러나 한나
는 규희의 목소리에 금방 익숙해졌다. 소리를 내는 규희의 방
식을 알게 되었다. 규희의 엄마는 한나를 집으로 자주 초대했
다. 규희는 한나가 책 읽어주는 것을 좋아했다. 한나가 갈 때
마다 규희 엄마는 새로운 책을 건네주었고 새 인형을 사 주었
다. 둘은 한참 동안 인형 놀이를 했다. 한나는 규희네 집에서
자는 날을 손꼽아 기다렸다. 둘은 초등학교 때까지 둘도 없는
사이였으나 사춘기를 지나며 점점 거리를 두게 되었다. 언젠
가부터 한나는 더 이상 규희네 집에 놀러 가지 않았다. 규희
네 집에서 자신의 집으로 돌아오는 길이면 마음이 무거워졌
고 알 수 없는 한숨이 나왔다. 걔가 착하기만 한 거 같지? 어
두운 표정으로 식탁에 앉은 한나에게 엄마가 말했다. 응? 한
나가 의아한 얼굴로 되물었다. 그 집도 참 대단하다. 한나는
숟가락을 식탁 위에 탁, 내려놓았다. 규희가 뭐! 화를 내는 한
나에게 엄마는 혀를 차며 밥이나 먹으라고 했다. 네가 뭘 알
겠니. 그때는 엄마가 뭘 모른다고 생각했다. 한결같이 가난한
부모가 답답했다. 자신이 그 집 딸이었으면 좋겠다고 생각했
다. 하지만 규희는 장애가 있으니까. 그런 생각을 하면 죄책
감을 느끼는 동시에 위안을 얻었다. 그럼 나는? 나는…… 먹
먹한 오른쪽 귀를 떠올리며 한나는 짧은 한숨을 내쉬었다.

한나는 작년에 천만 원을 주고 산 중고 BMW를 끌고 집을 나섰다. 흐린 후 눈이 내릴 것이라는 기상예보에 걸맞게 하늘은 낮고 어두웠다. 스웨터를 거래하기 위해 판매자가 정한 곳으로 차를 몰았다. 평일 낮에도 서울 시내에는 차가 많았다. 한나는 신호 대기에 걸릴 때마다 인상을 찌푸렸다. 약속 장소에 도착해 비상등을 켜고 판매자에게 문자를 보냈다. 하얀 패딩을 입은 남자가 종이봉투를 든 채 손을 들어 보였다. 한나는 차에서 내렸다. 남자가 꾸벅 인사를 하고는 봉투를 내밀었다. 한나는 봉투를 받아 들고 남자에게 계좌 번호를 물었다. 남자가 알려준 계좌 번호로 48만 원을 입금했다. 거래를 마친 후 차에 타려는데 남자가 물었다. 옷 안 보셔도 괜찮으시겠어요? 한나는 남자의 입을 보았다. 네? 남자가 의아한 표정을 짓다가, 아니라고, 안녕히 가시라고 말하며 다시 한번 꾸벅 인사하고는 자리를 떴다. 한나는 차에 탄 후 문을 닫았다. 종종걸음으로 멀어지는 남자의 뒷모습을 창 너머로 보았다. 남자가 아파트 단지로 들어가 사라질 때까지 눈으로 좇았다. 혹시라도 뒤돌아보지 않을까 하는 마음으로. 그것을 원하는 것인지 그러지 않기를 바라는 것인지 스스로도 알 수 없는 마음으로. 남자는 돌아보지 않았다. 방금 한나를 만났다는 사실조차 잊은 사람처럼 그저 빠르게 갈 길을 갔다. 한나는 다시 차를 몰아 근처의 백화점으로 향했다.

한나는 백화점 지하로 내려가 혼자 편백찜을 먹었다. 점심 시간이 지났음에도 사람들로 북적였다. 도대체 이들은 뭐 하는 사람들일까. 백화점에 올 때마다 매번 궁금했다. 일하러 가지 않아도 되는 걸까. 부촌에 위치한 백화점답게 사람들은 하나같이 세련된 모습으로 식사를 하고 장을 보았다. 명품 백을 유아차에 걸어두고 식사를 하는 젊은 커플, 하얗게 센 머리로 팔짱을 낀 채 여유롭게 카트를 밀고 가는 노부부, 테이블에 앉아 각자 휴대폰을 보고 있는 중년의 커플. 음식을 잔뜩 시켜두고 누군가의 말 한마디에 손뼉을 치며 웃는 어린 여자들. 이곳은 겨울 같지 않았다. 이들은 추위를 모를 것이다. 한나는 이곳이 무척 익숙한 사람처럼, 마치 이 근처에 사는 주민인 척, 여유롭게 식사를 했다. 추위 따위는 아무런 문제가 되지 않는다는 듯. 나는 적응이 빠른, 똑똑한 사람이니까.

식사를 마친 한나는 커피 한 잔을 주문해 손에 든 채 에스컬레이터를 타고 한 층 한 층 올라갔다. 명품 매장 밖으로 길게 줄을 선 사람들이 보였다. 한나는 샤넬 매장에 디스플레이되어 있는 가방과 옷을 살펴보다가 휴대폰으로 사진을 찍었다. 에르메스 매장은 언제나 한산했다. 인기가 없어서가 아니라 물건이 없기 때문에. 한나는 매장 안으로 들어섰다. 명품 매장 안으로 들어설 때면 외부와 달리 무언가 단단한 공기가 감싸는 기분이었다. 밀도가 조금 다른 느낌이랄까. 짧은 단발

머리에 빨간 립스틱을 바른 하얀 얼굴의 직원이 한나를 보고 인사했다. 찾으시는 상품 있으실까요? 한나는 로퍼를 보러 왔다고 말했다. 직원이 신발 코너로 안내했다. 한나는 이미 온라인으로 모델명과 가격을 알아보고 왔지만 그냥 한번 들른 척 쭉 훑어보았다. 그러다 미리 찜해둔 로퍼를 가리켰다. 37사이즈 있나요? 직원은 잠시 기다려달라고 말한 뒤 매장 뒤쪽으로 사라졌다. 한나는 소파에 앉았다. 매장 거울에 비친 모습은 집에서 보는 것보다 예뻐 보였다. 조명 덕인가. 직원은 오렌지색 박스 하나를 들고 나왔다. 딱 하나 남은 제품이라고 했다. 직원이 웃으며 신발을 꺼내 주었다. 운이 좋으시네요.

카드를 내밀며 물었다. 버킨 백은 힘들겠죠? 직원은 예의 그 미안하다는 표정으로 항상 듣던 말을 이번에도 읊어주었다. 대기자 명단도 올해는 이미 다 차서 블라블라. 버킨 백을 사려면 최소 5천 이상 구매 실적이 있어야 한다는 사실을 알고 있었다. 그런데, 당신 월급은 얼마예요?라고 직원에게 묻고 싶은 충동이 올라왔지만 그 대신, 그럴 줄 알았다는 듯 고개를 끄덕이며 직원이 내미는 명세표에 사인을 했다. 186만원. 직원이 공손하게 내미는 커다란 오렌지색 쇼핑백을 받아들고 한나는 매장을 나왔다. 이것이 한나의 세번째 에르메스였다. 첫번째는 찻잔, 두번째는 스카프. 아직 멀었다. 그래도 좋았다. 새로 산 물건이 담긴 쇼핑백을 들고 매장을 나올 때의 충만한 기분. 성공한 사람이 된 기분. 겨울에도 추위가 두렵지 않고 여름의 열기는 즐길 수 있는. 돈을 번 게 아니라 쓴 건데도 이런 기분이 든다니. 이런 기분을 계속 만끽할 수 있다면 악플쯤 얼마든지 감당할 수 있을 것 같았다. 대부분의 사람은 모두 힘들게 일하고, 더러운 일도 참고, 그렇게 번 돈으로 스트레스를 푸는 거니까. 에르메스 쇼핑백을 든 채 한나는 좀더 걷고 싶었다. 어제 일을 했으니 오늘은 스스로에게 선물을 해도 된다고 생각했다. 그리고 이것 역시 일의 연장선이지. 한나는 고급 학용품과 소품 들을 파는 매장에 들렀다. 연필을 꽂아 직접 돌려서 깎는 작은 연필깎이가 눈에 들어왔다. 7만 8천 원. 2백만 원 가까이 하는 신발을 샀더니 7만 8천 원 정도는 아무렇지 않게 여겨졌다. 한나는 엄지손가락만 한 연필깎이 하나를 산 뒤 주차장으로 내려갔다. 주차장에서는 코트 유니폼을 입은 주차 요원들이 차를 가져다주었다. 자신의 차가 나오기를 기다리는 사람들은 실내에서 바깥을 바라보고 있기만 하면 되었다. 주차 요원의 입에서 나오는 하얀 입김을 보며 한나는 20만이라는 구독자 수를 떠올렸다. 문득 자신이 얼마나 운이 좋은지에 대해 생각했다. 그 운을 놓치지 않아야겠다고 다짐했다.

집으로 돌아온 한나는 집 앞에 도착한 택배 상자를 현관 안

쪽으로 들여놓았다. 쇼핑백도 대충 부려놓고 부엌으로 가 물을 한 잔 마셨다. 외투를 벗어 던지고 바로 침대로 가 누웠다. 휴대폰을 켜서 다음 달 카드값을 더해보다 눈을 감았다. 피곤이 몰려왔고 금방 잠에 빠졌다. 전화벨 소리에 눈을 떠서 휴대폰을 들어 보았다. 엄마. 한나는 다시 눈을 감았다. 그러나 별수 없이 전화를 받으리라는 것을 알고 있었다. 인상을 찌푸린 채 통화 버튼을 누른 후 왼쪽 귀에 휴대폰을 대었다. 김한나, 뭐 해?

왜요?

아니야. 쉬어라.

한나는 목소리를 좀 부드럽게 바꾸고 다시 물었다. 별일 없죠?

엄마는 작년에 퇴직한 아버지가 동네 상가 건물의 경비원으로 취직했다는 소식을 전했다. 그게 얼마나 또 경쟁이 센줄 알아? 너무 잘됐지. 이제 나도 좀 살 거 같고. 월급이……

응, 잘됐다. 잘됐어.

한나는 건성으로 대답했다. 엄마와의 짧은 통화를 마친 후자리에서 일어났다. 좁은 현관 앞에는 뭐가 들었는지 알 수없는 택배 상자 여러 개와 쇼핑백이 어지럽게 늘어서 있었다. 무언가를 사는 순간 느꼈던 쾌감은 이제 사라지고 없었다. 상자를 뜯어볼 마음도 들지 않았지만 어차피 해야 할 일이기에 한나는 칼을 들어 택배 상자를 하나씩 열었다. 세일가로 산 샴푸와 헤어 용품, 마케터들이 보내준 다양한 색깔의 펜과 텀블러, 셔츠 등. 그리고 수입산 스파클링워터와 식료품. 택배 상자를 접어서 차곡차곡 쌓은 후 물건들은 한쪽으로 모아두었다. 한나는 종이봉투 안의 풀오버를 꺼냈다. '거의' 새것이라는 말처럼 '완전히' 새것은 아니었다. 상관없었다. 한나는 셀린느 로고가 달린 화이트 풀오버를 갖게 되었다. 아주 합리적인 가격으로. 중고로 샀는지 누가 알겠어. 새 옷을 사는 건 환경에도 좋지 않댔어. 한나는 풀오버를 입고 거울 앞에 섰다. 거울 안의 여자가 흐뭇한 얼굴로 한나를 바라보고 있었다.

한나는 조회 수를 확인한 후 메일함을 열었다. 마케터들의 메일을 하나씩 읽어보았다. 다양한 가격을 제시하며 자신들의 상품을 노출해달라는 말. 한나는 몇 개의 메일을 골라 답장을 보냈다. 나머지는 알 수 없는 구독자들의 메일. 자신의 전화번호를 남기며 스폰서가 되고 싶다는 남자들. 무례하게 사생활을 물어보는 사람들. 팬레터. 한나는 차례로 클릭해서 휴지통에 버렸다. 다음으로 부동산 사이트에 들어갔다. 원하는 동네에 나온 매물들을 훑어보는 것이 한나의 취미였다. 규희가 살던 동네 근처에 나온 주상복합 매물을 검색했다. 보증금 1억에 월세 2백. 실평수 18평. 나쁘지 않았다. 우선 30만을 찍자. 달리자. 한나는 의욕이 생겼다. 설거지를 하고 청소를 했다. 창밖에는 이미 어둠이 내려 있었다. 눈은 내리지 않는 것 같았다.

규희는 중학교 때부터 미술을 했다. 서양화 전공으로 대학에 진학한 후 프랑스로 유학을 가서 그곳에 정착한 지 올해로 6년째였다. 대학원에 진학했고 파리에서 계속 살 것 같다고 했다. 한나는 규희가 그림을 잘 그린다고 생각해본 적이 없었지만 겉으로는 언제나 응원해주었다. 나도 그림 그리고 싶은데. 중학교 때인가 엄마에게 말한 적이 있었다. 엄마는 못 들은 척했다. 엄마, 나도 미술 학원 보내주면 안 돼? 엄마, 듣고 있어? 엄마는 행주질을 하다 마지못해 대답했다. 돈 없어.

겨자색 모직 코트에 에코백을 든 규희가 카페에 들어섰을 때, 한나는 자리에서 일어나 손을 들었다. 한나를 보자마자 규희는 활짝 웃으며 다가와 한나를 끌어안았다. 갑작스러운 포옹에 당황했지만 한나의 마음은 금세 반가움으로 가득 찼다. 규희에게서는 은은하고 달콤한 바닐라 향이 났다. 한나야, 너 너무 아름다워졌다. 규희가 한나의 눈을 바라보며 말했다. 울리는 듯한 목소리는 그대로였지만 발음이 좀더 또렷해진 것 같았다. 아름답다는 말을 글이 아닌 말로 듣는 것은 처음이었다. 한나는 얼굴을 붉혔다. 아니야, 네가 더 멋진데. 이제 정말 아티스트 같아. 한나도 규희의 눈을 보고 말했다.

진작에 만나자고 할걸. 자신을 향해 맑게 웃고 있는 규희를 보며 한나는 그동안 괜히 혼자 마음이 꼬였던 건 아니었나 자책했다. 자신의 속이 너무 좁았다고. 규희는 이렇게 착한데. 항상 그랬는데.

규희는 한국에서 전시를 한다고 했다. 공동 전시라 별거 아니라고 수줍은 듯 말했다. 규희는 3년 전에 비해 눈에 띄게 달라진 모습이었다. 긴 생머리에 귀에는 작은 다이아몬드 귀걸이가 빛났다. 화장기 없는 얼굴은 매끈하고 깨끗했다. 짙은 남색 매니큐어를 바른 손톱과 대조되어 하얀 손가락이 돋보였다. 손가락에는 실반지가 여러 개 끼워져 있었고 손목에는 단정한 검정 가죽 시계가 채워져 있었다. 한나는 그 시계가 어느 브랜드인지 금방 알아보았다. 그러나 다른 아이템들은 어느 브랜드인지 알 수 없었다. 한나는 규희가 입고 차고 있는 모든 것의 브랜드가 궁금했다. 당장 코트 옷깃을 뒤집어 라벨을 확인하고 싶었다. 귀걸이는 진짜 다이아몬드인지, 신고 있는 플랫 슈즈도 잠깐만 벗어보라고 하고 싶었다. 속옷은 어떤 브랜드를 입는지 묻고 싶었다. 하지만 참았다. 한나는 셀린느라고 커다랗게 적힌 풀오버를 입고 로고가 선명한 구찌 백을 들고 온 자신이 민망해졌다. 규희는 종이로 포장된 꾸러미를 선물이라며 내밀었다. 선물? 난 아무것도 준비 못했는데. 한나가 미안한 얼굴로 포장을 뜯었다. 안에는 자주색 베레모가 들어 있었다. 와, 너무 예쁘다. 모자를 받아 든 한나는 감탄사를 뱉으며 눈으로는 재빨리 상표를 찾아보았다. 써봐. 응? 규희의 재촉에 한나는 바로 모자를 써보았고 규희는 매무새를 잡아주며 잘 어울린다고 맞장구를 쳤다. 네 덕분에 이런 모자도 다 써보네. 한나는 규희와 얼굴을 맞댄 채 사진을 찍었다. 어때? 나도 파리지엔 같아?

규희는 프랑스에 계속 살게 될 거 같다고 했다. 한국에서 사는 건 솔직히 좀 버겁다고. 파리에서의 삶도 힘들긴 하지만 장애가 있어서 불편한 점은 없다고. 숲이 많아서 좋아. 공원이랑. 그리고 아무도 신경 쓰지 않지. 편해. 이방인으로서 어쩔 수 없는 외로움이 문제긴 한데 그걸 견디는 편이 더 나은 거 같다고. 나 애인이 있거든. 한나는 놀랐다.

애인?

규희는 놀란 눈의 한나를 보며 고개를 끄덕였다.

응.

프랑스인?

규희는 또다시 고개를 끄덕였다.

몇 살인데?

응? 아, 몇 살이더라.

애인이 몇 살인지도 몰라? 뭐 하는 사람인데?

……나보다 많아. 몇 살이더라. 나이가 뭐 중요해?

그렇게 말하는 규희의 표정이 미묘하게 달라졌다.

안 중요해. 그냥 부러워서.

규희는 대답 없이 웃었다. 한나는 축하한다고, 너무 잘됐다고 말해주었다. 규희의 프랑스인 애인에 대해 궁금한 점은 많았지만 규희가 말해줄 때까지 기다리기로 했다. 한나는 느슨해져 있던 마음이 다시 조금씩 조여오는 것을 느꼈다. 이 은근한 불편함. 그러나 이것은 규희의 잘못이 아닐지도 몰랐다. 또다시 규희 앞에서 눈치를 보게 되었다. 어릴 때부터 그랬다. 자격지심인가. 내가 못난 탓인가. 한나는 시선을 떨군 채 커피를 마셨다. 전시 보러 올 거지? 다음 주부터야. 규희가 화제를 돌렸다. 한나는 마음과 다른 말이 나왔다. 당연히 가야지. 네 그림 보고 싶어. 궁금해.

정말? 정말 오는 거지?

규희는 진심으로 기뻐하는 것처럼 여러 번 되물었고 한나는 다시 마음이 느슨해졌다. 규희야. 한나가 이름을 부르자 규희는 눈을 동그랗게 뜨고 소리는 내지 않은 채 입술 모양으로 왜? 하고 물었다.

시계 너무 예쁘다.

아, 이거? 한번 차볼래? 규희는 망설임 없이 시계를 풀어 한나의 팔목을 끌어당겼다. 규희의 희고 부드러운 손이 한나의 피부에 닿았다. 이어서 적당히 묵직하고 부드러운 가죽 밴

드가 한나의 팔목에 기분 좋게 감겼다. 까르띠에. 다이아몬
드가 박혀 있는 까르띠에 시계였다. 하지만 한나는 아무것도
모르는 척 순진한 표정으로 물었다. 와, 이거 진짜 다이아몬
드야?

맘에 들어?

너무 아름다운데. 한나는 아까 규희가 자신을 향해 했던 말
을 시계에게 해보았다. 아름답다는 말이 정확하게 어울린다
고 생각했다. 이런 건 얼마쯤 해?

글쎄, 잘 모르겠어. 선물 받아서.

누구한테?

아빠. 오래됐어. 대학 입학 선물. 너한테도 잘 어울린다.

한나는 한동안 시계를 바라보다 밴드를 풀어 규희에게 건
넸다. 시계를 받아 든 규희는 익숙하게 다시 손목에 찼다. 한
나는 커피 잔을 손에 쥐었다. 꺄흐띠에. 너도 하나 사. 튼튼해.
안 질리고.

한나는 웃었다. 웃는 것 말고 다른 적절한 리액션을 찾지
못했다. 꺄흐띠에. 한나는 규희의 발음이 오래 귀에 남았다.
끼르띠에가 아니라 꺄흐띠에. 그래, 나도 꺄흐띠에 하나 사야
겠다. 한나는 웃었고 규희는 그런 한나를 보며 미소 지었다.
자신이 왜 웃는지 규희는 영원히 알 수 없으리라. 마음에 또
다시 무언가 찰칵 채워지는 소리를 들었다. 규희 너는 알 수

없는 것들. 너를 이렇게 자연스럽고 환하게 만드는 것들. 너도 이제 그런 걸 좀 알아야 하는 나이 아니니? 프랑스가 편하니? 숲이 많아서, 공원이 많아서. 그래도 외로운 건 문제니?

규희는 전시와 파리 생활과 애인과의 만남에 대해 이야기했다. 어느 순간부터 한나는 규희의 말을 흘려들었다. 규희의 말을 알아듣기 위해서는 집중력이 필요했는데 시간이 지날수록 피곤해졌다. 한나야, 그런데 나 묻고 싶은 게 있어. 그냥 정말 궁금해서 그런 건데……

뭔데?

너, 나 흉내 내는 거, 아니지?

하품이 나오려는 것을 참다가 규희의 뜬금없는 질문에 정신이 번뜩 들었다. 흉내? 무슨 흉내?

너 방송에서. 그…… 노래하는 거.

노래? 아, 그거. 허밍하는 거. 글렌 굴드 벤치마킹이랄까? 한나는 웃으며 농담을 했지만 규희는 웃지 않았다. 근데 그게 왜?

그 목소리. 그게 자꾸 걸려. 나 흉내 내는 거 같아서.

한나는 아니라고, 아니라는 말도 부족할 정도로 말도 안 되는 생각이라고 반박했다. 너 나를 어떻게 보고…… 얼굴까지 붉히며 화를 내는 한나를 향해 규희는 금방 울상이 되어 사과했다. 그냥 물어보고 싶었어. 너도 알잖아, 나 놀림받아서 트라우마 심한 거. 미안. 미안해.

내가 네 맘 모를까 봐? 한나는 자신의 오른쪽 귀를 가리키며 말했다. 너 그렇게 생각했다면 나 정말 억울해. 눈에 눈물이 고였다. 울지 않기 위해 천장을 바라보았다. 규희의 사과를 몇 번이나 들으며 둘은 헤어졌다. 전시 꼭 와야 해. 꼭이야. 나 계속 사과할 거야. 죽을 때까지. 규희의 애교에 한나는 결국 피식 웃으며 손을 흔들었다.

집으로 돌아가는 길에도 한나는 기분이 나아지지 않았다. 나도 모르게 정말 규희 흉내를 낸 것은 아니었을까? 그런 의구심이 마음 한쪽에 작게 웅크린 채 꼼짝하지 않았다. 그래서 계속 화가 났다. 규희만을 향한 것은 아니었다. 수치스러움이 가라앉지 않았다. 가까운 곳에서 빠앙, 하는 길고 신경질적인 경적 소리가 들려왔다. 한나는 심장이 내려앉는 것 같았다. 반사적으로 브레이크를 밟았고 여기저기서 동시에 경적 소리가 울려댔다. 신호등은 초록색이었다. 사이드미러와 백미러를 빠르게 살폈다. 당황하면 안 된다. 당황하면 어디에서 나는 소리인지 더 알 수 없어진다. 망하는 거다. 보청기가 어디에 있더라. 옆 차선에서 불법 유턴하는 차 뒤에 있던 트럭이 원인이었다는 것을 인지했을 때는 이미 몇 초가 흐른 후였다. 한나는 전방을 주시하고 차를 출발시켰다. 불과 몇 초가 흘렀을 뿐인데 손바닥이 축축했다. 갑자기 멈춘 한나의 차 때문에 화가 난 뒤차들은 빵빵대거나 차선을 바꾸며 한나의 옆으로 지나갔다. 어떤 남자가 창을 내린 후 한나에게 욕을 쏟아냈다. 야, 이 병신아! 한나는 심장이 두근거렸다. 한참을 달린 뒤, 한적한 갓길에 차를 세우고 창을 내렸다. 안으로 차갑고 건조한 바람이 들어왔다. 깊고 크게 호흡했다. 집이 가까웠지만 보청기를 찾아 꽂았다. 애초에 규희에게 유튜브에 대해 말하지 말았어야 했다. 규희가 몰랐어야 했다. 손이 차갑게 식을 때까지 한나는 비상등을 켜고 주위의 소음에 귀를 기울였다. 하얗게 입김이 나왔다. 숲과 공원과 카페가 있고 작은 강이 흐르는 곳. 편안하겠지. 하지만 그렇지 않은 사람도 많을 것이다. 한나는 그것을 알았다. 규희는 알지만 모르는 척하는 것일까. 몰라도 된다고 생각하는 것일까. 설마, 정말 모르는 건 아니겠지.

집에 들어와 한나는 침대에 웅크려 누웠다. 낯선 이가 내뱉은 욕설이 여전히 한나를 할퀴고 있었다. 내가 잘못 들은 걸 수도 있지. 아니 그런데 그…… 미친 새끼가. 병신 같은 놈이. 한나는 얼굴도 기억나지 않는 남자를 향해 욕을 퍼부었다. 남자에게 들은 말을 배로 갚아주겠다는 듯.

한나는 소주와 매운족발을 배달시켰다. 술을 마시며 휴대폰을 켜서 까르띠에 온라인 사이트에 접속했다. 980만 원. 한나는 마치 눈앞에 누구라도 있는 것처럼 말했다. 나쁘지 않네. 까짓거 하나 사지 뭐. 튼튼하다니까. 평생 쓸 수 있으니까.
할부로 사면…… 한 손에 비닐장갑을 낀 채 족발을 뜯었다.
너무 매워서 입술이 얼얼했다. 쓰레기를 치우다 규희가 선물
해준 베레모가 떠올랐다. 가방을 뒤져 베레모를 꺼냈다. 다시
찾아봐도 상표는 없었고 모자 구석에 작게 'Made in China'
라고 적혀 있었다. 한나는 모자를 쓰레기봉투에 쑤셔 넣었다
가 다시 꺼내어 탈탈 털어 눈에 잘 보이는 옷걸이에 걸어두
었다.

새해가 되었지만 구독자 수에는 큰 변화가 없었다. 현상 유
지를 하는 것을 다행으로 여기자고 마음먹었지만 내심 조급
했다. 광고 수익과 조회 수는 꾸준히 늘고 있었으나 한나의
성에 찰 수준은 아니었다. 한나의 노트 속 구매할 것들의 목
록은 줄어들지 않았다. 한나는 그동안 지켜왔던 규칙에 변화
를 주기로 결심했다. 단추를 더 풀자.

한나는 의상에 변화를 주었다. 트레이드 마크였던 단정한
셔츠 대신 시스루룩이나 목이 깊게 파인 티셔츠를 한 달에 한
번 이벤트처럼 입었다. 민소매 탑에 셔츠 단추를 풀어 걸쳐
입는 식으로 연출하기도 했다. 어차피 얼굴은 다 나오지 않고
사람들은 내가 누군지 모른다.

예상대로 조회 수는 눈에 띄게 달라졌다. 그만큼 별의별 댓
글들이 채팅창을 어지럽혔지만 이미 예상했던 일이라 큰 타

격을 받지는 않았다. 한나는 노트에 적혀 있는 자신의 구매 목록만 생각하기로 했다. 욕을 많이 먹는 만큼 마케터들이 보내는 메일이 늘었고 제시하는 액수도 달라졌다. 30만이 코앞이었다. 조회 수는 폭발적으로 상승했다. 이대로라면 옷 따위 죄다 벗을 수도 있을 것 같았다. 마음이 정말 훈훈해진다고, 힐링 방송은 이런 것이라고, 제발 얼굴만 좀 보여달라고, 아니면 속옷 방송 한번 하자고, 신비한 게 좋다고, 얼굴 보면 깰거 같다고, 가슴 수술은 어디서 했느냐고, 제인은 무슨 제인에어냐, 자연산이냐 아니냐, 손으로, 네 입술에……

제인은 채팅창에 올라오는 글들을 무표정하게 바라보다 허밍을 시작했다. 한 번도 가보지 못한 센강을 떠올리며. 진한 주홍빛 노을과, 늘어선 카페와, 뜨거운 커피를 들고 카페테라스에 앉아 하얀 입김을 내뿜으며 담배를 피우는 아름다운 제인 버킨을 상상하며. 이제 곧 갖게 될 버킨 백을 기대하며. 아무리 들어도 외워지지 않는 가사를 흥얼거렸다. 입을 벌려 다른 때보다 더 큰 목소리로 오랫동안.

나는 제인 버킨이 될 것이다. 빛날 것이다. 화면 속에 보이는 붉은 입술이 웃고 있었다. 규희야,

내 목소리,

듣고 있니?

우리에게
없는
밤

안나가 본명이에요? 당연히 아니겠지. 남자는 자신의 질문에 스스로 답하고는 몸을 돌려 모로 누워 지수를 보았다. 지수는 감았던 눈을 떴다. 특징 없는 베이지색 천장이 눈에 들어왔다. 시선을 조금 아래로 내리자 숫자에 불이 켜진 디지털 벽시계가 보였다. 숫자 사이의 파란 콜론이 깜빡깜빡 말을 걸었다. 시간이 가고 있다고.

남자의 손이 지수의 어깨에 닿았다. 지수는 몸을 일으켰다. 저 이제 기뵈야 해서. 욕실로 향하며 지수는 그의 시선이 따라오는 것을 느꼈다.

샤워를 마친 후 수건을 두른 채 욕실에서 나와 옷을 입을 때에도 남자의 시선이 따라붙었다. 흔한 일이었다. 돈을 더

줄 테니 조금 더 같이 있자는 사람도 드물지 않았다. 그러나 지수는 그런 요구에는 응하지 않았다. 처음부터 그랬던 것은 아니었다. 고등학교 때 몇 번, 낯선 이와 밤을 보낸 후 아침에 바로 등교한 적도 있다. 수업 시간에 입을 가리고 하품을 하며, 언젠가 보았던 오래된 영화 「연인」에 나오는 소녀가 된 기분을 느끼고 싶었던 것도 같다. 한두 번쯤은 정말 그런 기분이 들었고 나쁘지 않다고 생각했다. 육체적 피로를 느끼며 책상에 앉아 책장을 넘기는 자신이. 공유할 수 없는 내밀한 사생활과 학생으로서의 일상이 주는 먼 간극이. 그러나 함께 시간을 더 보내면 상대는 이야기를 하기 시작했다. 질문을 던졌다. 그런 시간들은 재미있기는커녕 지루하기만 했다. 섹스를 하고 돈을 버는 것은 좋았지만, 그렇게까지 하면서 더 벌고 싶지는 않았다. 더 이상 롱 타임은 하지 않기로 했다. 영화 속의 소녀와 달리 지수는 공부를 게을리 하지 않았다. 성적은 언제나 상위권이었으며 교사들은 지수를 아꼈다.

지수는 고1 때부터 SNS에서 만난 낯선 사람들과 한 학기에 서너 번 정도 관계를 가졌다. 재미로. 때로는 스트레스 해소용으로. 조건으로 받은 문화상품권은 책을 사거나 부모님 선물을 사는 데 썼다. 은선이 갖고 싶어 했던 반스 운동화를 사 준 적도 있다. 올해로 대학교 2학년이 된 지수는 일주일에 한두 번 정도 만남을 가졌다. 이제는 재미로 하는 것은 아니었다.

그저 돈이 더 필요해졌고 아르바이트라고 생각할 뿐이었다.

옷을 챙겨 입으며 지수는 이후의 스케줄을 떠올렸다. 화장대 위에 남자와 지수의 휴대폰이 전원이 꺼진 채 나란히 놓여 있었다. 혹시라도 문제가 생길 경우를 대비해 방에 들어오면 가장 먼저 지키기로 미리 합의된 사항이었다. 지수는 자신의 휴대폰을 챙기고 남자에게도 휴대폰을 건넸다. 안녕히 계세요. 지수가 손 소독을 한 후 문을 향해 걸어가는데 남자의 다급한 목소리가 들렸다. 잠깐만요, 나는.

지수가 돌아보았다. 나는 민재라고 해요. 정민재. 케로로가 아니라.

급히 몸을 일으킨 남자는 여전히 나체였다. 머리는 헝클어져 있었고 마른 상체와 볼품없는 성기가 그대로 드러났다. 지수는 남자의 얼굴을 물끄러미 응시했다. 남자는 지수에게 5분만 기다려달라고 했다. 같이 나가자고.

지수가 그를 기다려준 것은 그에게 호감을 느꼈기 때문이 아니었다. 단지 아무런 위해도 되지 않을 사람이라는, 경험으로 쌓인 확신과 마주 보고 있어도 설명하기 힘든 그의 희미한 인상 때문이었디. 심지어 방금 이름이 뭐라고 했는지도 가물가물했다. 지수는 몸을 돌려 거울을 보았다. 진하게 그린 아이라인이 그대로 남아 있었다. 지수는 화장을 지운 자신의 얼굴을 그려보았다. 나도 그런가? 나도, 사실은 희미한가. 남자

가 재빨리 씻고 나와 후다닥 옷을 입는 모습을 지켜보며 지수
는 좀 전의 섹스를 떠올렸다. 이 남자가 아까 사정은 했었나.

둘은 나란히 롱 패딩에 모자까지 눌러쓰고 방을 나왔다. 복
도를 지나 함께 엘리베이터를 탔다. 지수는 고개를 틀어 남자
를 보았다. 방에서 보았을 때보다 어려 보였다. 나 보기보다
나이 많아요. 묻지도 않았는데 그가 말했다. 저도요.

설마, 고등학생은 아니죠?

나이는 이미 알려줬는데요.

그거야 뭐.

지수는 남자가 생략한 말을 알 수 있었다. SNS에 올린 소개
글은 믿을 수 없다는 것. 건물 밖으로 빠져나와 지수가 고개
를 까딱하고 돌아서는데 남자가 물었다. 내가 데려다주면 안
될까요? 너무 추운데. 지수는 남자의 차에 타면서도 내가 왜
거절을 하지 않고 이러고 있나 의아했다. 남자는 벤츠 세단을
몰았다. 지수는 그의 고급 세단보다 백미러에 걸린 고양이 사
진에 눈이 갔다. 고양이 키우세요?

네, 귀엽죠? 사실 얘가 케로로예요. 우리 중사님.

케로로는…… 개구리 아닌가요?

개구리 맞아요. 아니 사실은 외계인이지. 지수는 핸들을 잡
은 남자의 손을 보았다. 노동이라고는 해본 적 없는 듯 부드
럽고 매끈했다. 자신의 손과 크게 다르지 않았다. 은선의 손

은 이렇지 않았다. 지수는 손을 볼 때마다 은선이 떠올랐다.

고양이 좋아해요? 남자가 물었다.

나, 거의 캣 맘.

오, 정말? 신기하네.

뭐가요?

남자는 지수가 말한 지하철역 앞에 차를 세웠다. 또 보려면 전처럼 DM 보내면 되는 거지?

같은 사람 세 번 이상 안 만나요.

칼같네. 근데 그게 가능한가. 음, 같은 업계 사람한테도?

지수는 의아한 눈으로 남자를 보았다. 나도 안나 씨랑 비슷한 일 하거든. 남자는 주먹을 쥔 손으로 핸들을 가볍게 치며 말했다. 그래요? 그런데, 왜 갑자기 반말해요?

*

묻으러 간다.

지하철역 계단을 내려가는데 은선에게서 메시지가 왔다. 지수는 발걸음을 돌려 지상으로 올라와 택시를 잡았다. 택시 안에서 지수는 은선에게 전화를 했다. 누구야? 지수의 물음에도 은선은 한동안 말이 없었다. 지수는 은선이 울고 있다는 것을 알았다. 집이야, 병원이야?

은선의 집에 들어서면 익숙한 냄새가 났다. 고양이들의 비릿한 체취와 그 사이에서 올라오는 희미한 세제 냄새. 왔어? 은선은 지수를 보고 인사를 건네면서도 한 손으로는 깃털 달린 낚싯대 모양의 고양이용 장난감을 끊임없이 흔들고 있었다. 고양이 몇 마리가 깃털을 낚아채려 이리저리 뛰어다녔다. 은선의 드러난 팔은 고양이들이 할퀸 상처로 어지러웠다. 지수는 은선의 옆에 놓인 신발 상자를 보았다. 은선의 눈은 부어 있었지만 더 이상 울지는 않았다. 도비? 지수가 물었다. 은선은 고개를 끄덕였다. 내가 너무 마음이 급했나 봐. 은선의 목소리가 갈라졌다. 도비는 열흘 전쯤 구조한 새끼 고양이였다. 은선은 두 시간마다 우유와 약을 챙겨 먹이며 일주일 넘도록 꼬박 도비를 돌보았다. 살 수 있을 거라는 확신이 생긴 후에야 이름을 붙여주곤 했는데 도비는 이름을 지어준 지 이틀 만에 죽었다.

은선이 독립한 후 처음 구조했던 고양이가 죽었을 때 둘은 동물 전용 장례식장을 찾아 화장을 했다. 30만 원 넘게 들었는데 돈이 아깝다는 생각보다 슬픔이 더 컸다. 그러나 지금은 그 돈이면 사료를 몇 포대 더 살 수 있는지를 먼저 계산했다. 동물 사체는 소각용 쓰레기봉투에 넣어 버리도록 되어 있으나 차마 그렇게는 할 수 없었다. 그래서 이제는 고양이가 죽으면 늦은 밤 공원 뒤편의 언덕에 가서 몰래 묻어주었다.

지수는 고개를 돌려 베스를 찾았다. 베스는 얼마 전에 새로 사 준 방석 위에 앉아 졸고 있었다. 베스는 열여덟 살 정도로 추정되는, 검은 털에 흰 무늬가 마치 턱시도를 입은 것 같아 사람들이 편의상 턱시도로 분류하는 암컷 고양이였다.

둘은 초등학교 6학년 때 함께 집으로 가다가 도로변에 피를 흘리며 누워 있는 고양이를 발견했다. 은선은 비명을 지르며 눈물을 터뜨렸고 지수는 엄마에게 전화를 걸었다. 수의사는 고양이의 입을 들추어 보며 말했다. 이미 나이가 많아요. 열 살 정도? 병원에서 치료를 하고 살아난 고양이는 지수의 집으로 갔다. 은선의 부모는 알레르기를 이유로 반대했다. 은선은 거의 매일 고양이를 보러 지수의 집에 들렀다. 엘리자베스라고 하자. 앞으로 여왕처럼 살라고. 은선이 말했고 지수는 고개를 끄덕이며 웃었다. 베스는 지수의 집에서 6년을 살았다. 지수와 은선은 정성 들여 베스를 돌보았다. 베스와 관련된 일은 사소한 것이라도 꼭 서로의 의견을 물었다. 지수는 베스를 한 번도 자신의 고양이라고 생각한 적이 없었다. 그렇다고 은선의 고양이라고 생각하지도 않았지만.

은선은 어려서부터 법조인이 되고 싶다고 했고 지수는 여전히 되고 싶은 것이 딱히 없었다. 일단 대학에 들어간 후 천천히 생각해도 될 거라 여겼다. 학교와 달리 학과가 미래를 결정할 리 없다고 지수는 생각했다. 둘이 대학에 입학하던 해에 전염병이 시작되었다. 은선의 부모는 오랜 계획대로 귀농을 했고 은선에게 서울 변두리의 작은 빌라를 물려주었다. 은선의 독립과 함께 베스는 은선의 집으로 옮겨 갔다. 둘은 대학 생활이라는 것을 모르는 채로 1학년을 보냈다. 이후 은선은 휴학을 했고 지수는 여전히 무늬만 대학생인 채로 2학년의 마지막 학기를 다니는 중이었다. 지수는 고등학교 때와 마찬가지로 학업에 충실했다. 전염병 때문에 등교를 하지 않고도 온라인으로 학점을 이수할 수 있어서 편하기는 했다. 한두 번 과 모임에 나간 것을 제외하고 동기나 선배를 만난 적은 거의 없었다. 누가 누군지도 몰랐다. 스터디 제안도 받았지만 내키지 않았다. 가끔 학교에 가서 교정을 둘러보고 도서관에서 책을 빌렸다. 교내 카페에도 앉아 있어보았다. 그러나 여전히 소속감 같은 것은 생기지 않았다. 동아리라도 가입해볼까 하다 말았다.

은선은 부모에게 말하지 않고 휴학을 했다. 돈 때문이었다. 정확히는 고양이 때문에. 등록금은 받고 등록은 하지 않았다. 그래도 돈이 부족했다. 베스 때문만은 아니었다. 은선의 동네에는 길고양이가 많았다. 누워 있어도 잠이 안 와. 나는 검사나 판사가 되고 싶었는데 이제는 고양이 생각밖에 안 나. 그게 괴로운데 또 너무 좋고…… 너무 좋아서 괴로운가. 지수는 은선이 고양이를 바라보는 눈빛을 보았다. 고등학교 때 짝사랑하던 남자 이야기를 할 때에도 저런 눈빛은 아니었다. 은선은 어느새 캣 맘이 되어 있었고 등록금과 부모가 매달 보내주는 용돈은 금방 사라졌다. 아픈 고양이들이 언제나 나타났다. 은선의 집에는 이제 베스를 포함해 아홉 마리의 고양이가 살고 있었다. 은선은 낮에는 아르바이트를 했고 밤에는 급식소를 돌며 동네 길고양이들을 돌보았다. 자신을 돌보는 데에는 자연히 무관심해졌다. 지수는 은선과 함께 고양이를 돌보고 밥을 주러 다녔다. 그러나 모든 것을 항상 함께할 수는 없었다. 대신 지수는 아르바이트 횟수를 늘려 은선에게 경제적인 도움을 주는 편을 택했다. 옆에 있는 것보다 돈으로 더 많은 문제를 해결할 수 있었다.

지수는 음식을 배달시켰다. 보쌈을 주문하면 피자를 서비스로 주는 식당이었다. 12월은 해가 금방 졌다. 밖은 이미 어두웠지만 6시가 조금 넘었을 뿐이었다. 둘은 보쌈과 피자를 먹으며, 인터넷을 설치할 때 사은품으로 받은 텔레비전으로 〈CSI〉를 보았다. 둘은 그 드라마를 가장 좋아했다. 오래된 시리즈라 무료이기도 했지만 주인공들이 40분 남짓한 시간 동안 사건을 해결할 것을 알기에 스트레스를 받지 않았다. 은선은 안전한 기분이 들어서 좋다고 했다. 오늘 일은 어땠어? 은선이 인상을 찌푸린 채 텔레비전 화면을 보며 물었다. 화면에는 뭉개진 시체에 구더기들이 우글거리는 장면이 나오고 있었다. 그냥 뭐, 똑같지. 멸치 같은 남자였는데 자기가 나랑 같은 업계래.

같은 업계?

응, 내가 캣 맘이라고 했거든.

그럼 캣 대디란 말이야?

나도 생각해봤는데 그건 직업이 아니잖아? 그러니까 아마도……

아, 설마. ……웃긴다. 사실이면 지겹도록 할 텐데 왜 굳이 또 돈을 써.

그런 사람들 있다고 들었어. 자기도 반대로 해보고 싶어서. 부려보고 싶은 거지.

여자들은 그런 사람도 있다고 들었는데, 남자가? ……그래서, 너를 부렸어?

내가 돈을 받았으니까 그런 거겠지? 특별히 뭐 더럽게 굴지는 않았어.

조심해. 은선은 그제야 들고 있던 피자를 입에 넣었다. 마침 화면에 '콧속이 다진 햄버거 같다'는 자막이 나왔다. 진짜 저렇게 말했어? 방금 영어로 저렇게 말한 거야? 은선이 물었다. 모르겠는데? 나 영어 잘해야 하는데. 왜? 영국으로 이민 가려고.

은선이 영국에 관심이 있다는 것은 지수도 알고 있었다. 은선은 SNS로 동물에 관한 정보를 얻었다. 유기 동물 구조, 입양, 모금, 학대범 처벌 청원 등에 열심히 참여했고 다른 나라의 동물 복지에도 관심이 많았다. 은선의 말에 따르면 동물 복지가 가장 잘되어 있는 나라가 영국이라고 했다. 나는 우리나라가 너무 힘들어. 너도 알잖아. 법이 이해가 안 돼. 영국에 가서 야생동물 보호소에서 일할 거야.

그럼 학교는? 판사는?

이 나라 법이 이해가 안 되는데 어떻게 법조인이 되겠어. 그런 공부 할 시간이 이제 없어, 나는.

지수는, 지난 2년간 고양이에게 쏟은 노력이면 금방 시험에 합격할 거라고 말하고 싶었다. 돈과 명예를 동시에 얻고 더 많은 영향력을 행사할 수 있을 거라고. 그러나 그 대신, 언제? 언제 갈 건데? 하고 물었다.

최대한 빨리. 베스 더 늙기 전에. 그나저나 전염병 때문에……

지수는 은선의 옆에서 천천히 그루밍을 하는 베스를 보았다. 그리고 속으로 물었다. 나는? 왜 나한테는 같이 가자고 안 해? 왜 안 물어봐?

자정이 넘은 시간에 둘은 작은 캐리어에 사료와 물, 간식 등을 싣고 밖으로 나왔다. 은선은 푸석한 얼굴로 목장갑을 낀채 도비의 사체가 담긴 신발 상자를 들고 걸었다. 지수는 은선을 웃게 해주고 싶었다. 그런데 웃긴 이야기가 떠오르지 않았다. 베스를 만나기 전에 우리가 무얼 하며 시간을 보냈더라. 고양이를 키우기 전의 일들이 기억나지 않았다. 바람이 너무 차서 머리가 안 돌아가는 걸까.

은선은 공원 뒤쪽, 나무가 심긴 언덕으로 올라갔다. 지수는 캐리어를 언덕 아래 세워두고 은선의 뒤를 따랐다. 가로등 불빛도 잘 들지 않는 안쪽의 나무 아래에 은선은 멈추었다. 이렇게 추운데 땅이 파질까? 지수가 신발 상자를 받아 들며 물었다. 마치 빈 상자를 든 것처럼 가벼웠다. 영하의 기온에 자정이 훨씬 지난 공원은 적막했다. 지수는 언덕 아래 세워둔 캐리어에 신경이 쓰였다. 은선은 가져온 모종삽으로 땅을 팠다. 언 땅에 삽이 박힐 때마다 딱, 딱, 소리가 울렸다. 지수는 소리가 날 때마다 주위를 살폈다. 마스크를 내린 은선의 입에서 하얀 입김이 나왔다. 겨울이라 깊게 안 묻어도 될 거야. 지수가 말했지만 은선은 대답 없이 계속 땅을 팠다. 지수도 목장갑을 끼고 도왔다. 한참 지나서야 겨우 한 뼘 조금 넘는 깊이의 구덩이가 생겼다. 신발 박스를 넣기에는 작아서 은선은 수건으로 싼 고양이 사체를 꺼내어 구덩이에 넣었다. 춥겠다. 지수가 자신도 모르게 말하고 입술을 깨물었다. 그런데 은선은, 죽었는데 뭐 춥겠어, 하며 재빨리 흙을 덮었다. 능숙하게 흙을 다지는 은선을 보며 지수가 말했다. 도비는 이제 자유다. 지수의 말에도 은선은 웃지 않았다.

고양이를 묻는 동안에는 다행히 아무도 마주치지 않았다. 캐리어도 그대로 있었다. 둘은 한숨을 크게 한 번 내쉬고 천천히 급식소를 돌았다. 둘을 알아본 고양이들은 야옹거리며 다리에 몸을 비비거나 주위를 맴돌았다. 은선이 사료를 채우는 동안 지수는 고양이 집이 온전한가 살피며 경계를 늦추지 않았다. 마지막 급식소에 도착해서 사료를 채우고 물을 갈아주었다. 이곳에는 밥그릇을 두고 갈 수 없었다. 얼마 전에 누군가 벽보를 붙여놓은 것을 보았기 때문이다. '고양이 밥 주지 마시오. 걸리면 죽인다.' 그 후로 둘은 가장 늦은 시간에 이곳에 와서 고양이들이 밥을 다 먹을 때까지 기다린 후 그릇을 챙겨 왔다. 은선은 도대체 누가 그랬는지 한번 보고 싶다고 했다. 죽일 테면 죽여보라고. 그럼 고양이들은 어떡해? 지수가 물었고 은선은, 안 그래도 그것 때문에 참는 거야.

고양이들 밥을 먹인 후 둘은 주변을 정리했다. 고양이들에게 이제 그만 가라고 손짓을 하고 몸을 돌렸는데 불과 1, 2미터 앞에 누군가가 서 있었다. 둘은 놀라서 동시에 소리를 질렀다. 검은 패딩을 입고 검은 마스크를 쓴 사람은 듬성듬성한 머리칼이 하얗게 빛나는 노인이었다. 노인은 뭐라고 웅얼거렸다. 둘은 노인의 말을 금방 알아듣지 못했다. 은선이 노인에게 다가갔다. 네?

보고 있었다고. 노인이 목소리를 높였다.

뭘 보셨는데요?

밥 주는 거. 근데 안 추워들? 거참 대단한 정성이요.

경계하던 은선의 눈빛이 누그러졌다. 네, 괜찮아요.

지수가 은선의 팔을 끌었다. 둘은 목례를 한 후 노인을 지나쳐 갔다.

여봐.

둘은 몸을 돌려 노인을 보았다.

그거 불법 아닌가?

아니에요, 불법. 고양이 밥 주는 거, 이거 불법 아니에요. 못 주게 막는 게 불법이에요. 혹시 할아버지가 전에 그거 써 붙이셨어요?

은선의 목소리가 날카롭게 울렸다.

아니…… 내 말은, 그거 말이야.

노인은 은선의 얼굴을 가리켰다.

지수는 은선을 보았다. 마스크가 턱에 걸쳐 있었다. 은선은 잠깐 어리둥절했다가, 아, 하며 마스크를 급히 끌어 올렸다.

*

'라이온퀸'이라는 아이디로 연락을 해 온 사람은 자신이 여성인데 괜찮으냐고 물었다. 지수는 원래 가격의 50퍼센트를 올려 불렀고 라이온퀸은 혹시 마스크를 낀 채로 해주는 것이 가능한지 물었다. 수락할 경우 지수가 부른 가격의 두 배를 주겠다고 했다. 지수는 잠깐 망설였다. 마스크를 낀 채로 뭘 하겠다는 건가? 핑거링만 하겠다는 건가? 입을 안 쓰면 나는 좋지 뭐. 지수는 별사람이 다 있다고 생각하면서도 상대가 제시한 가격에 혹해서 약속을 잡았다. 온라인으로 이번 학기 마지막 강의를 들은 후 지수는 약속된 장소로 향했다. 그녀가 알려준 호텔은 너무 크고 화려해서 로비에서부터 지수는 위축되었다. 그러나 지수는 어떤 상황에서도 포커페이스를 유지할 수 있는 연습이 충분히 되어 있었다. 타고난 것 같기도 했다.

여자는 벌써 와 있었다. 방문이 열리고 퀸을 보았을 때 지수는 그녀가 최소한 사십대 중반은 되었으리라 짐작했다. 중년 여성은 처음이었다. 메시지를 주고받을 때 나이는 전혀 눈치채지 못했다. 그러나 지수는 아무렇지 않은 척 방에 들어섰다.

여자는 넓고 하얀 침대에 걸터앉아 새 마스크를 건넸다. 은은한 광택이 흐르는 단정한 검은 원피스를 입은 여자는 무릎 위에 가지런히 손을 올린 채 담담한 눈빛으로 지수의 움직임을 지켜보았다. 지수는 가방을 내려놓고 외투를 벗었다. 휴대폰 꺼주시겠어요? 지수가 말하자 여자는 전원이 꺼진 휴대폰을 조용히 내밀었다. 지수는 여느 때처럼 테이블 위에 휴대폰을 나란히 올려놓았다. 두꺼운 커튼 사이로 서울 시내가 내려다보였다. 이 호텔에는 예전에 한 번 와본 적이 있다. 그때는 부모와 호텔 식당에서 식사를 했다. 누구 생일이었던가. 그런데 이렇게 높은 층의 룸은 처음이었다. 커다란 창으로 대낮의 햇살이 들어와 얼굴에 닿았다. 파랗고 깨끗한 하늘이 보였다. 여자가 뒤로 다가오는 것이 느껴졌다. 지수의 어깨에 여자의 손이 닿았다. 밖은 많이 추운가. 하긴, 겨울이니까. 그런데 난 어제 나비를 봤어. 잘못 봤나 했어. 여자는 혼잣말처럼 작게 웅얼거렸다. 여자의 숨결이 느껴졌고 지수는 오스스 소름이 돋았다. 커튼을 쥐고 있던 손에 자신도 모르게 힘이 들어갔다. 지수는 몸을 돌렸다. 햇살이 닿은 여자의 얼굴을 보았다. 주름이 많지도 않은데 어디가 이 여자를 나이 들어 보이게 하는 걸까. 지수는 문득 의아해졌다. 크고 아름다운 흑갈색 눈동자가 무감하게 지수를 응시하고 있었다. 지수는 겨우 입을 열었다. 선불인 거 아시죠?

지수는 욕실에 들어가 마스크를 벗고 물을 틀어놓은 채 욕조에 걸터앉았다. 생각을 하려고 했다. 저 여자는 어딘가 이상해. 이유를 알 수 없었지만 지수는 불안이 은근히 고개를 드는 것을 느꼈다. 견고하고 단단한, 얼음으로 만든 벽 앞에서 있는 기분이었다. 그런 건 실제로 본 적도 없는데. 실수로 손이라도 닿으면 얼음에 손이 붙어버려 뗄 수 없는, 억지로 떼었다가는 살갗이 찢어져 피를 볼 것이 분명한. 지수의 내부에서 빨간불이 깜빡였다. 위험하다고. 그러나 이내 고개를 저어 무시했다. 그냥 일일 뿐이야. 일을 하자. 생각은 접어두고. 저 여자는 온몸에 문신을 새긴 거구의 폭력배도 아니고, 멍한 눈으로 이상한 소리를 지껄이는 약물 중독자도 아니다. 그러나 지수는 입에 침이 고이는 것을 느꼈다. 어릴 적, 막 냉동고에서 꺼낸 아이스바를 급히 물었다가 입술에 붙어 떨어지지 않았던 기억이 떠올랐다. 입술을 조이던 그 낯선 느낌이 두려워 억지로 떼어냈는데 입술은 찢어졌고 입안에 피가 고였다. 그 아릿한 피의 맛.

지수는 따뜻한 물로 샤워를 한 후 가운을 걸치고 문 앞에 서서 가볍게 심호흡을 했다. 그리고 여자가 준 새 마스크를 착용했다. 이런 차림으로 혼자 마스크를 끼고 있는 자신을 떠올리자 웃음이 났다. 아무것도 아니야, 아무것도. 일을 하고, 돈을 벌고, 나가면 되는 거야.

여자는 아까처럼 침대에 고요하게 앉아 창밖을 응시하고 있다가 지수 쪽으로 고개를 돌렸다. 지수는 그녀의 옆에 다가가 앉았다. 여자가 자신의 옷을 벗겨줄 수 있는지 물었다. 그러고는 지수가 대답도 하기 전에 자리에서 일어나 등을 돌리고 섰다. 그건 지수에게 쉬운 일이었지만 그 순간에는 왠지 해서는 안 되는 일처럼 여겨졌다. 지수의 어딘가에서 자꾸 경고를 했다. 모든 것을 거절하고, 정중하게 사과를 한 후 돌아서서 방을 나가라고. 그래도 된다고. 여자는 화내지 않을 거라고. 아니, 화를 낸다 한들 어떤가. 돈은 돌려주면 그만이다. 그러나 복잡한 머리와 달리 지수의 손은 여자의 원피스 지퍼를 내리고 있었다. 곧이어 매끄러운 등과 하얀 레이스 속옷이 드러났다. 여자의 어깨에 지수의 손이 닿았고 옷은 소리 없이 바닥으로 흘러내렸다. 여자는 속옷도 벗겨달라고 부탁했다. 말투는 더없이 정중했지만 지수는 그녀가 명령을 하고 있다고 생각했다. 알몸이 된 여자는 몸을 돌려 천천히 지수의 가운을 풀었다. 지수의 맨몸이 드러났는데도 여자의 눈은 흔들림이 없었다. 마치 그림이나 장식품을 감상하는 사람처럼. 여자는 손으로 지수의 가슴과 엉덩이를 천천히 쓸어내렸다. 여자의 입술이 지수의 가슴에 닿았다. 지수는 눈을 감았다. 마스크 때문에 지수는 자신의 숨결만을 그대로 느껴야 했다. 여자는 콘돔을 꺼내 자신과 지수의 손가락에 끼웠다. 여자는 지수를 침대에 눕혔다. 지수는 여자가 원하는 대로 해주었다. 여자가 지수의 몸을 애무했고 지수는 흥분한 표정과 신음을 연기할 필요가 없었다. 여자는 얕은 신음 사이로 어떤 이름을 불렀다. 지수는 그녀가 자신을 부르는 게 아님을 알았다. 여자의 벌어진 입술 사이로 하얀 치아와 붉은 혓바닥이 보였다. 순간 며칠 전 텔레비전에서 보았던, 부패해서 구더기가 들끓던 시체가 떠올랐다. 잊었다고 생각했는데, 특별할 것도 없는 장면인데, 왜 하필 지금 그 장면이. 지수는 그것을 잊고 싶었다. 여자에게 키스를 하고 싶었다. 그녀의 혀를 격렬하게 빨고 싶었다. 감각에만 이끌린 채, 무엇을 하고 있는지 잊고 싶었다. 그러나 그것은 불가능했다. 마스크를 내리려는 지수의 손을 여자가 막았다. 숨이 찼고 지수는 아득해졌다.

섹스를 끝낸 후 둘은 한동안 침대에 누워 숨을 골랐다. 지수의 손끝이 여자의 몸에 닿았다. 여자는 몸을 일으켜 욕실로 향했다. 지수는 눈을 감고 욕실에서 나는 소리에 귀를 기울였다. 물 흐르는 소리가 작게 들렸다. 창밖에는 여전히 파란 하늘이 눈에 들어왔다. 밖은 추운가. 겨울이니까 춥겠지…… 어제 나비를 봤어. 난 내가 잘못 봤나 했어…… 지수는 좀 전에 여자가 했던 말을 떠올리며 속으로 따라 해보았다. 마스크를 잠깐 들어 올려 숨을 내쉬었다.

욕실에서 나온 여자는 꼼꼼하게 옷을 챙겨 입고 머리를 단정하게 빗어 묶었다. 가방에서 파우치를 꺼내어 화장을 고쳤다. 그리고 휴대폰을 챙겼다. 그러는 동안 지수를 한 번도 바라보지 않았다. 말을 시키지도 않았다. 마치 방 안에 혼자 있다는 듯이. 지수는 여자의 행동을 눈으로 좇다가 몸을 일으켰다. 무슨 말을 하고 싶었는데 적당한 말이 떠오르지 않았다.

여자는 휴대폰 전원을 켠 후 마스크와 가방을 챙겨 문을 향해 걸어갔다. 지수가, 잠깐만요. 그제야 여자는 고개를 돌려 지수를 보았다. 저, 정말 나비가 있어요? 이렇게 추운데? 여자는 이해할 수 없다는 표정으로 지수를 응시했다. 지수는 그녀가 아무 말도 하지 않고 가버릴까 봐 조급해졌다. 한 번 더 그녀의 목소리를 듣고 싶었다. 저, 저는 안나가 아니에요. 사실 제 이름은 이지수라고 하고요…… 그때 여자의 휴대폰이 울렸고 여자는 손가락을 입으로 가져가며 조용히 하라는 신호를 보냈다. 어, 헤일리. 학원 끝났어? 엄마 지금…… 여자는 통화를 하며 몸을 돌려 조심스레 문을 열고 방을 나갔다. 여자는 문이 닫힐 때까지 지수에게 눈인사조차도 하지 않았다. 지수는 멍하니 닫힌 문을 바라보았다. 그리고 다시 침대에 누워 한참을 그대로 있었다. 방금 전 여자를 만지던 자신과 자신을 애무하던 여자의 손길과 체온, 눈빛이 모두 휘발되어 사라진 공간은 적막하기만 했다. 밖은 추운가. 춥겠지. 겨울이니까. 그런데 나비를 어디서 봤어요? 나는 못 봤는데…… 내 이름은요, 안나가 아니고, 지수……도 아니고. 뭐게요? 지수는 마치 혼자가 아닌 것처럼 말해보았다. 그러나 목소리는 마스크 안에 갇혀 웅얼거리는 소리로 머물다 사라졌다. 이제 벗어도 되는 걸까? 그러나 지수는 그대로 두었다. 방 안을 천천

히 둘러보았다. 마호가니 책상과 목이 긴 스탠드, 반듯한 화
장대와 적당한 사이즈의 텔레비전, 작은 냉장고, 의자, 메모
지…… 담백한 형태의 사물들. 지수는 호텔 안의 고요하고 얌
전한 사물들 중의 하나가 된 것 같았다. 이 방에는 또 누군가
들어오고 나가고, 들어오고 잠을 자고 나가고, 섹스하고 쓰다
듬고 나가고, 텔레비전을 보고 씻고 먹고 웃고 떠들다가 싸
우고 또 나가겠지. 반복되겠지. 그런 모습들을 사물들은 조용
히, 언제나 같은 자세로 바라본다. 개입해서는 안 된다. 그것
이 사물의 특징이니까. 그러나 지수는 자신이 이곳에 어울리
는 사물은 아니라고 생각했다. 지수는 마스크를 벗고 팔을 들
어 체취를 맡아보았다. 아무 냄새도 나지 않는 것 같았다. 이
불과 베개의 냄새를 맡았다. 일어나서 커튼의 냄새를, 책상과
메모지의 냄새를 맡았다. 지수는 욕실로 들어갔다. 변기 앞에
주저앉아 손가락을 목구멍에 넣었다. 속에 든 것을 모조리 게
워내고 싶었다. 시원하게. 그러나 헛구역질만 여러 번 하고
물을 조금 토했을 뿐이었다. 그런데도 기진맥진했다.

　지수는 옷을 챙겨 입고 휴대폰 전원을 켰다. 오늘 만남 가
능? 따위의 메시지들이 보였다.

　이제 어디로 가야 할까. 지수는 방 한가운데 서서 생각을
하려고 했다. 그런데 머리가 돌아가지 않았다. 이곳은 바깥처
럼 춥지도 않은데. 지수는 거울을 보았다. 아이라인을 지우면

지수의 눈은 작고 밋밋했다. 어린아이처럼. 여자는 그 사실을 모를 것이다. 내가 누군지 모를 것이다. 여자는 나를 바깥에서 마주쳐도 알아보지 못할 것이다. 그러나 지수는 여자를 어디에서건 알아볼 수 있을 것 같았다. 지수는 시계를 보았다. 여기에 몇 시에 왔더라. 아주 오랜 시간이 흐른 것 같기도, 찰나의 시간이 지난 것 같기도 했다. 엄청난 사고를 겪은 것 같기도, 아무런 일도 일어나지 않은 것 같기도 했다. 지수는 자신이 어떤 일을 겪어도 큰 감정의 변화가 없는 사람이라고 알고 있었다. 그런데 지금은…… 이 방에 들어오기 전과 지금의 자신이 어쩐지 다른 사람 같았다. 그게 어딘지, 어떤 부분인지 정확하게 알 수 없었다. 지수는 이런 낯선 기분의 원인이 무엇인지 알고 싶었다. 설마, 고작 이것 때문인가. 이렇게 얇고 하찮은 종이 한 장 때문에? ……아니겠지. 지수는 여자가 주고 간 마스크를 들어 빛에 비추어 보았다.

*

은선은 아르바이트 중이라 집에는 고양이들만 있었다. 지수는 집에 들어서자마자 고양이 화장실을 청소하고 사료와 물을 채워주었다. 베스에게 약을 먹이고 은선이 알려준 대로 눈병이 있는 고양이에게 안약을 넣어주다가 고양이가 팔을 할퀴는 바람에 피가 났다. 흔한 일이었지만 피가 맺히는 모습을 낯선 듯 가만히 지켜보았다. 잠시 후 소독약을 꺼내어 소독을 하고 연고를 발랐다. 빨래가 가득 찬 세탁기를 돌리고 청소를 했다. 남아 있는 사료와 간식을 체크했다. 냉장고를 열어 식재료를 확인하고 온라인으로 주문을 해두었다. 지수가 자주 들러도 고양이들은 지수를 은선만큼 따르지 않았다. 몇몇은 아직도 캣 타워나 부엌 구석에 숨어 나오지 않았다. 지수 역시 베스를 제외한 나머지 고양이들의 이름을 모두 외우지는 못했다. 사실, 외우려고 애쓰지도 않았다.

집 정리가 어느 정도 끝난 후 지수는 커피를 내려 베스의 옆에 앉았다. 그리고 천천히 베스를 쓰다듬었다. 베스는 가르릉거리며 눈을 감고 있었다. 베스야, 너는 이제 몇 살이 되니? 나는 너의 정확한 나이도 모르지. 엄마 아빠는 누구니? 나는 아는 게 없네. 그런데 너도 내가 무슨 말 하는지 모르지?

지수는 베스 옆에서 깜빡 잠이 들었다가 도어록 버튼 소리에 몸을 일으켰다. 은선이 방에 들어섰을 때 지수는 놀라서 물었다. 야, 너 얼굴이 왜 그래? 은선의 한쪽 볼이 벌겋게 부어올라 있었다. 입술도 조금 찢어져 피가 맺힌 얼굴로 은선은 외투를 벗으며 무심하게 답했다. 별거 아니야.

은선은 아르바이트를 마친 후 지하철을 타고 집으로 오는 길이었다고 했다. 오늘도 평소와 다름없이 몇몇 급식소를 지나쳐 집으로 오는데 고양이 집 하나가 누가 밟은 듯 가운데가 움푹 패어 부서져 있는 것을 보았다고 했다. 은선은 집을 복구할 수 있을지 이리저리 살펴보았다. 그런데 누군가 뒤에서 은선에게 욕을 하기 시작했다. 중년으로 보이는 남자는 삿대질을 해가며 쌍욕을 퍼부었다. 은선에게 다가와 한 대 칠 듯이 손을 들어 보이기까지 했다. 은선은 웬만한 일들은 참았다. 그런데 부모의 욕까지 서슴지 않는 남자를 보고 눈이 뒤집혔다. 은선은 남자에게 똑같이 욕을 퍼부어주었다. 자신의 어디에 그런 분노를 담고 있었는지 스스로가 놀랄 정도였다. 남자가 먼저 은선의 뺨을 쳤고 은선은 주먹으로 닥치는 대로 남자의 얼굴을 때렸다.

지구대에서 은선은 남자가 자신을 먼저 폭행했으며, 형법 제366조 재물손괴죄, 형법 제360조 점유이탈물횡령죄를 적용해서 남자를 처벌해달라고 주장했다. 남자는 고양이 울음소리와 냄새 때문에 파괴된 자신의 생활은 누가 보상해줄 거냐며 소리를 높였다. 이 도시에서, 어? 남의 집 옆에, 어? 그럼 제발 네가 데려가서 키우라고, 어? 새파랗게 어린 년이 아까 너 나보고 뭐랬냐, 어? 일단 저는 새파랗지 않고요, 욕은 아저씨가 먼저 하셨고요, 손찌검도 먼저 하셨고요, 그리고 아저씨, 고양이는 영역 동물이라서,까지 말하고 은선은 입을 다물었다. 그곳의 누구도 은선의 말에 귀 기울이고 있지 않다는 것을 알았다.

지수는 은선의 상처를 소독하며 물었다. 이거는? 이거는 어떻게 해준대? 치료비 받았어?

은선은 상처가 따가운 듯 얼굴을 찌푸리며 말했다. 쌍방 폭행이래. 누가 때려도 그냥 가만히 처맞고 있으라는 거지.

이건 정당방위 아니야? 그 아저씨가 훨씬 덩치도 크고 힘도 셌을 거 아니야. 목숨의 위협을 느꼈다고 하지.

…… 죽이고 싶었어.

응?

내가 그놈을 죽이고 싶었다고. 그놈을 때리면서 살의를 느꼈어. 피가 솟구쳤다고. 너, 그런 기분 알아? 가만, 근데…… 그게 형법 제366조가 맞나?

은선은 휴대폰을 꺼내어 무언가 검색하기 시작했다. 지수는 은선의 스웨터 끝이 닳아서 보풀이 인 것을 보았다. 양말 뒤꿈치는 구멍이 나기 직전이었다. 은선아 밥은? 뭐 시킬까? 나 오늘 돈 많아. 우리 오늘 많이 시키자. 아니면, 나가서 먹을까? 곧 크리스마슨데.

은선은 휴대폰에 시선을 둔 채, 아무거나 먹자. 따뜻한 거. 이따 또 나가야 하잖아. 오늘 영하 13도래. 그러나 지수가 별 말이 없자 고개를 들어 지수를 보고는 밝은 목소리로 물었다. 그럼, 우리 오늘 술 한잔할까?

둘은 마라탕에 소주를 주문했다. 야, 얼마 만의 소주야. 벌써 또 크리스마스네. 은선이 잔에 술을 따르며 웃었다. 지수는 은선의 웃음을 아주 오랜만에 본다고 생각했다. 둘은 이번에도 〈CSI〉를 틀어놓고 천천히 식사를 했다. 그런데 왜 오늘 돈이 많아? 은선이 물었다.

그냥. 알바해서.

너, 요즘 너무 자주 하는 거 아니야? 그러다 습관 돼.

지수는 은선을 바라보았다. 은선은 텔레비전 화면에 시선을 고정한 채 숟가락을 입으로 가져갔다.

이미 습관이 된 거 같아. 그런데, 습관 되면 안 돼?

지수의 말에 은선은 숟가락을 내려놓았다. 그럼 못 벗어나잖아. 알바라며. 아무 때나 그만둘 수 있는 게 알바야. 지수는 은선을 보았다. 아무렇게나 묶은 머리와 까칠한 피부, 터진 입술. 그리고 항상 입고 있는 티셔츠. 그래도 은선의 눈빛은 살아 있었다. 지수에게 말할 때 은선의 눈빛은 거의 언제나 확신에 차 있었다. 지수는 그런 눈빛을 보는 게 좋았다. 지수가 조건 만남을 나간다는 사실을 알게 되었을 때에도 은선은, 네가 좋다면 나는 뭐라 하지 않을게. 그것도 노동의 하나라고 생각해. 성노동자라고 하기도 하니까. 솔직히 성이라는 말을 붙일 필요가 있나? 하여간, 그런 게 맞는 사람도 있는 거고. 그러니까 나는 네가 억지로는 하지 않을 거라 믿어. 다만……

아직 한국에서는 불법인 거 알지?

지수는 오늘 만난 여자 이야기를 할까 망설였다. 그때 느꼈던 기분에 대해 털어놓을까. 그러나 지수는 다른 말을 꺼냈다. 은선아, 너는 법을 믿어?

은선은 피식 웃었다. 법을 믿느냐고? 지수야, 법은 믿는 게 아니라 그냥 지키는 거야. 아니면 잘 피하거나.

믿어야 지키지. 아니, 지키고 싶지.

……그래, 그렇지. 그래서 내가 이 나라를 뜨려고.

바꿀 수도 있잖아?

지수야, 그건 일종의 판타지야. 그리고 그런 노력을 하기엔 내 삶이 아까워. 당장 급한 게 있으니까. 있잖아, 영국은 이제 문어랑 랍스터도 살아 있는 상태로 삶지 못하게 한대. 그런데 우리나라는, 아 입 아프다. 하여간 너무 하드 코어야. 은선은 시선을 다시 텔레비전으로 돌리고 소주잔을 들었다. 저 봐, 저 시체 녹은 거. 어우 진짜 리얼하다. 옛날 드라만데도. 근데 시체 앞에서도 아무도 마스크를 안 써. 지금 보니까 너무 이상하지?

베스기 자리에서 일어나 천천히 둘을 향해 걸어왔다. 은선은 고양이용 간식을 베스에게 내밀었고 베스는 간식을 핥기 시작했다. 간식을 보고 다른 고양이들도 다가왔다. 베스가 너무 안 움직이네. 지수의 말에 은선은, 응 겨울이라서 그런가.

최근 부쩍 안 움직이고 밥도 잘 안 먹고 그러네. 건강검진을
한번 받아볼까. 은선은 베스의 등에 얼굴을 비비며 속삭였다.
나도 사랑해, 엘리자베스. 은선의 표정은 행복으로 충만해 보
였다. 고양이 하나가 베스의 옆에 앉았다. 은선은 양손으로
고양이들을 쓰다듬었다. 나도 좀 쓰다듬어줘. 지수가 말했다.
은선은 지수를 보며 말했다. 손이 부족해.

소주 한 병 반을 비우고 둘은 주섬주섬 준비를 해서 밖으로
나갔다. 지수가 캐리어를 끌겠다고 했지만 은선은 굳이 자기
가 하겠다고 우겼다. 그날따라 은선은 고양이들을 오래 바라
보았다. 지수는 은선이 취해서라고 생각했다. 마지막 급식소
에 도착해서 지수는 밥그릇을 꺼냈다. 둘을 기다린 듯 고양이
들이 모습을 드러냈다. 그중 하나는 은선의 다리에 몸을 비볐
다. 너 아무한테나 이러면 안 돼. 위험해. 내 말 알아들어? 은
선의 목소리는 마치 화난 사람 같았다. 지수는 언제나처럼 고
양이 집이 무사한지 확인하고 손난로를 바닥에 깔아주었다.
해야 할 일이 모두 끝난 후 지수는 캐리어를 챙겼다. 오늘 만
났으면 좋겠다. 은선의 말에 지수가 물었다. 누구를?

아무나. 우리 괴롭히는 인간 아무나. 복수하게. 걸리기만
해봐.

은선은 쪼그려 앉은 채 외투에 손을 넣고 중얼거렸다. 일어
나, 춥다. 지수가 은선의 팔을 잡고 일으켰다. 지수야. 은선이

지수의 손을 잡았다. 왜?

우리…… 담배 한 대 피울까?

은선은 외투 주머니에서 담뱃갑을 꺼냈다. 둘은 후미진 골목으로 들어가 담배에 불을 붙였다. 캣 맘이 담배 피우면 욕을 배로 먹어요.

왜?

글쎄, 왜일까. 캣 맘은 착해야 하고…… 착한 사람은 담배를 피우면 안 되나?

은선은 자신이 한 말에 쿡쿡대며 웃었지만 지수는 웃음이 나오지 않았다. 잠시 뒤, 가까운 곳에서 오토바이 소리가 들렸고 은선은 반사적으로 담배를 바닥에 던져버렸다. 그러나 오토바이 소리는 곧 멀어졌고 은선은 머쓱해져서, 이제 가자, 하고는 등을 돌렸다. 지수는 담배를 바닥에 비벼 끄고 은선을 뒤따라갔다.

집에 다다라 골목을 꺾어 들어가는데 은선이 갑자기 소스라치게 놀라 낮게 비명을 지르며 멈춰 섰다. 왜 그래? 왜? 지수는 은선의 어깨를 잡았다. 지수는 은선의 눈에서 깊은 공포를 보았다. 처음 보는 눈빛이었다. 아냐, 아냐. 나 저기 전봇대가 순간 사람으로 보여서. 술이 덜 깼나. 은선이 민망한 표정으로 웃었다. 지수는 은선의 등을 쓸어주었다. 어서 들어가자.

지수는 은선의 집에서 자고 가기로 했다. 은선을 혼자 두기 불안해서 발길이 떨어지지 않았다. 은선도 그러길 바라는 눈치였다. 둘은 작은 침대에 함께 누웠다. 지수의 입안에 고양이 털이 들어가 까끌거렸다. 손가락으로 몇 번이나 빼냈지만 여전히 입안 어딘가에 털이 돌아다니는 느낌이었다. 고양이가 물 마시는 소리가 들리다가 방 안은 이내 고요해졌다. 너 정말 영국 갈 거야? 지수가 물었다. 응, 갈 거야. 가고 싶어. 그런데 이 집을 팔고 가려고 했거든. 부모님이 허락해주실지 모르겠어. 몰랐는데, 보니까 아직 아빠 이름으로 돼 있더라고.

언제?

당장이라도 가고 싶은데, 고양이들 때문에 정리할 게 많아. 지수야, 혹시 네가 우리 애들…… 아니다. 됐다.

지수는 은선이 하려던 말이 무엇인지 알았지만 답하지 않았다. 대신 지수는 용기를 내어 물었다. 왜 나한테는 같이 가자고 안 해? 은선이 고개를 돌려 지수를 보았다. 지수는 어둠 속에 표정을 감출 수 있어 다행이라 생각했다. 너 정말 갈 수 있겠어?

왜 안 물어보느냐고.

넌 안 갈 거니까.

그래? 난 안 갈 거야? 나는…… 그렇구나.

응, 너는 그래. 너는 우리 고양이 이름도 다 모르잖아. 그런데 가서 뭐 하려고? 그리고 넌 어차피 결정을 못 할 거잖아. ……하지만 누가 그러더라. 결정하지 않는 게 결정이기도 하다고.

……그런가. 누가 그래?

새라가.

새라?

응, 새라 사이들. 〈크라임 신 인베스티게이션〉.

잠깐의 정적 뒤에 둘은 함께 웃었다. 은선아, 만약에 내가 애초에 조건 같은 거 안 했으면 난 지금 좀더 나았을까?

왜, 후회돼? 후회되면 내일부터 안 하면 돼. 은선이 지수의 손을 잡았다.

아니, 그건 아니고. 그럼…… 만약에, 그때 베스를 발견하지 못했다면 우리는 지금이랑 좀 다르게 살았을까? 평범하게 노닥거리면서?

누가 그러더라. 인생에 만약이라는 건 없다고.

누가?

새라가.

새라가 〈CSI〉에서 제일 멋지다. 그치?

최고지.

그것으로 대화는 끊겼다. 지수는 은선과 더 이야기를 나누고 싶었다. 은선아, 너 요즘에 나비 본 적 있어?

한겨울에 무슨. 이제 자자. 은선은 몸을 돌려 지수를 등지고 누웠다. 은선은 잠이 든 후에도 간혹 몸을 심하게 떨었다. 지수는 그럴 때마다 은선의 어깨를 다독여주었다. 쉽게 잠이 오지 않았다.

*

지수는 휴대폰의 메시지를 건성으로 죽 훑어보다가 케로로라는 아이디를 발견하고 손을 멈추었다. 다시 만나고 싶은데 시간 괜찮으시면 연락 부탁드려요. 정중한 존댓말에 지수는 피식 웃었다.

약속 장소로 향하면서 지수는 남자의 얼굴을 떠올리려 애썼다. 그러나 마른 몸과 가벼운 말투만 기억날 뿐 얼굴은 도통 그려지지 않았다. 본명이 뭐랬더라. 지수는 거울을 꺼내어 화장을 고쳤다. 아이라인이 번지지 않았는지 확인했다.

남자는 만나기로 한 모텔 앞에 서 있었다. 그가 먼저 지수를 알아보고 인사했다. 둘은 마치 연인처럼 함께 모텔 안으로 들어섰다. 방에 들어서서 둘은 누가 먼저랄 것도 없이 휴대폰을 화장대 위에 나란히 올려두었다. 남자는 먼저 씻겠다며 욕실로 향했고 지수는 외투를 벗고 침대에 걸터앉아 방을 둘러보았다. 모텔은 어디든 비슷하구나. 모텔용 가구는 납품처가 정해져 있는 건가. 지수는 엉뚱한 생각에 빠져 있다가 남자가 욕실에서 나왔을 때에야 정신을 차렸다. 여전히 옷을 입은 채 멀뚱히 앉아 있는 지수를 보고 남자가 웃었다. 무슨 생각 해요?

지수는 아무것도 아니라는 듯 고개를 젓고 옷을 벗었다. 섹스를 하는 도중에도 지수는 생각을 했다. 호텔에서 보았던 여자의 눈빛과 그 눈을 통해 보이던 자신의 모습이 자꾸 그려졌다. 그때의 기분이 여전히 지수의 몸을 지배하고 있었다. 섹스를 하면서 별생각을 하지 않았기 때문에 이 일을 몇 년간 할 수 있었다는 것을 지수는 깨달았다. 그러나 지수는 눈을 감고 신음을 흘리며 열심히 허리를 움직였다. 그건 여전히 어려운 일이 아니었지만 지수는 무언가를 예감했다. 끝이라든가 마지막 같은 것. 지수는 남자를 보았다. 까무잡잡한 피부와 불그스름한 귓불, 굵은 머리칼, 얇은 입술과 쌍꺼풀이 없는 눈두덩, 자신을 바라보는 커피색 눈동자. 그는 나를 보며 무슨 생각을 하고 있을까. 아무 생각도 없겠지. 지수는 남자의 얼굴을 잊지 않기 위해 열심히 관찰했다. 나는 왜 이 남자를 기억하려는 걸까. 그러나 결국 기억하지 못할 테고 이 사람도 마찬가지일 것이다. 지수는 눈을 감고 남자의 목을 끌어안았다.

지수의 몸을 벗어난 남자는 침대에 누운 채 눈을 감고 있었다. 지수가 허리를 세워 앉자 그제야 눈을 뜨고 말했다. 빨리 가야 하죠?

나, 배가 좀 고픈데.

어? 그럼, 나갈까요? 남자의 말에 지수는 고개를 저었다. 남자는 전화기 옆의 전단지를 보고 음식을 주문했다. 케로로는 잘 있나요? 침묵을 깨고 지수가 입을 열었다. 남자는 밝게 웃으며 고개를 끄덕였다. 둘은 한참 동안 고양이 이야기를 나누었다. 음식이 도착했고 남자는 능숙하게 포장을 뜯어 침대 위에 올렸다. 둘은 나무젓가락으로 떡볶이와 해물전을 먹었다. 남자는 해물전을 먹기 좋게 잘게 찢었다. 모텔에서 음식 시켜 먹는 거 처음이네. 지수가 혼잣말처럼 중얼거렸다. 아, 정말? 하긴, 칼같으니까.

칼같으니까, 라는 말을 지수는 곱씹었다. 칼같아서 모텔에선 음식을 시키지 않고, 칼같아서 말을 섞지 않고, 칼같아서 몸은 열심히 섞고, 칼같아서 생각은 없애고, 칼같아서…… 지수의 먹는 모습을 보며 남자가 자꾸 웃었다. 되게 잘 먹는다. 괜히 뿌듯하네. 남자는 자기가 음식을 주문했으니 소원 하나만 들어주면 안 되겠느냐고 가볍게 물었다. 뭔데요?

같이 음악 좀 들으면 안 될까요? 그게 무슨 소원씩이나 되나 지수는 생각했지만 고개를 끄덕여주었다. 남자가 자신의 휴대폰을 가져오는 모습을 보고 지수는 자신의 걸로 듣는 게 낫겠다고 했다. 남자의 눈에 서운한 기색이 스쳤지만 지수는 무시했다. 남자는 지수의 휴대폰에서 음악을 검색해 플레이했다. 처음 듣는 음악이었다. 남자는 가사를 따라 흥얼거렸다. 전에 나랑 같은 업계라고 했잖아요. 그게 무슨 말이에요? 지수는 마치 갑자기 생각났다는 듯 물었다. 나도 전에 업소에 다녔거든. 물론 안나 씨랑 완전 똑같은 일은 아니지만. 지금은 아니라는 말인가? 지수는 생각했지만 더 묻지는 않았다. 그런데 남자가 말을 이었다. 난 운이 좋아. 와꾸 빻았다는 말 많이 들어서 뭐 이 바닥에서도 별 볼 일 없을 거라고 생각했는데 운명처럼 누나를 만난 거지. 남자의 말에 따르면 소위 말하는 스폰서를 물었다고 했다. 거의 엄마뻘 되는, 입시학원계의 거물이라는 여자가 남자를 마음에 들어 해서 강남에 있는 빌라와 고급 승용차를 사 주고 생활비도 대준다고. 처음에 그 누나랑 자는데 잘 안 서는 거야. 난 정말 잘하고 싶었거든. 아마 그래서 더 안 된 거 같은데. 뭐 하여간, 그날 내가…… 울었다? 어우, 지금 생각하니 너무 오글거리는데. 누나는 그게 좋았대. 그리고 내 몸이 좋대. 이상하지? 이상해…… 세상도, 인생도. 썰로만 듣던 일이 나한테.

남자는 말을 마치고 노래를 흥얼거리며 창가로 갔다. 어, 눈 온다. 창을 연 남자가 담배를 꺼내 물며 말했다. 지수도 남자의 옆에 가서 섰다. 창밖에는 바로 다른 건물이 인접해 있어 하늘은 잘 보이지 않았다. 남자의 말대로 하얀 눈송이가 건물 사이로 흩날리고 있었다. 차가운 바람이 들어왔지만 둘은 그대로 서서 한동안 눈이 내리는 모습을 지켜보았다. 이렇게 나와 있으면 누나가 뭐라고 안 해요?

워낙 바빠서. 출장 가셨어. 분원 낸다고.

그럼 평소엔 뭐 해요?

나 요리 학원 다녀요. 나중에, 전염병 잦아들면 식당 차리려고. 언제까지 이렇게 살 수는 없으니까.

왜 이렇게 살면 안 되는데요?

왜냐면…… 뻔하지 뭐. 누나가 나를 버리겠지. 뭐 당연한 얘기를.

지수는, 누군가가 자신을 버릴 거라는 사실을 당연하게 여기는 남자의 마음을 헤아려보았다. 있잖아. 남자는 말을 꺼낸 후 한참 뜸을 들였다. 창밖으로 손을 내밀어보기도 하면서. 내가 살아보니까, 사람이…… 몸을 너무 많이 쓰면 좀 뭐랄까, 황폐해진다고 해야 하나. 그런 말 알죠? 그러니까 막 폐허……라고 해야 하나. 그런 거, 별로더라고. 남자는 자신의 팔을 쓸어내렸다. 아, 춥다. 나 이제 좀 씻어야겠다. 남자는 자신의 어깨를 안은 채 욕실로 종종걸음을 쳤다. 나중에 나 식당 차리면 놀러 와요. 구라 아니고. 진짜로. 연락할게.

지수는 남자를 보고 웃어주었지만 그런 일은 일어나지 않

을 거라는 사실을 알았다. 지수는 다시 창밖으로 눈을 돌렸
다. 눈발이 마치 눈앞에서 천천히 춤을 추는 것 같았다. 음악
때문인가. 지수는 그 순간 작은 나비 한 마리가 날아가는 것
을 보았다. 나비가 눈송이들 사이를 팔랑이며 스쳐 지나가고
있었다. 지수는 자신의 눈을 믿을 수가 없었다. 고개를 빼고
나비가 날아간 방향을 눈으로 따라가보았지만 건물 때문에
시야가 가려져 더 이상 볼 수 없었다. 잘못 본 것인가. 누가 옆
에 있다면 물어볼 수 있을 텐데. 너도 봤느냐고. 지수는 목덜
미에 오스스 소름이 돋은 것을 느끼며 눈송이가 흩날리는 장
면을 멍하게 응시하다가 창밖으로 가만히 손을 내밀었다. 손
에 닿은 눈송이는 흔적도 없이 사라졌다. 문득 은선의 얼굴이
떠올랐다. 은선의 공포에 찬 눈빛이. 떨리던 어깨가. 남자가
나오기 전에 지수는 옷을 챙겨 입고 조용히 방을 나섰다. 민
재라고 했던가. 지수는 예전에 들었던 남자의 이름이 불현듯
떠올랐고 천천히 고개를 저었다. 본명이 아니겠지.

*

　12월 31일이 되었고 은선은 부모의 호출로 지방의 본가에
내려가야 한다며 지수에게 연락했다. 지수는 은선이 없는 것
이 아쉽긴 했으나 한 해의 마지막 날을 베스와 함께 보낼 수

있어서 기뻤다. 한파주의보가 내린 연말의 거리는 한산했다. 대부분의 사람들은 함께 새해를 맞기 위해 가족이나 연인과 보내고 있으리라. 전염병 때문에 술집이나 식당은 일찍 문을 닫았다. 마스크를 쓰지 않고 밤새 술을 마실 수 있었던 때를 지수는 몰랐다. 고등학생이었으니까. 마스크를 벗는 날이 오면 무엇을 할까 생각해보았지만 비현실적으로 여겨져 딱히 떠오르는 일이 없었다.

지수는 은선의 집에 들어가 불을 켰다. 고양이 몇몇이 빠르게 숨었고 몇몇은 야옹거리며 지수의 주위를 맴돌았다. 지수는 늘 그렇듯 고양이들 뒤치다꺼리를 한 뒤 잠깐 동안 놀아주었다. 은선에게 고양이들 사진을 찍어 전송한 후 침대 위의 전기장판을 켰다. 지수는 베스를 안아 올렸다. 생각보다 가뿐하게 들리는 베스의 무게에 마음이 아렸다. 베스는 지수의 손길이 만족스러운지 가르릉 소리를 내며 얌전히 안겨 있었다. 지수는 습관처럼 텔레비전을 켰다. 올해도 제야의 종소리는 온라인으로만 들을 수 있었다. 제야의 종은 왜 치는 것일까 의아해하면서도 지수는 채널을 돌리지 않았다. 베스와 함께 무언가를 기념하고 싶었다. 지수는 방송을 기다리며 '제야'가 무슨 뜻인지 검색해보았다. '섣달그믐날 밤'이라고 설명이 되어 있었다. '섣달그믐'은 또 무엇인가. 언젠가 배운 적이 있는 단어들인데. 12월 마지막 밤을 말하는 것이겠지. 지수는 자신의 해석에 수긍하며 고개를 끄덕였다.

텔레비전에는 한복을 입은 사람들이 나와서 종을 치기 시작했다. 총 서른세 번을 친다고 했는데 지수는 열몇 번까지 세다가 쉴 새 없이 말하는 하이 톤의 앵커 목소리에 질려서 채널을 돌려버렸다. 은선에게서는 아무런 연락도 없었다. 지수는 휴대폰을 켰다. 메시지 함을 살펴보다가 지난번 라이온퀸과 나눈 대화를 찾아보았다. 예상대로 탈퇴한 계정이었다. 케로로는 그대로였다. 다시 만나고 싶은데 시간 괜찮으시면 연락 부탁드려요. 그를 만난 것이 불과 3일 전이었다. 그 후로 그에게서는 연락이 없었다. 지수는 그가 나무젓가락으로 해물전을 잘게 찢어주던 모습과 웃는 얼굴이 떠올라 고개를 흔들었다. 그렇게 하면 기억이 사라지기라도 하는 듯. 당연히 기억하지 못할 줄 알았는데. 희미했는데. 지수는 자리에 누웠다. 세수를 해야 하는데, 양치도. 새해가 되었는데 작년의 얼굴로 잠드는 건…… 뭐 어떤가. 그저 똑같은 하루가 지났을 뿐.

지수는 유튜브에 들어가 플레이리스트를 살펴보았다. 남자가 틀어준 음악 목록이 남아 있었다. 지수는 이어폰을 꽂고 음악을 재생했다. 그때 들었던 음악이 이런 거였구나, 처음 듣는 음악 같은데, 생각하면서도 그날 음악을 들으며 보았던 장면은 생생하게 그릴 수 있었다. 흔들리며 아래로 아래로 낙하하던 눈송이들의 움직임과 그 분위기. 그리고…… 나비 한 마리가 있었지. 아닌가. 역시 잘못 본 걸까. 눈을 감은 채 지수는 그날의 눈 내리는 창가에 홀로 한참을 서 있었다. 그러다 지수는 한 곡이 계속 반복 재생되고 있다는 것을 깨달았다.

사라지는 걸 인정하기 힘든 겨울의 끝에서……

차가운 눈이

모든 걸 평등하게 해*

지수는 노래를 들으며 평등한 밤에 대해 생각했다. 감고 있던 눈을 떴다. 형광등 불빛 때문에 눈이 부셨지만 눈싸움이라도 하듯 부릅뜨고 바라보았다. 이어지는 노랫말처럼 '하얀 어둠 속으로', 그 폐허 속으로 한없이 가라앉는 기분이었다. 지수는 억지로 몸을 일으켜 세수와 양치를 했다. 고양이들을 살핀 후 불을 끄고 다시 자리에 누웠다. 그리고 휴대폰을 켜서 안나 계정을 삭제했다. 그건 너무나 간단한 일이었지만 새로운 계정을 만드는 일 역시 아주 쉽다는 것을 지수는 이미 알고 있었다.

은선은 지금 무얼 하고 있을까. 은선아, 우리는 이미 몸을 너무 많이 쓴 걸까. 그래서 이런 걸까. 폐허인가. 그곳에는 지금 눈이 내리니? 모든 것을 평등하게 만드는 눈이? 그러나 여기에 그런 눈은 내리지 않을 것이다. 창문을 열어볼 필요도 없지. 손을 대는 순간 모두 사라져버리는 것들.

지수는 베스의 따뜻한 등에 얼굴을 대어보았다. 베스의 가슴이 오르내리는 것을 느끼며 한참을 어둠 속에 있었다. 야옹. 야옹. 지수는 고양이 소리를 흉내 내었다. 그러나 베스는 잠깐 고개를 들었다가 곧 다시 눈을 감았다. 지수는 베스의 귀에 대고 속삭였다. 사랑해. 사랑해. 눈물이 날 것 같았다. 사랑한다는 말이 너무 멀게 느껴졌다. 모르는 단어 같았다.

* 짙은Zitten, 「겨울 숲」(작사 성용욱, 『수면에서』, 2021)의 가사.

몬스테라 키우기

남자는 자주 코가 막힌다고 했다. 먼지 이외에도 동물 털, 복숭아 털, 다양한 외부의 털들에 예민하게 반응한다고. 그 밖에 원인을 명확히 알 수 없는 여러 요인들. 검사는 아직 안 해봤는데 어쩔 수 없어요. 정확하게 다 알 수는 없다더라고요. 방법도 딱히 없고. 심하면 약 먹으면 되니까. 민희와 처음 만났을 때 남자는 민망한 듯 시선을 피하며 말했다. 대신 청소 하나는 걱정 안 하셔도 돼요. 좋아하기도 하고. 목소리가 작아서 귀를 기울여야 했다. 바로 들어올 수 있어요? 민희의 물음에 남자가 놀란 눈으로 물었다. 당장요? 아, 그럼, 죄송한데요…… 집을 좀 볼 수 있을까요? 남자가 마르고 긴 손가락으로 지갑에서 주섬주섬 학생증을 꺼내 민희에게 내밀었다.

남자의 손톱은 단정하게 정리되어 있었다. 민희는 그가 건넨 학생증의 사진과 남자를 번갈아 보았다. 남자는 습관처럼 손가락으로 목덜미를 쓸어내렸다.

메시지로 주고받은 대로 이 지역 국립대 인문학부 2학년생. 한재순. 민희는 그의 이름을 보고 웃음이 났지만 겉으로 티가 나지 않도록 조심했다. 사진 속의 얼굴이 무표정하게 민희를 보고 있었다. 어릴 적 키웠던 햄스터가 떠올랐다. 재롱을 잘 부려서 재순이라는 이름을 붙였고 어머니는 이름이 촌스럽지만 그래서 귀엽다고 했다. 아니다. 재순이가 아니라 재돌이였던가. 아주 먼 옛날의 일 같았다. 남 이야기 같기도 했다.

민희는 해안 도시의 방 네 개짜리 아파트에 혼자 살고 있었다. 해안 도시였지만 민희의 아파트에서는 바다가 보이지 않았다. 대신 아파트 뒤로 산이 인접해 있었다. 이렇게 큰 집은 처음 봐요. 재순의 눈이 커졌다. 인터넷에 올린 그대로예요. 기본적인 규칙만 지켜주면 돼요. 부엌에 있는 건 뭐든 먹고 써도 되고 설거지는 식기세척기 돌려줘요. 거실도 청소기만 한 번씩 돌려주면 돼요. 민희는 재순을 방으로 안내했다. 사용한 흔적이 없는 퀸 사이즈의 침대와 책상으로 쓸 수 있는 테이블과 빈 책장이 있는 방이었다. 어머니가 게스트 룸으로 꾸며준 방이었지만 그동안 손님은 아무도 오지 않았다. 재순은 창을 가리고 있는 두꺼운 커튼을 젖혔다. 햇살이 쏟아져 들어왔다. 먼지가 어지럽게 흩어졌다.

재순은 민희가 작성한 간단한 계약서에 서명했다. 박민희 씨. 저보다 누나네요? 엄청 어려 보이셔서. 민희가 계약서를 받아 들었다. 재순은 민희보다 세 살 어렸다. 한재순 씨. 생각보다 나이가 많네요.

네, 학교를 좀 늦게 들어가서…… 그런데, 방이 너무 크고 좋은데.

대신 청소랑 설거지 해줄 거잖아요.

저야 너무 감사한데요.

조용해서.

네?

혼자는 너무 조용해서. 아 그렇다고 막 떠들라는 건 아니고.

이사 온 지 얼마 되지 않은 탓도 있지만 민희의 집은 썰렁했다. 겨울이 가까웠기 때문만은 아니었다. 살림이 많지 않았고 가구도 다 새것이었다. 손때 묻은 것이 없었다. 민희는 특별히 하는 일 없이 주로 집에서 시간을 보냈지만 집은 너무 컸고, 살림이라는 것을 할 생각도 없었다. 어머니가 입주 도우미를 알아봐주겠다고 했지만 민희는 거절했다. 민희의 소식을 어머니에게 틈틈이 전해줄 사람이 필요해서라는 것을 알았다. 이제 혼자 해볼래. 안 되면 내가 알아서 구할게요. 이제 서른이잖아. 민희의 말에 어머니는 걱정을 숨긴 채 입꼬리를 올렸다. 그래. 엄마는 이제, 너 믿어. 민희도 어머니를 향해 애써 밝게 웃어 보였다. 믿는다는 말보다 '이제'라는 말이 마음에 걸렸다. 나 진짜 괜찮아. 선생님도 그랬잖아. 약은 다시 안 해. 담배도 줄일 거야. 어머니는 종종 영상통화를 걸어왔고 민희는 그때마다 거울로 안색을 확인한 후 급히 립글로스라도 바르고 통화 버튼을 눌렀다. 처음 한 달 정도는 혼자인 것이 좋았다. 식사를 거르거나 새벽 한두 시에 나가 드라이브를 해도 간섭하는 이가 없었다. 며칠간 외출하지 않아도, 하루 종일 누워만 있어도, 영양제를 챙겨 먹지 않아도 괜찮았다. 그러나 지인이라고는 아무도 없는 지방 도시의 삶은 사람을 금방 무기력하게 만들었다. 민희는 종종 바다를 보러 나갔고 피트니스 센터도 등록했다. 주위의 관광지를 찾아 다녀보기도 했으나 그것도 곧 지루해졌다. 집 안에 머리카락이나 먼지가 눈에 거슬릴 정도가 되어야 청소기를 한 번씩 돌렸다. 먼지는 생각보다 너무 빨리 쌓였다. 혼자 살기 전에는 몰랐던 불편함이었다. 민희는 휴대폰을 열고 지역 카페를 찾아 글을 올렸다. 룸메이트 구해요. 성별 무관. 대학생, 휴학생 환영. 식사 제공. 청소를 잘하지 못해도 대화를 나눌 수 있는 사람이면 좋겠다고 생각했다.

재순의 짐은 캐리어 두 개와 어깨에 멘 커다란 배낭이 전부였다. 이틀 전에 보았던 옷차림 그대로 재순은 실내로 들어섰다. 민희는 그가 조심스레 방으로 들어가는 뒷모습을 지켜보았다. 키는 168센티인 민희보다 약간 컸고 살집이라고는 없는 마른 몸이었다. 민희보다 최소 5킬로그램은 덜 나갈 거라 생각했다. 민희가 발차기 한 번 하면 허리가 꺾일 것 같았다. 그 장면을 상상하자 웃음이 나려 했다. 알레르기가 있고 허약해 보이는, 어쩌면 여자에게 무관심할지도 모르는, 남자 같지 않은 대학생. 안심이 되었다.

재순이 방에서 짐을 정리하는 동안 민희는 거실 소파에 앉아 넷플릭스를 켰다. 리모컨을 이리저리 한참을 눌러봤지만 오늘도 딱히 구미에 맞는 뭔가를 찾지 못했다. 그런데도 소파에 앉으면 넷플릭스부터 틀었다. 켜기 전에는 뭐든 볼 수 있을 것 같았지만 한참을 섬네일만 훑는 것이 일상이었다. 드라마나 영화를 고르면 마약 하는 장면이 너무 많았다. 민희는 뉴스 채널로 화면을 돌렸다. 서울에서는 정치인들이 서로를 비난하고 있었고 지방 어딘가에서는 무슨 공장 노동자가 사고로 목숨을 잃었다고 했다. 넷플릭스와 다를 바 없는 섬네일을 보고 있는 것 같았다. 뭔가 다른 걸 보고 싶었다.

재순은 점심시간이 지날 때까지 방에서 나오지 않았다. 민희는 배가 고파졌고 한참 망설인 끝에 재순의 방문을 두드렸다. 그러나 기척이 없었다. 문고리를 살짝 돌려보니 문이 열렸다. 재순은 침대에 누워 입을 벌린 채 잠들어 있었다. 햇빛이 그의 얼굴에 그대로 닿아 낯빛이 더 창백해 보였다. 그는 턱이 좁고 긴 편이었다. 무슨 동물을 닮았는데…… 민희는 그게 뭐였는지 생각하며 조용히 문을 닫았다.

민희는 피자를 시켰다. 문어가 나오는 다큐를 보며 피자 두 조각을 먹고 세 조각째를 집어 들었을 때 재순이 옆에 서 있는 것을 보았다. 아, 놀래라. 민희는 피자를 든 채 그를 바라보았다. 민희는 테이블 위에 올렸던 발을 내렸다. 기척 좀 하세요.

습관이라고 했다. 발소리를 내지 않고 걷는 것. 문을 세게 여닫지 않는 것. 보육원 원장은 정이 많았으나 예절 교육에 엄격한 편이었다고 했다. 민희는 보육원 출신이라는 말을 누군가의 입에서 실제로 들어본 적이 처음이었다. 열여덟 살 이후로 보육원을 나와 살았지만 그 습관은 잘 바뀌지 않는다고 했다. 그럼, 부모님은 아직 못 찾았어요? 민희가 조심스레 물었다. 부모가 찾아올 거라는 생각은 애초에 안 했어요. 나한텐 부모라는 게 원래부터 없었던 거 아닐까, 그런 생각도 들더라고요. 배꼽이 있으니까 어디서 나긴 난 건데. 재순은 스스로 재미있는 농담이라고 여긴 듯 허공을 보며 히히, 하고 웃었다. 민희는 그를 따라 웃었지만 머리로는 다른 생각을 했

168

다. 저 얼굴. 무슨 동물이랑 닮았는데…… 사막인가 팜파스인
가에서 무리 지어 사는, 뭐더라 그게.

재순은 잘 먹었다. 혹시 냉동 피자라도 괜찮으면 더 먹을래
요? 민희의 물음에 재순은 고개를 끄덕였다. 첫날이니까 내
가 해주는 거예요. 피자를 데우고 콜라를 컵에 따르며 민희
가 말했고 재순은 옆에서 어쩔 줄 몰라 하며 서 있었다. 앞으
로 제가 할 수 있는 건 다 도와드릴게요. 청소 말고라도. 그
리고……

민희가 재순을 바라보며 나머지 말을 기다렸다.

말씀 낮추세요, 누나.

*

재순과 함께 살기 시작한 지 한 달이 지났고 민희는 소소하
게 불편한 점을 감안하더라도 나쁘지 않은 결정이었다고 생
각했다. 재순은 처음 말한 대로 청소를 잘했다. 도우미를 고
용한 것도 아닌데 매일 청소기를 돌렸고 2, 3일에 한 번은 걸
레질까지 했다. 민희의 방과 방에 딸린 욕실까지 청소를 하
려 들어 정색한 적도 있었다. 제가 하고 싶어서 하는 거예요.
재순이 머쓱한 표정으로 말했지만 민희는 고개를 저었다. 노
노. 사생활이라는 게 있으니까. 계약서에 써 있는 것만 하면

돼요. 재순은 빨래가 많지도 않은데 매번 세탁기 돌리기가 아깝다며 세탁물 통이 차면 한 번에 자신이 돌리겠다고 했다. 민희는 그것도 싫다고 했다. 전기랑 수도 절약하자는 건데요. 재순의 말에 그건 당신이 신경 쓸 바가 아니라고 했다. 저한테 뭐 옮을까 봐 그러세요? 민희는 이마를 찌푸렸다. 뭐라고요?

아니에요. 어차피 식기세척기는 같이 돌리는데…… 재순은 얼버무리며 웃었다. 민희는 그의 웃음을 바라보았다. 그가 쓸데없이 너무 자주 웃는다고 생각했다. 민희는 운동을 가거나 외출을 할 때면 방문을 잠갔다. 그 점을 제외하면 특별히 불편한 것은 없었다.

방학을 맞은 재순은 동네 편의점에 아르바이트를 구했다며 밤에 나가서 새벽에 돌아왔다. 밤 알바가 시급이 좀더 세거든요. 방학 때는 알바 구하기 힘든데 운이 좋았어요. 재순이 끓인 라면을 함께 먹으며, 민희는 살면서 한 번도 돈을 벌기 위해 무엇을 해본 적이 없다는 것을 깨달았다. 민희는 금방 젓가락을 내려놓았다. 이게 맛있어요? 재순은 몇 초간 멍한 표정으로 민희를 보았다. 맛이요? 맛이…… 있죠, 없어요? 재순은 익숙한 얼굴로 웃고는 고개를 숙였다. 남은 라면을 후루룩 입안에 넣었다. 민희는 급히 말을 이었다. 아니, 내 말은, 알레르기 있다니까. 재순은 손가락을 들어 목덜미를 쓱쓱 긁었다.

마치 민희가 그런 말을 해서 가렵다는 듯.

　새벽이면 도어록 누르는 소리에 민희는 잠에서 깼다. 그가 조심스럽게 들어오는 모습, 자신의 방문을 조용히 연 후 손잡이를 잡은 채 천천히 문을 닫는 장면을 상상했다. 휴대폰을 꺼내어 바깥 날씨를 확인했다. 영하 4도. 어디에 있는 편의점일까, 뭘 타고 다니는 걸까, 생각하다가 편의점 시급을 검색해보았다. 9,860원 최저 시급, 9천 원 안 주는 곳도 많아요. 사장 놈들이 야간 알바 잘 안 쓰려고 함. 편순이, 편돌이…… 편의점 알바를 그렇게 부른다는 것도 처음 알았다. 귀여운 이름이라고 생각했다. 민희는 한참 이것저것 검색해보다 SNS에 접속했다. 예전에는 미국 유학 시절 친구들과 곧잘 안부를 주고받았지만 재활원을 들락거리는 동안 자연스레 연락이 끊겼다. 민희는 가계정을 만들어서 친구들의 계정을 유령처럼 유영하고 다녔다. 고등학교 시절 자신과 함께 파티에 다니고 약을 했던 친구 중 몇몇은 결혼을 해서 아이를 낳고 리조트나 쇼핑몰에서 웃고 있는 사진을 올렸다. 포즈가 모두 비슷했다. 대학 시절 친구들 역시 마찬가지였다. 잠깐 만났던 남자는 러시아 발레단 소속 발레리노로 활동하고 있었고 현대무용 쪽에서 활동하는 친구도 있었다. 다들 잘 살고 있었다. 민희는 눈을 감았다. 발작적으로 팔과 등을 긁었다. 자리에서 일어나 담뱃갑을 찾아 들고 발코니로 나가 불을 붙였다.

민희는 재순과 함께 살기 시작한 뒤로 자주 마트에 장을 보러 다녔다. 그전에는 간혹 장을 봐 와도 먹지 않아 상해서 버리는 일이 많았다. 서울과 달리 집 근처에 백화점이 없어 아쉬웠다. 하지만 이제 민희는 마트에서 장 보는 일을 은근히 즐기게 되었다. 냉장고를 채워놓으면 부지런히 먹는 사람이 있기 때문이었다. 평소에는 흥미 없던 식재료를 이것저것 사다 두었다. 재순은 요리도 잘했다. 재료를 보고 인터넷을 찾아 레시피대로 요리해서 민희에게 권했다. 매번 응하는 것은 아니었으나 둘은 종종 함께 식사했다. 맛도 괜찮았다. 민희는 그럴 때면 어머니에게 영상통화를 걸어 식사 장면을 보여주었다. 어머니는 기쁜 표정으로 민희를 칭찬했다. 물론 재순은 화면에 등장하지 않았다. 이런 걸 일석이조라고 하는 것인가, 민희는 재순이 요리한 음식을 먹으며 만족했다.

한우 투뿔 등심은 처음 먹어봐요. 흡족한 표정으로 고기를 먹는 재순을 보며 민희는 소고기 알레르기는 없나요? 물으려다 입을 다물었다. 근데, 누나 집은 엄청 부자인가 봐요?

부자? 부자…… 민희는 부자라는 말이 마음에 들지 않았다.

부러워서요. 일도 안 하고 혼자 이렇게 넓은 집에 사는 거.

잠깐 요양하러 내려온 거예요.

요양이요? 어디 아프세요?

아니, 그냥 좀.

민희는 새삼스러운 눈으로 자신의 집을 둘러보았다. 민희는 이 집이 넓다고 생각해본 적이 없었다. 누나는 뭐 취미 같은 거 없어요? 재순이 식사를 하다 말고 음식 사진을 찍으며 물었다. 재순은 자주 사진을 찍었다. 사진은 어디 올려요? 인스타?

누나도 인스타 해요? 재순이 눈을 동그랗게 뜨고 물었고 민희는 고개를 저었다. 어쩐지 그런 거 안 할 거 같긴 했어요. 근데, 거실이 너무 썰렁하지 않아요? 식물이라도 키워보면 어때요?

식물? 키워본 적이 없어서.

재순은 휴대폰으로 이리저리 뭔가 찾더니 사진을 한 장 내밀었다. 어디서 많이 본 식물이었는데 이름은 알지 못했다. 이게 몬스테라 알보라는 거거든요. 얼만지 아세요? 민희는 대답하지 못했다. 이거 작년까지만 해도 무늬 이파리 한 장에 백만 원. 더 넘는 것도 있었어요. 지금은 많이 떨어졌지만. 재순이 눈을 빛내며 민희를 보았다. 식물에 대해 아는 것이 거의 없어서 어떻게 반응해야 할지 난감했다. 좋은 건가요? 민희의 물음에 재순은 입을 다물었다. 잠시 뒤 재순은 허공을 보며 다시 히히, 웃었다. 민희는 자신의 무엇이 재순을 저런 표정으로 웃게 하는 것인지 알 수 없었다. 그런데, 이파리를 왜 한 장씩 팔아요? 도대체 어디에 쓰는 건데?

몬스테라는 라틴어의 monstrum······ 이상하다는 뜻에서 유래한 이름으로 멕시코가 원산지, 관엽식물로, 20미터까지, 종류가 서른 종 내외이며, 습도가 높은 곳에······ 민희는 몬스테라에 대해 찾아보기 시작했다. 몬스테라 알보 보르지아나 바리에가타, 델리시아스 옐로우 바리에가타, 델리시오사 바리에가타······ 재순의 말대로 무늬와 종류에 따라 가격이 다양했다. 무늬나 색이 특이한 변종일수록 비쌌다. 그러나 최근 들어 국내 개체 수가 늘어 앞으로 가격은 더 낮아질 전망······ 민희는 검색을 멈추고 텅 빈 발코니를 바라보다가 어머니에게 전화를 걸었다.

몬스테라는 일주일 뒤에 배달되어 왔다. 식물을 좋아하는 어머니에게 안부 겸 이것저것 물어보려던 것뿐이었는데 어머니가 더 설레했다. 배달된 식물들은 생각보다 훨씬 컸고 화분에는 작은 이름표가 꽂혀 있었다. 꼭대기에 하얀 털이 달린 선인장도 하나 있었다. 밍크 선인장. 민희는 빙그레 미소를 지었다. 귀엽네.

죽으면 얘기해. 또 보내줄게. 도착한 식물을 영상으로 확인한 어머니가 말했다. 배달원들은 온습도계도 함께 주었다. 물을 주는 간격과 적절한 온도와 습도에 대한 설명서가 첨부되어 있었다. 가격에 대해서는 아무도 말하지 않았다. 배달원들이 식물의 위치를 잡아주며 이것저것 설명해주고 떠났다. 어느새 자다 깬 모습으로 재순이 나와 있었다. 그는 멍한 표정으로 식물들을 바라보았다. 이게…… 어디에서 온 거예요? 샀어요?

선물 받았어요.

선물요? 이걸요? 와…… 대단하네요.

이제 좀 집 같아 보여요? 그렇게 말하며 민희는 뿌듯했다. 재순은 한동안 식물들에서 눈을 떼지 못했다. 이게, 그 유명한 몬스테라 알보구나. 와, 이건 도대체…… 민희는 재순이 몬스테라의 가격을 궁금해한다는 것을 알았다. 하지만 민희도 값은 알지 못했고 설사 알고 있더라도 말하지 않을 것이었다. 재순 씨가 키워볼래요?

제가 어떻게. 재순이 화분들 사이에 쪼그려 앉아 민희의 키만 한 몬스테라를 올려다보며 중얼거렸다. 나보다 훨씬 비싼 몸들인데……

몸들. 민희는 커다란 타원형의 잎들을 바라보았다. 온전한 타원형에서 중간중간 가위로 오려낸 듯 찢어지고 구멍 뚫린 모양의 이파리들은 흰색과 초록색이 어우러진 독특한 무늬를 가지고 늘어져 있었다. 창밖으로 시선을 돌리자 앙상한 가지들만 남아 바람에 흔들리는 잿빛 나무들이 보였다. 집 안의 온도는 늘 포근하게 일정해서 사계절 반팔 차림이었지만 그 장면을 바라보고 있자니 스산해졌다. 민희는 팔을 쓸어내리며, 여전히 화분 옆에 앉아 있는 재순을 바라보았다. 재순의 가는 목에는 소름인지 알레르기인지 모를 작은 돌기들이 돋아 있었다. 재순은 무언가 생각난 듯 휴대폰을 꺼내어 화분 사진을 여러 장 찍기 시작했다. 가습기를 사야겠어요. 재순이 자리에서 힘겹게 일어서며 말했다.

둘은 처음으로 함께 마트에 갔다. 민희는 조수석에 누군가를 태워본 것이 언제인지 기억나지 않았다. 난 식물을 키워본 적이 없어요. 민희가 말했다. 저도요. 사실 좀 무서워요.

뭐가?

죽일까 봐.

그런 건 상관없고.

상관없고?

그냥. 집 같고, 여름 같고, 좋잖아요.

재순은 말이 없다가 히히 웃고는, 최고네요, 했다. 재순은 그렇게 웃을 때마다 시선을 먼 곳으로 돌렸다.

대용량 가습기를 고심해서 고른 재순은 민희에게 의견을 물었다. 민희는 상관없다는 표정으로 고개를 끄덕였다. 재순은 카트에 가습기를 담고도 계속 그 주위를 서성였다. 필요한 거 있으면 더 사도 돼요. 나는 잘 모르니까. 누나 방은 안 건조해요? 감기 걸릴 수도 있거든요. 재순은 작은 가습기 두 대를 더 담았고 흡족한 표정이 되었다. 약속 없으면 같이 밥이나 먹을래요? 재순은 좋다고 하며 식품 매장으로 카트를 옮겼다. 밖에서 먹자고 한 건데. 민희는 속으로 생각하며 재순의 뒤를 천천히 따라갔다.

재순은 가격표를 유심히 보았다. 이것저것 들었다가 그냥 놓기를 반복했다. 민희는 무언가를 살 때 가격표를 잘 보지 않았다. 민희는 재순이 내려놓은 새우와 생선, 맥주 등을 카트에 담았다. 계산대로 갈 때에 카트는 가득 차 있었고 카트를 미는 재순의 얼굴은 살짝 상기되어 있었다. 카트가 무거워서 그런 걸까, 알레르기가 올라오는 걸까, 민희는 그의 좁은 등을 보며 생각했다. 재순은 차 안에서도 휴대폰으로 사진을 찍었다. 나는 찍지 말아요. 민희의 말에 재순은, 당연하죠, 하고는 콧노래를 흥얼거렸다. 바깥에는 희미하게 눈발이 흩날리기 시작했다. 와, 눈도 오고. 오늘 왠지 제 생일 같아요.

생일이 언젠데요?

확실하게 몰라요. 사실 제 이름도 본명이 아닐 수 있어요.

네?

보육원 앞에서 저 발견됐을 때 쪽지에 한재순이라고 써 있었다는데. 엄마나 할머니 이름이 아닐까, 그냥 제 생각이에요.

아버지 이름일 수도 있잖아요.

아…… 그렇네요. 그 생각은 못 했어요.

귀여운데, 이름. 누가 고심해서 지었을 수도 있고.

에이.

재순은 웃으며 손가락을 들어 목덜미를 긁적였다. 역시 습관인가. 민희는 와이퍼를 켜고 그의 옆모습을 잠깐 바라보았다.

재순은 가습기 포장을 뜯어 물을 받아 식물 옆에 설치했다. 전원 버튼을 누르자 가습기에서는 곧 하얀 김이 뿜어져 나왔다. 제 것도 사 주셔서 감사해요. 누나도 잘 때 꼭 틀어놓고 주무세요. 재순은 작은 가습기 하나를 민희에게 내밀었다. 그런데, 제가 책임져야 하는 건 아니죠? 재순이 물었다. 뭘 책임져요? 재순 씨가 책임져야 하는 건 이 집에 아무것도 없어요. 민희는 고개를 끄덕이는 재순의 얼굴을 보며, 무슨 말을 할 때마다 그에게 뭔가 잘못하는 기분이 든다고 생각했다. 민희는 팔이 가려웠지만 의식적으로 참았다. 팔에는 습관적으로 긁어 생긴 딱지가 몇 개 남아 있었다. 이건 다른 데 두는 게 좋을 거 같아요. 재순이 밍크 선인장을 가리키며 말했다. 습도가 너무 높으면 안 좋거든요. 둘은 함께 화분을 들어 민희의 침실로 옮겼다. 민희는 재순이 빠르게 자신의 방을 훑어보는 것을 못 본 척했다.

재순은 새우 껍질을 벗겨 올리브유에 볶고 생선을 마리네이드해서 오븐에 넣었다. 그리고 샐러드를 만들기 시작했다.

그가 유튜브를 보며 요리하는 모습을 구경하면서 민희는 맥주를 마셨다. 재순에게도 맥주를 권했지만 그는 술을 마시지 못한다고 했다. 알코올 분해 효소가 전혀 없는 것 같아요. 옛날에 여자친구랑 헤어지고 소주를 반병쯤 마셨거든요. 죽다 살아났어요. 재순의 말에 민희는 내심 놀랐다. 여자친구요? 언제요? 재순은 자몽 껍질을 벗기며 말했다. 옛날에요. 완전 옛날. 재순은 빙그레 미소 지었다. 처음 보는 표정이었다. 민희는 호기심이 생겼다. 나이도 많지 않으면서 완전 옛날이라니. 그러나 그보다 그가 여자와 스킨십하는 장면을 상상하기가 힘들었다.

　민희는 아주 오랜만에 술에 취했다. 술에 취하면 더 강한 무언가를 몸에서 원했고 그건 위험하다는 신호였다. 그래서 지난 몇 년간 민희는 취한 적이 없었다. 하지만 지금은 위험하고 말고 할 것도 없었다. 민희에게는 현금이 없었다. 본가에서 현금은 최소한으로 계좌에 넣어주었고 어머니 이름으로 발급된 카드 두 장이 전부였다. 민희가 카드를 쓰면 어머니의 휴대폰으로 알람이 갔다. 민희는 크게 신경 쓰지 않았다. 어쩌면 그 편이 낫다고 생각했다. 물론, 마음만 먹으면 어떻게든 약을 구할 수 있었다. 하지만 예전으로 다시 돌아가지 않겠다고 민희는 매일 다짐했다. 마음이 흔들릴 때면 어머니의 피를 생각했다. 6년 전, 민희는 재활원에서 나온 지 얼마 되지 않아 또다시 약에 손을 댔다. 정신을 차렸을 때 어머니는 민희 앞에서 칼로 가슴을 그었다. 어머니의 하얀 블라우스는 금방 피로 물들었다. 어머니는 하얗게 질린 얼굴로 말했다. 또 하면, 엄마 죽는 거야. 두 번 말 안 해.

식사를 마친 후 민희는 음악을 듣자고 했다. 그리고 재순을 자신의 방으로 데려갔다. 나른한 멜로디의 재즈를 틀어놓고 민희는 재순을 바라보았다. 그는 방을 둘러보며 엉거주춤 서 있었다. 이리 와서 앉아요. 민희가 침대에 앉아 자신의 옆자리를 톡톡 쳤다. 재순이 우물쭈물하며 민희의 옆에 앉았다. 민희는 재순의 귓불이 붉어진 것을 보았다. 손을 들어 그의 볼을 쓰다듬자 재순이 움찔했다. 민희는 셔츠를 벗었다.

재순의 몸은 생각보다 탄탄했다. 말랐지만 단단했고 피부는 매끈하고 부드러워 민희는 또 한번 놀랐다. 하지만 재순은 어설펐다. 민희가 자세를 바꾸며 리드했지만 재순이 너무 경직되어 있어 민희는 결국 재순에게서 떨어졌다. 아, 더 잘할 수 있는데. 재순이 안타까운 듯 말했고 민희는 참았던 웃음을 터뜨렸다. 민희는 손을 들어 재순의 머리를 장난스레 쓰다듬었다. 미어캣. 민희의 머릿속에 반짝, 하고 떠오른 이름이었다. 미어캣. 소리 내어 말하자 재순이 의아한 눈빛으로 민희를 보았다. 민희는 또다시 소리 내어 웃었다. 미어캣이 왜요. 재순은 속상한 눈빛을 감추지 않고 물었다. 나 사실 약쟁이다? 민희가 말했고 그 말에 스스로도 놀랐다. 내가 왜 잘 알지도 못하는 남자에게 이런 말을 하고 있는 걸까. 재순이 눈을 동그랗게 떴다. 그 모습이 미어캣과 정말 비슷하다고 생각하면서 민희는 말을 이었다. 나 사실 발레를 했어요. 안 믿기죠? 지금은 살이 너무 쪄서. 한 20킬로 더 쪘나. 내가 고등학교 때 유학을 갔는데, 부상 때마다 진통제를 계속 먹었거든. 그러다 파티에서 술도 마시고 마리화나도 하고, 코카인도 하고…… 그게 거기에선 흔해요. 별일 아니라서. 하여간 대학 휴학하고 재활원 들어갔다가 나와서 또 하고. 결국 졸업도 못 하고 한국 끌려 나와서…… 그런데 그거 알아? 한국에서도 약 구하는 게 너무 쉬운 거야. 정신 차려보니까 벌써 서른이네. 그동안 그냥 살아만 있었달까. 민희는 쏟아내던 말을 멈추고 자신이 정말 살아 있는 게 맞나 확인하는 것처럼 크게 한숨을 내쉬었다. 재순은 진지한 표정으로 듣고만 있었다. 민희는 금방 후회했다. 말하지 말걸. 재순이 잠시 뒤에 입을 열었다. 정말 힘드셨겠네요. 그래도 이겨내셨잖아요. 재순의 어설픈 위로에 민희는 씁쓸한 웃음을 흘렸다. 근데, 누나…… 저 부탁이 있어요.

뭔데요?

저…… 이번 달 월세 나중에 드려도 될까요?

재순은 공무원 시험을 준비 중이라며 인터넷 강의를 등록

하려는데 사정을 봐줄 수 있는지 물었다. 민희는 헛웃음이 났다. 벗어놓은 셔츠를 걸쳤다. 월세 이제 안 내도 돼요. 재순은, 아 그러면 안 돼죠, 하고 말했지만 얼굴은 웃고 있었다. 기쁨을 감추지 못했다. 나, 다시 하면 진짜 잘할 수 있을 거 같은데. 재순은 민희에게 입을 맞추려 했고 민희는 웃으며 재순을 밀어냈다. 재순은 잠깐 동안 횡설수설하다 속옷을 챙겨 들고 민희의 방에 딸린 욕실로 향했다. 민희는 묻지도 않고 자신의 욕실로 자연스럽게 들어가는 재순을 바라보았다.

욕실에서 나는 물소리를 들으며 민희는 침대에 엎드려 휴대폰을 켰다. 오랜만에 SNS에 접속했다. 팔로우 추천인이 떴다. 며칠 전부터 박재희라는 낯선 이름이 자꾸 눈에 띄었다. 무심코 계정에 들어가보았다. 젊은 남자였는데 민희는 모르는 사람이었다. 그냥 나가려다 익숙한 사진이 눈에 들어왔다. 몬스테라 알보. 집에 들임. 민희는 사진을 거듭 확인했다. 분명히 같은 화분이었다. 거실에 있는 몬스테라 사진이었다. 다른 사진들도 이것저것 살펴보니 분명히 민희의 아파트가 맞았다. 욕실의 물소리가 끊기고 조용해졌다. 민희는 급히 휴대폰을 끄고 눈을 감았다. 심장이 두근거렸다. 욕실에서 나온 재순이 민희에게 다가왔다. 주무세요? 민희는 몸을 돌려 모로 누웠다. 가서 자요. 재순은 인사를 하고 조용히 방을 나갔다. 잠시 후 민희는 가만히 일어나 문을 잠그고 조용히 숨을 내쉬었다.

한재순은 SNS에서 박재희라는 이름으로 살고 있었다. 그는 대학교를 휴학 중이었고 민희의 아파트 주인이었으며 겨울이 쓸쓸해서 식물들을 들였고 북유럽산 조명에 조예가 있었다. 그리고 자주 요리를 하는 미식가였다. 마트에서 돌아오며 민희의 차 안에서 찍은 사진 아래에는, 오늘은 친구가 운전. 고마워. 대신 맛있는 요리를 해줄게,라고 적혀 있었다. 불과 몇 시간 전에 올린 사진이었다. 2주 전쯤 올린 사진에는 민희의 소파에 앉아 브이를 한 채 미소 짓고 있었다. 박재희의 얼굴은 재순의 얼굴과는 확연히 달랐다. 피부는 뽀얗게 혈색이 돌았고 콧대는 날렵했으며 눈썹과 머리칼은 진했다. 소름이 돋았다. 도대체 어떤 어플을 쓴 거야. 민희는 자신도 모르게 혼잣말을 했다. 민희는 박재희의 계정에 올라온 사진과 댓글을 모두 확인한 후, 담배를 들고 발코니로 나가 불을 붙였다. 처음에는 충격으로 어안이 벙벙했지만 곰곰이 생각해보니 웃음이 났다. 재미있네. 민희는 발코니 난간을 잡고 발끝을 세운 채 서보았다. 얼마 지나지 않아 발톱이 빠질 듯 아파왔다. 피가 도는 기분이었고 이런 기분은 무척 오랜만이었다.

민희는 재순의 비밀을 알게 되었다고 생각했다. 그러자 그의 말이나 행동이 전과 다르게 보였다. 겉으로는 전과 다름없이 행동하며 재순을 관찰했다. 재순은 식물 키우는 데 열을 올렸다. 하루에 두 번 온습도계를 확인했고 가습기에는 물이 떨어지는 법이 없었다. 잠깐씩 환기를 시키는 것도 잊지 않았다. 그리고 거의 매일 사진을 찍었다. 12월 중순이 되었고 재순은 여전히 편의점 아르바이트를 다녔다. 재순이 밤에 출근을 하면 민희는 SNS에 접속해 사진 속 박재희를 염탐했다. 박재희는 일주일에 한두 번 정도 업로드를 했다. 욕실에서 상의를 탈의한 채 찍은 사진을 보고 민희는 소리 내어 웃기도 했다. 사진 속 박재희의 얼굴에는 토끼 수염과 귀가 달려 있었다. 동물의 얼굴처럼 귀엽게 만들어주는 어플이었다. 너는 토끼보다는 그거라니까. 그거. 미어캣. 댓글을 달고 싶은 욕망을 참았다. 박재희의 얼굴에서 그늘이라고는 찾아볼 수 없었고 눈은 초롱초롱했다. 그러나 실제 한재순의 눈은 종종 멍했고 눈 밑에는 다크서클이 내려와 있었다.

민희의 어머니가 찾아온 것은 휴일 늦은 오후, 둘이 함께 중국 음식을 주문한 뒤 넷플릭스 영화를 고르고 있던 때였다. 인터폰이 울렸고 재순은 총알 배송이 따로 없다며 현관으로 나갔다. 잠시 뒤에 민희의 귀에 익숙한 목소리가 들렸다. 민희는 양손에 쇼핑백을 가득 들고 당황스러운 표정으로 서 있는 어머니를 보았다. 엄마? 어머니는 민희를 보며 어색하게 웃었다. 난 또 잘못 찾은 줄 알았네. 민희의 어머니라는 사실을 안 재순은 꾸벅 고개를 숙여 인사했다. 누구?

아, 저는.

응. 엄마. 전에 말한, 나 도와주는 친구.

어머니는 잊고 있었다는 듯, 아 그래, 반가워요, 하고 가볍게 인사했다. 엄마가 너랑 할 얘기가 있어서. 어머니가 민희를 보았다. 재순은 알아서 조용히 자신의 방으로 들어갔다. 어머니는 집 안을 쓱 둘러보고는 겉옷을 벗어 소파에 올려놓았다. 그리고 발코니로 가 창을 열었다. 환기를 자주 시켜야 해. 집에서 냄새나는 거 몰랐지? 어머니는 민희의 얼굴을 쓰다듬고 옷매무새를 만져주었다. 그래도 잘 지내는 거 같네. 집도 깨끗하고.

저 친구가 청소를 정말 잘해. 알레르기가 있대요. 그래서 먼지를 그냥 체질적으로 못 봐.

근데, 왜 남자라고 말 안 했어? 엄마 너무 놀랐어. 어머니가 속삭였다.

그냥. 별로 중요한 일도 아니고. 근데 연락을 하고 오시지.

놀래주려고. 깜짝 선물.

그러나 민희는 어머니가 일부러 불시에 찾아왔다는 것을 알고 있었다. 어머니는 거실 창가에 놓인 화분을 흡족하게 바라보았다. 이쁘다. 우리 딸 이쪽에 소질 있나 보다.

난 하는 거 없어. 저 친구가 열심히 돌보고 있지.

요즘엔 남자도 도우미를 하니? 어머니는 또 목소리를 낮추었다.

도우미 아니랬잖아요. 학생이라고. 불쌍한 친구야. 민희도 어머니와 같이 속삭였다. 어머니는 무표정한 얼굴로 천천히 고개를 끄덕였다. 무언가 못마땅할 때 나오는 버릇이라는 것을 민희는 알고 있었다. 아빠한텐 말 안 할 거죠? 어머니는 민희의 머리를 쓸어내리며 말했다. 하라고 해도 안 해. 인터폰이 울렸고 음식이 배달되었다. 어머니는 민희의 손에 들린 포장을 물끄러미 바라보았다. 엄마가 너 좋아하는 반찬 가져왔는데. 옷도 좀 사 오고. 거실에는 익숙한 브랜드의 종이백이 여러 개 놓여 있었다. 엄마랑 나가서 밥 먹자.

민희는 재순에게 짧게 사정을 말한 후 어머니와 밖으로 나왔다. 어머니는 운전사에게 해변에 있는 호텔로 가자고 했다. 그 도시의 유일한 5성급 호텔이었다. 둘은 꼭대기 층에 있는 라운지로 갔다. 창가 좌석의 창으로는 햇빛에 반짝이는 푸른 바다가 환하게 펼쳐져 있었다. 어머니는 눈을 가늘게 뜨고 한참 바다를 응시하다, 좋네,라고 한마디 한 후 식사를 주문했다.

식사를 하는 동안 어머니는 가족들의 근황을 알려주었고 민희는 주로 듣고 있었다. 후식으로 나온 차를 마시며 어머니가 물었다. 그, 같이 사는 사람은 믿을 만한 거니?

게이야.

게이?

민희는 피식 웃으며 고개를 끄덕였다. 확실해? 그 사람이 그렇게 말했냐고.

민희는 고개를 저었다. 그건 아닌데.

그럼 함부로 말하는 건 아니지. 그거 폭력이야. 알면서.

민희는 입을 삐죽이며 옹얼거렸지만 딱히 대꾸할 말이 없었다. 민희의 얼굴을 보며 어머니는 말을 이었다. 근데, 그게 중요한 게 아니고 믿을 만하냐고. 하긴 네가 그걸 어떻게 알겠어. 어머니의 말에 민희가 커피 잔을 들며 대답했다. 괜찮아. 재밌는 친구야. 안 위험해. 민희는 자신에게 다짐을 하듯 말했다. 나도 혼자 아니라서 좋고. 서로 돕는 거지 뭐.

도와주는 건 좋은데, 하나만 지켜.

민희는 어머니를 바라보며 다음 말을 기다렸다. 어머니는 차갑고 단호한 어조로 말했다.

밥은 같이 먹지 마. 밥은 같이 먹는 거 아니야.

어머니는 집 앞에 차를 세운 후 말했다. 여기 너무 오래 있지 마. 사람은 서울에 살아야 돼. 민희는 엘리베이터를 타고 집으로 올라갔다. 엘리베이터 안 거울로 자신의 얼굴을 살피던 민희는 문득 지금까지 한 번도 부모가 없는 자신의 삶을 떠올려본 적이 없다는 것을 깨달았다. 민희는 코트 깃을 세우고 몸을 움츠렸다. 유난히 엘리베이터 숫자가 느리게 올라가는 것 같았다. 현관문을 열고 들어서자 재순이 민희의 뒤를 넘어다보았다. 가셨어요? 민희는 대답 대신 고개를 끄덕이고 방으로 들어갔다. 민희는 외투도 벗지 않고 침대에 앉아 휴대폰을 꺼내어 SNS에 접속해 박재희의 계정에 들어갔다. 새로운 포스팅이 있었다. 소파 테이블 위에 발을 올린 채 텔레비전을 보고 있는 사진으로 발 옆에는 아까 시킨 중국 음식이 펼쳐져 있었다. 간만의 휴식. 오늘은 도우미 이모님 오프 날이라 배달 음식. ……이모님? 민희는 눈을 의심했다. 나를 말하는 건가? 손에서 땀이 났다. 자신이 없을 때 집 안에서 폰을 잡고 있는 재순의 모습은 이미 익숙해졌다고 생각했다. 민희 앞에서 재순이 달라진 점은 없었다. 물건이 없어진 적도 없었다. 적어도 민희가 기억하는 한에서는. 그렇다면 이 불편한 감정은 뭘까? 민희는 자신의 마음을 헤아리다가 좀 전에 어머니와 나눈 대화를 떠올렸다. 부모님은 집에서 일하는 모든 이에게 친절했고 너그러웠다. 하지만 함께 무언가를 먹는 모습은 단 한 번도 보지 못했다. 그것에 대해 이상하게 생각한 적이 없다니. 민희는 머리를 흔들었다. 옷을 갈아입으며 방 안을 둘러보았다. 특별히 달라진 점은 없었다. 정리되지 않은 침대 위의 침구들과 물건들의 위치도 기억하는 그대로였다. 앞으로는 방문도 잠그지 말아야지. 민희는 마치 누군가에게 반항이라도 하는 심정이 되었다.

민희가 거실로 나왔을 때 재순은 식물들의 이파리를 정성스레 닦고 있었다. 재순이 뿌듯한 표정으로 민희를 보며 말했다. 많이 자랐죠? 이제 물꽂이 할 수 있을 거 같은데.

식사는요?

아, 아까 혼자 먹으라고 하셔서. 너무 많아서 좀 덜어놓긴 했는데 드실래요?

아니. 민희는 가볍게 대답하고 냉장고에서 맥주를 한 캔 꺼내어 딴 뒤 소파에 앉았다. 텔레비전을 켜 채널을 고르며 화면을 보고 있었지만 신경은 재순에게 향했다. 민희는 작게 트림을 한 후 재순에게 물었다. 편의점 알바 언제까지 할 거예요?

예? 재순이 식물 닦던 손을 멈추고 민희를 돌아보았다. 재순의 얼굴이 울긋불긋했다. 민희는 낮게 소리를 질렀다. 재순은 자신의 얼굴을 더듬으며 나직하게 신음을 내뱉었다. 아…… 지금 약이 없는데. 민희는 재순을 데리고 응급실이 있는 병원을 찾았다. 수액에 알레르기 약을 넣어 한 시간가량 맞자 얼굴은 차츰 원래대로 돌아왔다. 아까 시켜 먹은 게 문제였나. 버려야겠다. 민희의 말에 재순이 눈을 내리깔며 미안하다고 했다. 재순 씨가 왜 미안해요. 내가 시키자고 한 건데. 병원비는 재순이 내겠다고 했지만 민희는 못 들은 척 접

수대에 카드를 내밀었다. 병원비를 결제하고 얼마 있지 않아 어머니에게서 전화가 왔다. 결제 내역을 보고 연락한 게 분명했다. 민희는 수신 거부를 한 후 메시지를 보냈다. 나 아니고 친구가 아파서. 어머니는 기어코 다시 전화를 걸어 와 민희의 목소리를 듣고서야 전화를 끊었다. 돌아오는 길에 민희가 말했다. 알바 그만두는 게 낫지 않겠어요?

네? 재순은 반사적으로 되묻고는, 아…… 무슨 수로 그만 둬요. 월세도 못 드리는데, 하고 말을 얼버무렸지만 목소리에는 어떤 기대감이 담겨 있었다. 민희는 다행이라고 생각했다. 혹시라도 자존심을 건드리면 어쩌나 내심 조심스러웠기 때문이다. 민희는 최대한 덤덤하게 말했다. 내가 도와줄 수 있을 거 같은데.

생각해보면 재순은 청소기만 돌리는 것이 아니었다. 지난 석 달 가까운 시간 동안 민희의 방과 욕실을 제외하고는 모든 곳을 깔끔하게 관리했다. 식물도 잘 돌봐주었다. 마치 자기 집처럼. 끼니를 챙겨주지 않았을 뿐이지 생각해보면 여느 도우미와 크게 다를 바 없었다. 덕분에 민희는 온기가 도는 청결한 환경에서 살 수 있었다. 그동안 자신이 재순에게 너무 야박하게 군 건 아닐까 하는 자책감마저 들었다. 박재희의 SNS가 걸리긴 했으나 어차피 자신이 알고 있으니 상관없다고 생각했다. 오히려 지루한 삶의 활력소가 되어주었다. 민희는 한재순의 모든 것을 아는 듯한 기분에 **빠졌다.**

병원에 다녀온 날 밤 박재희의 SNS에는 링거를 맞는 사진이 올라왔다. 간만의 배달 음식. 역시 탈 남. 여러분도 음식 조심. 박재희의 팔로워 수는 점점 늘었고 이제는 꽤 많은 사람이 댓글을 달았다. 모두 박재희의 안부를 묻고 있었다. 그날이후로 재순은 더 이상 밤에 출근하지 않았고 민희는 이제 새벽에 문 여는 소리에 잠에서 깨지 않아도 되었다. 그것으로 만족스러웠다.

며칠 뒤 재순은 소독한 가위로 몬스테라의 줄기를 조심스레 잘라내어 물에 담갔다. 잎을 한두 장씩 단 몬스테라 가지들이 담긴 유리병이 큰 화분 옆으로 쪼르르 다섯 개가 늘어섰다. 민희는 물꽂이에 성공하면 그건 모두 재순이 가져도 좋다고 했다. 실패해도 상관없다는 말이었다. 재순은 매일매일 유리병을 유심히 관찰했고 자주 물을 갈아주었다. 애지중지라는 말은 저런 때 쓰는 거구나, 민희는 생각했다. 알바를 그만둔 재순은 민희의 방도 청소해주겠다고 나섰다. 민희는 청소기만 돌리는 선에서 재순과 합의를 보았다.

어머니는 크리스마스트리와 함께 또 옷가지며 가방 등을 사서 보내왔다. 저번에 사다 준 옷도 민희의 방 한편에 그대로 있었다. 재순은 크리스마스트리에 불이 들어오는 것을 보며 환호성에 가까운 탄성을 질렀다. 와, 제 인생 최고의 연말이네요. 그날 밤 박재희의 계정에는 민희의 예상대로 트리가 올라왔다. 벽에는 민희의 것으로 보이는 그림자가 반쯤 드리워져 있었다. 언제 찍은 거지? 다음 사진에는 어머니가 보낸 선물들이 찍혀 있었다. 브랜드 로고가 찍힌 쇼핑백이 늘어서 있었다. 간만에 쇼핑. 요즘은 쇼핑도 노잼. 늙었나. 민희는 입을 가리고 웃었다. 민희는 재순에게 크리스마스 선물이라도 사 줘야겠다고 생각했다. 박재희의 계정을 보게 된 이후 민희는 SNS를 유영하면서 느꼈던 감정의 기복이 점차 사그라드는 것을 느꼈다. 팔에 있던 상처들도 딱지가 떨어질 때까지 긁지 않았다. 민희는 그동안 보았던 친구들의 모습도 연출된 것일 수 있다는 생각에 묘한 안도감이 들었다.

크리스마스에 맞춰 민희는 재순에게 줄 운동화를 샀다. 둘은 크리스마스이브에 재순이 만든 밀푀유나베를 먹고 마블 영화를 정주행하기로 했다. 민희가 운동화와 호텔에서 사 온 케이크를 꺼내자 재순은 박수를 쳤다. 꿈같아요. 민희는 재순이 대학에 입학하기까지 어떤 고생을 하며 살았는지에 대한 이야기를 들었다. 삼각김밥은 이제 정말 못 먹겠다고 생각한 적 많은데, 없으면 또 먹게 되더라고요. 토할 거 같은데 배가 너무 고프면 또 들어가. 신기해. 폐기를 많이 먹어서 알레르기가 생겼나⋯⋯

폐기?

아, 유통기한 지나서 버리는 음식이요.

민희의 표정이 어두워지는 것을 보고 재순이 웃었다. 왜요? 재순은 은근슬쩍 민희의 목덜미를 쓰다듬었다. 폐기. 폐기라니…… 민희는 그의 어깨에 얼굴을 묻었다. 재순의 옷에서는 처음 맡는 냄새가 났다. 폐기라는 걸 먹는다니 서러운 감정이 올라와 민희는 눈물이 났다. 재순이 불쌍해서만은 아니었다. 뭐라 설명할 수 없는 감정이 복받쳤다. 한참을 토닥이던 재순이 민희의 귀에 대고 속삭였다. 같이 잘래요? 민희가 고개를 들었다. 입으로 해줄까요? 민희는 재순의 말에 눈물을 닦으며 웃음을 터뜨렸다.

다섯 개 중에 세 개가 뿌리를 내렸다. 두 개는 뿌리를 내릴 생각이 없는지 잎의 색이 점점 바래갔다. 재순은 안타까운 듯 물에 뭔가를 넣기도 하고 며칠을 더 지켜보았다. 그건 이제 버려야겠다. 민희의 말에 재순은 고개를 끄덕였다. 똑같이 했는데 왜 얘네는 안 되지. 재순은 속상한 얼굴로 혼잣말을 했다. 이게 얼마짜린데. 민희는 몇 장 더 잘라서 다시 해보라고 했다. 재순의 표정이 금방 밝아졌다. 민희는 언젠가부터 재순이 자신에게 고맙다는 말을 하지 않는다는 것을 알았다. 민희는 발코니로 나가 창을 열었다. 바깥은 여전히 추웠지만 겨울은 힘을 잃고 있었다.

재순은 뿌리 내린 몬스테라 알보를 각각 20만 원 13만 원 6만 원에 팔았다고 했다. 이파리가 크고 찢어진 잎에 흰 무늬가 많을수록 값이 비싸거든요. 게다가 새잎도 나고 있으니까 비싸게 받은 건 아니죠. 작년에 팔았으면 열 배는 더 받았을 텐데. 재순의 볼이 상기되어 있었다. 알레르기가 다시 올라오는 건 아닐까 걱정이 되어 민희는 자꾸 그의 얼굴을 보게 되었다. 그러다 장난기가 발동해서 손을 내밀었다. 돈 많이 벌었으니까 나도 좀 줄래? 재순은 당황한 듯 어물어물하다, 얼마나요? 하고 물었다. 글쎄, 얼마가 좋을까? 50프로? 재순의 귀가 달아오르는 것을 보았다. 장난이야. 민희가 재순의 어깨를 가볍게 치며 재미있다는 듯 웃었지만 재순은 히히, 하며 고개를 돌렸다.

'자본주의의 개년. 왜 사는 걸까.'

민희는 자신이 잘못 읽은 거라 생각했다. 몇 번이나 다시 글자를 확인했다. 박재희는 민희가 선물한 운동화를 신은 채 벤치에 다리를 꼬고 앉은 자신의 하반신 사진과 이어서 누군가의 맨발이 찍힌 사진을 올렸다. 민희는 그 발을 쉽게 알아보았다. 익숙한 이불 모양과 자신의 발, 그리고 그 옆의 밍크선인장. 침대에 엎드려 자고 있을 때 찍은 사진 같았다. 민희는 소름이 끼쳤다. 자본주의의 개년이라니. 민희는 수치심에 얼굴이 달아올랐다가 점점 차오르는 분노를 어쩌지 못해 자리에 주저앉아 몸을 떨었다. 얼마 전에 돈을 달라는 장난을 쳐서 그런 걸까. 고작 그런 장난 때문에? 민희는 저녁이 되도록 방에서 나가지 않았다. 그동안의 일들을 떠올리며 사람을 너무 쉽게 본 자신의 어리석음을 탓했다. 어머니의 말이 떠올랐다. 밖에서는 아무 소리도 들리지 않았다. 재순은 여전히 발소리를 내지 않고 다녔다. 그게 이제는 혐오스러웠다. 민희는 당장 나가서 박재희에 대해 말하고 싶었다. 재순의 당황하는 얼굴을 보고 싶었다. 그 얼굴을 차갑게 응시해주고 싶었다. 그러나 민희는 저급한 싸움은 하지 않겠다고, 품위를 지키는 편을 택하겠다고 스스로를 합리화했다.

  그날 밤 민희는 뒤척이다 박재희의 계정에 들어갔다. 다시 확인해보고 싶었다. 그런 욕은 살면서 써본 적은 물론 들어본 적도 없었다. 혹시 모르니 캡처라도 해놔야겠다고 생각했다. 그러나 몇 시간 동안 끓어오르던 울분은 한순간 차갑게 식었다. 자본주의의 개념, 왜 사는 걸까. 자본주의의 개념? 민희는 멍해졌다. 급히 댓글을 확인해보니 욕설에 대한 사람들의 지적이 있었고, 그에 대해 박재희는, 오타였습니다. 죄송. 오해 마셔요. 저 그런 사람 아니에요,라고 적어놓았다. 자본주의의 개념…… 민희는 침대에 누워 숨을 골랐다. 혼란스러웠다. 팔이 다시 가려운가 싶더니 개미 한 마리가 등으로 기어가는 느낌이 들어 손바닥으로 팔며 등을 찰싹찰싹 때렸다. 졸피뎀한 알이 간절했지만 민희에게는 약이 없었다. 이 밤을 어떻게보낼지 암담했다. 이어서 오래전 금단증상으로 인한 지독한고통을 견뎌야 했던 암울한 밤들이 떠올랐고 민희는 담뱃갑을 찾았다. 왜 사는 걸까……

민희는 재순을 전과 다름없이 대하기 위해 애썼다. 그러나재순의 눈을 똑바로 보기 힘들었다. 가까이 다가오면 몸이 저절로 긴장했다. 재순은 여전히 규칙적으로 청소기를 돌렸고걸레질을 했다. 민희는 전보다 자주 산책이나 드라이브를 나갔고 밖에서 식사를 때우고 돌아오는 일이 잦아졌다. 민희는박재희의 계정을 염탐하는 일을 멈추지 못했다. 그건 그저 한심한 오타였다고, 어차피 박재희는 진짜가 아니라고 스스로에게 말하며 평정심을 유지하려 애썼다. 그러나 마음대로 되지 않았다. 집에 들어설 때마다 재순의 냄새가 나는 것 같았고 그것을 자신이 오래 참지 못하리라는 것을 민희는 알았다.불쌍한 앤데. 민희는 하루에도 몇 번씩 되뇌었다. 하지만 그의 얼굴을 보면 자연스럽게 올라오는 불쾌함을 누를 수 없었다. 뻔뻔하잖아. 미어캣을 닮았다고 생각한 얼굴은 더러운 생쥐처럼 보였다.

재순이 없는 날 오후에 민희는 소파에 누워 식물들을 바라보았다. 몬스테라 잎들은 또다시 병에 담겨 뿌리를 내리고 있었다. 식물은 돌연변이를 더 귀하게 쳐주는구나. 사람들은 참…… 이상하지. 민희는 혼잣말을 했다. 여기저기 잘린 채 계속해서 잎을 늘어뜨리고 있는 커다란 화분을 올려다보았다. 그러다 창가로 가서 창문을 열었다. 햇살이 쨍했지만 여전히 서늘한 바람이 집 안으로 들어왔다. 민희는 열 수 있는 만큼 최대한 창을 밀었다. 난간을 잡고 숨을 크게 들이쉬었다. 한참을 그렇게 있다가 창틀을 내려다보았다. 창틀 안에서 먼지가 뭉쳐 바람에 흔들리고 있었다. 민희는 회색빛 먼지들이 이리저리 굴러다니는 것을 물끄러미 바라보았다.

저, 이번 달 학원비를 내야 하는데.

재순에게서 문자가 왔을 때 민희는 욕실에서 반신욕 중이었다. 민희는 한동안 문자를 응시하다 SNS에 접속했다. 박재희는 어제까지만 해도 팔로워들과 즐거운 소통 중이었다. 최근에는 다양한 파스타 요리를 시도하고 있었고, 삿포로로 스키 여행을 계획했지만 근육통으로 어쩔 수 없이 급히 취소를 했으며 대신 공부에 전념하기로 마음먹었다. 그런데 오늘은 비공개 계정으로 전환되어 있었다. 민희는 자신의 존재를 들킨 게 아닌가 뜨끔했지만 생각해보면 민희가 잘못한 일은 없었다. 말해버릴까. 넌 한재순이지 박재희가 아니지 않냐고. 여긴 네 집이 아니지 않냐고. 여기에 네 것은 아무것도 없지 않냐고. 너는 그저 남의 집 청소나 해주고 고작 식물 잎을 잘라서 파는 주제에…… 민희는 여기까지 생각하다 눈을 감았다. 욕조 안으로 천천히 몸을 담갔다. 얼굴까지 물에 잠기도록 욕조 바닥으로 몸을 밀어 넣었다. 물속에 누워 눈을 떠보았다. 뿌연 물과 일렁이는 빛이 눈에 들어왔다. 물속에서는 눈물이 나지 않겠지. 수압이라는 게 있으니까. 민희는 엉뚱한 생각을 하다 급히 몸을 일으켜 세웠다. 크게 숨을 들이쉬고 손으로 얼굴의 물을 닦아 내렸다. 눈이 따가웠다. 아무리 생각해도 자신의 무엇이 잘못된 것인지 알 수 없었다. 민희는 한참 동안 눈을 비볐다. 눈알이 빨개졌을 거라 생각했다.

*

그동안 감사했어요. 재순은 민희의 눈이 아닌 어깨 너머를 보며 말했다. 민희는 가만히 고개를 저었다. 아니에요. 미안. 민희는 미안하다는 말을 해놓고 바로 후회했다. 사과를 받을 사람은 여전히 자신이라고 생각했다. 재순은 올 때와 마찬가지로 단출하게 짐을 챙겨 집을 나섰다. 그러다 아쉬운 표정으로 현관에서 우물쭈물 망설였다. 바닥을 내려다보며 손가락으로 목덜미를 몇 번이나 훑었다. 그 모습에 민희는 마음이 약해졌다. 재순이 사과를 하면 다시 들어오라고, 혹시 박재희에 대해서 털어놓는다면 그럴 수 있다고, 괜찮다고 말해줄 수도 있을 것 같았다. 민희는 참을성 있게 그의 말을 기다렸다. 재순은 한참을 망설이다 입을 열었다. 몬스테라 물꽂이 한 것만 저 주시면 안 될까요?

재순은 뿌리가 내리기 시작한 몬스테라 잎들을 아기 다루듯 조심해서 봉투에 담았다. 재순은 고개를 숙이며 감사하다는 말을 남기고 집을 떠났다. 사과는 끝내 하지 않았다.

재순이 떠난 후 민희는 침실에 있던 밍크 선인장이 물러 죽은 것을 발견했다. 낑낑대며 화분을 끌고 나와 몬스테라 옆에 그대로 방치했다. 며칠 지나자 거실에는 머리카락과 먼지가 뭉쳐 굴러다니기 시작했다. 민희는 휴대폰으로 지역 카페에 접속했다. 룸메이트 구해요. 성별 불문, 식물 좋아하시는 분. 숙식 제공……까지 쓰다가 모두 삭제했다. 한참을 멍하게 창밖을 보던 민희는 다시 자판을 치기 시작했다. 도우미 구함. 주 3회, 1일 세 시간. 청소 및 빨래. 40세 이상 여성. 페이는 별 고민 없이 주급으로 넉넉하게 썼다. 민희는 글을 올린 후 휴대폰을 던져놓고 소파에 누웠다. 1분도 되지 않아 댓글 알람이 울리기 시작했다.

플루토,
너의
검은 고양이

19세기 영국은 정말 지옥이었을 거야.

잭의 이 말이 시작이었던 것으로 나는 기억한다.

잭은 의외로 고집이 세고 지기 싫어하는 기질이 있었다. 잭은 자신의 그런 점을 고치려고 평생 노력 중이라고 했다. 무엇보다 내가 괴롭거든. 난 정말로 무덤덤한 사람이고 싶어. 욱하지 않고, 이불 킥 하지 않는. 평온한…… 그런 노력으로 잭은 자신이 대체로 말이 없고 모나지 않은 무난한 성격의 친구로 통한다,고 내게 말했다. 자신의 그런 기질을 아는 이는 나를 포함해 아주 가까운 몇뿐이라고. 순간 나는 의문이 들었으나 웃으며 고개를 끄덕여주었다. 왜냐하면 그가 이런 이야기를 한 것이 우리가 처음 만난 날이었기 때문에.

　나는 잭이 싫지 않았다. 스스로의 마음을 들여다보고 조절하려는 의지를 가지고 있다는 점에서. 그리고 무엇보다 나는 그의 외모가 마음에 들었다. 그가 훤칠한 체구에 미남형이었다면 어땠을까. 다행인지 불행인지 나는 그런 유형에 끌리지 않았다. 그러니까 잭은 뭐랄까, 동물로 치자면 곰을 닮았다. 목이 짧고 통통한 곰. 재빠르진 않지만 느긋한 곰. 아무리 먹어도 살이 찌지 않아 성마른 사람으로 보이는 나와는 달랐다.

　나는 잭과 자취방을 공유하는 사이가 되었다. 그러나 우리는 서로를 연인이라고 생각하지 않았다. 우리는 사랑이라는 단어를 한 번도 꺼낸 적이 없었으니까. 잭은 나를 애인으로 여겼을까. 이제 잭이 떠오를 때면 나는 방구석의 작은 붙박이장으로 향하는 시선을 의식적으로 눌러야 한다. 그리고 조용히 안부를 묻는다. 잭, 잘 지내고 있어?

　우리는 취향이 비슷했다. 술과 담배를 좋아했다. 고딕, 추리, 미스터리, 히어로물과 중국 음식을 좋아했다. 파란색을 좋아했다. 손잡는 것을 좋아했다. 우리는 비슷한 면이 많았다. 그러니까, 같지는 않았다. 어떤 관계든 함께하는 시간이 많아질수록 그 유사함 속의 차이점이 점점 부각되기 마련인 것일까. 잭은 마블 코믹스를 나는 DC를 선호했다. 잭은 셜록 홈스를 나는 에르퀼 푸아로를, 잭은 레이먼드 챈들러를 나는 조르주 심농을, 잭은 맥주를 나는 소주를, 잭은 짜장면을 나는 짬뽕을…… 그러나 그런 문제로 크게 다툴 일은 없었다. 그런데 왜 우리가.

부슬부슬 비가 내리는 어느 어두운 주말이었을 것이다. 내가 소파에 나란히 앉은 그에게 손깍지를 끼자 잭은 슬그머니 깍지를 풀고 내 손을 부드럽게 그러쥐었다. 그리고 한 손으로 리모컨을 눌렀다. 오늘 같은 날에는 영국 영화가 딱인데? 그가 말했고 나는 좋다고 했다. 한참 동안 리모컨으로 검색을 하던 잭은 「프롬 헬」이라는 영화를 찾아냈다. 이거 봤어?
아니. 조니 뎁 주연이라는 소개에 왠지 흥미가 가시는 느낌이었지만 잭 더 리퍼를 소재로 했다니 구미가 당겼다. 화면 속 조니 뎁은 미남이었다. 2001년도 영화였고 그때 우리는 세 살이었다. 잭은 잭 더 리퍼에 관심이 많았다. 그래서 잭은 잭이었다. 잭이라는 이름은 미국으로 치자면 존 같은 거라고 했다. 존 도John doe처럼. 무명씨랄까. 잭 더 리퍼도 마찬가지야. 본명을 모르니까. 잭은 그래서 자신의 이름이 마음에 든다고 했다. 그런데 결국 그 새끼 못 잡았잖아. 잭 더 리퍼가 오스카 와일드라는 설도 있대.
오스카 와일드? 루이스 캐럴이 아니고?

내가 되묻자, 아 그런가? 오스카 와일드일 텐데, 하면서 잭은 잡고 있던 내 손을 풀고 휴대폰으로 재빨리 검색을 했다. 내가 착각했네. 루이스 캐럴이 맞네, 하면서도 휴대폰에서 시선을 떼지 않았다. 그리고 우리는 함께 영화를 보았다. 19세기 영국의 분위기를 미국 애들이 담기에는 역시 역부족이라며 잭은 간간이 투덜댔고 나는 그의 투덜거림이 신경 쓰였지만 아무렇지 않은 척했다. 이런 일은 흔했다. 잭이 말하면 내가 정정해주는 패턴. 간혹 반대의 경우도 있었으나 그건 주로 식당 이름 같은 것이었다. 잭은 그런 일에 개의치 않았다. 똑똑한 내가 좋다며 머리를 쓰다듬어주는 경우가 대부분이었다. 그리고 곰처럼 웃었다. 그런데 그날은 조금 달랐던 것이다.

영화가 끝난 후 우리는 입맛을 다시며 각자 담뱃갑을 찾았다. 말보로도 메비우스도 딱 한 개비씩 남아 있었다. 우리는 우산 하나를 나누어 쓰고 근처의 편의점으로 향했다. 편의점에서 담배와 컵라면과 도시락을 샀고 익숙한 코스를 따라 근처의 작은 놀이터로 발길을 옮겼다. 비가 내려 비릿하지만 나름 신선한 공기를 마시며 함께 담배를 피웠다. 그런데 가까운 곳에서 새끼 고양이의 울음소리가 들려왔다. 담뱃갑을 뜯을 때부터 담배 두 대를 다 피울 때까지 그 소리는 멈추지 않았다. 잭은 고양이를 찾아 나섰고 나는 우산을 든 채 계속 담배를 피웠다. 잭이 고양이를 찾아내리라고는 생각지 못했다. 보통, 울음소리만 날 뿐 찾으려 하면 결코 보이지 않는 게 고양이니까. 적어도 나에게는 그랬는데 잭은 찾아냈다. 작고 검은 새끼 고양이를.

데리고 가자.

어미가 있을 텐데.

이게 어미가 있는 꼴이냐. 잭의 퉁퉁한 몸에 안긴 고양이는 물에 젖은 작은 솜뭉치처럼 보였다. 우리는 둘 다 동물을 좋아했다. 하지만 나는 개를, 잭은 고양이를.

잭은 고양이에게 플루토라는 이름을 붙여주었다. 오늘은 19세기 영국의 밤이야. 내가 「검은 고양이」를 처음 읽은 게 초 4때쯤이었거든. 포를 읽지 않았다면 지금의 나는 없었어. 잭의 말에, 지금의 너라는 것이 구체적으로 무엇을 말하는 거냐고 묻고 싶었으나 왠지 시비조로 들릴 수도 있을 것 같아 참았다. 대신, 포는 영국인이 아니고 미국인이라고 말해주었다. 그러자 잭은 장난 까냐고, 포는 당연히 영국 사람 아니냐며, 어이없다는 얼굴로 나를 바라보았다. 나는 휴대폰을 꺼내어 인물 검색 결과를 그에게 조용히 내밀었다. 잭의 동공이 조금 커졌……는지는 모르겠지만 그는 잠시 후, 와, 진짜 미국 사람이라고? 그것도 남부? 하긴, 그러고 보니 그 당시 저택은 남부지. 잭은 알 수 없는 말을 웅얼거리며 진지하게 고개를 끄덕이다가, 그래도 너무 이상하다며, 포는 영국인이어야 하는 거 아니냐고 내게 동의를 구하듯 물었다. 확실히…… 영국 느낌이 나긴 하지. 나는 그렇게 말을 한 후 그 '영국 느낌'이라는 것이 뭘까, 생각했다. 잭의 귓불이 조금 붉어져 있었다. 그래도 얘는 플루토야. 가슴에 흰 무늬도 있는 게 딱이야. 잭은 눈에 고름이 잔뜩 낀 새끼 고양이를 소중히 쓰다듬으며 웅얼거렸다. 말투가 왠지 나를 탓하는 것 같기도 해서 괜히 말했나 후회했다. 그래도 에드거 앨런 포가 미국인이라는 사실 정도는 알고 있는 게 잭에게도 나으리라 생각했다. 어쨌든 그 새끼 고양이는 잭의 말대로 플루토라는 이름이 어울리기는 했다. 온몸이 까만 털로 덮여 있었는데 가슴에만 작고 하얀 무늬가 있었다. 다음 날 동물병원에 간 플루토는 허피스라는 바이러스에 감염되었다는 진단을 받아 입원했다. 플루토의 입원 기간 동안 잭은 매일 면회를 갔고 인터넷으로 고양이 물품을 주문하기 시작했다.

일주일 후 병원에서 전화가 왔다. 우리는 플루토의 사체를 받으러 병원에 가야 했다. 게다가 있는 돈 없는 돈을 몽땅 끌어모아 병원비를 지불해야 했다. 살리지도 못한 주제에 뻔뻔하게 카드를 긁는 직원을 한 대 치고 싶었으나 눈물을 흘리면 할인이라도 해주지 않을까 해서 나는 울어보았다. 잭의 눈에도 눈물이 그렁그렁했다. 그러나 직원은 안타깝다는 듯 위로의 말을 건네며 정확한 액수가 적힌 긴 카드 전표를 예의 바르게 내밀었을 뿐이다. 쌍.

잭은 플루토의 장례를 알아보다 그 비용 또한 만만찮다는 것을 알고 동네 야산 어귀에 플루토를 묻으러 가자고 했다. 잭은 플루토를 위해 샀던 작은 옷을 사체에 입히려다 실패하고 결국 몸 위에 덮어 상자에 함께 담았다. 나는 망을 보았고 잭은 커다란 은행나무 아래에 최대한 깊이 구덩이를 팠다. 플루토를 땅에 묻은 후 잭은 우리만 알아볼 수 있는 표식으로 돌멩이 두 개를 나란히 박아두었다. 그리고 함께 담배를 피웠다. 그날도 축축한 날이었던가. 땅에서 올라오는 흙냄새를 맡았던 기억이 있다. 담배 맛이 좋다고 생각하며 연기를 내뿜고 있었는데 잭이 훌쩍이는 소리가 들렸다. 잭은 눈물을 흘리며 콧물을 닦고 있었다. 커다란 곰이 인형을 묻어주고 우는 꼴 같아서 웃음이 났지만 잭을 안아 토닥이는 동안에는 표정을 감출 수 있었다. 그런데 잭을 안자 그의 슬픔이 내게도 전해졌다. 갑자기 나도 마음이 아파와 우리는 함께 울었다. 플루토 때문은 아니라고 생각했다. 적어도 나는 그랬다. 그리고 한편으로는 안도했다. 플루토가 나았다면 얼마나 더 돈이 들어가야 했을까.

19세기가 문제야. 그때의 인간들 때문에 지금 우리가 이런 고통을 당하는 거야. 도대체 이게 뭐냐? 이걸 산다고 말할 수 있어? 물론 그 당시는 더 끔찍했겠지. 그런데 왜 하필 난 세기 말 그것도 변방의 개미로 태어났느냐고…… 이 지긋지긋한 자본주의. 집으로 돌아오는 길에 잭은 또다시 19세기 탓을 하며 앞뒤가 맞지 않는 분노를 드러냈다. 내가 포를 읽지 않았으면 플루토를 만나는 일도 없었을 텐데 말야. 다시 웹 소설을 써봐야겠어. 그 방법뿐이야. 그 전에…… 아무래도 영국에 가봐야 할 거 같아. 잭은 마치 영국에 자신이 해야 할 대단한 업무라도 남겨두고 온 사람처럼 말했다. 잭의 헛소리를 들으며 나는 다음 달 카드값을 갚기 위해 알바 시간을 늘려야 하나, 고민했다.

안 그래도 좁은 현관에는 고양이 화장실용 모래 포대와 사료, 스크래처 박스 등이 그대로 쌓여 있었다. 나는 밥상을 내려치거나 발로 문을 차거나 하는 종류의 인간이 아니었다. 그래봤자 내 손발만 아프다는 것을 알고 있었기 때문에. 무엇보다 그런 짓은 너무 상투적이기 때문에. 그러나 이번만큼은 예외적으로 그 물건들을 발로 차버리고 싶은 충동이 순식간에 머리끝까지 차올랐다. 평소에는 잘 느끼지 못했던 감정이어서 순간 나는 심장이 두근거리기까지 했다. 그러나 포장 박스를 가볍게 주먹으로 한두 번 치는 것으로 나는 파괴 욕구를 이겨냈다. 가볍게 친다고 생각했는데도 힘이 들어갔는지 손이 아팠다. 잭은 알아채지도 못한 것 같았다. 내가 너무 성급

했어. 잭은 한숨을 한번 쉬고는 소파에 가서 드러누웠다. 이거 치워야 하지 않겠어? 나는 화를 누르며 그에게 물었다. 잭은 고개만 돌려 나와 물건들을 번갈아 보았다. 나중에. 당근에 내놓지 뭐. 나는 그때 잭과 함께한 이후 처음으로 억울함 비슷한 감정을 느꼈다. 여기는 원래 내 집인데. 잭은 생활비도 줬다 안 줬다 하는데. 물론 장을 봐주고 요리나 청소도 군말 없이 하긴 하지만 그건 나도 하는 일이고. 그런데 이런 물건들을 아무렇게나 주문하고 쌓아두는 것은 싫다. 나는 정확하게 동의한 적이 없는데 병원비에 내 돈까지 쓴 것도. 저렇게 멍청하게 늘어져 있는 것도 싫다. 싫다…… 아, 이것은 억울함이 아니라 싫은 감정이구나. 혐오구나.

며칠 뒤, 잭의 이름으로 택배가 또 도착했다. 잭이 상자를 뜯고 검은 벽돌 같은 책을 꺼내 들었다.『우울과 몽상』. 중고로 4천 원에 샀다며 잭은 좋아했다. 이거 나한테 이미 있는 책인데. 내 말에 잭은, 어? 응. 알고 있어, 하며 얼버무렸으나 잭의 귓불은 거짓말을 하지 못했다. 그때부터였던가. 내가 잭으로부터 조금씩 멀어졌던 것이. 그의 귓불이 붉어지는 꼴을 보고 싶지 않아졌던 것이.

무엇이든 시작과 끝이 있다. 우리가 상상하기 힘든 거대한 대상이라도 역시 시작과 끝이 있다. 삶도 지구도 태양계도 우주도. 그러므로 관계 역시 시작과 끝이 있다는 것은 너무도 당연한 것이겠지. 그렇다고 끝을 언제나 염두에 두고 살 필요는 없겠지만. 단지, 나는 이 글을 쓰면서 잭과의 끝이 언제 시작되었는가를 짚어보고 싶었다. 끝의 시작. 그 지점도 분명히 있었을 텐데…… 그게 무슨 의미가 있냐고? 내게는 의미가 있다. 끝의 시작점. 그 느낌을 아는 것. 나는 일종의 학습을 하려는 것이다. 그래서 앞으로 일어날 수도 있는 치명적 사고를 방지하고자 한다. 후회하는 일을 만들지 않기 위해서. 어쨌거나, 플루토가 시작이었다. 비가 내렸던 그 초가을 날. 서울 변두리 원룸촌에 19세기 영국 분위기를 자아내는 비가 내리던 그날. 에드거 앨런 포는 미국인이라고 내가 지적했던 그날. 잭 더 리퍼는 오스카 와일드가 아니라 루이스 캐럴이라고 정정했던 그날. 사실 그게 무슨 상관인가. 미국인이나 영국인이나. 오스카 와일드나 루이스 캐럴이나. 후…… 잭 더 리퍼는 누구인지 모른다. 영원히. 영원히 알 수 없는 것도 있다. 아무리 알아내려고 애써도.

잭은 고양이 사료와 모래를 작은 붙박이장에 처박아두었다. 그리고 깃털 달린 낚싯대처럼 생긴 고양이용 장난감을 고양이도 없는 바닥에 대고 흔들었다.『우울과 몽상』을 몇 장 읽다가 베고 잤다. 그런 모습을 몇 번이나 보았다.

잭은 그 후로 밥을 먹다가도 산책을 하다가도 영화를 보다가도 뜬금없이 포 이야기를 꺼냈다. 고아였잖아. 게다가 알코

올릭에 도박 중독. 그 말을 하면서 잭은 잔에 흑맥주를 채웠
다. 한 손에는 고양이 장난감을 든 채로. 최근 들어 잭은 할인
하는 묶음 맥주 대신 기네스 맥주만 샀다. 근데, 버지니아주
에 포 기념관이 있다는 거 알아? 잭이 물었다. 아, 그래? 사실
그쯤은 나도 알고 있었다. 인터넷 검색만 하면 포에 관련된
얘기 정도는 이미 지겹게 많은데 이제 작작 좀 하자,고 말해
버릴까, 생각했지만 나는 그저 고개를 끄덕이며 계란말이 하
나를 집어 먹었을 뿐이다. 보들레르 때문에 포가 유명해진 거
잖아. 너도 알지? 하여튼 그래서 내가 영국인이라고 생각했
나 봐. 잭이 맥주잔을 놓으며 무심함을 가장해서 말했다. 보
들레르는 프랑스인인데, 말하려다 참았다. 나는 그가 내 표정
을 살피고 있다는 것을 알았다. 그런데 왜 요즘엔 기네스만
마셔? 나의 물음에 그가 잔기침하듯 몇 번 웃고는 대답했다.
영국 맥주라서.

　아닌데? 아일랜드 맥준데.

　빙고!

　잭은 뭐가 그리 웃긴지 박수까지 쳐대며 웃었다. 늘어진 턱
살에 짧은 목. 그리고 살집을 더 도드라저 보이게 히는 보풀
이 인 회색 히트텍. 그때 나의 내부에 찌릿, 하고 불이 붙었다.
차의 시동을 걸기 위해 끊어진 전선을 갖다 댈 때 파지직, 하
고 일어나는 스파크 같은 것. 내 눈에 잭은 더 이상 무던한 곰

돌이로 보이지 않았다. 살을 대고 싶은 마음도 싹 사라졌다.

잭과 나 사이에는 말할 수 없는 그 무엇이 아니라 말하지 않았을 뿐인 허공이 놓인 것인지도 몰랐다. 모든 식어가는 일들이 그러하듯 허공의 냉기 역시 잔인한 구석이 있었다. 냉기가 스친 가슴께에서부터 소름이 돋았다. 그때 나는 관계의 실선이 이토록 손쉽게 끊어질 수 있다는 사실에 놀랐다. 기다린다는 의식도 없이, 애정이 혐오로 바뀌는 이 순간을 무방비 상태로 맞닥뜨린 기분이었다. 하지만 이번에도 나는 속마음을 드러내지 않기로 했다.

나는 맥주잔을 가져와 맥주를 따른 후 소주를 더했다. 오늘 과음하네? 잭이 웃으며 잔을 잡아주었다. 설마 화난 건 아니지? 그냥 장난이잖아. 잭의 팔이 내 어깨를 둘렀다. 나는 천천히 그의 팔을 걷어내며 되물었다. 화? 내가? 왜? 나는 의아한 눈동자로 잭을 바라보았지만 잭은 내 속을 다 안다는 듯 재수없게 빙글거리며 천천히 좌우로 몸을 흔들었다. 그럼, 너 호프만이 어디 사람인지 알아?

호프만. E. T. A. 호프만? 나는 흔들렸다. 분명히 알고 있다고 생각했는데 술을 마셔서인지 분노 때문인지 머리가 흐렸다. 그거야, 당연히, 영국이지.

땡!

잭은 기다렸다는 듯 깃털 장난감을 내 머리 위로 내리치는 것과 동시에 땡을 외쳤다.

독일 사람이잖아, 호프만은. 와, 네가 이런 걸 틀릴 때도 다 있네?

나는 머리가 띵했다. 독일! 독일이라니! 그러나 겉으로는, 아, 맞다. 독일. 내가 취했나 보다.

그럼, 「호두까기 인형」의 원작자는?

나는 피식 웃으며 잔을 잡고 자연스럽게 말했다. 차이콥스키. 러시아.

땡!

나는 들었던 잔을 놓았다. 그것도 호프만. 몰랐지롱.

나는 그가 몰랐지롱,을 외칠 때의 표정을 지금도 선명히 기억한다. 몰랐지롱. 몰랐지롱. 그는 몰랐지롱을 말하며 한 손에 들고 있던 깃털 장난감을 내 얼굴 앞에 대고 흔들었다. 나는 한 손으로 깃털을 당겼다. 너무 세게 잡아챈 나머지 깃털이 묶여 있던 낚싯줄에 손을 베었다. 날카로운 통증까지 더해지자 나는 감정 조절에 완전히 실패했다. 나는 그 낚싯줄로 잭의 목을 감고, 있는 힘을 다해 조르……려고 했으나 베인 손이 너무 아파서 그만두었다. 돈이나 갚아. 아는 기라고는 좆도 없는 돼지 새끼야. 나는 잭의 충혈된 눈을 똑바로 바라보며 낮게 속삭였다. 그 후로 우리가 어떻게 되었는지는 잘 기억나지 않는다. 그날 나는 고작 소주 반병을 마셨을 뿐인데. 아닌가, 잭과 일어나서 좀더 다투다 누가 먼저랄 거 없이 사과를 하고 화해 기념으로 소맥을 나누어 마셨던가. 잭이 내 손에 난 상처에 후시딘 연고를 발라주었던가. 어쨌든, 다음 날 일어나니 내 손에는 붕대가 어설프게 감겨 있었고 잭은 떠나고 없었다. 나는 급히 일어나 옷장과 서랍을 뒤지고 욕실 문을 열어보았다. 잭의 물건은 어디에도 없었다. 칫솔도 남기지 않았다. 그답지 않게 꼼꼼하게 물건을 챙겼다. 나는 마지막으로 붙박이장을 열어보았다. 거기에는 여전히 새것 그대로인 고양이 사료와 모래 그리고 부서진 깃털 장난감이 들어 있었다. 상처 난 손바닥이 아팠다. 그러니까 이건, 꿈이 아니었다.

잭에게 전화를 걸어보았지만 없는 번호라는 안내 멘트가 흘러나왔다. 어떻게 하룻밤 새 한 사람의 흔적이 이토록 완전히 사라질 수 있는 것일까. 집 안을 서성이다 해 질 녘이 되어 혼란스러운 머리로 집을 나섰다. 얼마 전 묻어준 플루토의 무덤을 찾기 위해. 나는 동네 야산 어귀를 한참 뒤졌다. 그새 은행나무 잎이 왕창 떨어져 계속 낙엽을 발로 치워가며 살펴야 했다. 이놈의 은행나무 싹 다 베어버려야지. 똥 같은 나무. 내 입에서는 멈추지 않고 욕이 흘러나왔다. 그러다 어둠이 완전히 내려앉았을 때에야 나는 낯익은 돌멩이 두 개가 나란히 꽂혀 있는 무덤을 발견했다. 기억과 다르게 그리 크지 않은 은행나무 아래였다. 그날 밤에는 엄청나게 커 보였는데. 나는 그런 생각을 하며 손으로 땅을 파기 시작했다. 사람들이 보거나 말거나 붕대 감은 손으로 미친 사람처럼, 개처럼, 땅을 팠다. 파다 보니 기분이 나쁘지 않았다. 손톱에 흙이 들어와 박히는 느낌이 좋았다. 내가 왜 굳이 이러고 있는지조차 잊고 파는 일에 집중하게 되었다. 행동하는 사람이 된 기분. 나는 희열을 느꼈다. 그런데, 아무리 파도 잭이 묻었던 상자는 나오지 않았다. 그 무식한 새끼가 얼마나 깊게 판 거야. 나는 혼잣말을 하며 계속 계속 파보았지만 돌멩이와 흙과 바랜 종이 같은 것만 나올 뿐 상자는 없었다. 온몸이 땀에 젖었고 나는 지쳐서 땅 파는 일을 그만두었다. 나무에 등을 대고 아무렇게나 앉았다. 서늘한 가을바람이 몸을 훑고 지나갔다. 나는 눈을 감은 채 바람을 음미했다. 노동 후의 휴식은 달콤했다. 목이 말랐고 파워에이드를 마셔야겠다고 생각했다. 잭은 게토레이를 좋아했는데…… 그때, 아주 가까운 곳에서 고양이 울음소리가 들려왔다. 작지만 일정한 간격으로. 소름이 등줄기를 타고 올라왔다. 소리는 멈출 듯 멈추지 않고 계속되었다. 고개를 돌리면 플루토가 있을 것 같았다. 그러나 나는 고양이를 찾지 않을 것이다. 고양이는 보이지 않을 테니까. 소리가나서 찾으려고 하면 결코 찾을 수 없는 것이 고양이니까.

멜론

나는 당신을 잃고 싶지 않다. 하지만 당신은 내가 어떤 사람인지 알면 혐오할 거야. 도망칠 거야. 나와 함께한 시간들을 후회하고 나를 잊으려 애쓸 거야. 나는 그게 두렵다. 그러나 그것보다 더 두려운 게 있는데, 그게 뭐냐면.

우리는 마흔이 넘어 만났고 1년 남짓 연애를 했으며 동거나 결혼 중 뭔가 결정을 내리는 것이 좋겠다고 느꼈을 때 지운이 결혼 얘기를 꺼냈다. 선택으로 만들어진 법적인 관계가 궁금하지 않아? 그는 내가 키우는 고양이 루카의 이마를 문지르며 물었다. 나는 루카의 초록빛 눈동자를 보다가 지운에게로 시선을 돌렸다. 응, 궁금해.

제 남편이에요, 아내예요,라고 말하면 그걸로 타인의 입을 닫게 만드는 분명한 관계. 지운은 혼자 살아온 시간이 길었고 집에 있는 것을 좋아했다. 개인주의적이라는 말을 종종 든는다고 했다. 난 그냥 내 것을 잘 지킬 뿐인데. 지운은 말했다. 내 것 이외에는 큰 관심이 없는 나와 비슷했다. 나도 그도 비혼주의자는 아니었다. 우리는 오랜 고민 없이 서로에게 포함되는 삶을 선택했다.

우리는 함께 장을 보고 주말의, 한 달 후의, 미래의 계획을 세웠다. 회사에서 있었던 일로 혼자 우울해하지 않아도 되었고 몸살에 걸렸을 때는 지운이 운전하는 차에 앉아 함께 병원을 찾았다. 비가 오는 휴일은 스릴러나 슬래셔 무비를 보았다. 우리는 존 카펜터와 다리오 아르젠토와 「살아 있는 시체들의 밤」과 「엑소시스트」에 대해 시간 가는 줄 모르고 얘기했다. 「햄들의 침묵」이나 「새벽의 황당한 저주」 같은 패러디 영화를 보며 서로의 어깨에 기댄 채 낄낄대다가 누가 먼저랄 것 없이 키스했다. 누군가 배가 고프다고 말하면 둘 중 하나는 음식을 했고 하나는 정리를 했다. 그런 우리를 루카는 편안한 자세로 예의 그 깊은 초록색 눈을 빛내며 바라보곤 했다. 검고 긴 꼬리를 천천히 흔들며.

몰디브에 가자. 좀 있으면 사라진다던데. 남편의 말에 내가 되물었다. 사라진다니? 아, 가라앉는다고?

사실 가라앉는 게 아니라 잠기는 거지.

결혼한 지 어느새 1주년이 되었고 우리는 신혼여행 겸 여름휴가를 계획했다. 지난해 여름에는 남편의 아버지가 돌아가셨고, 나는 이직을 해서 정신이 없었다. 신혼집을 정리하고 각자의 습관에 적응하고 새로운 루틴을 만드는 데 1년이라는 시간은 길지 않았다.

사라진다는 걸 미리 알고 가보는 거, 괜찮지 않아? 남편이 건넨 휴대폰 안에는 햇살을 받아 반짝이는 아쿠아마린빛의 바다와 하얗게 빛나는 모래 해변이 펼쳐져 있었다. 사진으로만 존재하는 것 같은 장소들이 있다. 화면으로만 익숙한 배경들. 가보지는 못한 곳. 나는 얇은 원피스 하나만 걸치고 남편의 손을 잡고 저 해변을 걸을 것이다. 발바닥에 따끈하고 부드러운 모래가 밟히는 느낌. 누가 봐도 신혼부부처럼 보이겠지. 밤에는 별도 많이 볼 수 있을까? 내 말에 그는 휴대폰을 받아 무언가 검색했다. 그리고 다시 화면을 내밀었다. 거기에는 수많은 별이 빼곡히 박힌 밤하늘이 있었다. 우리가 정말여기에 갈 수 있을까? 실제로 보넨 더 끝내줄 거야. 나중에는 사진으로만 남겠네, 우리 신혼여행지는. 그렇게 나는 몰디브로의 신혼여행에 대한 동의를 표했다.

점점 잠기고 있는 땅에 사는 기분은 어떨까, 침대에 누워 남편에게 물었다. 이미 이주를 많이 했다고 들은 거 같아. 슬프겠지. 두렵고. 남편의 담담한 어조와 슬픔이나 두려움이라는 단어는 어울리지 않는다고 생각했다. 언젠가 사라질 섬으로 신혼여행을 간다는 건 좀 불길해. 내가 말하자 그가 웃으며 답했다. 우리 스타일이지.

몰디브로 떠나는 신혼여행은 유행이 지난 느낌이었지만 오히려 그래서 마음에 드는 구석이 있었다. 우리에게 잘 어울린다고, 나는 남편의 살냄새를 맡으며 행복하다고 말했다. 행복하다는 말을 꺼내어본 적이 아주 오래되어 마치 처음 해보는 말 같았다. 나는 그 말을 취소하고 싶었다. 말을 꺼내는 순간 모든 게 반대로 돼. 이루어지지 않지. 나는 남편에게 몸을 붙였다. 그래서 나는 진심을 잘 얘기하지 않거든. 하지만 이제 괜찮겠지. 당신이 있으니까.

우리는 휴가를 조율하고 항공편과 숙소를 알아보았다. 숙소는 바닥이 작게 뚫려 있어 실내에서도 바닷속을 들여다볼 수 있는 방갈로를 골랐다. 투명한 바닷속에는 노랗고 빨간 열대어들이 헤엄치고 있었다. 그곳은 불길함과는 가장 거리가 먼 장소 같았다.

생리가 늦어졌을 때 나는 폐경기가 시작되는 것인지도 모르겠다고 생각했다. 생리 주기가 조금씩 짧아지거나 길어질 수 있다고 했는데. 나는 찜찜한 기분으로 며칠을 보냈다. 간혹 가슴이 찌릿했다. 나는 폐경기,라는 단어를 검색창에 입력했다. 싫은 기분. 폐경기라니. 생리와 생리통, 생리 전 증후군 등등을 30년 넘게 매달 겪으며 괴로워했는데 폐경기라는 말은 다른 차원으로 거부감이 들었다. 컴퓨터가 알려주는 몇 가지 증상들과 내 경우를 비교해보았다. 그게 어떤 병이든 검색을 하면 모두 나의 증상과 일치했다. 창을 닫고 검색어를 삭제했다.

일주일이 지나도 생리는 시작되지 않았고 질염 증상이 보여 겸사겸사 산부인과를 찾았다. 낯익은 얼굴의 의사는 혹시 모르니 소변검사를 해보자고 했다. 임신하셨네요. 그가 한 손으로 마우스를 쥔 채 모니터와 나를 번갈아 보며 말했다. 그는 나의 표정을 빠르게 살폈고 나는, 네? 하고 되물었다. 임신이라는 말을 분명히 들었는데, 순간적으로 시간을 벌어야겠다는 생각을 했던 것 같다. 생각할 시간을. 이 상황을 이해할 시간을. 의사는 내가 기뻐한다고 확신했는지 웃으며 축하한다고 말했다. 나는 소리 내어 웃었다. 정말이에요? 나는 가슴에 손을 올렸다. 목덜미가 붉어지는 것을 느꼈다. 임신이라고요? 나는 재차 물었다. 요즘에는 워낙 노산이 많아서…… 관리 잘하시면 괜찮으실 거예요. 그래도 나이가 좀 있으시니까 미리 큰 병원으로…… 의사는 컴퓨터 화면으로 시선을 돌리며 계속해서 말을 이었다. 한참 뒤에야 의사는 말을 멈추었고, 나는 인사를 한 뒤 진료실을 나왔다. 문이 닫히는 것과 동시에 의사는 미소를 지웠을 것이다. 대기실에는 젊은 커플 몇몇과 혼자 온 여자들이 띄엄띄엄 앉아 있었다. 이들 중에 아이를 낳으러 이곳에 온 사람은 아무도 없다. 여기는 부인과 진료와 임신중절수술을 하려는 이들을 위한 병원이었다. 몇 년간 이 병원에 다니며 배부른 여자는 단 한 번도 본 적이 없었다.

아기 생기면 어떡하지? 섹스가 끝난 후 나는 가끔 물었다. 남편은 나의 볼을 쓰다듬으며 대답했다. 사십대 중반에 자연임신 가능성은 희박해.

그래도.

그래도? 그래도 생기면…… 축복이지.

축복?

그럼 그걸 뭐라고 부를 수 있어?

남편은 축복이라는 단어를 언제나처럼 특유의 담담한 어조로 말했다. 죽음이나 사고, 강아지나 고양이 아니면 새우깡이나 빼빼로를 말할 때와 별다를 바 없는 어조였다. 나는 운전석에 앉아 잠시 눈을 감았다. 수많은 생각이 떠올랐지만 먼지처럼 부유할 뿐 잡을 수가 없었다. 남편에게 전화를 걸었다. 통화 연결음이 울리는 시간이 영원처럼 여겨졌다. 어서 남편의 목소리를 듣고 싶었다. 남편에게 말하면, 그러면, 나는 이해할 수 있을 것이다. 이 감정의 정체를. 응, 준희야. 연결음을 끊고 내 이름을 부르는 남편의 목소리가 들려왔다. 그러나 그의 목소리를 듣는 순간 나는 마음이 바뀌었다. 얼굴을 보고 말해야겠다고. 남편의 표정을 보고 싶었다. 자기 오늘 언제 끝나? 나 스키야키 먹고 싶은데. 관서식으로. 남편은 선선히 그러자고 답했다. 그런데 어디야? 남편이 물었다. 그냥 좀 답답해서. 만나서 얘기해요. 남편은 잠깐 말이 없었다. 마음을 들킨 것 같아 가슴이 두근거렸다. 이따 봐요. 나는 전화를 끊었다. 말하지 않기를 잘했다고 생각하며 차에 시동을 걸었다.

나는 나의 임신이 이렇게 축복받을 수 있다는 사실에 들떴다. 그 축복은 마흔다섯이라는 늦은 나이 때문인가. 아니면, 이제 남편이 있기 때문인가. 적법한 사이에서 생긴 아이이기 때문인가. 남편 역시 나처럼 어리둥절해하다가 몇 번이나 되묻더니 갑자기 일어서서 박수를 치며 환호했다. 감정 표현을 잘 하지 않는 남편이 얼굴까지 붉히며 좋아하는 모습을 보니 어딘지 뭉클했다. 나는 이것을 원했구나. 내가 원했던 건 이런 삶이었구나. 가슴속에 작게 박힌 석회질 같은 불안함은 이 모든 것이 예상 밖의 일이기 때문이리라 여겼다. 임신이라니, 아기라니.

요리를 하면서 남편은 휴대폰으로 임부에게 좋지 않은 음식을 검색했다. 날계란은 당분간 먹지 않는 게 낫겠고 고기도 완전히 익혀야 한다고 했다. 나는 좀 의아했지만 남편을 내버려두기로 했다. 결국 나는 관서식 스키야키 대신 물을 넣고 재료를 푹 익힌 샤부샤부를 먹게 되었다. 남편은 식사 도중에도 중간중간 나를 바라보며 미소 지었다. 평소보다 더 자주. 조금은 다른 표정으로.

처음 함께 병원에 다녀온 날, 남편은 나오지도 않은 내 아랫배를 쓰다듬으며 말했다. 태명은 축복이라고 하자. 괜찮지? 어쩌면 아이는 이렇게 생겨야 하는 게 맞는 건지도 몰라.

어떻게?

계획 없이. 자연스럽게.

나는 남편의 머리를 쓰다듬었다. 정수리에 숱이 없어 두피가 꽤 드러나 있었고 처음으로 좀 징그럽다는 느낌이 들었지만 쓰다듬는 손을 멈추지는 않았다. 몰디브로의 신혼여행은 안정기에 들어서면 가야겠다. 남편의 말에 나는 서운한 표정을 숨기지 못했다. 그때까지 몰디브가 사라지지는 않겠지? 하고 답하며 콩알만 한 점이 찍힌 초음파 사진을 들여다보았다.

난 사실 좀 불안해. 무섭고.

걱정하지 마. 내가 있잖아.

계획 없이. 자연스럽게. 남편의 말이 걸렸다. 나는 이십대에 한 번, 삼십대에 한 번 수술을 한 적이 있다. 그때 나는 임신 계획은커녕 결혼에 대한 생각도 없었다. 피임에 실패해서 생긴 일이었고 실패는 바로잡을 수 있었다. 상대를 사랑하지 않아서가 아니라 계획에 없던 일로 서로의 미래를 바꾸기에는 위험부담이 너무 컸다. 죄책감 같은 것은 없었다. 죄책감이 없는 것에 죄책감이 들었던 것 같기는 했다.

＊

우리, 이제 더 이상 꿈 이야기는 하지 말자. 당신의 꿈, 당신 어머니의 꿈, 당신 동생의 꿈, 친구들의 꿈…… 반짝이는 별이 떨어져 가슴에 안겼다는 이야기, 흠이라고는 없는 새하얗고 동그란 복숭아를 치마에 가득 받아 들었으며, 생전에 본 적이 없는 맑은 물에서 은빛 비늘을 뽐내는 잉어가 튀어 올랐고, 주머니에 손을 넣었는데 뭔가 잡혀서 꺼내어 보니 빨간 보석이었다는…… 그런 이야기들. 자신들이 대신 꿔주었다는 꿈들. 수많은 길몽들.

모든 이가 태몽에 대해 말했다. 하지만 나는 나의 태몽을 들어본 적이 없다. 어머니는 살 기억이 나지 않는다고 했다. 그러다가 금반지 한 꾸러미가 어쨌다는 말을 했지만 꾸며낸 이야기라는 것을 알았다. 나도 엄마를 닮아서일까. 남들이 꾸었다는 태몽을 꾸지 못했다. 내 아이의 꿈을 왜 다른 사람이 꾸는가에 대해 의문은 갖지 않았다. 크게 드문 일이 아니라고 들었으니까.

나는 회사를 계속 다닐 생각이었다. 임신 7개월쯤 되면 출산휴가를 써야겠다고 계획했다. 하지만 임신이 그랬던 것처럼 회사 일도 마음대로 되지 않았다. 7주 차에 들어서자 입덧이 시작되었다. 세상의 모든 냄새를 맡을 수 있는 능력이 생긴 것 같았다. 개 같은 기분…… 아니, 개가 된 기분이랄까. 동료들의 향수 냄새, 땀냄새, 머리 냄새, 살냄새. 심지어 연필을 바라보기만 해도 연필심 냄새가 났다. 식사를 제대로 할 수 없었다. 팀장님, 요즘 피곤해 보이세요. 말간 피부의 막내가 조심스레 비타민 음료를 건네며 말했다. 평소에는 생각 없이 종종 마시던 음료였다. 나는 음료 뚜껑을 돌려 따려다 멈추었다. 돋보기를 꺼내어 쓰고 성분표를 유심히 보았다.

그날 오후에 소변을 보고 일어서는데 피가 묻어 나왔다. 의사는 되도록이면 움직이지 않는 게 좋겠다고 했다. 산책도 당분간은 하지 마시고 누워 계세요. 이 기회에 푹 쉰다고 생각하시고.

언제까지요?

의사는 초기 유산율이 높으니 최소 3개월 지날 때까지는 주의하라고 당부했다. 게다가 자궁경부도 매우 짧은 편이라…… 나는 고위험 임부라고 했다. 고위험. 많은 주의 사항.

조심해야 하는 것들과 하면 안 되는 것들. 특히 노산에는, 노산이라, 노산이셔서…… 노산이라는 말은 마치 아이를 낳으면 안 되는데 억지로 어떻게든 낳게 해주겠으니 시키는 대로 하지 않으면 모두 내 탓이라는 말로 들렸다.

나는 임신 사실을 예상보다 일찍 회사에 알려야 했다. 동료들은 축하해주었지만 그들이 고개를 돌리고 어떤 표정과 어떤 말들을 주고받는지 짐작할 수 있었다. 이미 아이가 둘인 동료 하나가 내게 말했다. 즐겨요, 무조건. 그래도 배 속에 있을 때가 천국이에요. 나오면 그때부터 헬…… 동료는 고개를 절레절레 흔들며 입을 다물었다. 그런데 선배가 엄마가 된다니, 정말 신기하네요. 그렇게 말하는 그녀의 눈빛이 마음에 걸렸다.

남편은 열심히 내 입맛을 살폈으나 나는 비린내는 물론이고 밥냄새도 맡기 힘들었다. 남편은 구역질을 하는 내 등을 쓸어주었다. 그리고 더없이 안쓰럽다는 얼굴로 나를 안고 토닥였다. 남편에게서도 냄새가 났다. 나는 그의 품을 자연스럽게 밀어내고 자리에서 일어나 세면대의 물을 틀었다. 소독약 냄새. 나쁘지 않았다. 나는 수돗물로 입을 헹궜다. 고개를 들어 거울을 보았다. 피부는 누르죽죽했고 입 주변에 뾰루지가 돋아나 있었다. 주름이 도드라진 눈 밑에는 다크서클이 더 진하게 내려와 평소보다 늙어 보였다. 정수리에 몇 센티나 자라

난 흰머리가 드러났다. 뿌리 염색을 하러 갈 시기는 이미 지났다. 염색을 하고 싶다. 스파도 하고 네일도 받고 싶다. 눈물이 떨어졌다. 지켜보던 남편이 놀라 나를 안았다. 나는 목구멍이 쓰라릴 때까지 울었다. 미안한 마음이 들었다. 그 마음은 남편을 향한 것이었을까, 태아를 향한 것이었을까, 아니면 나를 향한 것이었을까. 눈물과 콧물이 목구멍으로 넘어갔고 나는 다시 토했다. 이러면 아가한테도 안 좋을 텐데. 남편의 목소리를 들었고 나는 내 등에 닿은 남편의 손을 치우며 말했다. 오렌지주스.

응?

오렌지주스 마실래.

빈속인데 괜찮으려나.

펄 들어 있는 거. 그리고 배.

배?

응, 달고 시원한 걸로. 우유식빵도. 그리고 투게더랑 에이스.

남편은 휴대폰을 켜고 다시 불러달라고 했다. 그리고 장을 보러 나갔다. 혼자 남은 나는 차가운 수돗물을 한 컵 가득 따라 마셨다. 약품 냄새가 좋았다. 속이 차분해졌다. 소파에 드러누운 나를 루카가 캣 타워 위에서 내려다보고 있었다. 무슨 생각 하니 루카? 내가 이상하니? 루카는 긴 꼬리를 흔들, 흔들, 할 뿐 내가 손을 내밀어도 내려오지 않았다. 고양이는 표정이 없구나. 새삼스러운 생각을 하며 나는 소파에 누워 루카를 계속 불렀다. 언젠가부터 내 손은 루카의 머리 대신 아랫배로 향했다.

　병원에서 시킨 대로 나는 거의 하루 종일 침대에 누워서 지냈다. 우리는 도우미를 구했다. 나는 낯선 이와 함께 있는 시간이 불편했지만 딱히 다른 방법이 없었다. 안방 청소는 남편에게 부탁했다. 가장 사적인 공간만은 남에게 보여주고 싶지 않았다. 도우미가 일하는 시간에 나는 방에서 나가지 않았다. 침대에 누워 유튜브나 넷플릭스를 보았다. 처음에는 임신 관련 자료를 찾아보았다. 나의 내부에 다른 생명이 자라고 있다는 사실을 상기할 때면 종종 놀라웠다. 입덧은 수개월 가기도 하지만 보통 16주 차 정도 되면 가라앉는다고 했다. 임신, 출산에 관련된 정보는 다른 정보들과 마찬가지로 줄기줄기 뻗어 나가 있어서 계속 보다 보면 지쳤다. 이론상 입덧이 멈추려면 아직 한 달이 남았다. 그러나 조금씩 팽팽해지는 아랫배를 천천히 쓸어내리며 한가하게 지내는 시간이 나쁘지만은 않았다. 남들은 간절히 원해도 이루기 힘든 일을 나는 해냈다. 자연스럽게. 그렇게 생각하려고 애썼다. 먹고 싶은 것을 먹고, 보고 싶은 것을 보고, 자고 싶을 때 자고. 먹고 싸고 토하고 자고, 먹고 싸고 토하고 자고. 예상하지 못했던 삶이었다. 이렇게 갑자기 삶이 바뀔 수도 있구나. 아랫배와 달리 흐물흐물해지는 팔다리 근육과 여위어가는 몸을 보면 마음이 한없이 가라앉았다. 아기 용품을 검색하며 혼자 웃다가 금방 이불을 뒤집어쓰고 울었다. 울고 나면 10년은 더 늙은 기분이었다. 그래도 이건 끝이 있어. 그리고 아기는 귀엽지. 남편을 닮으면 좋겠다. 나는 다시 힘을 내어 전복죽과 엽산과 철분을 먹었다.

누워 지낸 지 한 달이 흘렀고 나는 범죄 수사 관련 유튜브와 세계 각국에서 제작한 범죄 미스터리 시리즈를 섭렵했다. 범인은 결국 잡힌다. 잔인하고 끔찍한 사건들을 안전한 곳에서 관람하며 나는 현실을 잊었다. 너무 오래 화면을 보다 보면 두통이 찾아왔다. 그럴 때면 눈을 감고 앉아서 아이스바를 먹었다. 어떤 날은 홍시가 당겼다. 그리고 토했다. 입덧을 하는 동안 4킬로그램이 빠졌다. 남편이 출근하면 나는 디카페인 커피를 내려 마셨다. 그러면 속이 좀 괜찮았다. 차가운 맥주를 들이켜기도 했다. 너무 마시고 싶어서 반 잔 정도 마신 후에 곧바로 후회했다. 그걸 못 참다니. 나는 자책하며 남은 맥주를 싱크대에 쏟아부었다. 그리고 나면 담배가 피우고 싶었다. 하지만 남편이 알면 싫어할 것이다. 남편은 점점 걱정이 늘었다. 잘 먹지 못하고 힘들어하는 나를 보며 남편은 말했다. 임신 초기에는 흔한 일이래. 그러나 표정은 어두웠다.

자기는 나를 걱정하는 거야, 아기를 걱정하는 거야?

야……, 그걸 말이라고 하냐.

나는 정확한 답을 듣고 싶었지만 내가 원하는 답은 듣지 못했다. 남편은 내가 점점 유치해진다고 했다. 하지만 그건 당신 잘못이 아니니까.

그럼 누구 잘못인데?

남편은 웃으며 내 배를 소중히 쓰다듬었다. 호르몬. 이제 안정기 들어가면 좀 나아질 거야. 입맛도 돌고. 평소에 안 먹던 것도 막 땡긴다더라. 하지만 걱정 마. 난 준비가 돼 있어.

우리는 이제 비 오는 날 밤에도 호러 무비를 보지 않았다. 퇴근 후 남편은 자꾸 다큐멘터리를 보자고 했다. 자기나 나나 모르는 게 너무 많으니까. 남편은 출산에 관련된 책을 주문했고 임부에게 좋다는 식품과 마사지용 오일과 아기 용품을 검색했다. 아들일까, 딸일까. 당신은 뭐였으면 좋겠어? 남편이 물었다. 뭐였으면 좋겠냐고? 나는 웃었다. 남편도 따라 웃었지만 내가 웃은 이유를 그는 영원히 알 수 없을 것이다. 그는 전과 다름없이 깔끔한 폴로 셔츠에 면바지를 입고 앉아 말했다. 헐렁한 원피스 차림의 나와는 달랐다. 나 이제 염색 좀 하면 안 될까? 천연 염색 같은 거 있잖아. 반백에 가까운 머리를 보며 내가 말했다. 임신한 할머니 같아. 기괴하지 않아? 남편은, 조금만 참아보자. 출산하면 내가 최고급 미용실이랑 피부

과랑…… 나는 움직이는 그의 입술을 보았다. 저 입에 주먹을 날리면 이에 입술이 부딪혀 피가 흐르겠지. 내 주먹에 그의 이가 박힐지도 모르겠다. 나 역시 주먹이 아리겠지만 속은 시원하지 않을까. 그 순간만큼은 내 안에 아무것도 없이, 오롯이 혼자인 기분으로, 주먹에서 퍼지는 또렷한 통증에 집중할 수 있을 것이다. 앞니가 부러진 남편의 얼굴을 그려보자 쿡쿡 웃음이 났다. 오줌이 나올 것 같았다.

남편이 깊이 잠든 시간에 나는 살며시 나와 드라이브를 했다. 새벽 3시가 넘은 도로는 한산했고 나는 창을 열어놓은 채 속도를 높였다. 그리고 갓길에 차를 세우고 음악을 틀었다. 고작 한 시간도 되지 않는 그 시간이 나를 견디게 했다. 그러나 얼마 지나지 않아 남편에게 들켰다. 남편은 이마를 찌푸렸다가 금방 표정을 바꾸었다. 가려면 같이 가. 무슨 일이라도 생기면 어쩌려고.

나는 이제 누가 봐도 임부로 보이는 불룩한 아랫배를 내려다보고 있다. 25주째. 임신 당뇨 판정을 받았지만 운동은 할 수가 없었다. 경부가 짧아 용변도 가능하면 누워서 보라고 했다. 힘을 세게 주면 조산 가능성이 커져요. 의사가 조심스럽지만 단호한 어조로 말했다. 공손한 표정으로 고개를 끄덕이며 나는 생각했다. 이 새끼는 임신해본 적이 없겠지, 남자니까. 다른 육체로 변해가는 기분을 모를 것이다. 상상도 못 할 것이다. 아니 상상할 필요가 없겠지.

나는 계속해서 식물처럼 침대에서 시간을 보내야 했다. 입덧은 다행히 멈췄지만 이제는 무언가 계속 먹고 싶어졌다. 전에는 계절별로 한 번 먹을까 말까 했던 스테이크가 당겼다. 레어로. 피냄새가 좋았다. 그리고 멜론. 아주 잘 익어 노란빛이 도는 과육으로. 고기와 멜론을 떠올리면 입에 침이 가득 고였다. 자다가도 일어나 냉장고를 뒤졌다. 겉만 아주 살짝 익혀줘. 살짝만. 나의 요구에 남편은 최고급 한우를 주문했다. 너무 안 익히면 안 좋을 거 같은데,라고 중얼거리며 남편은 고기를 구웠다. 고기를 먹으면서 멜론을 생각했다. 멜론 한 통을 숟가락으로 싹싹 긁어 퍼먹는 나를 보며 남편은 말했다. 임부한테 멜론이 좋긴 하다는데 채소도 좀 같이 먹자. 당 조절해야지. 나는 변비약을 먹었고 누워서 용변을 해결했다. 수시로 소변이 마려웠고 남편 옆에서도 크게 방귀를 뀌었다. 체취도 바뀌었다. 겨드랑이에서 역한 냄새가 났고 질에서는 끈적한 분비물이 흘렀다. 동그란 플라스틱 의자에 앉아 샤워를 했다. 내가 역겹지 않아? 내 몸 구석구석을 닦아주며 남편은 답했다. 당연한 과정이래. 오히려 다행이야. 당신이 힘들어서 그렇지. 하지만 고기는 좀 줄이자. 싫어도 채소를 먹자.

나는 그가 종종 쓰는 청유형의 문장을 좋아했는데 이제는

몸서리치게 싫어졌다. 노력해볼게. 그리고 마음으로는, 너나
많이 처먹어.

머리를 말려주는 남편을 향해 애원조로 부탁했다. 나 제발
염색 좀 해줘. 안정기도 지났고 천연 염색약 많잖아. 그러나
남편은, 왜 나는 이쁘기만 한데.

거짓말 마. 의사도 괜찮댔어.

괜찮지만 안 하는 게 좋다고 했잖아.

당신 바보야? 의사들은 다 그렇게 말해.

나도 염색 안 할게, 그럼.

하든지 말든지.

남편의 표정이 순간 굳는 것을 보았다. 대신 나는 좀 가벼
워졌다.

나는 모자를 쓰고 병원에 갔다. 대기실에는 모두 나보다 젊
어 보이는 임부들이 편안한 표정으로 앉아 있었다. 배 속의
아이는 잘 자랐다. 파란색이 잘 어울리겠다는 말은 요즘에는
하면 안 된다고 하더라고요? 의사는 능청스럽게 웃으며 남편
에게 말했고 남편은 아, 하고 짧게 탄성을 뱉으며 초음파에서
눈을 떼지 못했다. 아, 저게……? 나는 모니터를 통해 내 자궁
안에 살고 있는 생명체를 보았다. 다리 사이로 무언가 보였
다. 저게 벌써 자라는구나. 나의 중얼거림에 남자 둘은 더 크
게 웃었다. 나는 웃지 않았다. 가슴속에 아주 날카로운 파편

이 박혀 조금씩 움직이는 것 같았다. 내가 울면 아기도 알아요? 그렇게 묻자 정말로 눈물이 흘렀다. 의사는 익숙하게 티슈 한 장을 톡 뽑아 건넸다. 기뻐서 우는 건 괜찮지만, 너무 많이 울지는 마세요. 남편은 나를 안아주었다. 나는 어깨를 들썩이며 집에 가면 간만에 영화를 봐야겠다고 생각했다. 서로 물어뜯고 머리를 박살 내는, 사방에 피가 튀는 것으로. 나는 다시 고개를 돌려 모니터를 보았다. 탯줄로 우리는 연결되어 있었다. 나를 먹고 마시고 싸고 누워 있게 하는 것. 화내고 웃고 울게 만드는 것. 요즘의 나는 내가 아니었다. 남편은 나를 닮은 것 같다고 했다. 그걸 어떻게 알아? 내가 묻자, 봐봐, 똑같잖아, 남편이 손가락으로 화면을 가리키며 말했다. 나는 그의 말을 이해할 수 없었다. 남편은 남자아이라는 힌트에 흥분해 있었다. 딸이었으면 했는데 실은 남자아이를 원하고 있었다는 걸 방금 깨달은 사람 같았다.

최근 들어 나는 악몽을 많이 꾸었다. 그러나 남편은 불안한 잠재의식의 발현일 뿐이라고 했다. 나는 꿈에 대한 이야기를 하지 않기로 마음먹었다. 악몽에 대해 듣고 싶어 하는 이는 아무도 없다. 특히 임부의 악몽에 대해서는 더더욱. 미래에도 임신은 여자만 할 수 있는 걸까? 아무래도 이건 남자들의 계략 같아. 이렇게 과학이 발달했는데. 내 말에 남편은, 그러게 내가 대신 가질 수 있다면 좋을 텐데, 하며 보기 흉하게 임신선이 그어져 있는 내 배에 살포시 귀를 갖다 댔다. 남편은 이 제 내가 묻는 질문의 정답을 너무 잘 알고 있었다. 그동안 싸 움을 피하는 방법을 익혀서 노련해졌다. 축복아, 아빠야. 그 렇게 배를 향해 중얼거리기 시작했다. 나는 8월의 눈부신 햇 살이 들어오는 창을 응시했다. 바깥에서 아이들의 새된 소리 가 들려왔다. 아이들은 왜 저렇게 소리를 지를까. 나도 뛰쳐 나가서 한껏 발을 굴러 그네를 타고 싶다. 힘차게 하늘로 하 늘로. 그 울렁거리는 기분을 느끼고 싶어. 하지만 아무리 발 을 굴러도 높이 올라가지 못하겠지. 왜냐하면 무거우니까. 나 는 아이를 낳기에는 너무 나이가 많고 경부도 짧아서 채 다 자라지 못한 아이가 구멍으로 빠져버릴 테니까. 나는 내가 아 닌 거 같아. 아기집이 돼버렸어. 나는 그냥 자궁이야. 남편은 나의 중얼거림에는 관심 없다는 듯 계속해서 배에 대고 뭐라 고 지껄였다. 태동이 느껴질 때면 나는 깜짝 놀랐고 남편은 소리를 지르며 좋아했다. 여기에 사람이 있다니. 나와 남편은 같은 말을 했지만 의미는 완전히 다르다는 사실을 남편은 모 르는 것 같았다. 멜론 먹을래. 멜론을 줘. 냉장고에 있지?

그래, 그러자. 우리 축복이는 피부가 좋을 거야. 멜론을 많 이 먹어서.

남편이 좋다고 하는 것은 태아에게 좋은 것.

나는 부엌으로 향하는 남편의 뒷모습을 보며 머리를 쓸어

올렸다. 희끗한 머리카락들이 맥없이 빠져서 손가락에 흉하게 걸려 있었다.

마지막 두 달은 더 조심하셔야 해요. 힘주면 조산 위험이 큽니다. 10킬로그램이나 살이 찐 나는 여전히 침대에 붙박였다. 배는 점점 부풀어 올랐고 허리가 아팠다. 가슴과 배는 말할 것도 없고 허벅지와 엉덩이까지 살이 터서 얼기설기 얽힌 흉하고 진한 자국들이 생겼다. 가뭄에 논이 갈라진 모양. 남편은 열심히 오일 마사지를 해주었으나 별 도움이 되지 않았다. 이제 조금만 참으면 돼. 축복이 나오면 금방 다시 돌아갈 거야. 하지만 그는 내 몸을 금방 잊을 것이다. 대신, 내가 모유를 얼마나 먹일 수 있는지, 어떻게 아이를 잘 보살필 수 있는지가 더 중요할 것이다. 그는 좋은 아빠가 될 것이다. 나는 그를 이해할 수 있다. 그가 이해하지 못하는 세계를 이해할 수 있다. 이해란 얼마나 쉬운 것인가. 나, 섹스하고 싶어. 나의 가슴에 오일을 바르던 남편의 손이 멈칫했다. 그러나 남편은 웃으며 금방 다시 부드럽게 가슴을 쓸어내렸다. 나도 그래. 하지만 알잖아. 지금은…… 남편은 나를 바라보지 않고 말했다. 나는 숙주가 된 기분이야. 남편의 얼굴에서 웃음기가 사라졌다. 그런 말이 어딨어. 아니, 무슨 기분인 줄은 알겠는데 그 말은 좀 심하다. 축복아, 방금 말은 못 들은 걸로 하자.

얘는 말 못 알아들어. 그만 좀 해. 나는 짜증을 숨기지 못했다. 남편이 마사지하던 손을 멈추고 나를 바라보았다. 멜론 갖다줄까? 그는 또다시 능숙하게 말을 돌렸다. 그래서 더 화가 났던 걸까. 누가 지금 멜론 달래? 나는 언성을 높였다. 그때 루카가 내 가슴 위로 튀어 올라왔다. 아! 내가 놀라 낮게 소리를 지르자 남편이 루카를 손으로 세게 쳐냈다. 루카는 비명을 지르며 도망갔다. 저게 미쳤나! 남편이 거칠게 욕을 했고 순간 나는 남편에게서 깊은 분노를 보았다. 남편은 금방 내게 사과하며 괜찮은지 물었으나 붉게 상기된 얼굴은 쉽게 가라앉지 않았다. 가슴이 뛰었다. 참을 수 없는 기분이었다.

며칠 뒤, 남편이 야근으로 늦는다며 회사에서 전화를 걸어왔다. 혼자 밥을 챙겨 먹을 수 있겠느냐고 물었다. 당연하지, 그런 것도 못 할까 봐. 나는 코웃음을 쳤다. 남편의 말에 건성으로 대답한 후 전화를 끊었다. 나는 창밖의 빛이 완전히 사라질 때까지 침대에 꼼짝 않고 누워 있었다. 소변이 마려웠지만 참았다. 텔레비전 화면에서는 유명한 프로파일러가 1970년대 미국의 연쇄살인범 이야기를 들려주고 있었다. 나는 더 이상 누워서 소변을 보고 싶지 않았다. 참을 수 있을 때까지 참다가 천천히 무거운 몸을 일으켰다. 바닥에 발을 딛고 일어섰다. 발은 팅팅 부어서 물을 잔뜩 머금은 발가락 양말을 신은 것 같았다. 나는 뒤뚱뒤뚱 걸어 화장실로 향했다. 어제 샤워를 했는데도 땀냄새가 났다. 원피스를 머리 위로 벗겨 냈다. 시퍼런 핏줄이 비치는 부푼 가슴은 흉하게 늘어져 있었고 유두 주위는 검게 변한 지 꽤 되었다. 배 아래부터 허벅지까지 살이 터서 이리저리 갈라지고 연결된 모양이 마치 멜론 껍데기 같다고 생각했다. 거울 안에는 머리가 하얗게 세고 입매가 처져 더없이 우울해 보이는 중년의 여자가 나를 보고 있었다. 우울한 얼굴의 여자가 천천히 입꼬리를 올려 웃어 보였다. 그러다 점점 더 크게 입을 벌려 이를 드러내며 웃는 표정을 지었다. 소리는 없이 입만 기묘하게 벌리고 웃고 있는 여자의 눈이 검게 빛났다. 나는 세면대에 손을 짚은 채 한참을 서서 여자를 응시했다. 그녀의 눈빛에는 광기가 섞여 있었다. 입을 벌린 채 계속해서 웃고 있던 여자의 얼굴근육이 부르르 떨렸다. 나는 그 얼굴이 무서워져 눈을 감았다. 목덜미가 뻣뻣해졌다. 소름이 돋았다. 욕실이 추운가. 나는 아랫배에 힘을 주었다. 뜨거운 소변이 다리를 타고 흘러내렸다. 아랫배가 찌릿했다. 딱딱하게 뭉친 배를 풀기 위해 변기에 앉았다. 손으로 한참 배를 문질렀다. 변이 마려웠다. 변기에 앉아서 힘을 주지 말랬는데. 특히 조심하랬는데. 절대 힘을, 세게, 주지, 말랬는데. 누워야 하는데. 하지만 나는 일어설 수가 없었다. 주먹을 쥐었다. 아래로 무언가 떨어지는 소리가 들렸다. 나는 그저 변이 마려웠을 뿐이다. 다 큰 성인이, 아니, 다 크다 못해 늙어가고 있는 여자가 매번 누워서 변을 볼 수는 없다. 나는 주먹에 쥔 힘을 풀지 않았다. 손등이 하얗게 질려 있었다. 일어나야 한다. 일어나서 거울을 보고 싶었다. 거울 안의 여자가 나를 기다리고 있었다. 그 얼굴이. 그 눈빛이. 나는 또다시 힘을 주었다. 눈앞이 캄캄해졌다. 이어서 나는 환한 빛을 보았다. 파란 하늘 아래 반짝이는 아쿠아마린빛 바다를. 점점 잠기고 있는 보드라운 모래사장을. 거기에 살아 있는 것은 아무것도 없었다. 그것이 더없이 쓸쓸했지만, 그러므로 무엇보다 아름다웠다.

9

혜신과 동재 부부는 매년 그러하듯 친구 가족들과 휴가 계획을 세웠다. 동재의 대학 동기들로 비슷한 시기에 결혼을 했고 아이들도 같은 또래여서 세 가족은 함께 휴가를 다녔다. 작년에는 누군가가 스키장에 가자고 제안했다. 콘도 이용권을 회사에서 얻을 수 있다고 했다. 12월이 되었고 세 가족은 개장한 지 몇 년 안 된, 한국에서 가장 긴 슬로프를 자랑한다는 리조트로 향했다.

리조트가 있다는 도시에 들어섰을 때에는 해가 지기 전이었음에도 번쩍이며 늘어선 전당포 간판들이 눈에 띄었다. 화려한 간판과 달리 건물들은 허름했다. 간간이 편의점과 모텔도 보였지만 인적은 드물었다. 폐허에 인공적인 불빛들만 억지로 빛을 내고 있는 것 같았다. 혜신이 알던 세상과는 동떨어진, 낯선 장소로 진입한 느낌이었다. 불길했다. 여기가 맞아? 맞다는 걸 알면서도 혜신은 동재에게 재차 물었다.

리조트 입구를 지나자 곧 또 다른 세상이 펼쳐졌다. 잘 가꾼 나무들과 매끄러운 도로, 단정한 표지판이 혜신을 안심시켰다. 차는 입구를 지나 부드럽게 오르막을 올랐다. 한참을 들어가자 압도적인 크기의 호텔과 화려한 정원이 보였고 표지판을 따라 더 올라가니 현대적인 디자인의 고급스러운 콘도 건물이 눈에 들어왔다. 그 뒤로 설산처럼 보이는 스키장이 위압적으로 우뚝 서 있었다. 주차장은 거의 만석이었다. 스키복을 입은 사람들은 들뜬 얼굴로 몰려다녔고 말끔하게 유니폼을 입은 직원들이 안내를 도왔다. 일곱 살 딸 민아는 환호성을 질렀고 그런 딸을 보며 부부는 웃었다. 혜신은 그제야 마음이 놓였다. 정말 딴 세상이네.

짐을 풀고 스키장에 갈 준비를 하며 사람들은 이곳에 오자고 제안했던 누군가에게 칭찬을 아끼지 않았다. 혜신과 동재는 딸을 사이에 두고 리프트에 올랐다. 정말 크긴 엄청 크다. 눈으로 뒤덮인 새하얗고 거대한 슬로프와 점점이 보이는 사람들의 머리를 내려다보며 혜신이 말했다. 고개를 돌리면 멀리 지붕이 초록색으로 빛나는 커다란 성 같은 호텔이 보였다. 저게 그거지? 혜신의 물음에 동재가 고개를 끄덕였다. 가볼까? 혜신의 제안에 동재는 싱긋 웃으며 답했다. 이따, 밤에.

　악마의 성. 사람들은 그렇게 불렀다. 사실 그곳은 특급 호텔이었는데 그보다 내국인 전용 카지노로 유명했다. 혜신도 뉴스에서 몇 번인가 본 기억이 있었다. 겨울 해는 금방 졌고 콘도로 돌아온 멤버들은 함께 식사 준비를 했다. 비슷한 또래의 아이들은 몰려다니며 노는 데 정신이 팔려 있었다. 내가 애들 재울게요. 놀다 와요. 혜신이 말했다. 혜신 씨 같이 가야 재밌는데. 누군가가 말했다. 내가 같이 있을게. 동재의 말에 누군가의 아내가 말했다. 아뇨, 제가 같이 있을게요. 쉬고 싶어서. 결국 혜신과 여자를 제외한 나머지 사람들은 잠깐 구경만 하고 오겠다며 집을 나섰다. 내일은 제가 남을게요. 다른 누군가가 말했다. 혜신은 상관없다는 듯 고개를 저으며 웃어주었다. 많이 따 오세요. 파이팅!

　아이들을 재운 뒤 혜신과 여자는 맥주를 앞에 두고 담소를 나누었다. 여자는 종종 곁눈으로 시계를 보았다. 혜신의 눈길을 의식한 여자가 입을 열었다. 남편이 고민이라고 했다. 내기, 게임, 주식 같은 것을 너무 좋아한다고. 혜신이 웃음을 섞어 말했다. 자기야, 다들 그래. 과하지만 않으면 되지 뭐.

　그래요? 동재 씨도 그래요?

　똑같아. 걱정 말아요.

　혜신은 미소 띤 얼굴로 거짓말을 했다. 사실 동재는 그렇지 않았다. 혜신은 동재의 계획적인 면을 좋아했다. 준비가 몸에 밴 사람이었고 웬만해선 허둥대는 일이 없었다. 그리고 자신이 컨트롤할 수 없는 일은 하지도, 믿지도 않았다. 그런 점이 간혹 갑갑할 때도 있었지만 그래서 좋기도 했다. 안정감이 있었고 믿음직스러웠다. 혜신과 맞는 부분도 많았지만 혜신과 달리 동재는 사람들과 어울리는 것을 좋아하지 않았다. 이 모임을 그나마 가장 좋아했다.

자정이 훌쩍 넘어 돌아온 넷은 각기 다른 표정이었다. 혜신은 볼이 상기된 동재를 보았다. 거기는 갈 곳이 못 돼. 누군가가 투덜댔다. 듣던 대로 그냥 소굴이야. 난리도 아니야. 그래도 난 재밌던데? 저 12만 원 땄어요. 누군가의 자랑에 혜신은 환호와 함께 박수를 쳐주었다. 근데 동재가 대박이지. 모두의 시선이 동재에게로 향했다. 50만 원 넘게 땄어. 맞지? 아주 타짜야, 타짜.

내일 저녁은 내가 쏜다! 평소와 달리 동재가 들뜬 목소리로 외쳤다. 혜신은 동재의 손을 잡고 팔짝팔짝 뛰었다. 자기 최고다. 누군가는 피곤하다며 이마를 찌푸린 채 방으로 들어갔다.

잠든 딸의 고른 숨소리를 들으며 혜신과 동재는 마주 보고 누웠다. 고요하고 청량한 공기가 방 안에 감돌았다. 재밌었어? 혜신의 물음에 동재는 카지노에서 있었던 일을 조곤조

곤 들려주었다. 그런데 해외 카지노 분위기랑은 좀 달라. 뭐
랄까…… 칙칙하고 살벌해. 뭔가 웃기고. 내일 같이 가볼래?
혜신은 고개를 끄덕였다. 궁금해. 근데, 당신은 무슨 게임 한
거야?

혜신아, 9가 이기는 게임이 뭔지 알아?

딜러가 테이블 위 빨간색으로 플레이어라고 씌어진 쪽에
카드 두 장, 노란색의 뱅커라고 씌어진 쪽에 카드 두 장을 엎
어놓는다. 각각의 카드 두 장을 차례로 넘기자 한쪽에는 에이
스와 킹, 다른 쪽에는 에이스와 9가 나왔다. 어떤 이들은 찡그
리고 어떤 쪽은 웃는다. 가끔, 아주 가끔은 두 장을 합쳐 같은
숫자가 나오기도 한다. 타이. 타이에 베팅한 사람은 아홉 배
의 돈을 받는다. 하나의 칩으로 아홉 개를 가져간다. 그리고
플레이어나 뱅커에 베팅한 사람들의 칩은 각자가 도로 가져
간다. 어떤 쪽에서는 안도의 한숨을, 어떤 쪽에서는 아쉬움의
한숨을 내쉰다. 혜신은 매혹되었다. 바로 눈앞에 있어도 알
수 없는 카드의 내용에. 카드가 넘어가기를 기다리는 그 짧은
순간에. 누구나 손을 뻗으면 쉽게 닿을 수 있는 거리, 테이블
위가 아니면 쓰레기에 불과한 작은 직사각형 플라스틱 조각,
그 뒷면에 적힌 숫자에 사람들은 무서울 정도로 진심이었다.
단순한 게임의 규칙을 사람들은 잘 지켰다. 누군가가 돌발 행

동을 하면 합세해서 도끼눈을 뜨고 화를 냈다. 카지노 곳곳에 검은 양복을 입은 사람들이 서 있었다. 한낱 놀이에 불과한 그것 때문에 사람들은 끊임없이 돈을 칩으로 바꾸었다. ATM 기계 앞에 길게 줄을 서 있었다. 충혈된 눈을 하고도 쉽게 자리를 뜨지 못했다. 낯선 기운 때문에 동재의 팔짱을 끼고 움츠렸던 혜신도 어느새 카드를 보느라 정신이 팔렸다. 9에 가까운 수가 나올수록 짜릿해졌다. 정말로 돈 때문이었을까.

혜신은 동재와 한 시간가량 바카라 테이블에서 게임을 지켜보았고 함께 베팅을 해보기도 했다. 천 원짜리 칩으로 신중하게 베팅을 한 후 카드가 넘어가는 것을 보았을 때, 혜신은 짧게 환호성을 질렀다. 사람들이 쳐다보았고 혜신은 금방 손으로 입을 가렸다. 몇몇 사람이 웃어주었다. 천 원을 걸고 천 원을 더 받았다. 칩이 두 개가 되었다. 혜신은 그날 자신의 마음을 사로잡았던 그것이 무엇인지 되물었다. 돈 때문이었을까. 정말로, 돈 때문에?

그렇게 쉽게 돈을 벌고 또 잃을 수 있다는 사실이 신기했지만, 온전히 돈 때문만은 아니었다. 혜신도 그것을 알고 있었고 동재는 그게 바로 문제라고 했다. 돈 때문만은 아니라는 것. 동재는 자신을 탓했다가 나중에는 그곳으로 여행을 가자고 한 친구를 탓했다가 혜신을 탓했다가 또다시 자신을 탓했다. 그러면서 혜신은 동재의 새로운 면모를 보았다. 동재의 입에서는 결코 들을 수 없으리라 생각했던 말들이 혜신을 향해 쏟아졌고, 저런 식으로 울 수도 있는 사람이라는 사실도 처음 알게 되었다. 그런 것들이 혜신을 예리하게 긁고 지나갔지만 이상하게도, 너무나 이상하게도 돌아서면 그뿐이었다. 테이블 앞에 앉고 싶었다. 카드가 펼쳐지는 장면을 보고 싶었다. 자신이 컨트롤할 수 없다는 것을 잘 알면서도 시험해보고 싶었다. 이기고 싶었다. 노력과는 무관한 운이라는 것에 혜신은 완전히 매혹당했다. 그래서 다시 카지노에 갔다. 고등학교 동창들을 데리고 갔다. 대학 절친과도 함께 갔다. 나중에는 친구들이 거슬렸다. 그래서 혼자 다니기 시작했다. 처음 홀로 카지노에 발을 들인 날에는 바카라 테이블 앞에서 여덟 시간 넘게 있었다. 그런 자신이 스스로도 믿기지 않았다. 셔플 타임에 혜신은 화장실에 가서 거울을 보았다. 화장은 지워져 있었고 눈 밑은 거뭇했다. 이게 나인가? 이게 나……라니.

휴대폰을 확인했을 때에는 동재로부터 부재중 전화가 여러 번 와 있었다. 동재는 혜신이 절친의 집에서 자고 오는 걸로 알고 있었다. 혜신은 전화를 거는 대신 문자를 보냈다. 미안. 상황이 너무 심각해서 전화 온 줄도 몰랐어. 이혼 얘기를 하네. 민아는? 무슨 일 있으면 톡 남겨. 동재는 아니라고, 민아 잔다고, 얘기 잘 들어주고 내일 조심히 오라고 답을 했다. 그날 새벽까지 혜신은 게임을 했다. 밥도 먹지 않았다. 돌아갈 시간이 되어 칩을 바꾸기 위해 줄을 섰다. 잠시 후 백만 원이 넘는 지폐가 혜신에게 건네졌다. 하지만 혜신은, 좀 전에 이것보다 두 배는 땄었는데, 내가 왜 그때 그쪽으로 걸었을까, 좀 쉬고 마인트 컨트롤을 했어야 했는데 등등의 생각에만 골몰했다. 돈을 가방에 넣고 돌아서자 남자가 보였다. 바카라 테이블에서 혜신에게 나지막이 이제 그만 집에 가라고 언질을 주었던 남자였다. 초심자의 행운이 무서운 거라며 이제 그만 가라고. 일행은 있느냐고. 혜신은 웃으며, 저는 그런 사람 아니에요, 남편이랑 놀러 온 거예요, 했지만 남자에게 신경을 쓰기 시작하자 게임에 집중하기 어려웠다. 남자의 입에서 무언가 썩는 냄새가 났다. 계속하면 결국 잃는다니까. 이제 그만하고 얼른 가요. 그리고 다시는 오지 말아요. 나중엔 가고 싶어도 못 가. 남자의 계속되는 조언에 혜신은 짜증이 나서 더 이상 답하지 않았다.

혜신과 남자의 눈이 마주쳤고, 혜신은 왠지 미안한 마음이 들어 먼저 고개를 숙이고 인사했다. 혜신이 말을 걸려고 다가서자 남자는 고개를 돌려버렸다. 머쓱해진 혜신은 홀로 얼굴을 붉힌 채 출구로 향했다.

출구와 가까운 곳에서 커다란 음악 소리와 함께 환호성이 터졌다. 혜신은 걸음을 멈추고 그곳을 바라보았다. 사람들이 둥그렇게 모여 있었다. 그 사이로 슬롯머신 앞에서 젊은 남녀가 서로 껴안으며 소리를 지르는 모습이 보였다. 내가 저기 5백은 넣었는데. 일 끝나자마자 온 건데. 혜신은 옆에 서 있는 허름한 차림의 남자가 씁쓸한 듯 웃으며 혼잣말하는 것을 들었다. 꼭 저렇게 놀러 온 애들이 1, 2만 원 넣고 다 가져간다니까. 꼭 저래. 머리가 하얀 노파도 뒷짐을 지고 한마디 했다. 직원이 와서 슬롯머신을 확인하고 기계에서 현금 교환권을 뽑아 주었다. 커플은 신난 걸음으로 팔짱을 낀 채 어디론가 향했다. 그거 가지고 이제 여기 오지 마. 누군가 커플을 향해 말했다. 왜 사람들은 자꾸 오지 말라고 하는 걸까. 저렇게 재미있어하는데. 행운을 나누기 싫어서인가. 불행을 걱정하는 것일까. 누군가를 걱정하기엔 모두 너무 지쳐 보였다.

혜신은 매일 기록을 했다. 그것은 오래된 습관이었는데 카지노 근처에서 생활하면서도 그것만은 지켰다. 생활이 달라졌으니 내용도 당연히 달라졌다. 날짜, 날씨, 오늘 잃은 돈, 딴 돈, 갚을 돈, 카지노 출입 시간, 테이블 넘버. 노트는 벌써 두 권을 꽉 채우고 세 권째였다. 이 노트를 다 쓰기 전에 집으로 돌아간다. 혜신은 첫번째, 두번째 노트를 쓸 때 계획했던 일을 세번째 노트를 쓰면서도 또다시 계획했다. 계획이 이렇게 어긋난 적이 있었던가. 없었지. 혜신은 괴로웠다. 그러나 계획과 노력이 혜신을 완전히 배신한 적은 없었다는 사실을 매번 상기했다. 물론 결과가 어긋난 적은 있었으나 노력의 여부에 따라 계획은 대체로 비슷하게 이루어지기 마련이었다. 지금까지 그래왔다. 그러니 이번에도 꼭 그렇게 만들 것이다. 혜신은 오늘 날짜를 펜으로 꼭꼭 눌러 적으며 마음속으로 되뇌었다. 이미 늦은 건 아닐까, 하는 불안감이 스멀스멀 올라오면 혜신은 카지노에서 알게 된 사람들을 만났다. 같이 농담을 하고 웃었다. 사람들은 술을 마시면 가족 이야기를 했다. 그럴 때면 동질감 같은 것이 생겨 위안이 되었다. 그러나 카지노에 들어가면 모두 냉정해졌다. 다른 사람들이 되었다. 칩 몇 개에 적이 될 수도 있었다.

어느새 혜신은 관광객을 단번에 알아보는 '이쪽' 사람이 되어 있었다. 귀찮은 사람들이 또 왔군. 빨리 꺼져주길 바랐다. 그들의 얼굴은 상기되어 있었고 쉽게 소리를 질러댔다. 이쪽 사람들을 혐오 섞인 눈빛으로 바라보았다. 관광객들은 돌아서며 중독자라든가 도박꾼들이라고 일부러 들리게 말했지만 사람들은 개의치 않았다. 들었으나 못 들은 척하는 일에 익숙했다. 혜신은 그들을 보며 부러움을 느꼈다. 불과 반년 전쯤엔 나도 저랬는데. 동재와 행복했는데. 가벼웠는데. 이런 종류의 무게는 모르고 살았는데. 지금은 삶이, 하루하루가 너무 무거웠다. 무겁고 녹슨 쇠뭉치가 육체 내부에 차곡차곡 쌓이는 느낌이었다. 조금씩 소진되어 마모되는 기분이었다. 새

치가 늘었고 눈도 쉽게 피로해졌다. 그런 말은 기록하지 않았다. 기억할 필요가 없는 말이었다. 잊고 싶은 마음이라서 시간이 지나도 이 시간들을 자세히 기억하고 싶지 않았다. 웃어넘기고 싶었다. 혜신은 이 시간들을 추억으로 남기기 위해 최선을 다하고 있는 거라 스스로를 납득시켰다.

소라를 처음 만난 날을 기억했다. 수수한 차림의, 이십대로 보이는 어린 여자가 테이블 중앙 의자에 조용히 자리를 차지하고 있었다. 그녀는 차분하게 조금씩 베팅을 했다. 사람들은 흘끔거리며 그녀를 보았지만 얼른 집에 가라거나 대놓고 싫은 표정을 짓거나 하지는 않았다. 여자는 관광객 같지 않았다. 그녀는 포커페이스를 유지한 채 누구와도 말을 섞지 않았다. 혜신도 그녀를 훔쳐보았다. 게임 중간에는 서로 눈빛이 마주치기도 했다. 서로 다른 쪽에 걸었을 때 하나는 졌고 하나는 이겼다. 또 시선이 부딪혔다. 그러다 언젠가부터는 하나가 먼저 베팅을 하면 하나가 따라 같은 쪽에 걸기 시작했다. 여자는 따도, 잃어도 표정의 변화가 없었다.

셔플 타임이 왔고 혜신은 화장실 안에서 누군가와 통화 중인 그녀를 보았다. 혜신은 가방 안에서 파우치를 꺼내어 거울 앞에 섰다. 여자가 다가와 말을 걸었다. 죄송한데, 저 부탁 좀 드려도 될까요? 여자의 표정은 아까와 크게 다르지 않았지만 말투에는 간절함이 배어 있었다.

혜신은 여자의 부탁을 들은 후 그녀가 내미는 전화를 받아 들었다. 네, 어머님, 안녕하세요. 저 소라 담당 교수입니다. 소라 세미나 온 거 맞고요, 제가 잘 데리고 있습니다. 혜신은 그녀가 부탁한 대로 교수 흉내를 내었다. 소라는 대학원생인데 세미나에 참석한다고 부모에게 거짓말을 하고 왔다고 했다. 그런데 엄마가 자꾸 의심을 해서요. 소라는 단발머리를 귀 뒤로 넘기며 담담하게 말했다. 여기에 자주 와요? 혜신이 물었다. 자주는 아니고, 그냥 좋아해요. 애인이 마카오에 있을 때엔 거기 가끔 갔었는데. 그런데 아무래도 엄마가. 소라는 더이상 말을 잇지 않았다. 혜신은 소라가 고맙다는 인사를 하지 않았다는 것과, 자신이 그녀의 엄마에게 천연덕스럽게 거짓말을 하고도 죄책감을 느끼지 않았다는 사실을 그때는 깨닫지 못했다. 혜신은 가방에서 초콜릿을 하나 꺼내 그녀에게 건넸다. 혜신은 둘 사이에 친밀감이 생겼다고 여겼다. 그러나 소라는 언제 그런 일이 있었냐는 듯 테이블에서는 전과 같이 포커페이스로 앉아 있을 뿐이었다.

소라와 함께 밥을 먹은 것은 몇 주 뒤에 다시 우연히 바카라 테이블에서 마주친 날 저녁이었다. 혜신이 반가운 마음에 먼저 인사를 했지만 소라는 혜신을 알아보지 못하는 듯 의아한 눈빛으로 혜신을 보았다. 저 그때 화장실에서, 전화, 세미

나. 당황한 혜신이 띄엄띄엄 단어를 늘어놓았다. 낯설게 바라보는 소라의 눈빛에 혜신은 귓불이 달아올랐다. 소라는 한참 뒤에야 아, 네, 하면서 눈인사를 했다.

제가 낯을 좀 많이 가려서요. 호텔 한식당에 마주 앉아 소라가 눈을 내리깔며 말했다. 그날은 감사했어요. 혜신은 손을 저으며 아니라고, 어서 밥이나 먹자고 했다. 내가 살게요. 혜신의 말에 메뉴를 훑어보던 소라가 미소 지었다. 감사합니다. 그녀가 웃자 평소에는 볼 수 없었던 순하고 밝은 면이 드러났다. 가까워진 느낌이었다. 혜신은 소라가 마음에 들었다. 포커페이스를 유지하는 냉정함과 필요한 말만 하는 차분함이 좋았다. 그리고 무엇보다 '이쪽' 사람 같지 않은 점. 단발머리에 무채색 옷, 화장기 없는 흰 피부는 우아해 보였다. 은은한 향기가 날 것 같은 사람. 게임 테이블에 몇 시간 앉아 있어도 흐트러짐이 없었다. 베팅액은 언제나 일정했고 흥분하지도 않았다. 소라와 함께 식사를 하면서 혜신은 편안함과 불편함을 동시에 느꼈다. 소라는 혜신보다 열 살이 어렸으나 어딘지 어른스러웠다. 혜신은 다른 때보다 더 많이 말하고 더 많이 웃었다. 게임 이야기는 되도록 피했다. 소라와는 일상적인 대화를 나누고 싶었다. 이쪽 사람처럼 보이고 싶지 않았다. 혜신의 말을 거의 듣고만 있던 소라가 식사가 끝날 즈음 입을 열었다. 저 당분간 집에 안 가려고요. 그런데, 선생님은 이 주

위에 사세요? 선생님,이라는 호칭에 혜신은 당황했다. 저, 선
생님 아닌데. 그냥 언니라고 불러요. 그날 소라와 헤어진 후
혜신은 새로운 에너지가 몸 안에서 피어오르는 것을 느꼈다.
혜신은 그날 일기에 한 줄을 추가했다. 친구가 생겼다. 마침
표를 찍었다가 물음표로 바꾸었다. 친구가 생겼다? 그 문장
을 한참 보다가 혜신은 자신이 미소 짓고 있다는 것을 알았
다. 그 짧은 순간, 혜신에게 불안과 우울은 없었다.

　혜신은 주변의 저렴한 여관에 장기 투숙 중이었다. 며칠 뒤
소라가 같은 층으로 들어왔다. 카지노에 빠진 사람들은 처음
에 호텔이나 모텔에서 지냈다. 그러다 점점 변두리의 여관으
로, 쪽방으로, 찜질방으로 물러났다. 대부분이 같은 수순을
밟았다. 부자들도 마찬가지였다. 서울에만 건물이 몇십 채가
된다는 남자는 모든 건물을 잃고 마지막 하나 남은 건물까지
저당잡히려는 것을 가족들이 난투극을 벌이듯 강제로 막아
건물 한 채는 이래저래 지켰다는 말을 들었다. 가족에게 버림
받고 빚만 쌓여 자살한 채로 발견되었다는 사람들 이야기는
흔했다. 죽는 사람이 한 달에 한 명은 나온다고 사람들은 수
군거렸다. 다양한 스토리가 있었으나 기승전결은 유사했다.
해피엔드는 없었다. 혜신은 사람들의 이야기에 적절한 리액
션을 취해주었다. 그런 건 혜신에게 쉬운 일이었다. 이야기를
들어주고 박수 쳐주고 웃어주고 안타까워해주는 것. 쉽게 공

감했으나 한편으로는 자신과 무관한 이야기라 여겼다. 아니, 무관하게 만들 거라 매일 밤 다짐했다. 비참한 생활을 하면서도 어떻게든 카지노에 출입하는 이들이 있었다. 판돈이 없어서 대신 자리를 잡아주거나 돈 많은 이들의 뒤치다꺼리를 하거나 안 되면 막노동을 뛰거나 아르바이트를 하며 찜질방에서 묵는 사람들. 사람들은 집에 돌아가지 못했다. 이대로는 갈 수 없다는 생각 때문이기도 했고 갈 수 있는 곳이 이제는 없기 때문이기도 했다. 대부분은 자신의 전 재산과 가까운 이들의 돈까지 이곳에 묻었기에 미련을 떨치지 못해서 머물렀다. 어떻게든 다시 되돌리고 싶어서. 혜신도 그 점에서는 크게 다르지 않았다.

저 여자는 여섯 살짜리 딸을 저 아래 찜질방에 며칠을 혼자 두고 여기서 저러고 있는 거야. 혜신이 턱 끝으로 누군가를 가리키며 소라를 향해 낮게 속삭였다. 혜신이 가리킨 곳에는 큰 소리로 베팅을 하며 호탕하게 웃는 여자가 있었다. 낡은 검정 코트를 걸치고 아무렇게나 머리를 묶은 여자는 붉게 달아오른 얼굴로 주위 사람들에게 친한 척을 하고 있었다. 사람들은 여자를 향해 비웃음을 흘리거나 호기심 어린 눈으로 흘끔댔다. 나 저 여자한테 돈 빌려준 적 있어. 그날 바로 갚겠다며 애원을 하길래 빌려줬는데 아직도 안 갚았지. 근데 편한 건, 그 후로 나를 모른 척한다는 거야.

얼마나 빌려줬어요?

오래됐어, 벌써.

받아야죠.

불쌍해. 그 어린애를 찜질방에 며칠씩이나 두고……

혜신은 말을 하다 말았다. 머리에 떠오르는 얼굴들을 의식적으로 지우고 오늘의 목표를 떠올렸다. 오늘은 딱 네 타임에 수익은 50. 소라는 혜신의 계획이 크게 어려운 일은 아닌 것 같다고 했다. 네 타임 전에 50 따면 무조건 일어나기. 한 번에 5 이상 걸지 않기. 사람들에게 휩쓸리지 않기. 잃으면요? 혜신은 소라의 물음에 그녀를 멍하게 바라보았다. 응?

네 타임 끝났는데 잃으면요? 그래도 일어나요?

아, 그럼. 그래야지. 그러자.

그날 네 타임의 바카라가 끝났을 때 혜신은 20만 원을 땄다. 더 있고 싶었지만 소라가 옆에서 지켜보고 있었다. 자긴 더 있을 거야? 네, 전 조금 더.

그럼, 나도 같이 있을까?

소라의 입가에 조소가 스치는 것을 보았다. 그러나 자리에서 일어나지 못했다. 혜신은 소라가 거는 쪽으로 따라 걸었다. 베팅액도 최소로 했다. 두 타임이 더 지났을 때 소라는 자리에서 일어섰다. 45만 원을 땄고 혜신은 아쉬웠다. 조금만 더 하면 되는데. 소라는 담배를 피우고 오겠다며 자리를 떴고 혜신은 딜러가 셔플하는 모습을 지켜보며 앉아 있었다. 결국 한 타임을 더 했고 혜신은 딴 돈에서 30만 원을 잃었다. 아, 그만했어야 했는데. 나 좀 말리지. 소라의 구형 소나타 조수석에 앉아 혜신이 말했다. 소라는 대답 대신 전자 담배를 한 번 빨고 연기를 내뱉었다. 연기에서 희미한 오이 향이 났다. 오늘 고기 먹고 찜질방에 갈래요? 호텔 밥도 지겹고. 제가 쏠게요. 소라의 말에 혜신은 자세를 고쳐 앉으며 대답했다. 그래. T시로 가자. 거기 고기가 유명하잖아.

T시까지는 한 시간 좀 넘게 걸렸고 소라는 음악을 틀었다. 계속 비슷한 음이 반복되는, 가사도 없는 음악이 흘렀고 혜신은 검은 도로 아래로 균일하게 비치는 가로등 불빛을 응시하다 눈을 감았다. 혜신은 잠깐 꿈을 꾸었다. 꿈에서도 혜신은 바카라 테이블 앞에 앉아 있었다. 딜러와 혜신 둘뿐이었고 사람들이 테이블 주위에 빽빽하게 모여 있었다. 혜신은 연속해서 패했고 마지막 남은 10만 원짜리 칩 하나를 뱅커에 걸었다. 딜러는 두 장의 카드를 플레이어 편에, 그리고 두 장의 카드를 뱅커 쪽에 나란히 엎어놓았다. 잠시 후 딜러는 플레이어 패 두 장을 차례로 뒤집었다. 스페이드 나인과 하트 나인. 더 하면 끝자리는 8. 혜신은 긴장했다. 사람들의 웅성이는 소리가 들렸다. 뱅커의 패에 딜러의 손이 닿는 순간 혜신은 간절

해졌다. 첫번째 카드가 뒤집혔다. 하트 8. 혜신은 침을 삼켰다. 이어서 딜러가 마지막 카드를 넘기려는 찰나, 누군가 혜신의 머리채를 잡아당겼다. 엄마. 나, 밥! 차가 크게 덜컹였고 혜신은 놀라 잠에서 깼다. 마지막 카드가 뭐였더라. 본 거 같은데. 잠에서 깨자마자 든 생각이었다.

소라는 여전히 운전 중이었고 음악은 꺼져 있었다. 혜신은 시계를 보았다. 몇 시에 출발했더라. 왜 아직도 아까와 같은 도로 같지? 혜신은 핸들 옆에 걸려 있는 소라의 휴대폰을 보았지만 화면에는 아무것도 보이지 않았다. 창밖에는 여전히 검은 도로만 뻗어 있을 뿐 표지판도, 지나가는 차도 하나 보이지 않았다. 여기 어디야?

거의 다 와가요.

혜신은 다시 시계를 보았다. 카지노를 벗어난 후 긴 시간이 지난 것 같았는데 아닌 것 같기도 했다. 잠 때문이라고 생각했다. 아니, 그 꿈 때문에…… 나 오래 잤어? 혜신의 물음에 소라는 천천히 고개를 가로저었다. 아니라는 건지 한심하다는 의미인지 알 수 없었다. 입을 보면 알 수 있을 것 같은데. 혜신은 소라의 표정을 읽으려다 포기하고 좌석에 다시 몸을 묻었다. 여기는 T시로 가는 길이 아닌 거 같아. 어디 가는 거야? 혜신이 소라를 바라보았다. 소라는 별일이 아니라는 듯 천천히 말했다. 고깃집이 문을 닫아서…… 그 사장님이, 알려주는 곳으로, 가는 거예요. 혜신은 머릿속이 뿌옜다. 어깨가 아팠다. 맑은 공기를 마시고 싶어 창을 내렸다. 순간 차 안으로 소스라치게 차가운 공기가 훅 들어왔고 혜신은 얼른 창을 올렸다. 온몸에 소름이 돋았다. 고깃집이 문을 닫았는데, 사장님은 어떻게 만났어? 혜신이 물었다. 소라는 짧게 한숨을 쉰 후 명함을 혜신에게 건넸다. 24시간 보석 찜질방. 천연 황토, 소금, 게르마늄, 수면실 및 식당 완비.

좁고 어두운 시골길을 한참 들어가자 정말로 번쩍이는 찜질방 간판이 눈에 들어왔다. 민속촌과 유사한 초가집이 몇 채 붙어 있는 형태였는데 모양만 초가집 흉내를 낸 것으로 지어진 지는 얼마 되지 않은 듯했다. 차에서 내린 혜신은 점퍼를 여미며 주위를 둘러보았다. 서리가 내려 하얗게 얼어붙은 차들이 군데군데 주차되어 있었다. 아주 오랜 시간 그 자리를 지키고 있었던 것 같았다. 이런 차는 카지노 주차장에도 많았다. 먼지가 뽀얗게 쌓인 채 방치된 차들. 시체 같은 차들.

소라가 앞장서서 입구로 향했다. 문을 열고 실내로 들어서자 어디선가 맡아본 한약 냄새가 났다. 데스크에 앉아 있던 중년의 남자가 일어서서 인사했다. 소라는 입장료를 지불했고 남자는 주황색 옷 두 벌을 건네주었다. 탈의실에서는 사람들이 옷을 갈아입거나 수다를 떨고 있었다. 혜신은 마음이 스르르 풀렸다. 사람이 없다는 건 무서운 거구나. 혜신의 말에

소라가 웃었다. 간만에 보는 미소였다. 나 정말 아까 좀 무서
웠어. 중간에 꿈을 꿨거든.

무슨 꿈이요?

생각 안 나. 근데 찜질방 정말 오랜만이네.

둘은 옷을 벗고 목욕탕으로 향했다. 혜신은 수건으로 몸을
가렸지만 소라는 아무렇지 않게 알몸으로 혜신의 앞에 섰다.
사물함 열쇠가 달린 고무줄로 머리를 묶기 위해 소라가 팔을
들었다. 겨드랑이에 검은 털이 자라 있었다. 혜신은 소라의
납작한 가슴과 그 위에 새겨진 뱀 모양의 문신을 보았다. 뜨
거운 물로 샤워를 한 후 둘은 똑같은 옷을 입고 식당에 들어
가 마주 보고 앉았다. 예쁘던데요. 소라가 수저를 놓으며 말
했다. 뭐가?

언니 몸. 혜신은 피식 웃었다. 백반과 제육볶음을 주문한
후 둘은 말없이 식사에 집중했다. 미역국에서는 마늘 향이
너무 많이 났고 돼지고기는 좀 질겼지만 혜신은 밥을 한 공
기 더 먹었다. 식사를 먼저 끝낸 소라는 턱을 괴고 혜신이 밥
먹는 모습을 지켜보며 반찬 그릇을 옮겨주거나 물을 따라주
었다.

식사를 마치고 둘은 소금방이라는 팻말이 붙은 방의 문을
열고 들어갔다. 뜨거운 기운이 훅 끼쳤다. 혜신은 바닥에 몸
을 눕혔다. 뜨끈한 열기가 피부에 닿자 혜신은 자신도 모르

266

게 눈을 감고 신음을 흘렸다. 굳었던 몸이 스르르 풀렸다. 아,
좋아.

좋아요? 벽에 기대앉은 소라가 물었다. 혜신은 고개를 돌
려 소라를 바라보았다. 소라가 혜신을 내려다보고 있었다.
응? 응…… 자기는 안 좋아? 소라의 눈빛은 언제나 나른함과
지루함의 그 어디쯤을 응시하고 있는 것 같았다. 놀라는 일이
없을 것 같았다. 나쁘지 않아요. 그런데……

그런데?

밥 먹고 바로 누우면 안 될 텐데.

둘은 잠시 뒤 찜질방에서 나와 카운터로 향했다. 얼굴이 동
그랗고 눈썹이 진한 여자가 주문을 받았다. 음료를 주문한 후
둘은 카운터 앞의 평상에 걸터앉았다. 얼마 지나지 않아 많아
야 여덟 살 정도로 보이는 작은 여자아이가 양손에 커다란 음
료 통을 들고 와 내밀었다. 혜신은 얼른 통을 손에 받아 들었
다. 어머, 이걸 왜…… 혜신은 카운터 주위를 둘러보았다. 여
자는 사라지고 없었다. 제가 그냥 하는 거예요. 여자아이가
아무렇지 않게 말했다. 재밌어서요. 그러나 아이의 얼굴에는
재미있는 기색이 전혀 없었다. 이쁘게 생겼네. 이름이 뭐야?
혜신이 물었다. 열두 살이에요. 여자아이는 그런 질문은 이제
지겹다는 듯 몸을 돌려 카운터 안으로 사라졌다. 아이의 검고

마른 다리가 혜신의 눈을 끌었다. 자리에서 일어나 아이가 사라진 카운터 안을 보았지만 아무도 없었다. 계세요? 저기요? 혜신이 목소리를 높여 사람을 불러보았으나 기척이 없었다. 소라가 혜신의 팔을 잡았다. 소라의 볼이 열기로 붉게 달아올라 있었다. 혜신도 그제야 이마를 닦았다. 옷이 땀으로 보기 흉하게 얼룩져 있었다. 반면 소라는 볼과 팔다리가 붉게 달아올랐을 뿐 땀은 거의 흘리지 않았다.

휴게실은 적당히 시원했고 커다란 텔레비전이 켜져 있었다. 대여섯 명의 사람이 띄엄띄엄 앉아 있었다. 텔레비전에서는 20년 전쯤 방영되었던 드라마가 재방송되고 있었다. 좀 전에 그 애 말야. 여자애. 감식초를 한 모금 마신 후 혜신이 입을 열었다. 아까 내가 말했던 그 여자 딸 아닐까? 그, 나한테 돈 빌려 갔다는. 소라는 혜신의 말을 들으며 빨대로 음료를 몇 모금 빨아 넘긴 후 손가락으로 관자놀이를 짚으며 이마를 찌푸렸다. 아, 띵해. 잠시 후 둘은 휴게실에서 나와 찜질방을 천천히 둘러보았다. 황토방에는 노인이 많았다. 그들은 똑같은 옷을 입고 나란히 누워 있었다. 장작들 같다. 소라의 건조한 농담이 잔인하게 들렸다. 소라는 왜 나와 함께 다니는 걸까. 혜신은 문득 궁금했다. 쑥방에는 중년의 여자들이 둘러앉아 수다를 떨고 있었다. 이 외진 곳을 어떻게 알고 다들 찾아왔지? 혜신이 속삭였다. 소라가 피식 웃고는 말했다. 고깃집

단골들? 게르마늄방에는 젊은 커플 한 쌍만이 각각 휴대폰을 보며 엎드린 채 누워 있었다. 둘이 문을 열고 안으로 들어서자 커플은 고개를 돌려 힐끗 쳐다보고는 다시 각자의 휴대폰에 집중했다. 혜신과 소라는 커플의 반대편 구석에 자리를 잡았다. 둘은 벽에 어깨를 대고 앉았다. 어깨로 단단한 돌덩이의 온기가 전해져 왔다. 혜신은 눈을 감았다. 앞으로 최대 백일. 세 달 남짓이면 집으로 돌아간다. 한 달에 20일만 업장에 출입할 수 있는 제한이 있었다. 그러니 백 일 중에 70일 정도 남은 것이다. 성실하게 직장을 다니듯이 규칙을 지켜 일하면 하루에 50씩, 5X7=35. 3천 5백. 생활비 5백을 제하면 남는 돈이 빚의 50퍼센트다. 일명 반까이. 혜신은 카지노에서 익힌 말들을 곱씹으며 헛헛한 웃음을 지었다. 그것이 최근에 정한 혜신의 마지노선이었다. 이렇게 허무하게 돈을 쏟아버리고, 탕진한 채로 가족에게 돌아갈 수는 없었다. 적어도 반은 회복해서 돌아가자. 그러면 남편에게도 부모님에게도 최소한의 볼 낯이 생긴다…… 그리고 또 딸에게도.

잠에 든 것도 완전히 깬 것도 아닌 채로 눈을 감고 있는데 어깨에 닿는 손길이 느껴졌다. 혜신은 눈을 떴다. 소라가 눈짓을 했다. 어느새 커플은 서로의 곁에 붙어 잠든 모습이었다. 남자의 손이 여자의 셔츠 안으로 들어가 있었다. 남자의 바지춤이 솟아오른 것을 보고 소라는 웃음을 참는 얼굴로 혜신을 보았다. 혜신은 소라의 어깨를 치고는 속삭였다. 미쳤나 봐.

혜신은 일부러 문을 세게 닫고 방을 나왔다.

오늘 여기서 자고 갈래요? 소라가 수면방을 가리키며 물었다. 혜신은 잠깐 망설이다 이내 고개를 끄덕였다. 내일은 동재를 한 달 만에 만나기로 한 날이었다. 동재와는 몇 번 크게 다투었다. 집에 가지 않게 된 이후로 동재는 하루에도 몇 번씩 전화를 하고 찾아오기도 했다. 그러나 이제는 혜신이 안부를 물어도 몇 시간, 때로는 하루나 이틀이 지난 후 간단하게 답을 할 뿐이었다. 혜신은 통장의 잔고를 떠올려보았다. 일주일 전쯤 동재에게 문자를 보냈다. 딱 3백만. 마지막이야.

혜신은 휴대폰을 켜서 시간을 확인했다. 동재에게서는 아무런 연락도 없었다. 내일 오는 게 확실한지 혜신은 동재에게 묻고 싶었으나 참았다. 약속은 틀림없이 지키는 사람이었다.

수면방에는 드문드문 사람들이 누워 있었다. 소라가 기둥 옆에 자리를 잡았고 둘은 나란히 베개 위에 수건을 올린 후 누웠다. 너는 집에 언제 갈 거야? 혜신이 물었다. 소라는 혜신 쪽으로 몸을 돌려 누웠다. 왜요?

교환학생도 기한이 있잖아. 혜신의 말에 소라가 피식 웃었다. 가기 싫은데. 아니, 사실 가고 싶은데, 가기 싫어요. 돌아가서 지금까지처럼 살면 되는 것도 아는데, 안 그러면 어떻게 될까 궁금하고 재밌어. 불안한데 그게…… 좋은 것 같아. 나 좀 이상하죠? 언니는요?

나는, 말했잖아. 딱 백 일 후. 그러니까 이제는 99일 후네.

한 달 전쯤에도 비슷한 얘기 했잖아요.

그땐 실패했지. 컨트롤을 잘 못 했어. 이번에는 정말 마지막이야. 사실 내가 이런 사람이 아니었거든. 왜, 그거 있잖아. 요즘 성격 구분하는 테스트……

MBTI?

응. 거기 보면 내가 딱 외향적이고 계획적인 그런 사람이거든. 정확하게 맞아. 그리고 너무 양심적이지. 그래서 이 모양으로는 가족들한테 못 가겠어. 도저히.

그건 그냥 핑계 아닐까요?

아니야. 정말이야. 그런데 좀 홀린 거지. 게임이라는 게 그렇잖아. 근데 그게 미치게 재밌었어. 돌았지. 내가 평생 이런 적이 없었거든. 근데 이제 게임이 노동 같아. 피곤해. 넌 안 그래?

변했어요?

응?

아니, 변하셨다길래.

나 그냥 정말 평범한 주부야. 사람 좋아하는.

그걸 믿어요?

믿느냐고?

소라는 고개를 가로저었다. 아니에요.

넌 내향인이지? 딱 봐도 보여. 그리고, 이성적이고.

소라는 빙그레 웃었다. 딱 봐도 그래 보여요? 그런데 사람
이 정말 변하는 걸까요, 아니면…… 아니에요. 혜신은 소라가
자신에게 말하는 것인지 혼잣말을 하는 것인지 헷갈렸다. 소
라는 종종 그랬다. 말이 없다가 무슨 말인지 모를 이야기들을
웅얼거렸다. 혜신은 소라의 얼굴에 손을 올렸다. 소라의 부드
럽고 따뜻한 피부가 혜신의 손에 닿았다. 소라가 말을 멈추었
다. 그리고 둘은 잠깐 동안 서로를 바라보았다. 왜 자신이 그
런 행동을 했는지 그 순간에도 그 이후에도 잘 이해되지 않
았다. 다만, 이렇게 충동적인 면이 나한테 있었나, 역시 내가
좀 변한 건가, 생각했을 뿐이다. 혜신은 금방 손을 떼고 장난
스레 볼을 톡톡 치며 웃었다. 피부 좋은 거 봐. 넌 어려서 좋
겠다. 소라는 웃지 않았다. 자자. 늦었다. 혜신은 몸을 돌려 모
로 누웠다. 일부러 한숨을 크게 쉬었다. 얼마 지나 누군가 문
을 열고 방으로 들어왔다. 예의 없는 발소리. 베개를 툭 내려
놓는 소리. 그리고 이어지는 코 고는 소리. 혜신은 잠을 이루
지 못했다. 둘은 자리에 한참 그대로 누워 있었다. 참지 못한
혜신이 먼저 몸을 일으켰다. 생각대로 소라가 따라 일어났다.
숙소로 돌아오는 차 안에서는 뉴스를 들었다. 먼 나라 이야기
들 같았다.

오랜만에 만나는 동재의 낯빛은 예상보다 더 어두웠다. 그래도 만나면 잠깐 미소라도 지어줄 줄 알았다. 혜신은 고개를 돌려 창밖을 보았다. 구름으로 꽉 막힌 듯한 잿빛 하늘에서는 곧 무언가 쏟아질 것 같았다. 눈이나 비, 아니면 진눈깨비라도. 그것도 아니면 개구리나 물고기라도. 하여튼 그게 뭐든 당장 쏟아져야 마땅하다고 혜신은 생각했다. 하지만 돈은 쏟아지지 않겠지…… 절대 그런 일은 없겠지. 혜신은 다시 동재의 얼굴을 바라보며 가볍게 말했다. 당신 얼굴이 오늘 하늘색이랑 비슷하네. 동재가 이마를 찌푸렸다. 이 동네는 해가 쨍해도 어두워. 그런 느낌이지 않아? 혜신의 엉뚱한 물음에 동재는 한숨을 내쉬었다. 동재는 물컵을 입으로 가져갔고 혜신은 그의 마른 입술을 보았다. 혜신은 설렁탕을 한 숟가락 떠서 입에 넣었다. 이번이 마지막이야. 지금이라도 같이 가면 내가 다 처리하고, 용서할게. 없었던 일로. 그러니까 이제 정말 그만해.

국물에 파를 충분히 넣고 소금과 후추를 차례로 뿌리며 혜신은 생각했다. 용서? 용서. 혜신은 탕에 밥을 말았다. 뜨끈한 국물이 입안으로 들어가자 식욕이 돌았다. 소라는 점심을 챙겨 먹었을까? 혜신은 석박지를 올려가며 쉬지 않고 밥을 입으로 밀어 넣었다. 그런 자신을 보는 남편의 눈에 혐오감이 비치는 것을 보았다. 아무렇지 않았다. 왜냐하면…… 왜냐하면 이건 일시적인 거니까. 계획대로 일을 마치면 집으로 돌아갈 거니까. 생각보다 일이 잘 안 풀리고 있지만, 그래도 최대한 금방 마무리 지을 것이다. 그리고 예전의 삶으로 돌아가면 된다. 남편과 딸이 함께하는, 셋이 평범하게 사는 가정으로. 딸의 등하교를 돕고 매년 휴가 계획을 짜고 남편과 사랑을 나누고 카트를 밀며 장을 보는 그런 삶으로. 그리고 수십 년이 지난 후에 서로의 늙은 얼굴을 보며, 예전에 이런 일이 있었지, 추억하며 가볍게 웃어넘기는……

혜신아, 듣고 있어? 이번이 마지막이야.

동재의 말에 혜신은 정신을 차렸다. 마지막?

동재는 주머니에서 봉투를 꺼내어 식탁 위에 올렸다. 혜신의 눈이 번쩍 뜨였다. 이거 받으면 난 더 이상 안 올 거야. 농담 아니고, 이거 받으면, 앞으로 우리는 없어. 잘 생각해. 그가 말하는 '우리'에는 동재와 혜신 그리고 딸 민아가 포함된다는 사실을 알았다. 이혼하자는 말인가. 그러나 혜신은 묻지 못했다. 동재의 입술만 응시했다. 당신은 아랫입술이 더 도톰하구나. 색깔은 원래 그렇게 갈색빛이었나. 혜신이 마음속으로 말했다. 동재의 마른 입술이 다시 움직이기 시작했다. 혜신아, 지금 나랑 같이 가. 그리고 치료 센터도 같이 다니자. 이거 병이야. 병은 고치면 돼. 그럼 다 끝나. 장모님 빼고 아무도 몰

라. 앞으로도 말 안 할 거야. 나도 아무것도 안 물을게. 제발. 아직 안 늦었어.

……뭘 안 묻겠다는 거야? 나는 다 말할 수 있어.

동재의 눈빛이 흔들렸다. 혜신은 방금 자신이 말을 한 것인지 아니면 생각만 한 것인지 헷갈렸다. 나는 다 말할 수 있어, 자기야. 혜신은 다시 말해보았다. 자신의 목소리가 낯설었다. 물을 마셨다. 이어서 할 말을 떠올렸다. 하고 싶은 말이 많았다. 그러나 이런 이야기들은 이미 몇 번이나 반복했었고 동재는 더 이상 듣지 않을 것이 뻔했다. 휴대폰이 울렸다. 소라였다. 진동으로 해놨는데도 동재는 예민하게 반응했다. 누구야? 그 애야?

혜신은 봉투에 손을 올렸다. 동재가 급히 혜신의 손을 잡았다. 자기야, 나 정말 마지막이야. 이번에는 진짜야. 혜신의 말에 동재가 단호히 고개를 저었다. 못 믿어. 정말 끝이라고. 그래도 갈 거야?

나, 금방 집에 가. 계획이 좀 어긋나서 그렇다고 했잖아. 나 이 상태로는 못 가. 최소한 복구는 해서……

그게 된다고 생각하냐 아직도!

자기 내 성격 알잖아. 그냥 가면 나 미칠지도 몰라. 이렇게 날릴 수는 없……

혜신의 말을 끊고 동재는 욕설을 내뱉으며 거칠게 자리에서 일어났다. 식당 사람들의 시선이 일순간 동재에게 쏠렸지만 익숙한 장면이라는 듯 각자의 세계로 금방 돌아갔다. 동재가 고개를 숙이고 작게 말했다. 혜신아, 지금 너는 네가 아니야. 그걸 알아야 돼. 동재의 입술이 바르르 떨렸다. 혜신은 봉투를 자신 쪽으로 끌어당긴 후 주머니에 쑤셔 넣었다. 굳은 얼굴의 남편을 향해 혜신은 낮고 빠르게 속삭였다. 자기야, 나 금방 가. 조금만. 3개월만. 아냐, 한 달만. 나를 위해서 이러는 게 아니야. 자기, 그걸 몰라?

바깥에는 차고 건조한 바람이 불고 있었다. 혜신은 마음이 조급해졌다. 너는 다른 사람이 됐어. 남편의 목소리에 고개를 들었다. 사람이 이렇게 달라질 수도 있구나. 동재가 헛웃음을 흘렸다. 누군지도 모르는 여자애랑 붙어 다니고. 가족은 버리고.

자기야.

자기라고 하지 마. 징그럽다.

동재는 담뱃불을 탁, 하고 떨어 껐다. 택시 몇 대가 작게 클랙슨을 울리는 것으로 탑승 여부를 묻고 지나갔다. 혜신은 짧게 한숨을 쉬고 멀리서 오는 택시를 향해 손을 들었다. 차 문을 연 후 동재를 향해 애써 웃어 보였다. 조심히 들어가. 민아한테 얘기 잘 해줘. 엄마 곧 간다고. 동재의 눈가가 붉어졌다. 혜신은 입술을 깨물며 차 문을 닫았다. 차가 출발했고 차창 밖으로 동재의 시선이 따라오는 것을 느꼈지만 혜신은 돌아보지 않았다. 대신 곧 돌아가겠다는 약속을 보란 듯이 지키고 말겠다고 마음먹었다. 당장 딸에게 전화를 걸어 목소리만이라도 듣고 싶었으나 참기로 했다. 지금은 전화를 걸 자격도 없다고 생각했다. 주먹을 너무 꼭 쥐어 손에 손톱자국이 나는 것도 몰랐다.

한참 후에 혜신은 휴대폰을 꺼내어 소라에게 문자를 보냈다. 일단 해결. 주머니 안에 돈 봉투가 만져졌다. 지금 들어가는 중. 곧이어 소라가 보낸 이모티콘이 채팅창에 떴다. 그 이모티콘을 보며 미소를 지었다가 이내 입가를 문지르며 웃음을 지웠다. 그리고 동재에게 메시지를 썼다. 곧 갈게. 정말. 맹세해. 혜신은 전송을 누르기 전에 자신이 쓴 메시지를 다시 읽어보았다. 맹세…… 맹세? 누구에게? 혜신은 하늘을 한번 올려다보았다. 파랗고 쨍한 하늘이 무심하게 펼쳐져 있었다. 남편과 딸과 부모님, 친구들을 차례로 떠올렸다. 문자를 지웠다. 맹세. 맹세. 맹, 자가 들어가면 뭔가 맹해. 멍청해.

이번에는 어떻게든 빠져나가리라 혜신은 다짐했다. 잠깐 어긋난 것뿐이라고. 그동안의 삶이 너무 계획대로 진행되어 이런 일이 생긴 것이라고. 하지만 나는 그 어느 때보다 열심히 살고 있으니 모든 것은 결국 제대로 돌아갈 것이라고. 그러니 근면 성실하게 도박을…… 이건 잘못된 문장인가. 고장난 생각인가. 어쩌다가 내가. 혜신은 멍해졌다. 창밖으로 거대한 철제 구조물이 녹이 슨 채 서 있었다. 버려진 철탑. 이제 너무 많이 봐서 낯익은 풍경이었는데 혜신은 고개를 돌려서 끝까지 철탑을 바라보았다. 마치 이 세상에 저런 게 있었냐는 듯 낯선 눈으로. 혜신은 문득 그 이질감에 손을 뻗고 싶었다. 차갑고 녹슨 철에 자신의 가장 부드러운 피부를 닿게 하고 싶었다. 가장 뜨거운 부분을 가장 차가운 곳에 닿게 하고 싶었다. 내가 정말 미쳐가고 있는 것인가. 혜신은 이마를 짚으며 나직하게 한숨을 내쉬었다. 자기야, 오늘 자고 가면 안 돼? 동재에게 다시 문자를 썼지만 결국 보내지 못했다.

플레이어에 다이아몬드 4와 클로버 5. 합은 9. 사람들은 낮게 탄성을 질렀다. 이어서 뱅커에 클로버 3과 하트 4. 플레이어에 베팅한 사람들의 눈이 빛났다. 혜신은 손에 땀이 찼다. 이것으로 연속 다섯번째 따고 있다. 심장이 뛰었다. 오늘 되는 날인가 보다, 소라에게 말하려다가 말로 내뱉으면 재수가 없을까 봐 입을 다물었다. 익숙한 얼굴들이 혜신에게 한마디씩 던졌다. 오늘 그분이 오셨네. 혜신은 고개를 저었다. 얼마 걸지도 않았어요.

어제는 게임이 잘 풀리지 않아 일찍 접고 숙소로 돌아와 소라와 소주를 마셨다. 주량이 약한 혜신은 유독 소주가 달다고 생각했다. 나 돈 좀 빌려줄 수 있어? 술기운을 빌려 혜신이 소라에게 물었다. 얼마나요?

얼마 있는데?

소라는 혜신을 보다가 시선을 창으로 돌렸다. 돈이 있긴 있는데, 그럼 나랑 같이 있을 거예요? 소라의 말에 혜신은 눈을 동그랗게 떴다. 애가 뭐래. 지금 같이 있잖아. 그리고, 뭐라고 했더라. 뭐라뭐라 떠들다가 한참 더 술을 마셨던가. 깔깔대며 웃었던가. 엉엉 울었던가. 혜신은 잘 기억이 나지 않았다. 느지막이 눈을 떠보니 소라가 혜신의 허리를 안은 채 잠들어 있었다. 혜신은 조용히 소라의 팔을 걷어냈다. 소라가 눈을 떴다. 어제 몇 병이나 마셨지? 혜신은 그닥 궁금하지도 않은 질문을 하며 자리에서 일어났다. 둘은 콩나물국밥으로 해장을 한 후 믹스커피를 마셨다. 오늘 쉴까요? 소라가 물었다. 아니, 어제 종 쳤으니까 오늘은 어떻게 좀 해봐야지. 넌 쉬려면 쉬고. 소라는 말없이 혜신을 따라나섰다.

테이블 주위는 언제나처럼 사람들로 가득했다. 자리를 얻지 못해 둘은 테이블 가장자리에 서서 베팅을 해야 했다. 처음 한두 번은 2, 3만 원씩 걸었다. 그날의 운을 점치듯이 시작은 언제나 그렇게 했다. 그런데 두번째 베팅부터 연달아 다섯 번을 이긴 것이다. 최근에는 거의 없던 일이었다. 처음부터 10만 원씩 걸었으면 50을 따고, 오늘 계획을 이미 달성했을 터였다. 이런 계산이 소용없다는 것은 이미 알고 있었으나 매번 비슷한 생각이 드는 것은 어쩔 수 없었다. 혜신은 마음을 다잡았다. 여섯번째 판에는 5만 원을 걸었다. 이번에도 혜신이 건 쪽이 이겼다. 혜신은 오늘을 놓치지 않기로 마음먹었다.

한 타임이 지난 후 혜신의 손에는 2백만 원에 가까운 칩이 모여 있었다. 셔플 타임이 왔고 만 원짜리 칩을 10만 원짜리로 바꾸었다. 그만하는 건 어때요? 소라가 물었다. 아니야. 오늘은 특별해. 혜신은 베팅 상한액이 큰 테이블로 자리를 옮겼다. 이 테이블에는 최대 30만 원까지 걸 수 있었다. 혜신은 처음에는 10만 원씩, 이후에는 30만 원씩 풀 베팅을 했다. 얼마 뒤부터 혜신이 거는 쪽에 따라 거는 사람들이 생겼고 테이블에서는 환호가 끊이지 않았다. 두 타임이 다 돌았을 때 혜신의 가방은 10만 원짜리 칩으로 묵직했다. 사람들이 웃으며 혜신에게 한마디씩 했다. 그 와중에 혜신과 반대로 걸던 사람들은 머쓱한 표정으로 자리를 떴다. 재수 없다는 말도 들은 것 같았지만 혜신은 아무렇지 않았다. 겨드랑이와 손바닥이 땀으로 흥건했다. 혜신은 화장실에 가서 가방을 열고 칩을 세어보았다. 총 여든다섯 개.

혜신은 손을 깨끗이 닦은 후 화장실에서 나와 소라와 함께 음료 바로 가서 커피를 따라 마셨다. 오늘 손 좀 빌려줘. 소라는 고개를 끄덕였다. 근데, 꺾이면 바로 접어요.

혜신이 베팅을 하면 혜신이 미리 준 칩으로 소라가 다른 쪽에서 함께 베팅을 했다. 한 번에 60을 베팅하는 더블 베팅이었다. 카지노 측에서는 금지하고 있었으나 꾼들은 사람들을 사서 서너 명을 동시에 쓰기도 했다. 딜러들은 모르는 척했다. 위험부담이 컸으나 그만큼 수익률도 높았다. 세상 모든 도박의 진리였다.

시간은 계속 흘렀고 혜신은 말 그대로, 정신없이 돈을 땄다. 이런 날이 오면 어떻게 할지 수도 없이 시뮬레이션을 해왔는데 처음 한 시간 동안 망설이며 제대로 베팅하지 못했던 것이 아쉬웠다. 중간에 한두 번씩 잃기도 했으나 대부분 혜신이 거는 쪽이 이겼다. 그러다 연속 세 번 다른 쪽 패가 이겼고 혜신은 단 몇 분 만에 180만 원을 잃었다. 그 정도는 괜찮다고 생각했다. 이것으로 오늘의 운이 다했다는 것을 믿고 싶지 않았다. 그러나 네번째 역시 반대편 패가 이겼고 혜신은 목덜미가 뻣뻣해졌다. 사람들이 수군거리는 소리가 들렸다. 소라가 혜신에게 다가왔다. 딱 한 번만 더. 소라의 팔을 잡으며 혜신이 부탁했다. 짧은 고민 끝에 베팅을 했다. 8과 8. 타이가 나왔다. 소라는 안타까움과 안도가 섞인 한숨을 내쉬었다. 작지만 단호한 목소리가 혜신에게 들렸다. 쉬어요.

흡연실로 들어가 소라의 옆에 앉았지만 혜신은 온통 다른 생각에 사로잡혀 있었다. 지금까지 딴 돈을 대략 계산해보아도 1,500은 넘을 것이었다. 나에게도 이런 날이 있구나. 더블베팅을 한 게 신의 한 수였어. 혜신은 가방을 끌어안은 채 여전히 두근거리는 마음을 가라앉히려 애썼다. 맞은편에 아는 얼굴이 눈에 들어왔다. 낡은 검은 코트의 여자였다. 여자는 혜신의 시선을 피한 채 담배를 피우고 있었다. 혜신이 그녀에게 다가가 말을 걸었다. 저, 담배 하나만 주실래요? 여자는 담뱃갑을 내밀었다. 소라가 의아한 눈으로 보았다. 담배 피워요? 피울 줄은 알아. 혜신은 연기를 들이마신 후 길게 내뱉었다. 그런데 담배 피우는 법은 까먹질 않네? 그러나 곧 어지러워졌고 금방 담배를 껐다. 속이 매스꺼웠다. 하루 종일 커피만 마셨다는 것을 깨닫자 허기와 피곤이 밀려왔다. 눈알이 뻑뻑했다. 어느새 일곱 시간 가까이 지나 있었다. 오늘 고마워. 진짜. 소라는 괜찮다는 말도 없이 그저 고개를 끄덕인 후 말했다. 이제 가야죠. 배고파.

혜신은 소라에게 넘겨받은 칩과 자신의 가방에 있는 칩을 모두 환전 카운터 위에 조심스레 쌓아 내밀었다. 아, 잠시만요. 혜신은 칩 스무 개를 도로 가져와서 가방에 챙겼다. 직원은 빠른 손놀림으로 칩을 세어본 후 현금을 카운팅해서 혜신에게 건넸다. 혜신은 현금 다발을 재빨리 받아 가방에 넣고 지퍼를 채웠다. 소라가 양손으로 엄지손가락을 들어 보였다.

언니 오늘 그분이 오신 듯. 진짜로.

네 덕분이야. 간만에 너무 신났다. 마지막에 좀 빨리 끊을걸.

그런 생각은 그만. 소라가 혜신의 어깨에 팔을 올렸다. 오늘은 진짜로 고기 먹으러 가자. 그러나 이번에도 T시로는 가지 못했다. 역시 너무 늦은 시간이었다. 내일은 꼭 가자. 혜신은 말했지만 왠지 내일도 오늘의 행운이 따르지 않을까, 그러면 불과 이틀 만에 목표 금액 이상을 하고 어쩌면 본전을 챙겨 돌아갈 수도 있겠다고 생각했다.

숙소에 도착하고 나서 혜신은 30분 후에 소라의 방으로 가겠다고 말했다. 중국집에서 음식 먹고 싶은 대로 시켜놔. 고량주도 시키고. 대짜로. 소라는 어딘지 아쉬운 표정이었으나 천천히 고개를 끄덕였다. 혜신은 자신의 방으로 들어와 문이 잘 잠겼는지 확인한 후 바로 옷을 벗고 욕실로 향했다. 뜨거운 물줄기 아래 눈을 감고 혜신은 상상했다. 동재가 어떤 표정을 지을까. 간만에 제대로 된 미용실에 들러서 머리도 하고 화장도 하고, 말끔한 모습으로 민아를 만날 것이다. 동재의 품에 안길 것이다. 문득 남편의 살냄새가 그리웠다. 돈으로 그 시간들을 어느 징도는 만회할 수 있을 것이다. 혜신은 얼른 동재에게 이 사실을 알리고 싶었다. 약속을 지키게 되었다고. 내가 말하지 않았느냐고. 나는 계획을 세우면 결국 이루어낸다고. 오늘은 너무 늦었고, 당장 내일 갈 수도 있다고.

음…… 내일? 내일은 좀 그런가. 혜신은 수건으로 몸을 대충 닦고 침대에 걸터앉아 휴대폰을 켰다. 동재에게 전화를 걸었다. 신호음이 한참 울렸고 혜신은 초조해졌다. 하고 싶은 말들이 머릿속에 두서없이 떠올랐다. 그러나 동재는 전화를 받지 않았다. 혜신은 여러 번 메시지를 썼다 지웠다. 연락 줘. 전송 버튼을 눌렀고 혜신은 가방을 열어 현금을 확인했다. 몇 다발의 돈 뭉치가 칩을 들고 있을 때와는 다른 느낌을 주었다. 이게 뭘까. 이걸 따기 위한 사람들의 눈빛이 떠올랐다. 도박꾼들은 돈 앞에서 스스럼이 없었다. 수치를 몰랐다. 그것이 불편하면서도 편했는데 지금은 수치로 온몸이 견딜 수 없게 아린 느낌이었다. 혜신은 대충 옷을 챙겨 입고 소라의 방으로 향했다.

소라의 방에서는 희미한 샴푸 향이 났다. 소라의 머리가 젖어 있었다. 잠시 후 음식이 도착하자 둘은 바닥에 음식을 펼쳐놓고 물컵에 술을 따라 건배했다. 텔레비전을 틀어놓고 늦은 저녁을 먹으며 둘은 오늘의 게임을 복기했다. 대단했어요. 소라의 말에 혜신은 좀 전의 수치를 잊었다. 고량주 한 병을 다 마시고 소주 한 병을 더 비웠다. 취기가 올라 나른하니 기분이 좋았다. 이런 기분으로 술을 마셔본 것이 언제였더라. 자기야, 나, 이제 딸 보러 간다.

언제요?

음, 봐서. 이제 아무 때나 갈 수 있다고 생각하니까 마음이 너무 좋은 거 있지.

소라는 말이 없었다. 정말 이상하지 않아? 맨날 가도 몇십 따기가 그렇게 힘들더니.

오래 하면 결국 져요.

아는데도 잘 안 돼. 오늘도 자기 아니었으면 아직 있었을 거야. 잃고 있었겠지. 아니, 좀더 땄을까? 그런 생각을 하자 혜신은 금방 아쉬워졌다. 오늘 딴 돈으로는 아무래도 부족하다는 생각이 들었다. 내가 여기서 얼마나 고생을 했는데. 딸내미랑 남편까지 던져놓고.

언니. 소라가 낮은 목소리로 혜신을 불렀다. 안 가면 안 돼요?

안 돼. 가야지. 여기 있으면 어떻게 되는지 다 보고도 그래.

여기 있다가, 마카오도 가고, 라스베이거스도 가고. 그럼 안 돼요?

혜신은 웃음을 터뜨렸다. 손을 들어 소라의 머리를 쓰다듬었다. 여기는 오래 있을 데가 못 돼. 자기도 슬슬 돌아가야지. 가서 애인도 만들고, 논문도 쓰고.

소라가 혜신의 가슴에 손을 올렸다. 혜신은 어리둥절해서 소라를 바라보았다. 아니, 지금…… 혜신이 몸을 일으켰다. 미안. 뭐가 미안한지도 모른 채 혜신은 사과를 했다. 취했네.

가서 자야겠다. 내일 봐. 혜신은 허둥지둥 신발을 찾아 신었다. 방으로 돌아와 문을 닫고 혜신은 정신을 차리려 애썼다. 한참을 안절부절못하다 찬물로 세수를 했다. 불을 끄고 누웠지만 지금까지 소라의 모습들, 눈빛들, 제스처들이 떠올랐다. 달아오른 얼굴이 쉽게 식지 않았다.

다음 날 소라는 아무렇지 않은 얼굴로 숙소 앞에서 혜신을 기다리고 있었다. 하늘이 낮고 어두웠다. 소라가, 오늘 눈 엄청 많이 온대요, 하고는 담배 연기를 허공에 길게 뿜었다. 그렇구나. 오늘 어떡할까요? 소라의 물음에 혜신은 망설이다 말했다.

일단 밥을 먹자.

혜신과 소라는 나란히 걷기 시작했다. 그러다 문득 혜신이 걸음을 멈추었다. 소라야. 소라가 걸음을 멈추고 혜신을 보았다. 나, 그런 사람 아니야. 혜신의 말에 소라는 혜신의 눈을 빤히 바라보았다. 몇 초 뒤에 소라의 입가에 미소가 떠올랐다. 알겠어요. 밥 먹으러 가요.

혜신은 아침에 동재와 통화하면서 했던 말들을 소라에게 하지 않았다.

무슨 일이야?

동재의 건조하면서도 기대감이 깃든 첫마디에 혜신은 그제야 깨달았다. 아직 돌아갈 마음이 없다는 사실을. 어쩌면 동재의 말이 맞는지도 모르겠다고 생각했다. 자기야, 정말 내가 변한 걸까? 혜신의 뜬금없는 물음에 동재는 한숨을 쉬었다.

혜신은 소라를 따라 다시 걷기 시작했다. 거리에 사람들은 드물었고 수증기를 가득 머금은 흐린 하늘만이 둘을 내려다보고 있었다.

집

나는 진과 함께 먼 곳으로, 아주 먼 곳으로 떠나고 싶었다.

　진은 죽고 싶다고 했다. 아니다. 진은 죽고 싶다는 말을 단
한 번도 한 적이 없다. 사실 그런 말은 내가 간혹 했던 것 같
다. 언젠가부터 진은 나의 그런 말을 흘려들었다. 나무라지도
달래주지도 않았다.

　정작 죽은 사람은 진이 살던 빌라 1층에 살던 여자였다. 주
말 오전부터 사이렌 소리가 너무 가깝게 들려서 내다보니 경
찰차와 구급차가 보였다고 했다. 누가 다쳤나, 사고가 났나,
구경하다가 진은 다시 잠들었다고 했다. 주말이었잖아. 주말
에는 잠을 많이 잘 수 있고 그게 제일 좋다고…… 이런 얘기
를 내가 했었나.

나는 진의 등을 토닥이며 괜찮다고 위로했지만, 진은 자꾸 그날의 일을 반복해서 말했다. 나는 그때마다 마치 처음 듣는 것처럼 고개를 끄덕이거나 대꾸해주었다. 이제 그만 좀 하라는 말이 목 끝까지 올라왔지만 참았다. 그 정도는 어려운 일이 아니었다.

진은 회사를 그만두었다. 나도 그랬다. 나는 오래전부터 계획했던 일이었지만 진은 아니었다. 진은 다음 직장이 정해져야 다니던 직장을 그만두는 사람이었는데 이번에는 그러지 않았다. 부모에게도 말하지 않았다고 했다. 나도 말하지 않았다. 다만 나는 부모에게 돈을 부쳐주며 메시지를 덧붙였다. 이번이 마지막이라고. 그리고 수신 거부 설정을 했다.

여행을 가자. 싼 비행기표가 있다고 진에게 거짓말을 했다. 우리는 너무 오래 한곳에만 있었어. 다녀오면 좋을 거야. 달라질 거야. 진은 대답이 없었다. 진이 가지 않는다면 혼자라도 나는 떠나야 했다. 그런데 진에게서 금세 연락이 왔다. 어디로 갈 건데?

나는 진의 마음이 바뀔까 봐 바로 항공권을 예매했다. 처음 알아봤을 때보다 가격이 올라 있었으나 상관없었다. 취소는 안 돼. 싼 비행기표라서 수수료가 엄청나거든. 나는 또 거짓말을 했다. 진은 알겠다고 하며 가격을 물어보았다. 자기 몫의 푯값을 보내겠다고 했지만 나는 괜찮다고 했다. 가서 맛있는 걸 사 줘.

　출국 날을 기다리면서 나는 집을 정리했다. 짐은 최대한 간단하게 꾸렸다. 시간이 느리게 흘렀다. 나는 걱정했다. 진이 나오지 않을까 봐. 그러나 진은 커다란 캐리어를 끌고 나보다 먼저 공항에 나와 있었다. 진과 함께 수속을 마친 후에도 나는 자꾸 뒤를 돌아보았다. 주위를 흘끔거렸다. 시계를 보았다. 나의 불안은 비행기가 이륙하고 나서야 잦아들었다. 하늘로 하늘로 올라가 도시가, 땅이, 강이 장난감처럼 작게 보이다가 결국 시야에서 사라졌다. 우리는 구름 위에 있었다. 도착하지 않아도 좋을 것 같았다. 그러나 기내 좌석은 너무 좁았고 공기는 건조해서 금방 생각이 바뀌었다. 어디든 빨리 도착하기를. 이 공간에 갇혀 있는 이들과 멀리멀리 떨어지기를. 우리는 휴대폰을 꺼내어 유심 칩을 바꿔 끼웠다. 이제 그곳에서 오는 연락은 없을 것이다. 지금쯤이면 내가 예약 이체한 돈이 진의 통장으로 옮겨졌을 것이다. 내가 어깨를 슬쩍 치자 진이 내 쪽으로 고개를 돌렸다. 좋아? 그는 퀭한 눈으로 고개를 끄덕이며 웃었다. 응, 좋아.

　우리가 도착한 낯선 도시에는 거친 비바람이 불고 있었다. 분명히 덥다고 했는데. 나는 휴대폰으로 날씨를 검색했다. 제주도에 온 줄. 진이 말했고 나는 소리 내어 웃었다. 그 말이 왜 그렇게 웃었을까. 그 순간을 누가 사진으로 찍었더라면 나는 영원히 행복한 사람으로 기억되었을 것이다.

반팔 차림이었던 우리는 몸을 떨며 역 앞에서 담배를 피웠다. 나는 출발 전날부터 제대로 잠을 자지 못해 눈알이 뻑뻑했고 어깨가 아팠다. 하지만 어딘가는 가벼웠다. 그 어딘가를 영혼이라고 할 수 있을까.

진 역시 피곤한 얼굴이었지만 호기심 가득한 눈빛으로 주위를 둘러보고 있었다. 나는 만족스러워서 계속 웃음이 났다. 왜? 빙글거리는 내게 진이 물었다. 꿈같아서. 내가 말하자 진은 피식 웃었다. 그래, 꿈같다. 열세 시간을 날아왔는데 고작 다섯 시간 지났네. 진은 휴대폰을 꺼내어 시계를 보았다.

거기는 지금 새벽일 텐데 여기는 아직 해도 지지 않았어. 이게 꿈이 아니라서 좋아. 너무.

그래, 꿈과는 거리가 멀어. 이건 과학이야.

과학?

내 말에 이번에는 진이 소리 내어 웃었다. 과학이라니. 우리는 서로를 바라보며 과학이래, 과학, 하며 계속 웃었고 행인 중 몇몇은 우리를 보고 따라 웃었다. 무슨 말인지도 모르면서. 어쩌면 무슨 말인지 몰라서.

호텔은 진의 이름으로 예약을 해두었다. 호텔 프런트에 있던 직원이 우리에게 인사했다. 그는 나를 마담이라고 불렀다.

객실에 들어와 문을 닫은 후, 진에게 물었다.

왜 나보고 마담이래? 늙어 보이나?

요즘은 다 마담이라고 할걸. 아가씨라고 이제 안 하잖아. 세계적으로.

마담이라니. 프랑스도 아닌데. 신기하다.

우리는 씻지도 않고 저녁을 먹기 위해 곧장 밖으로 나왔다. 다행히 동네 식당 몇 곳에 불이 켜져 있었고 늦은 시간이었는데도 식당은 사람들로 북적였다. 우리는 그중 한 곳을 골라 테라스 자리에 앉았다. 나이 든 남자가 메뉴판을 가져다주었다. 읽을 수 없는 글자로 적힌 메뉴를 보며 우리는 찾아보지도 않고 대충 몇 가지를 골랐다. 직원은 무표정한 얼굴로 고개를 끄덕였다. 우리는 영어로 띄엄띄엄 말했지만 남자는 영어를 하지 않았다. 가끔 눈썹을 치켜올리며 알아들을 수 없는 말로 무언가 물었고, 우리는 그저 고개를 갸웃거리며 서로를 바라보았다. 얼마 후에 양고기로 추정되는 스테이크와 대구로 추정되는 축축한 생선 요리가 나왔다. 보기보다 너무 맛있어서 우리는 금방 접시를 비웠다. 디저트는 우유에 설탕을 섞은 푸딩 비슷한 것을 먹었다. 우리는 커피와 맥주를 마시며 낯선 곳에서의 첫 식사를 만족스럽게 마쳤다. 운이 좋다, 그치? 내 말에 진이 고개를 끄덕였다. 운이 좋네. 정말로. 그렇게 말하는 진의 표정에 잠깐 슬픔이 깃들다 사라지는 것을 나는 보았다. 진이 계산을 하려 했지만 내가 말렸다.

돈은 내가 쓸게.

왜?

나, 돈 많아.

돈이 많다고? 네가?

많아졌어. 엄청. 그렇게만 알아둬.

나는 숙소로 돌아와 깊은 잠에 빠졌다. 아무런 꿈도 꾸지
않고 깊이 잔 것이 언제인지 알 수 없었다. 잠에서 깨어난 후
습관처럼 휴대폰을 켰다. 이제는 휴대폰을 확인하지 않아도
된다는 사실을 휴대폰을 켠 후에야 깨달았다. 그 후로도 며칠
간 나는 같은 행동을 반복했다.

너 어제 자다가 비명 지른 거 알아?

진이 부은 눈을 비비며 말했다.

내가?

너지, 그럼.

말도 안 돼.

기억 안 나? 나 너무 놀랐는데. 정말 크고 고통스러운 소리
였는데.

거짓말.

119에 연락할 뻔했어.

그렇게 심했어?

심했어. 그러다 웃더라?

웃었다고? 내가?

응. 네가.

전혀 기억이 안 나.

다행인가.

그런데 여기는 119가 아닐 거야. 거기가 아니니까.

그렇겠지. 하지만 911도 아닐 텐데. 미국도 아니니까.

그래도 구급차는 있겠지.

지금 지나가네. 누가 아픈가. 다쳤나. 사고인가.

거짓말처럼, 구급차 소리가 가까워졌다가 점점 멀어졌다. 그곳에서 듣던 사이렌과는 다른 소리였지만 누구나 들으면 구급차인 것을 알 만한 날카롭고 위급한 소리. 나는 일어나 창밖을 내다보았다. 구급차는 이미 사라진 뒤였고, 길에는 어젯밤과는 다른 쨍한 햇살이 내리쬐고 있었다. 사람들은 천천히 걸어다녔다. 뛰는 사람은 아무도 없었다. 그런데, 정말 내가 비명을 질렀어? 나는 몇 번이나 되물었다. 아침을 먹으면서도 커피를 마시면서도. 내가 비명을 질렀다니. 나는 평소에도 큰 소리를 내본 적이 없는데. 나는 진이 묘사한 그런 비명을 질러본 적이 없었다. 내 비명 소리를 한번 들어보고 싶었다. 그럴 수 없는 게 아쉬웠다.

우리는 유명한 미술관에 가기 위해 숙소를 나섰다. 여기에서 사람들은 횡단보도에서도 뛰지 않았다. 파란불이 주황색으로 바뀌어도, 주황색이 빨간색으로 바뀌어도 개의치 않았다. 뛰는 사람은 우리밖에 없어서 우리는 뛰지 않기 위해 노력했다. 뛰지 않는다는 건 힘든 거구나. 진이 말했다. 나는 진의 손을 잡았다. 진의 손은 축축했고, 진은 금방 내 손을 놓았다. 축축해진 손은 바람이 금방 말려주었다. 이곳은 해가 나면 무척 더웠지만 바람이 시원했다. 사람들은 달리는 차 사이에서도 뜨거운 햇살 아래에서도 시원한 바람 옆에서도 천천히 걸었고 천천히 먹었다. 낮에는 가게들이 문을 닫았고 밤에는 늦게까지 먹고 마셨다. 아무도 담배 피우는 사람을 피하지 않았다. 개와 노인과 아이 들 사이에서 우리는 담배를 피웠다. 해방감과 죄책감 사이에서 담배 연기를 내뿜었다.

미술관에는 관람객이 많았다. 유아차에 아이를 태운 부부, 몇 살인지 가늠이 되지 않는 노인들, 가이드 주위에 모여든 관광객들 사이에서 우리는 천천히 그림을 감상했다. 대부분의 그림이 성경과 관련된 내용 같았다. 기독교가 없었다면 이 화가들은 무엇을 그렸을까? 진이 물었다.

아마, 다른 신을 만들어서 그렸을 거야. 신이 필요한 시대였으니까.

그럼, 지금은?

지금도.

음, 그건 틀린 말도 아니지만 맞지도 않는 것 같아.

적어도 예술에서는 말이지.

적어도 현실에서는 말이야.

나는 매일 현금인출기를 찾아 돈을 뽑았다. 하루에 출금 가
능 한도가 정해져 있어 매일 한도만큼 뽑아 가방 깊숙이 넣어
두었다. 나는 잠깐 산책을 다녀오겠다든가 커피를 사 오겠다
는 핑계를 대고 밖으로 나왔다. 진과 내가 유일하게 따로 있
는 시간이었다. 우리는 거의 매일 미술관을 다녔고 식당을 찾
아다녔다. 그새 단골 식당이 생겼고 관광객이 없는 동네를 찾
아 걷고 또 걸었다. 그러다 카페에 들어가 뜨거운 커피를 마
셨고 가끔은 맥주나 위스키를 마셔 취하기도 했다. 숙소에 돌
아오면 씻고 떠들다 잠들었다. 진의 얼굴은 햇빛에 그을려 점
점 까매지고 있었다. 나는 선크림을 열심히 발랐다. 그런데
도 주근깨가 생기기 시작했다. 그래도 뜨거운 태양이 싫지 않
았다. 발바닥이 아리도록 걸어다녔지만 즐거웠다. 시계를 보
면 그곳은 언제나 밤이거나 새벽이었다. 부모들은 잠에 빠져
있을 시간. 내게 전화하지 않을 시간. 부모는 내게 빚을 나누
어 주었다. 나는 내가 써본 적도 없는 돈을 갚아야 했다. 부모
는 빚과 함께 내게 근면함을 물려주었다. 게으름을 피우면 죄

를 짓는 기분이었다. 하지만 이제는 안녕. 정말 안녕. 그런데도 자꾸 부모 생각이 났다. 전화라도 해볼까 하고 시계를 보면 그곳은 늦은 밤이나 새벽. 나는 불안과 안도를 반복하다가…… 이제는 희미해지고 있음을 느꼈다.

우리는 앞으로 일주일 이상 한 숙소에 머무르지 않기로 했다. 사람들이 알은척하는 것이 싫었다. 아니, 좋았다. 너무 좋아서 피해야겠다고 생각했다. 진도 나와 비슷한 생각이었다.

누가 우리를 초대하면 어쩌지? 그 식당 주인 말이야. 계산을 하고 나오는데 그 사람이 내 팔을 쓰다듬었어. 그거 인종차별인가?

플러팅 아니야?

음, 그런데 너무 부드럽더라…… 아, 그러면 선물을 사 가야 하나? 초대받으면 와인 같은 거 사 간다잖아. 우리는 와인 말고 다른 거 사 갈까? 초콜릿이나 꽃다발 같은 거. 그런데, 아까 너한테 뭐라고 한 거야? 둘이 한참 얘기했잖아.

아, 뭐라고 했냐면…… 어디에서 왔냐고 물어서 거기에서 왔다고, 밥은 입에 맞느냐고 해서 아주 맛있었다고, 언제까지 머무르냐고 해서 수요일에 떠난다고, 무슨 일로 왔냐고 해서 사실은 내가 살던 집이 경매로 넘어갔고 나는 사기를 당했고 아랫집 여자는 자살을 했는데…… 여기 사람들은 너무 아름답다고. 당신의 곱슬머리는 탐스럽고, 오래됐지만 견고한 집들도 아름답고, 천천히 걸어가듯 달리는 트램도 이상하지만 귀엽고…… 하지만 어쩐지 모든 것이 내게는 불가능하다고. 나는 점점 무거워지는 것 같다고. 이렇게 청량한 바람이 부는 곳은 내게는 이상한 나라라고…… 당신 혹시 이상한 나라의 진이라고 들어본 적 있지 않느냐고.

정말 그렇게 길게 얘기했어?

그랬던 거 같은데, 나는 하나만 생각했어. 거기에서 왔다고 하지 말걸. 그런데 거짓말을 못 하겠어. 이미 다 알고 있는 것 같아서.

거짓말을 왜 해? 어차피 우리가 누군지도 모르는데.

그런데 그게 정말 플러팅 맞아? 인종차별 아니고?

인종을 왜 차별할까? 전부 다 네안데르탈인이었으면서.

오스트랄로피테쿠스 아니고?

너는 진화론을 믿어?

너는 안 믿어?

우리는 다음에도 같은 식당을 찾았으나 그 남자는 끝내 우리를 초대하지 않았다. 며칠 후 나는 땀냄새 밴 옷들을 버렸다. 진은 옷을 빨아 입겠다고 했다. 새 옷을 사자. 나의 권유에 진은 걱정스러운 눈으로 나를 보았다. 너, 돈 너무 많이 쓰는 것 같아. 나는 웃으며 진의 머리를 쓰다듬었다. 나 열심히 일

했잖아. 걱정 마. 이제 다른 곳으로 가볼까?

우리는 체크아웃을 하고 기차역에 도착해서 다음 목적지를 정했다. 나는 진의 이름 첫머리 알파벳으로 시작하는 지명을 골랐다. 출발 시간이 꽤 남아 있어 우리는 근처의 식당에 들어갔다. 메뉴판을 보니 판매하는 음식이 수십 가지였다. 역 근처라서 그래. 진이 말했다. 나는 수프와 샐러드를, 진은 샌드위치와 감자칩을 시켰다. 식당 안에는 다양한 사람들이 어딘가로 떠날 시간을 기다리며 식사를 하거나 차를 마시고 있었다. 이 사람들은 어디로 가는 걸까? 우리와 같은 곳에 가는 사람들도 있을까? 내가 물으려고 하는데 어디선가 철썩, 하고 뺨 때리는 소리가 났다. 우리는 놀라서 소리가 나는 쪽으로 고개를 돌렸다. 가족으로 보이는 남자와 여자, 그리고 세 살쯤 된 아이가 있었다. 남자는 계속 칭얼대는 아이의 뺨을 한 번 더 갈겼다. 가차 없었다. 나는 놀라 입을 막았다. 그러나 아이는 금방 울음을 멈추었고 셋은 아무 일 없었다는 듯 계속 식사를 이어갔다, 많이 맞아봤나 보다. 진이 얼떨떨한 표정으로 말했다. 너무한 거 아니야? 신고 안 해도 될까? 그러나 식당 안의 사람들은 개의치 않고 각자 할 일을 했다. 어디로 신고해? 진이 물었다. 나는 고개를 저었다. 모르지. 수프는 금방 식어버렸다. 나는 시들하고 시큼한 상추를 입안에 넣고 오래 씹었다. 저런 걸 보려고 여기에 온 건 아닌데. 그럼 뭘 보려고 온 건데? 진은 샌드위치를 한입 크게 베어 물고 다른 곳으로 시선을 돌렸다.

기차는 빠르게 달렸다. 도시의 건물들을 지나치자 창밖으로 산과 들이 이어지다가 산이 점점 높아지고 가까워졌다. 얼마 후 기차는 작은 역에 정차했고 다른 나라 제복을 입은 경찰들이 객실로 들어와 승객들을 훑었다. 진이 휴대폰을 보며 말했다.

여기서부터 다른 나라야. 우리는 방금 국경을 넘은 거야. 국경이라는 건 뭘까.

있지만 볼 수 없는 것.

그래도 GPS는 기가 맥히게 아네.

기가 맥히지.

세상엔 기가 맥힌 사람이 참 많아.

많지. 기가 맥히게 많지.

우리는 말장난을 이어갔지만 기차는 한참이 지나도 그대로 정차해 있었다. 열차 내에 뭐라고 방송이 나왔고 진은 문제가 생긴 것 같다고 했다. 얼마 후, 창밖으로 수갑을 찬 채 경찰들에게 끌려가는 남자가 보였다. 승객들은 그 장면을 사진으로 찍기도 했다. 무슨 잘못을 저지른 걸까? 끌려가는 남자의 얼굴이 마치 산책이라도 나서는 사람처럼 무감해서 우리는 서로를 멀뚱히 쳐다보았다. 나는 그의 뒷모습이 보이지 않을 때까지 시선을 떼지 못했다.

우리가 내린 역은 작고 허름했다. 우리가 방금 떠나온 도시와 달리 서늘한 바람이 불었다. 우리에게는 두꺼운 옷이 없었다. 우리 말고도 몇몇이 기차에서 내렸다. 그중에는 홀로 은색 캐리어를 끌고 가는 여자도 있었다. 우리 저 여자를 따라가볼까? 내 말에 진은 휴대폰과 여자를 번갈아 보며 의아한 표정을 지었다. 진심이야?

우리는 몇 미터쯤 거리를 두고 여자를 따라갔다. 작은 마을이었으나 역 주위에는 불을 밝힌 상점들이 보였고 나는 안도했다. 여자는 목적지가 분명한 발걸음으로 어딘가로 향했다.

관광객이 아닌가 봐.

응, 집에 가는 길인가 보다.

나는 진의 말을 곱씹었다. 집에 가는 길.

우리는 10분가량 뒤쫓았지만 여자는 알아채지 못한 것 같았다. 한참을 걷던 여자가 좁은 골목길로 들어갔고 진은 걸음을 멈추었다. 그만하자. 나는 더 가보고 싶었다. 여자가 어떤 집으로 들어가는지 보고 싶었다. 하지만 여자가 우리를 발견한다면 이상하게 여기거나 경찰에 신고할 것이다. 우리를 두려워하지는 않을 것 같았다. 우리는 작고 마른 동양인일 뿐이었으니까. 여자는 우리의 무서움을 모를 것이다. 어쩌면 우리를 안쓰럽게 여겨 집에 들일 수도 있을 텐데. 따뜻한 음식을 내줄지도 모르는데.

나는 진의 의견을 존중했다. 우리는 다시 대로변으로 나왔다. 하지만 호텔이 눈에 띄지 않아 다시 역 근처로 돌아왔다. 7시가 조금 넘었을 뿐이었는데 상점들은 문을 닫기 시작했다. 진이 휴대폰으로 숙소를 검색했고 나는 아무 데나 상관없다고 말했다. 너무 추워. 눈앞에 호텔 간판이 보이는데도 진은 다른 곳으로 가자고 했다. 우리는 다시 한참을 걸어 오래되고 작은 여관에 도착했다. 예약을 하지 않아 요금이 비쌌지만 빈방이 있는 것만으로도 감사했다. 주인으로 보이는 남자가 두꺼운 돋보기를 내려 쓰고 우리를 보았다. 여권을 보자고 했다. 우리는 주섬주섬 여권을 꺼내어 내밀었다. 그는 무언가를 적은 후 여권과 함께 길고 투박한 모양의 열쇠 하나를 내어주었다. 플라스틱 라벨에는 217이라고 적혀 있었다. 근처에 저녁 식사를 할 수 있는 곳이 있을까요? 내가 묻자 그는 주위에 11시까지 하는 식당이 많다고 했다. 여기는 송아지 고기가 유명하죠. 남자의 말에 우리는 고맙다고 인사한 후 방으로 올라갔다. 엘리베이터가 없어서 계단으로 가야 했는데, 217호였지만 3층까지 올라가야 했나. 여기는 로비가 0층이었다.

0은 없는 숫자 아니야?

없는 숫자지만 있는 거지. 숫자는 원래 그런 거야.

나는 진의 어깨를 치며 너 똑똑하다고, 정말 그런 거 같다고 했다. 진의 얼굴에 엷은 미소가 떠올랐다. 하지만 나는, 그래도 0은 없는 상태를 표현한 것 아닌가, 하고 생각했다. 이곳 사람들은 0을 무언가가 이미 시작된 것이라고, 있는 것이라고 여기는구나. 나는 0이라는 숫자에 대해 오랫동안 생각했다.

방에서는 오래된 외투 냄새가 났다. 낡은 종이 냄새 같기도 했다. 나는 짐을 벗어 던진 후 욕실로 들어갔다. 뜨거운 물로 샤워를 했다. 눈을 감고 한참 동안 물을 맞으며 서 있었다. 눈을 감으면 자꾸 떠오르는 장면들이 있었다. 내가 살던 곳은 0층 없이 1층부터 시작되는 2층 빌라였지만 빛이 들어오지 않는, 쉽게 지어진, 좁은 집이었다. 덜 마른 시큼한 옷 냄새. 냉장고 냄새. 자꾸만 고장 나는 보일러. 매달 정확하게 배달되는 고지서가 전부인 우편함. 그리고…… 우아함이라고는 찾아볼 수 없는 사무실. 볼품없는 책상. 웃으면서 욕하는 동료들. 볼펜과 컴퓨터. 효율성의 극대화. 나와는 무관한 숫자들. 나와는 무관한 빳빳한 지폐들. 나와는 무관한 거대한 금고와 차가운 손잡이들. 습관적으로 코웃음을 치며 인상을 찌푸리는 점장. 내가 하는 말에 귀 기울이지 않는 고객들. 목에 자국이 날 때까지 조이고 싶은 넥타이. 숫자와 숫자와 숫자와……

나는 몸이 노곤해질 때까지 샤워를 했다. 샴푸 거품이 잘 나지 않았다. 물이 다르다고 했다. 여기에선 수돗물을 그냥 마시면 안 돼. 진이 주의를 주었다. 거기에서도 수돗물을 그냥 마시진 않았잖아? 내가 되묻자 진은, 아닌데, 나는 그냥 마셨는데, 하며 머리를 긁었다. 하하하. 나는 웃었다. 눈을 감은 채, 하하하. 소리 내어 웃다가 정말 웃겨서 눈을 뜨고 웃었다. 내가 여기에 있다는 사실을 아무도 모를 것이다. 하하하. 그런데, 여기가 어디더라? 나는 이곳의 지명을 기억하지 못했다. 어딘지 나조차 말할 수 없는 곳에 있다고 생각하니 콧노래가 나왔다. 안전한 기분이었다.

샤워를 마친 후 나와보니 진이 가방을 열어 옷가지를 정리하고 있었다. 그의 등이 더 좁아 보였다. 진은 항상 정리를 했다. 뜨거운 물이 아주 잘 나와. 피로가 확 풀려. 진은 대답 없이 욕실로 들어가 문을 닫았다. 나는 침대에 누웠다. 수면제가 없이는 잠들지 못했는데 이제는 눕기만 하면 잠이 왔다. 잠이 오는 기분이 너무 좋아서 자지 않으려고 노력했다. 귓가에 진이 틀어놓은 물소리가 들렸다. 그 소리가 좋았지만 행복하다는 생각까지는 들지 않았다. 나는 행복이라는 말이 두려웠다. 생각해서는 안 되며 말해서는 더더욱 안 되는 단어. 언제나 불행이 숨어서 지켜보고 있기 때문에. 그러므로 나는 기쁨보다는 슬픔에 가까웠다. 팔짝 뛸 정도로 기분이 좋을 때에도, 나도 모르게 함박웃음을 짓는 순간에도, 깔깔거리며 웃을 때조차도.

집

저녁을 먹으러 나가야 했는데 눈을 뜨니 아침이었다. 나는 진을 찾았다. 다행히 진은 내 옆에 곤히 잠들어 있었다. 나는 진의 어깨에 얼굴을 묻었다. 진의 냄새. 진의 셔츠 안으로 손을 넣었다. 진이 눈을 떴다. 나 또 비명 질렀어? 내가 물었다. 아니. 진은 다시 눈을 감고 몸을 돌렸다. 나는 진의 셔츠를 끌어올리고 등에 키스했다. 얼마 후 진의 몸이 반응했다. 나는 옷을 벗고 진의 몸에 내 몸을 밀착시켰다. 우리는 격렬하게 몸을 섞었다. 너무 깊은 허기 앞에서 음식의 맛을 알지도 못한 채 배를 채우는 사람들처럼. 나는 방에 깊게 밴 오래된 종이 냄새를 맡으며 공중에서 부유하는 먼지를 바라보았다. 소음도, 공기도, 생명도, 피도, 눈물도 없는 아름다운 장면을 보고 있는 듯했다. 우리의 몸은 땀으로 젖었고 한참이 지나 우리는 다시 안정을 찾았다. 배가 너무 고팠지만 우리는 한동안 침대에 누워만 있었다. 아무 생각도 들지 않았다. 진도 그랬으면 좋겠다고 생각하는 순간, 진이 입을 열었다.

거기에 말야.

응?

거기에, 그러니까, 집에, 식물들이 있는데, 선인장이랑. 지금쯤 죽었을까?

음, 아마도 죽었거나, 죽어가거나.

집 앞에 오던 고양이들은?

살다가 언젠가는 또 죽겠지.

진은 입을 다물었다. 나는 아무 생각도 없었는데, 진의 말 때문에 다시 그곳으로 돌아갔다. 고지서가 쌓여 있는 우편함, 쉬다 못해 썩어가고 있을 김치와 아무리 말려도 냄새가 나는 이불과 장마철이면 더 검게 피어오르는 벽의 곰팡이들과 같은 장소에서 다른 월급을 받고 다른 사람을 상대하고 다른 음식을 먹는 사람과 사람과 사람과…… 복숭아 먹으러 가자. 여기는 복숭아가 맛있댔어. 어제 아저씨가 그랬잖아. 나는 누워 있는 진의 팔을 끌어 일으켰다. 나 역시 배가 너무 고파서 일어날 힘도 없었지만 마치 신나서 힘이 넘치는 사람처럼 목소리에 힘을 주었다. 복숭아가 아니고 송아지랬는…… 하고 말하는 진의 입을 내 입술로 막았지만 진은 계속 뭐라고 중얼거렸다. 그 떨림이 좋았다. 송아지도 먹고 복숭아도 먹자. 나는 네가 뭘 먹을 때가 제일 좋아.

나는 부드럽고 피가 살짝 배어 나오는 미디엄 레어 스테이크를 먹고 싶었다. 여행을 잘 다니기 위해서는 양질의 단백질이 필요했다. 나는 하루에 한 번은 고기를 먹었다. 하지만 우리가 찾은 식당에서 내가 주문한 고기는 너무 질기고 짰다. 복숭아는 팔지도 않았다. 열차를 타고 몇 시간 지나왔을 뿐인데 음식도 언어도 날씨도 모두 달랐다. 가격은 지나치게 비쌌다. 이번엔 정말 내가 살게. 진이 주섬주섬 지갑을 꺼내 들었다. 나는 단호하게 말했다. 안 돼.

왜 안 돼?

내가 쓰는 돈은 정말 새 발의 피야.

새 발의 피. 그걸 뭐라고 하더라?

조족지혈?

응. 조족지혈.

진이 소리 내어 웃었다.

이 정도는 사실 조족지혈도 안 돼. 말하자면, 0에 가깝달까.

아닌데. 너 엄청 썼는데. 0을 뒤에 붙여야 하는 거 아니야? 너 수상해.

그래봤자라는 말이야. 참, 순진하기는. 그러니까 사기나 당하지.

진의 표정이 금방 굳었다.

나는 사과하지 않았다. 우리는 세계를 좀 거시적으로 볼 필요가 있어.

그게 돼?

연습을 해보자는 거지.

그럼 돼?

안 되려고.

뭐가 안 되려고?

빚쟁이.

이미 됐잖아.

우리는 잘못이 없어.

누가 그래?

거시적인 세계관이.

미시적인 세계관은 뭐라는데?

미시적인 세계에서는 돈이 없지. 카드도, 10원짜리도, 좆도.

좆도 없구나.

우리는 밑도 끝도 없이 말장난을 하다가 점점 기분이 가라앉았다. 멈춰야 할 적절한 타이밍을 놓쳐버린 것이다. 디저트로 부드러운 케이크와 진한 커피를 마셔도 기분은 나아지지 않았다. 추워서 그런 거야. 내일 따뜻한 옷을 사 입자. 내 말에 진은 고개를 끄덕였다. 그날 나는 오랫동안 잠들지 못했다. 진 역시 몸을 뒤척였지만 우리는 몸도 말도 섞지 않았다. 한참 후에야 진의 고른 숨소리가 들렸고 나는 조용히 침대에서 내려와 창밖을 보았다. 저 멀리 맞은편 건물에 불빛이 하나 켜져 있었다. 나는 한참 그 창을 바라보다가 커튼을 치고 침대로 돌아와 다시 누웠다. 잠을 자려고 노력할 필요가 없는데도 잠을 자야 한다고 생각했다. 그러자 소변이 마려웠다. 습관이 들어서 그래. 습관이란 게 무서운 거더군……으로 시작하는 노래 가사가 있었나? 그런데, 저기 사는 사람은 누굴까? 왜 아직도 안 자고 있을까? 글쎄, 불면증인가. 나는 혼자

말하고 혼자 대답했다. 한 시간쯤 지났을까. 자리에서 일어나
다시 커튼을 열고 창밖을 바라보았다. 그 집에는 여전히 불이
켜져 있었고 나는 기분이 좀 나아졌다.

다음 날 늦은 아침으로 우리는 근처 식당에서 올리브와 토
마토와 햄을 넣은 샐러드와 빵을 주문했다. 나는 따뜻한 빵에
버터와 달콤한 살구잼과 꿀을 발라 먹었다. 마지막으로 더블
에스프레소에 설탕을 듬뿍 넣어 마시자 기운이 났다. 에너지
를 얻은 우리는 동네 산책을 했다. 여기는 맥주가 유명하대.
독일도 아닌데. 도시 너머로 큰 산이 이어져 있었다. 역시 산
바람은 차다. 내 말에 진이 고개를 끄덕였다. 호수가 있다고
하더라. 가볼래? 엄청 크대. 호수 맞은편은 다른 나라래.

그래, 가보자. 일단 옷을 사 입고.

우리는 시내로 가서 옷 가게를 찾아보았다. 작은 도시인데
도 고급스러운 상점이 많았다. 하지만 진은 고개를 흔들었다.
진은 '50퍼센트 세일'이라고 크게 적힌 가게를 골랐다. 나는
자줏빛 캐시미어 스웨터를 골랐고 진은 가격표를 일일이 확
인해보고는 저렴한 셔츠를 하나 골랐다. 나는 같이 스웨터를
사자고 졸랐지만 진은 고집을 꺾지 않았다. 캐시미어 스웨터
는 보드랍고 가벼웠지만 차가운 바람을 완전히 막아주지는
못했다. 진은 셔츠 단추를 끝까지 채웠다. 호수로 가는 길에
우리는 마트에 들러 위스키 한 병과 간식거리를 샀다.

한참을 걸었지만 호수는 보이지 않았다. 오늘은 지도를 잘 못 보겠어.

진이 휴대폰을 보다가 울상을 지으며 내게 말했다. 나는 상관없다고 했다. 못 찾으면 내일 가도 돼.

시간이 별로 없잖아. 이제 며칠 후면 돌아가야 하는데.

진은 돌아가는 날짜를 정확하게 기억하고 있었다. 넌 왜 아무것도 안 해? 네가 좀 찾아봐. 진이 책망 섞인 눈으로 내게 말했다. 나는 아무것도 안 한다는 진의 말에 조금 억울했지만 별말 없이 휴대폰을 켜서 지도 앱을 실행시켰다. 내가 있는 위치를 정확하게 알려주는 지도가 싫다고 진에게 말하지는 않았다.

호수에 도착했을 때에는 점심시간이 훌쩍 지나 있었다. 길게 펼쳐진 호수는 생각보다 더 컸지만 기대만큼 아름답지는 않았다. 잔잔하게 울렁이는 짙은 초록빛의 수면 위로 요트 몇 대가 정박해 있었다. 회색빛 구름이 낮게 드리워져 스산했다. 호수 가까이 다가가자 물 위에 쓰레기와 나뭇가지 들이 떠 있는 게 보였다. 관광객이 꽤 많았고, 와플이나 콜라 따위를 파는 이동식 식당들도 있었다. 나는 이런 호수를 상상한 게 아니었는데. 진도 실망한 표정을 감추지 못했다. 우리는 옷깃을 여미고 사람들을 따라 걸었다. 호수 맞은편으로는 커다란 산이 보였다. 산 중턱과 꼭대기에 고급스러운 저택들이 드문드

문 박혀 있었다. 저런 곳에는 어떤 사람들이 살까? 내가 묻자,
할리우드 배우의 별장이 있다고 들었어, 진이 대답했다.

넌 모르는 게 없네. 저 사람들에게 우리가 보일까?

안 보려고 저기까지 올라갔겠지.

조용하고 좋을 것 같아. 가보고 싶어. 근데, 마트 가기는 힘
들겠다.

마트?

우리는 벤치에 앉아 지나가는 사람들을 구경하며 위스키를
마셨다. 사람들이 우리를 흘끔거렸다. 얼마쯤 지나 제복을 입
은 경찰이 우리에게 다가왔다. 나는 가슴이 두근거렸다. 경찰
은 술병을 봉투에 넣으라고 했다. 술병을 그대로 보이는 것은
금지되어 있다고. 우리는 군말 없이 병을 봉투에 넣어 담고
자리에서 일어났다. 몸이 으슬으슬 떨렸다. 산바람을 오래 맞
고 있어서였을까. 두꺼운 옷을 더 샀어야 했어. 내 말에 진은
한참 말이 없다가 뭔가 생각난 듯 나를 보며 말했다. 우리 방
금 인종차별당한 거 아니야?

숙소로 돌아온 진은 뜨거운 물에 샤워를 하고도 몸을 떨었
다. 이마에서 열이 났다. 진은 침대에 누워 내게 말했다.

라면이 먹고 싶어.

라면?

좀 챙겨올걸. 열라면. 맵고 짜고 뜨거운 거. 너무 먹고 싶다.

라면이 먹고 싶을 줄 몰랐네.

그러니까. 여기까지 와서 고작 그게 먹고 싶다니.

내 입에도 침이 고였고 그래서 짜증스러웠다. 휴대폰으로
아시안 마트를 찾아보았다. 이미 문을 닫은 후였다.

내일 사러 가자. 걸어서 20분 거리래.

진은 이불을 덮어쓰고 눈을 감은 채 말했다.

여긴 너무 추워. 여름인데.

내일 남쪽으로 갈까?

집에 가고 싶어. 선인장이 녹아내렸을 거야. 비가 엄청나게
왔대.

우리는 함께 타이레놀을 먹었다. 진은 속삭이는 목소리로
잠꼬대를 했다. 쏘리? 아임 프롬…… 나는 침대에서 내려와
창밖을 보았다. 맞은편 건물의 불은 모두 꺼져 있었다. 나는
진의 옆에 누워 이마를 짚어보았다. 열은 내렸고 나는 한시름
놓았다. 나는 진의 어깨에 기대어 그의 귀에 속삭였다. 내가
무슨 짓을 했는지 말해줄게. 있잖아, 사실 내가…… 하지만
더 이상 입이 떨어지지 않았다.

다음 날 진이 나를 깨웠다. 진은 어딘지 맑아진 표정으로
말했다. 이제 여기 있지 말자.

우리는 또다시 기차를 탔다. 남쪽으로 가는 표를 샀다. 열
차 안에서 나는 숙소를 예약했다. 그 도시 중심부에 있는, 가

장 좋은 호텔이었다. 다섯 시간 후에 우리는 다시 해가 뜨거운 나라에 내렸다. 호텔로 가기 전에 우리는 근처의 태국 식당에 들어갔다. 똠얌꿍과 팟타이를 시켜 정신없이 먹었다. 이제 라면 안 먹고 싶어. 진이 식사를 마친 후 웃었다. 종업원이 계산서를 가져다주었고, 나는 가격을 보지 않고 카드를 내밀었다. 승인 거절. 다른 카드를 내밀었다. 영수증이 기계 밖으로 나오는 몇 초간의 시간이 너무 길게 느껴졌다.

언제 말해줄 거야?

식당에서 나와 담배를 피우는데 진이 물었다. 뭘? 나는 뜨끔했지만 천연덕스럽게 되물었다. 진이 길게 담배 연기를 내뿜었다. 어떤 남자가 와서 담배 한 대만 줄 수 있느냐 물었다. 진은 담뱃갑을 통째로 내밀었다. 남자는 가슴에 손을 올리며 고맙다고 말했다. 어디에서 왔어요? 그가 물었다. 맞혀보세요. 내가 말했다. 그는 알고 있는 아시아 국가 이름을 하나씩 차례로 댔다. 그는 사실 우리의 대답이 별로 궁금하지 않았을 것이다.

나는 많이 훔치지 않았어. 은행이 하루에 버는 돈이 얼마인지 알면 그건 정말 먼지 같은 수준이야. 그러니까, 0에 가까운 거야. 아마 없어진 줄도 모를걸. 나는 농담하듯, 정말 별것 아니라는 느낌으로 말하려고 노력했다. 최대한 가볍게. 노래하

듯이. 허밍하듯이. 그래서 위스키도 많이 마셨는데. 목소리가
떨리지 않도록. 귓불이 달아오르지 않도록.

내 말을 듣고 나서 진은 손으로 얼굴을 가린 채 한참 엎드
려 있었다. 내가 잠깐 산책을 다녀오겠다며 일어서자 진은 나
를 따라나섰다. 자정이 넘은 시간이었고 거리에는 인적이 드
물었다. 낮과 달리 바람이 세게 불었지만 춥다는 생각은 안
들었다. 내일은 라면을 사러 가자. 내가 말했고 진은 울었다.
바람이 너무 세게 불어 눈물이 난다고 했다. 아까 복숭아를
샀어야 했어. 진이 말했다. 여기는 왜 가게들이 일찍 문을 닫
을까. 너무한다 정말. 진은 계속 눈물을 닦았다. 분해서 못 참
겠다는 듯이. 위스키에는 다크초콜릿인데! 왜 콩나물국이 먹
고 싶은 건데! 진은 엉뚱한 소리를 해댔고 나는 웃음도 울음
도 나지 않았다.

숙소로 가는 길을 잃어 우리는 한동안 거리를 헤맸다. 대로
변에 거대한 은행이 나타났다. 은행은 어디에나 있고 꼭 나타
난다. 고급스러운 건물에 걸린 그 이름들은 언제나 당당했다.
나는 그것을 못 본 척 지나치고 싶었다. 그러나 그것은 우리
를 고집스럽게 따라왔다. 나는 진의 팔에 내 팔을 꽉 끼었다.
진은 앞만 보고 걸었다. 마치 혼자 걷는 사람처럼. 나는 더욱
세게 그의 팔에 내 몸을 기댔다.

술을 많이 마셔도, 거리를 쏘다녀도 이제는 쉽게 잠이 오지

않았다.

내일부터는 더 많이 걷자. 여기 유명한 궁전이 있대. 그림도 많고 엄청 넓대. 하루에 다 보기 힘들 정도래.

그런 데서 사람이 정말 살았단 게 신기해.

믿을 수 없지.

우리 집 주위에는 지금 물난리가 났대. 엄청 덥고 습하대.

뉴스를 봤어?

진은 고개를 끄덕이며 자리에서 일어났다. 곰팡이가 피었을 거야.

그 집은 이제 네 집이 아니잖아.

그래도 살고 있는 동안은 내 집이지. 가면 바로 청소부터 할 거야.

락스 냄새 싫어.

그래도 락스가 최고야.

내가 돈을 좀 보내놨어.

어디에?

너한테.

왜?

집을 얻으라고. 곰팡이가 안 피는 집으로. 죽은 사람이 없는 집으로.

너의 죄까지 나한테 뒤집어씌우려는 거지.

나는 할 말을 잃었다. 진이 손을 들어 내 등을 토닥였다. 그리고 말을 이었다.

괜찮아. 같이 나누자. 그쯤 더해진다고 크기가 눈에 띄게 달라지지는 않을 거야. 나는 다시 태어나면.

다시 태어나면?

수학자가 될래.

그래서?

수학자로 죽을래. 똑똑하게. 하지만 이번 생에는 같이 가자.

어디로?

어디긴, 우리 집이지. 같은 말을 쓰는 사람들이 그리워.

나는 천천히 고개를 끄덕였지만 진을 떠날 시간이 다가오고 있음을 알았다. 진은 흥얼거리며 짐 정리를 시작했다.

그래도 돌아갈 곳이 있다는 건 좋은 거 같아. 고마워.

고마워?

특히, 거시적인 세계관. 그게 위안이 돼.

미시적인 건?

그것도 좋지. 난 과학이 좋아.

관상도 과학이니?

뭐라고?

나는 진의 손을 잡고 거울 앞에 섰다. 우리는 한참 각자의 얼굴과 상대의 얼굴을 관찰했다. 내 얼굴에 무언가 써 있느냐고 묻자 진이 웃으며 말했다. 그건 과학이 아니라 미학 아니야? 진이 내 얼굴을 천천히 쓰다듬었다. 예쁘기만 한데. 복이 넘치는 얼굴인데. 살이 좀 쪘나?

진의 말은 아무런 위안도 되지 않았다. 관상은 과학이라는 말을 했던 남자는 아직도 나를 기억하고 있을까. 그 남자의 서랍 안에 상한 우유를 넣어두고 회사를 나왔다. 고작 상한 우유라니. 그 후로 나는 거울을 더 자주 보았다. 정말 내 얼굴에 뭔가 새겨져 있을까 봐.

진이 잠들었을 때 나는 간단한 메모를 적었다. 네가 나에게 갚을 돈은 없어. 좋은 집을 구해놔. 곧 만나. 나는 조용히 짐을 챙겨 방을 나왔다. 진은 어쩌면 깨어 있었을지도 모르겠다. 내가 떠나자고 하면 말없이 따라나섰을지도 모르겠다. 그러나 나는 그가 돌아가기를 원한다는 것을 알고 있었다. 가서 락스를 풀어 집 안을 청소하고 상해버린 선인장을 오랫동안 바라볼 것이다. 원래 그랬던 것처럼 성실하게 일하고, 조금씩 돈을 갚고, 빚은 줄어들지 않고, 저렴한 식재료를 사서 밥을 해 먹고, 라면을 끓이고, 주말에는 오랫동안 잠을 자고, 악몽을 꿀 것이다. 가끔 내게 연락을 해 오겠지. 미안하다고 하겠지. 그런데 무엇이? 진은 미안하다는 말을 습관처럼 했다.

죄라는 건 어디에서부터 시작되는 걸까. 0에서부터? 아니면 1? 어쨌든 무수하게 큰 수는 아닐 것이다. 한 사람을 죽이면 살인자가 되고 수천수만 명을 죽이면 영웅이 되는 거야. 나의 말에 진은, 꼭 그렇지는 않아. 학살자로 남기도 해,라고 했다. 그래도 거시적으로 보는 사람이 언제나 이겨. 내 말에 진은 입을 다물었다. 그렇다고 진이 내 말에 동의한 것은 아니라는 사실을 나는 알았다.

새벽 공기는 맑고 부드러웠다. 더운 나라가 좋아. 나는 이어폰을 끼고 마치 진과 통화하는 것처럼 작게 혼잣말을 했다. 하지만 난 이제 추운 나라로 가고 싶어. 나는 아주아주 두꺼운 점퍼를 살 거야. 너무 두꺼워서 걸을 때 몸이 뒤뚱거리는 그런 점퍼. 나는 이제 얼굴이 시려서 말하기도 힘든 그런 추운 나라로 갈 거거든. 더러운 물이 고여 있는 호수 말고, 아주 꽁꽁 얼어붙어서 사람들이 잘 찾지 않는 그런 호수를 찾아갈 거야. 나는 홀로 공항으로 향했다. 휴대폰으로 가장 빠른 항공편을 예매했다. 가격 비교 같은 것을 하지 않아도 되어서 좋았다. 좋았나? 사실은 불안했다. 이래도 되는 것인가. 지금까지 돈을 쓰면서 아무렇지 않았던 적이 단 한 번도 없었다. 진에게는 말하지 않았지만. 어쩌면 그는 이미 알고 있었을까.

몇 시간 비행 후 내린 도시는 이미 해가 져서 어둑했다. 나는 아직 점퍼를 사지 못했다. 다행히 공항 안에 상점들이 있어서 어디선가 많이 보았던, 사슴이 그려진 모직 스웨터와 커다란 모자가 달린 오리털 점퍼를 샀다. 계산을 하는데 눈썹이 금빛으로 반짝이는 여자가 말했다. 혼자 오셨나요? 여기는 사우나가 유명해요. 좋은 여행 되세요.

사우나가 유명하구나. 여기는 핀란드도 아닌데. 하지만 나는 그런 것에 이제 익숙해졌다. 공항을 나서자 차가운 바람과 함께 거친 눈발이 피부에 닿았다. 택시를 타고 30분가량 달려 도착한 작은 호텔 로비에는 커다란 개 한 마리와 두 마리의 고양이가 있었다. 나는 개의 목덜미를 쓰다듬었다. 개는 낯선 사람이 익숙한 듯 내 손길을 피하지 않고 천천히 꼬리를 흔들었다. 나는 그 어느 때보다 따뜻함을 느꼈다. 호텔의 작은 식당에서는 두꺼운 스웨터를 입은 사람들이 술을 마시고 있었다. 나는 그 사람들 사이의 작은 테이블로 안내되어 뜨거운 수프와 생선 요리를 먹었다. 동양인은 아무도 없었고 누구와도 말이 통하지 않았지만 그래서 좋았다. 떠나오는 내내 진이 그리웠는데 지금은 오히려 홀가분했다. 진은 지금쯤 돌아가는 비행기를 탔을 것이다. 내 생각을 하겠지. 그리고 결국 그곳에 다시 도착하겠지. 후회할까?

나는 다시 낯선 이불을 덮고 잠자리에 들었다. 눈을 떴을 때에는 창밖이 환했다. 밤새 눈이 내려 세상이 하얗게 변해 있었다. 이곳엔 1년 내내 눈이 내린다고 했다. 알래스카도 아닌데.

나는 추위를 많이 탔다. 겨울이 싫었다. 외풍이 심한 탓에 가스비가 많이 나왔고 피부는 쉽게 건조해졌다. 겨울엔 돈이 많이 들었다. 더위는 그럭저럭 참을 수 있었으나 추위는 참기 힘들었다. 그런데 이곳은 좋았다. 마치 이곳에 오기 위해 태어난 것 같은 기분이 들 정도로. 나는 그동안 빚을 갚기 위해 태어난 줄 알고 살아왔는데. 누구나 빚을 갖고 태어난다고 했다. 신이 그랬다고 했다. 사실 신은 인간에게 관심이 없다는 것을, 이제는 인정할 때도 되지 않았나. 그러므로 신은 없는 거나 마찬가지라고.

나는 이 도시에 호수가 많다는 것을 알고 있었다. 하지만 며칠간 호텔과 그 주위를 산책하며 시간을 보냈다. 개를 쓰다듬고 고양이를 쫓으며 낯선 이들에게 말을 걸었다. 아무도 내 말을 알아듣지 못해서 나는 점점 수다스러워졌다. 그러자 사람들이 나를 알아보기 시작했다. 내가 로비에 내려오면 개가 꼬리를 흔들며 다가왔다. 고양이도 나를 피하지 않았다. 처음 보는 사람들이 마치 나를 안다는 듯 인사했다.

그날 밤에는 눈이 내리는 대신 하늘에 엄청나게 많은 별이 떠 있었다. 나는 모두가 잠들기를 기다렸다가 옷을 최대한 두껍게 껴입고 조용히 숙소를 나섰다. 뒤뚱뒤뚱 걷고 싶었다. 펭귄처럼. 개는 보이지 않았고 소파에 잠들어 있던 고양이 한 마리가 눈을 떴다가 다시 감았다. 나는 한참을 걸었다. 한 방

향으로 계속 걸었다. 못 보던 동네를 지났고 아시안 마트도 지났다. 영업 중이었다면 라면을 샀을 텐데, 무엇을 사려고 하면 상점은 언제나 영업이 끝난 후였다. 공원이 나왔고 트럭이 세워져 있는 주차장을 지났다. 그리고 나무들, 나무들. 멀리서 사이렌 소리가 들렸다. 처음 듣는 소리였지만 들으면 바로 알 수 있었다. 구급차 소리라는 것을. 누가 아픈가. 다쳤나. 사고인가. 나는 여러 도시를 다니며 사이렌 소리를 듣지 않은 적이 없었다. 그러고 보니 병원은 단 한 번도 보지 못했다. 어쩌면 모르고 지나쳤을지도. 구급차 소리는 멀리에서 시작되어 점점 더 멀어졌다. 여기엔 분명히 호수가 많다고 했는데 왜 내 눈에는 보이지 않는 것일까. 휴대폰을 꺼내봤지만 추위 때문인지 방전되어 전원이 들어오지 않았다. 지도라도 미리 봐둘걸. 나는 무작정 불빛이 보이는 곳으로 향했다. 이러다가 호수도 못 보고 얼어죽을 수도 있겠다고 생각했다. 진이 이런 나를 보았다면 고개를 흔들며 손을 잡아끌었을 텐데. 그리고 길을 찾아주었겠지. 아닌가. 진이 있었다면, 내가 길을 찾았을까. 돌아가면 이메일을 확인해봐야겠다고 생각했다. 진에게서 메일이 와 있을 것이다. 그러나 거기에 내가 원하는 이야기는 적혀 있지 않을 것이다.

나는 더 이상 걷기를 포기했다. 포기한다고 생각하니 마음이 편해졌다. 주위를 살펴보다가 나는 내가 이미 얼어붙은 호수의 한가운데에 서 있다는 것을 알았다. 나는 숨을 고르며 천천히 바닥에 누웠다. 입김이 하얗게 공중으로 흩어졌다. 수많은 별이 내 눈에 들어와 박혔다. 저 빛들은 몇억 년 전에 죽은 별들의 것이라고 했다. 몇억 년이라니. 상상도 되지 않았다. 나는 고작 30년 조금 넘게 살았을 뿐인데. 지금쯤 그들은 내가 저지른 짓을 발견했을까. 이왕이면 0을 좀더 붙여서 훔칠 걸 그랬어. 너무 소심했지. 나는 헛웃음이 났다. 내가 한심해서 혀를 찼다. 거시적인 세계관은 너무 늦게 찾아왔다.

한참 동안 하늘을 바라보다 손을 얼굴에 대어보았는데 감각이 없었다. 일어날 수 있을까, 생각하다가 무슨 소리를 들었다. 쩡, 하고 얼음이 갈라지는 소리. 날카롭고 긴 파열음. 얼음이 깨지는 걸까. 이렇게 추운데. 나는 무서웠다. 그러다 손으로 눈 덮인 바닥을 조심스레 문질렀다. 얼음 바닥이 조금 드러났지만 어두워서 그 아래까지는 보이지 않았다. 나는 소리를 좀더 잘 듣기 위해 바닥에 귀를 대고 누웠다. 멀리서부터 쩌억 하고 갈라지는 소리와 딱, 딱 소리가 간혹 들려왔다. 이건 깨지는 소리가 아니라 얼음이 숨 쉬는 소리라고 했던가. 나는 눈을 감고 그 소리에 한참 귀를 기울였다. 촉각이 점점 사라지고 청각만이 남았다. 사람에게 가장 마지막까지 남아 있는 감각이 청각이라고 했던가. 조금씩 졸음이 찾아왔다. 영화에서 많이 보았다. 추우면 졸음이 쏟아지고, 그때 잠들면 모든 게 끝이라고. 그래서 사람들은 잠들지 않기 위해 노력했다. 하지만 그들은 몰랐을 것이다. 이 졸음이 얼마나 달콤한지. 나는 얼음이 숨 쉬는 소리를 들으며 천천히 잠에 빠질 것이다.

언젠가 얼음이 갈라지면 나는 이름도 모르는 호수 아래로 잠길 것이다. 아래로, 아래로…… 추운가, 숨이 막히는가, 그러다 결국 아무런 고통 없이 점점 아래로 더 아래로. 추위와 고통을 잊고, 한참 가만히 가라앉으면 거기에 비로소 나의 집이 있다. 물고기와 해초와 바위 들 사이에 있는 나의 집. 거기에는 김치찌개도 상한 우유도 없다. 곰팡이도 부모도 없다. 냄새도 날씨도 없이 나는 집에서 조곤조곤 대화를 나눌 것이다. 나와 같은 말을 쓰는 당신과 함께. 집이란 그런 곳이니까. 춥지도 덥지도 않고 다만 우리는 포근하다고 느낄 뿐이다. 서로를 끌어안고, 꿈이 없는 잠 속으로. 어두워도 충만하여 빛을 원할 필요도 없이.

몸과 빛

당신은 한밤중에 창을 열고 발코니로 나와 담배에 불을 붙인다. 맞은편 빌라가 눈에 들어온다. 한두 군데를 제외하고 모두 불이 꺼져 있다. 담배 연기를 길게 내뿜는 것과 동시에 마치 당신의 숨에 반응하듯 맞은편 빌라 복도에 깜빡, 불이 들어온다. 순간 창에 기대어 당신을 바라보고 서 있는 검은 형체를 발견한다. 가슴이 덜컥 내려앉는다. 곧이어 가슴을 쓸어내린다. 누군가 기대어놓은 검은 우산이다. 그런 일은 간혹 일어난다. 늦은 시간 귀가하다 멈칫하는 순간들. 잠자리에서 뒤척이다 눈을 떴을 때 숨을 헉, 들이마셨던 기억. 그러나 그것은 잎사귀를 늘어뜨린 말라가는 화분이거나, 아무렇게나 걸어둔 늘어진 외투이거나, 조명의 장난으로 만들어진 천장의 그림자거나…… 당신은 그럴 때마다 헛웃음을 지으며 고개를 흔든다. 세상에 귀신이 어딨다고.

이런 순간이 모두에게 공평히 찾아오는 것은 아니다. 충만한 삶을 사는 이들은 좀처럼 접하지 못하는 순간들이다. 반면 자신의 의도와 무관하게 생활에서 조금씩 비껴 나는 사람들, 매일 보는 것들이 어느 순간 낯설게 여겨지는 사람들, 자신의 의도와는 무관하게 자꾸 멀어져 다른 차원을 생각하는 사람들, 그들은 이런 순간을 종종 느낀다. 그리고 고개를 흔든다. 정신을 차리자.

낡은 1톤 트럭이 급히 브레이크를 밟았다. 나는 도로에 비스듬히 정차한 트럭 뒤에 진한 스키드 마크가 남겨져 있는 것을 보았다. 운전석의 남자는 핸들에 머리를 박은 채 한참 동안 고개를 들지 않았다. 머리가 희끗하고 어깨가 구부정한 남자가 후들거리며 겨우 차에서 내려 도로에 누운 여자에게 다가갔다. 민소매 원피스를 입은 여자는 얼굴이 옆으로 돌아간 채 무방비 상태로 엎드린 모습이었다. 치마가 허리까지 올라가 검은 도트 무늬의 하얀 팬티가 드러나 있었다. 엉덩이의 굴곡과 매끈한 다리, 그리고 부드러워 보이는 하얀 팔뚝은 여전히 따뜻할 것 같았다. 정상적으로 피가 도는 몸처럼 보였다. 금방이라도 다시 일어나 옷을 털며, 아, 너무 아프네, 하고 인상을 써도 전혀 이상할 것 같지 않았다. 남자는 여자의 등에 떨리는 손을 천천히 얹었다. 여자는 반쯤 눈을 뜬 채였으나 무감한 표정으로 고요하게, 아무것도 보고 있지 않았다. 남자의 얼굴이 일그러졌다. 남자는 여자의 치마를 조심스레 내려주었다. 여자의 어딘가에서 피가 흘러나와 도로를 적셨다. 누군가 비명을 질렀고 누군가는 어디론가 전화를 걸었다. 여자가 이미 죽었다는 것을 남자도, 주위의 구경꾼들도 직감적으로 알고 있었다. 불과 몇 분 전까지만 해도 아무렇지 않게 길을 걸었을 여전히 생생한 몸은, 갑작스러운 죽음으로 인해 기이한 분위기를 풍겼다. 사람들은 그 기묘한 광경에서 쉽게 눈을 떼지 못했다. 행인들은 시체와 남자를 번갈아 보며 안쓰러운 표정과 탄식을 감추지 않았다. 가해자가 자신이 아니어서 다행이라는 안도는 가슴 깊이 잘 숨긴 채로.

남자는 주머니에서 낡은 손수건을 꺼내어 펼친 후 여자의 얼굴에 조심스레 덮어주었다. 그제야 남자는 차들의 경적 소리가 들리고 주위에 모여든 인파가 눈에 들어오는 듯했다. 남자는 여자의 얼굴을 덮은 손수건이 날아가지 않도록 한 손은 손수건에 대고, 다른 손으로는 휴대폰을 꺼내 들었다. 남자가 휴대폰을 바라보며 잠깐 주저하는 사이, 이미 요란한 사이렌 소리가 가까워지고 있었다. 비슷한 장면을 본 기억이 있다. 어렸을 때였다. 오토바이가 도로에 나동그라져 있었고, 옆에는 체구 큰 남자가 바닥에 누워 있었다. 남자의 얼굴이 깨진

계란처럼 땅에 들러붙어 있었던 것 같은데, 더 보려고 고개를 돌리자 누군가 내 눈을 가렸다. 엄마였던가, 언니였던가.

나는 식어가는 여자의 몸보다 오히려 트럭에서 내린 남자가 더 시체 같다고 생각했다. 땀에 전 반팔 티셔츠에 주머니가 많이 달린 망사 조끼를 입은 남자. 검고 여윈 팔에는 검버섯이 피었고 얼굴은 핏기 없이 창백했다. 입술은 검푸른색을 띠고 있었다. 나는 시선을 돌려 트럭을 보았다. 파란색 트럭은 긁힌 흔적이 많았다. 청 테이프가 두껍게 붙어 있던 범퍼가 떨어져 너덜거렸다. 트럭 짐칸에는 쌀 포대, 휴지, 식료품 따위가 보였다. 배달 가는 길이었나, 생각하다가 아까 여자의 도트 무늬 팬티가 떠올랐다. 나도 그런 팬티가 있는데. 가만, 그 여자의 얼굴은, 그 눈은 …… 나는 급히 고개를 돌려 여자를 보았다. 구급대원들이 여자를 들것에 실어 구급차로 옮겼다. 흰 천이 여자의 몸을 덮고 있었다. 나는 길바닥에 아무렇게나 던져진 샌들 한 짝을 보았다. 고무 소재로 만들어진 베이지색 샌들. 내 것과 같았다. 아니, 내 것이었다. 그 여자는 …… 나였다. 왜 나는 여자가 나라는 것을 바로 인지하지 못했던 것일까.

경찰이 남자에게 무언가 물었다. 남자는 바짝 마른 입술로 띄엄띄엄 대답했다. 나는 그에게 물이라도 주고 싶었다. 경찰은 남자에게 음주측정기를 내밀었다. 사람들은 숨죽여 그 광경을 지켜보았다. 음주측정기에 초록 불이 켜지자 주변은 또 시끄러워졌다. 인파 속에서 누군가가 외쳤다. 아니, 여자가 뛰어들었어. 내가 봤어요. 그러자 누군가가 또 말했다. 뛰어든 건 아니고, 걸어서 도로로 스르륵 들어가더라고. 휴대폰을 보고 있었나, 하여간 그래서 내가 어, 하는데 순식간이었어요. 어휴. 그는 얼이 빠진 채 서 있는 남자를 안쓰럽게 바라보며 말했다. 목격자 진술 필요하면 내가 갈게요. 그가 덧붙이자 동행으로 보이는 남자가 그의 팔을 끌며 인상을 썼다. 그냥 가자.

나는 내가 좀 전까지 누워 있던 도로를 보았다. 피가 고여 있었고 남자가 덮어주었던 손수건은 바닥에 붙어 흩날렸다. 내가 죽었구나. 죽은 게 나였구나. 이제 나는 없구나. 아닌데? 그럼 지금 나는 뭐지? 내 몸을 내려다보았다. 여전히 아까의 모습 그대로 나를 볼 수 있었다. 그러나 사람들은 나를 알아차리지 못했다. 그럼 지금의 나는 …… 이렇게 생각이라는 걸 하고 있는 나는, 무엇이라는 말인가. 이게 말이 되나. 이런 장면은 영화에서 많이 보았는데. 무수하게 많이 보았던 장면인데. 그런 영화는 너무도 식상해서 이제 콧방귀도 뀌지 않고 스킵하는데. 사람들이 만들어낸 망상들. 신이니 영혼이니 하는 것들. 하지만 나는 그런 것에 의지하는 부류가 아니었다. 차라리 그런 부류였다면 죽고 싶은 마음 같은 건 없었을지도 모르겠다. 나는 무신론자, 유물론자, 우울증 환자였다. 죽고 싶다고 생각한 지는 오래되었다. 역시 죽는 게 나을까, 편안할까. 몸이 죽으면 나는 사라지니까, 마음도 사라지고 나는 없는 것. 수면제를 처방받기 위해 병원에 가던 길이었다. 아닌가, 누군가의 생일이라 약속 장소로 향하던 중이었던가. 누구의 생일? 가족? 아니면, 연인?

처음 죽고 싶다고 생각했던 적이 언제인지 정확하게 기억나지 않는다. 나는 잠을 지나치게 많이 잤고 점점 말라갔다. 다양한 약들을 돌아가며 먹었고 한동안은 매일 밤 술을 마셨다. 취직을 해서 꽤 즐겁게, 심지어 행복하다는 생각을 하며 지낸 적도 있었다. 여행을 다니며 처음 보는 이들과 밥을 먹고 춤을 추기도 했다. 그러나 언제나 다시 돌아갔다. 해가 질 때까지 홀로 가만히 누워 있던 시간으로. 음식 맛도 모른 채 식탁에 앉아 한 시간이 넘도록 밥 한 공기를 비우지 못하던 때로. 지하철 안에서 갑자기 눈물이 터지는 바람에 허둥지둥 내려 눈물이 멈출 때까지 인파를 피해 구석의 벽을 보며 서 있던 시간으로.

서른을 넘기고서야 주위 사람들이 눈에 들어오기 시작했다. 가족, 친구, 연인. 병원에 가서 약을 타 먹었고 나는 견뎠다. 나아진 것도 같았다. 마음에 걸리는 사람이 있다는 것 자체가 긍정적인 것이라고 의사는 말했다. 연인. 내게는 연인이 있었다. 나의 몸을 안고 체온을 느끼며 안도했던 또 다른 몸. 분명 그런 몸이 있었다. 약은 깊은 우울로 내려가는 것을 막아주었다. 대신 멍청해졌다. 때로는 나른했고 하루 종일 졸음과 싸우는 날도 있었다. 아니, 싸우지는 않았다. 싸울 마음이 들지 않았으니까. 논문을 써야 하는데, 생각만 하며 소파에 누워 시간을 보냈고 주말이 되면 주말이니까 쉬었다. 아닌가. 대학원 같은 곳엔 간 적이 없었던가. 출근을 했던가. 사원증을 목에 걸었던가. 회식 장소에서 맥주에 소주를 말아 마셨던가. 연인은 나의 죽음을 어떻게 받아들일까. 자살이라고 생각할까. 아닌데. 나는 죽기 위해 차도에 내려간 적이 없는데. 죽고 싶었던 건 맞지만 이런 식은 아니었는데. 문득 연인이 미치도록 그리웠다. 살을 맞대고 체온을 느끼며 있는 힘을 다해 꽉 끌어안고 싶었다. 그런 생각을 하자 눈물이 흘렀다. 나는 길에 선 채로 소리 내어 울었는데…… 가만, 내게 연인이 있었던가? 얼굴이 떠오르지 않았다. 방금 전까지 연인이 있다고 확신했는데. 누구였더라? 꿈을 꾼 걸까?

나는 다시 내 몸을 내려다보았다. 맨발이었다. 옷차림도, 손등에 새겨진 별 문신도 그대로인데 신발은 왜 없지? 나는 조금 전 길바닥에 나뒹굴던 베이지색 샌들을 기억해냈다. 그리고 다시 발을 보았다. 어느새 샌들이 신겨져 있었다. 아, 이건 아니다. 이건 내가 생각했던 죽음이 아니다. 죽는다는 건,

몸에서 생명이 사라진다는 건, 생각이나 마음 같은 것도 당연히 함께 사라지는 것이라고 믿었다. 그래서 나는 죽고 싶었던 건데……

구급차가 먼저 떠났고 경찰들이 현장 사진을 찍었다. 남자는 경찰차에 올랐다. 나는 재빨리 그의 옆에 자리를 잡았다. 모두가 떠난 자리에 멍하니 남고 싶지 않았다. 무엇보다 나는, 남자가 궁금했다. 남자는 여전히 떨리는 손으로 휴대폰을 다시 꺼내 들더니 어디론가 전화를 걸었다. 응, 난데. 저, 사고가 났어. 남자의 눈시울이 붉어졌다. 잠시 후 남자는 울음을 삼키고 단답형으로 간신히 대답을 이었다. 괜찮아. 걱정 말고, 이따 다시 연락할게. 집에 있어. 전화를 끊은 후 남자가 내 쪽으로 고개를 돌렸다. 그와 눈이 마주치는 순간 심장이 내려앉았다. 내가 보이나? 그러나 남자의 눈은 잠깐 놀란 듯 커졌다가 금방 나를 통과해 차창 너머로 향했다. 이어서 길게 한숨을 내쉬고는 주름진 손을 들어 이마를 짚었다. 남자의 이마에는 푸르스름한 멍이 들어 있었다. 경찰이 백미러로 남자를 보았다. 일단, 블랙박스 보면 다 나오니까 너무 걱정 마시고요. 아, 블랙박스가 없다고 했지. 음, CCTV 확인하고, 무단횡단 사고니까 유족들하고 합의 보시면…… 그리고 여성분이 뛰어들었다는 말도 있으니까 그게 증명이 되면…… 일단 기다려봅시다.

유족들. 나의 가족들. 남자는 경찰의 말에 귀를 기울였다. 고개를 끄덕였지만 절망을 숨기지는 못했다. 유족들과 만나야 한다는 사실이 남자의 마음을 더욱 무겁게 하는 것 같았다. 나는 뛰어들지 않았다. 나는 웬만해서는 뛰지 않으니까. 그런데 왜 내가 차도에 있었을까. 무슨 생각을 하며 어디를 가는 중이었던가. 차도에 내려서던 순간도, 차와 충돌했을 때의 충격도, 아무것도 기억나지 않았다. 하지만 나와 가까운 이들은, 그것이 비록 사고사로 결론이 나더라도, 자살이라고 여기지 않을까. 사고사와 자살, 둘 중 어떤 것이 더 나은 죽음일까. 상처가 덜 될까. 아무래도 사고사가 자살보다는 낫겠지. 자살은 아니었는데. 아니었던 것 같은데…… 사고라면 이 남자는 어떻게 되는 것일까. 남자의 멍든 이마가 점점 부어올랐다. 찌든 땀냄새가 풍겼다.

경찰차가 멈췄고 나는 남자를 따라 경찰서로 들어갔다. 저는 만약에 자살을 해도 건물에서 뛰어내리거나 도로에 뛰어들지는 않을 거예요. 너무 민폐잖아요. 전, 아무도 없는 곳에 가서 최대한 조용히…… 그래도 역시 실종이나 자살은 민폐겠죠. 이런 식의 말을 몇 번인가 한 적이 있다. 하지만 아득한 어둠 속에서 홀로 웅크리고 있는 밤은 또 찾아왔다. 함께 있는 것은 무생물들뿐. 떠오르는 이가 아무도 없는 밤. 아무에게도 미안하지 않은 밤. 나조차도 없는 완벽하게 혼자인 밤.

경고등이 켜졌다. 그럴 때에는 다시 병원에 갔고 약을 먹었다. 그러니까 나는, 사실은, 죽고 싶지 않았던 걸까. 그건 아닌데……

남자는 형사를 마주 보고 앉았다. 형사가 인적 사항을 물었고 남자는 겨우겨우 대답을 이어갔다. 예? 잘 들리지 않는다는 듯 형사가 되묻자 남자는 움찔했다. 형사의 목소리는 지나치게 컸다. 사건 경위에 대해 말할 때에는 남자의 목소리가 조금씩 커졌다. 저는 배달을 가는 중이었어요. 원래는 오토바이로 배달을 하는데 오늘은 가게 트럭을 빌렸거든요. 내일 가족이랑 어디를 가야 해서. 오늘 마지막 배달이었는데…… 남자는 동네 대형 마트에서 배달 일을 한다고 했다. 형사님도 아시겠지만, 거기가 6차선 도로잖아요. 제가 막 차선을 바꾸고 신호등을 보는데 초록색이었거든요. 그런데 금방 주황으로 바뀔 거 같은 느낌이 들었어요. 그래서 속도를 조금 높였던 거 같아요. 아니, 높이려고 생각만 했던 거 같은데…… 갑자기 뭐가 훅. 그걸 누가 피할 수 있겠어요. 남자는 고개를 떨구고 깊은 한숨을 내쉬었다. 형사가 답답하다는 듯 말했다.

아니, 아시잖아요. 생각과 동시에 발은 이미 액셀 밟고 있다는 거. 그래도 뭐 과속은 아니었고. 형사는 남자의 희고 듬성한 머리와 이마에 깊게 팬 주름을 안쓰러운 눈으로 한번 훑었다. 이마는 괜찮으세요? 멍이 많이 들었는데.

지금 그게 뭐가 중요합니까. 남자는 웅얼거렸고 형사는 듣지 못한 듯 미간을 살짝 찌푸렸지만 다시 묻지는 않았다. 저는 어떻게 되는 겁니까? 집에 갈 수는 있는 겁니까? 내일 어디를 가기로 했는데. 집에 사람이 있는데.

이게, 어찌 됐든 사망 사고잖아요. 그럼 무조건 검찰로 넘어가요. 일단, 전과도 없으시고 음주도 아니고 과속도 아니고, 마지막으로 CCTV 확인되면 아마, 선생님 같은 경우엔 불구속 수사를 진행하게 될 텐데요. 보통은 구속까지 안 가고 합의로 끝나요.

남자는 합의가 돈을 뜻한다는 것을 알았다. 그렇게 확 튀어나왔는데, 제가 뭘 어떻게 할 수 있었겠습니까?

확 튀어나온 게 확실합니까? 뭐, 어차피 확인은 금방 되니까요. 피해자가 무단 횡단인 건 맞고 …… 그런데 과실 비율에서 좀 차이가 날 수 있어요.

저, 오늘 집에 갈 수는 있습니까?

일단 기본적인 조사 끝나고 큰 문제 없으면 불구속 수사로…… 그래도 검찰에 넘어가면 당분간은 검찰에서 또 조사를 받으셔야…… 피해자 유족과 합의가 가장 중요……

핏기 없던 남자의 얼굴은 점점 어둡게 변해갔고 어깨는 더욱 움츠러들었다. 나는 내가 아니라, 남자가 피해자처럼 느껴졌다.

CCTV 속의 나는 늦여름 주말 저녁 7시 15분경 동네 지하철역 인근 도로를 천천히 걷고 있었다. 화면 속 3분의 2쯤 되는 곳에서 나는 걸음을 멈추었다. 택시를 잡으려는 사람처럼 고개를 왼쪽으로 돌리고 다가오는 차들을 보다가 다시 정면 어딘가를 바라보았다. 그러다 몇 초쯤 후에 크게 한 걸음 두 걸음, 차도로 발을 내디뎠다. 고개는 여전히 정면을 향한 채.

사람들은 트럭이 지나가기 전후 장면을 몇 번이나 돌려 보았다. 처음에는 화면 속의 내가 나 같지 않았다. 그러다 나중에는 그래, 내가 아까 저렇게 서 있었지, 도로로 내려섰지, 내가 그랬지. 기억이 났다고 해야 할까. 트럭이 내 몸을 치고 갈 때의 충격이 이제야 느껴지는 것 같았다. 그런데 나는 그때 무슨 생각을 하고 있었던 걸까. 무슨 생각으로 저런 행동을 했을까. 어쩌자고 이 불쌍한 남자의 인생에 끔찍한 불청객으로 남게 된 걸까. 그래서 죽어서도 이렇게 남아서 고통을 받는 건가.

새벽이 되어서야 남자는 경찰서에서 나왔다. 남자는 경찰서를 벗어나 한참을 걸어 좁은 골목으로 들어갔다. 다리에 힘이 풀린 듯 주저앉았다. 가슴에서 담배를 꺼내 물었다. 담배 연기가 공중으로 길게 퍼졌다. 남자와 함께 담배를 피워주고 싶었다. 남자는 휴대폰을 꺼내 어디론가 전화를 걸었다. 나야. 이제 끝났어. ……야, 이, 너는 지금 그걸 말이라고 하냐?

너는 대가리가, 휴…… 하여간, 나 금방 가.

나는 남자가 욕을 내뱉을 때의 눈빛을 보았다. 차가운 기운이 목덜미를 훑고 지나갔다. 남자는 담배를 한 대 더 피운 후 자리에서 일어섰다. 바닥에 침을 뱉고 한숨을 크게 한 번 내쉬고서 발걸음을 옮겼다.

남자의 집은 연립주택과 빌라가 빼곡하게 들어선 오래된 동네에 있었다. 한참 언덕길을 올라가야 했지만 나는 숨이 차지도, 다리가 아프지도 않았다. 걷는다는 감각도 잘 느껴지지 않아 다리를 내려다보았다. 또다시 맨발이었다. 분명 신발을 신고 있었는데. 어떤 신발이었더라.

남자는 오래된 빌라의 꼭대기 층까지 올라가 옥상으로 향하는 문을 열었다. 옥상에 들어서자 왼편에 또 다른 문이 있었다. 남자가 문을 두드리니 안에서 가무잡잡한 피부의 작고 통통한 여자가 문을 열어주었다. 한국인이 아니었다. 집 안에는 갓 지은 밥냄새가 따스하게 스며 있었다. 남자는 그 냄새를 무시하고 말했다. 라면 끓여. 여자의 커다란 눈에 걱정과 의문이 가득했다. 무슨 말인가 하려다가 몸을 돌려 작은 부엌으로 가 냄비에 물을 받았다. 여자는 남자의 아내라고 하기엔 너무 어려 보였다. 냄비를 가스 불에 올린 후 여자가 어설픈 한국어로 물었다. 괜찮아? 큰일 났어요? 남자는 양말을 벗어 던지며 말했다. 어, 큰일 났어. 웬 미친년 때문에 우리 큰

일 났다. 남자는 웃통을 벗고 낡은 침대에 드러누웠다. 여자는 남자 쪽으로 선풍기를 켜주었다. 시큼한 냄새가 방에 퍼졌다. 남자는 눈을 감았다. 여자는 이야기를 더 듣고 싶은 듯 남자 옆에 앉았다. 남자는 깊게 한숨을 내쉬었다. 야, 물 끓는다. 남자가 눈을 감은 채 말했다. 여자는 자리에서 일어나 부엌으로 갔다.

좁은 부엌에는 낡은 2인용 식탁이 있었다. 여자는 파를 썰어 넣은 라면을 식탁에 올리고 김치와 소주를 꺼냈다. 식사해요. 남자는 말이 없었다. 인상을 찌푸린 채 그대로 잠들어 있었다. 여자는 짧게 한숨을 내쉬고는 식탁 앞에 앉았다. 익숙하게 소주병을 따고 물컵에 술을 따랐다. 소주를 물처럼 꿀꺽꿀꺽 몇 모금 마시고는 아무렇지 않은 표정으로 잔을 내려놓았다. 여자는 냉장고에서 핫소스를 꺼내 라면 위에 뿌리고 면을 홀홀 불어가며 아침 식사를 했다. 소주 한 병은 금방 비워졌다. 남자의 코 고는 소리가 부엌까지 들려왔다. 여자는 휴대폰을 꺼내 누군가와 한참 동안 메시지를 주고받았다. 여자는 밥솥에서 따뜻한 밥을 퍼 라면 국물에 말았다. 그리고 소주 한 병을 더 따려다 무슨 생각인지 소주병을 내려놓고 밥을 먹기 시작했다. 식사를 마친 여자는 조용히 문을 닫고 밖으로 나왔다. 주머니에서 담배를 꺼내어 불을 붙였다. 여자는 옥상 담벼락에 매달려 아래를 내려다보며 담배를 피웠다. 흐리고 습한 아침이었다. 여자의 콧등과 이마에 땀이 송골송골 맺혀 있었다. 여자는 내가 알아들을 수 없는 말로 지나가는 이들을 내려다보며 중얼거렸다. 능숙하게 담뱃불을 떨어 끈 여자는 담 아래로 꽁초를 던지고 침을 뱉었다. 무언가를 보며 웃었다. 몸을 돌려 낡은 플라스틱 의자에 앉았다. 천천히 팔을 들어 기지개를 켜며 어딘가를 응시하던 여자가 순간 멈칫했다. 그러나 금방 한숨을 내쉬고는 고개를 흔들며 일어나 집 안으로 들어갔다.

나는 여자의 시선이 머물렀던 곳을 보았다. 거기에는 오래되어 방치된 커다란 화분 몇 개가 있었다. 식물은 제멋대로 자라 엉겨 있었는데, 그 옆에 누군가 앉아 있었다. 아니, 정확히 말하자면 하체는 없이 상체만이 땅에서 몇 센티미터 떠 있는 채로 나를 바라보는 남자가 있었다. 나는 그가 나와 같은 부류임을 알았다. 그러니까 말하자면⋯⋯ 귀신 같은 것.

남자는 나를 보고도 두 눈을 끔뻑이기만 했다. 내가 천천히 그에게 다가가자 그도 둥둥 뜬 몸으로 내게 조금씩 다가왔다. 안녕하세요. 반사적으로 인사를 건넨 나는 내심 웃음이 났다. 안녕하세요,라니. 그러나 남자의 표정은 진지했다. 남자가 작게 말했다. 당신도, 나처럼? 나는 고개를 끄덕였다. 아마도.

문수, 점점, 나 연해져. 남자는 완성된 문장으로 말하지 못했다. 손가락으로 하체를 가리켰다. 까먹어요, 자꾸. 그는 갑은 말을 여러 번 반복했다. 이름이 문수? 그제야 그가 웃으며 고개를 끄덕였다. 당신은? 나는, 나는…… 지숙. 그게 내 이름이 맞는지는 나도 몰랐다. 그냥 떠오른 이름이었고 내 이름 같기도 했다. 까먹어요, 자꾸. 남자가 다시 말했고 나는 내가 맨발인 이유를 떠올렸다. 나는 내 몸의 다른 곳도 살펴보았다. 손등에 있던 별 문신이 사라지고 없었다. 문수라는 이름의 남자는 옥탑방의 열린 창을 향해 스르르 움직였다. 나는 그를 따라 안으로 들어갔다. 여자는 찬물을 적신 수건을 짜서 잠든 남자의 얼굴을 닦아주고 있었다. 남자는 비몽사몽간에 괜찮다는 듯 손을 들었으나 잠에서 쉽게 깨지 못했다. 여자는 남자의 목과 팔을 정성스레 닦아준 후 양말을 벗겨 발까지 닦았다. 마지막으로 이마의 멍에 연고를 발라주었다. 문수는 그녀를 바라보며 썸밧, 오리배를, 구월동에서, 썸밧, 동원참치가, 칠리소스, 스낵면, 작약이 비싸서, 문수, 썸밧, 썸밧……이라는 말을 반복했다. 그의 커다란 눈은 슬퍼 보였다.

썸밧? 이 여자 이름이 썸밧이에요? 그가 고개를 끄덕였다. 나는 여자와 문수가 어떤 사이였을까 궁금했지만 묻지는 않았다. 비가 쏟아지는 소리가 들리기 시작했다. 이어서 남자의 휴대폰이 울렸다. 남자는 벨 소리에 화들짝 놀라 자리에서 일어났다. 여보세요. 예, 예. 오늘…… 알겠습니다. 남자는 전화를 끊고 한숨을 길게 내쉬었다. 꿈이 아니었네. 이런 건 꿈이 아니지. 혼잣말을 했고 여자는 걱정스러운 표정으로 남자를 보았다. 남자는 여자에게 사고 경위를 대략 설명해주었다. 죽었어요? 여자는 손으로 입을 막고 훌쩍였다. 함께 이야기를 듣던 문수가 나를 보며 말했다. 당신이? 나는 고개를 끄덕였다. 왜, 왜. 화난 얼굴이었다. 모르겠어요, 나도 기억이…… 순간 두려웠지만, 그와 동시에, 이미 죽었는데 두려울 것이 뭐가 있나 생각했다. 문수는 내게 빠르게 다가와 나의 팔을 잡아채려 했고 나는 눈을 감았다. 그러나 아무것도 느껴지지 않았다. 그의 몸은 허무하게 나를 통과해버렸다. 우리는 서로를 볼 수 있었지만 만질 수는 없었다. 그런데 이 남자는 내게 왜 이렇게 화를 내는 걸까.

그 여자 장례식장을 알려주는데…… 형사가 아무래도 가보는 게 좋을 거라고. 남자는 한숨을 크게 내쉬었다. 나는 도대체 왜 이러냐. 응? 남자는 얼굴을 일그러뜨리고 머리를 움켜쥐었다. 도대체 전생에 무슨 잘못을 했길래, 이런 개 같은 일만 생기냐. 남자는 참았던 울분을 터뜨렸다. 여보, 그만. 스톱. 스톱! 건강 안 좋아! 그러나 남자는 화를 누르지 못하고 가슴을 쥐어뜯었다. 내가 뒈져야지. 뒈져야 끝나지. 남자는 벽에 머리를 박기 시작했다. 여자는 남자의 뺨을 후려쳤다. 남자가 얼이 빠진 표정으로 여자를 보았다. 지났어, 이미. 끝났어. 라면 끓여요. 씻어. 냄새 많이 나.

여자는 냄비를 씻고 다시 물을 끓였다. 라면을 넣고 파와 계란을 올렸다. 남자는 욕실에서 나와 식탁에 앉았다. 면을 건져 한입 넣더니 다시 울컥하는지 고개를 들어 천장을 보았다. 천천히, 천천히. 여자가 시원한 보리차를 따라 남자에게 건넸다. 남자는 라면을 반도 넘게 남겼다.

여자는 옷장에서 계절에 맞지도 않는 낡은 정장을 꺼냈다. 하얀 셔츠가 없어 가장 밝은색의 회색빛 셔츠를 꺼내어 다림질했다. 남자는 여자가 건네준 옷을 입었다. 재킷은 어깨가 컸고 바지는 허리가 컸다. 나는 남자가 가는 곳이 나의 장례식장이라는 것을 알았다. 남자는 집을 나와 계단을 내려가면서도 몇 번이나 걸음을 멈추고 뒤를 돌아보았다. 골목을 빠져나와서는 담배 세 대를 연달아 피웠다. 휴대폰을 열었다 닫았다. 남자는 대로변에서 택시를 잡으려는 듯 한참 서 있었다. 비는 아까 그쳤으나 남자의 몸은 이미 땀으로 흥건했다. 빈택시가 몇 대나 지나갔지만 남자는 타지 않았다. 무슨 생각인지 차도에 발을 내딛고 섰다. 승용차가 경적을 울리며 지나갔다. 남자는 놀라서 다시 인도로 올라섰다. 천천히 몸을 돌려 지하철역으로 향했다.

장례식장에 도착한 남자는 숨을 골랐다. 장례식장 입구 전광판에 사망자와 상주의 이름이 떠 있었다. 익숙한 이름이 보였다. 내 이름은 황주희. 상주 황철주, 임지숙. 언니 황주연.

내가 문수에게 말했던 지숙은 엄마의 이름이었다. 황철주는 나의 아버지. 남자는 빈소 호수를 확인하고 천천히 걸음을 옮겼다. 겉으로 보기에도 남자는 나만큼이나 떨고 있었다. 장례식장은 한산했다. 남자는 신발을 벗고 빈소로 들어섰다. 남자의 검은 구두는 형편없이 주름져 있었다. 빈소에는 부모님과 언니가 넋이 나간 채 앉아 있었다. 가족들 얼굴이 가물가물했는데, 얼굴을 보자마자 가슴이 미어져왔다. 영정 속 나는 환하게 웃고 있었다. 내가 저렇게 웃은 적이 있었나. 누구를 보고 저렇게 웃었더라.

남자는 가족들을 보자마자 무릎을 꿇었다. 엄마는 어리둥절해하다가 그가 누구인지 알아차렸다. 아버지는 한숨을 쉬며 고개를 숙였다. 하지만 그를 나무라지 않았다. 가족들과 남자는 함께 울기 시작했다. 그 모습을 보며 나도 울었다. 그러나 내 울음소리는 아무도 듣지 못했다.

남자는 내 사진 앞에서 절을 했다. 식사라도 하고 가라는 엄마의 말을 정중히 거절하며 끝까지 죄송하다고 고개를 숙였다. 아닙니다. 우리 애가, 우리 애가. 엄마는 그 말만 반복했다. 나는 주위를 둘러보았다. 직장 동료, 학교 동기, 친척 몇몇. 그리고 낯이 익은데 누군지 기억나지 않는 사람들이 드문드문 앉아 밥을 먹거나 술잔을 기울이고 있었다. 결국 이렇게 되었다는 표정으로 간혹 고개를 주억거리며 나지막하게 이야기를 나누는 사람들. 그들 중 한 남자가 내 시선을 끌었다. 고개를 떨군 채 구석에 멍하니 앉아 있었다. 그의 어깨가 익숙했다. 가는 목선과 볼록한 귓불이. 그에게 가까이 가고 싶었으나 나는 멀찌감치 서서 그가 얼굴을 들기만을 기다렸다. 가까이 다가가고 싶은 만큼 두려운 마음이 컸다. 그의 얼굴을 마주하는 순간 왠지 내가 휘발되어버릴 것 같은 기분. 그러나 한참을 보고 있어도 그는 고개를 들지 않았다. 익숙한 목덜미. 그의 체취를 알 것 같았다. 그는 나의 연인인가. 친구인가. 둘 다인가. 그의 곁에서 떠나지 못하고 있는데 아버지의 목소리가 들렸다. 장례식장 입구에 아버지와 남자가 서 있었다. 아버지는 남자의 손을 잡고 무슨 말인가 하고 있었다. 남자는 벌게진 눈으로 다시 한번 깊이 고개를 숙이고는 낡은 구두를 대충 구겨 신고 밖으로 나갔다. 나는 장례식장에 남아 있으려다 남자를 따라나섰다. 알 수 없는 힘이 나를 남자에게로 이끌었다. 가족들의 얼굴을 돌아보았다. 여전히 고개를 숙인 채 구석 자리에 앉아 있는 남자에게는 미안하다고 말하고 싶었다. 사실, 그러려던 게 아니었다고. 잠깐만 갔다가 금방 다시 돌아오겠다고. 다녀오겠다고. 그런데…… 내 이름이 뭐였더라. 나는 나의 두 발이 사라진 것을 알아챘다. 이제 나는 걷는다고도 할 수 없는 형태로 움직였다.

남자는 밖으로 나와 빠른 걸음으로 병원을 벗어났다. 병원

이 작게 보일 때쯤, 아무 골목으로나 들어가 주위를 둘러보았
다. 그제야 남자는 신발을 바로 신었다. 남자는 큰 소리로 코
를 풀고 담배를 꺼내 물었다. 몸보다 큰 옷 때문에 남자는 더
보잘것없어 보였다. 어제보다 몇 년은 늙어 보이는 얼굴로 재
킷을 벗어 들고 어디론가 전화를 걸었다. 응, 나야. 이제 들어
가. 밥해놔. 배고프다. 전화를 끊고 남자는 도망치듯 지하철
역으로 향했다.

동네 지하철역에 내려 집으로 향하던 남자는 빵집을 지나
쳐 가다 무슨 생각인지 걸음을 돌렸다. 그러고는 빵집 앞에
서서 가슴팍에서 흰 봉투를 꺼냈다. 조의금 봉투였다. 실수로
내지 못한 것 같지는 않았다. 남자는 봉투에서 돈을 꺼내어
주머니에 넣고 봉투는 구겨서 버렸다. 빵집에 들어간 남자는
딸기생크림케이크를 포장했다. 초는 큰 거 두 개, 작은 거 일
곱 개. 알바생은 반말하는 남자에게 기분 나쁜 표정을 숨기지
않았지만 남자는 개의치 않았다. 남자는 냉장고 안에서 싸구
려 샴페인도 한 병 꺼내 들었다. 문득 나는 샴페인 병을 들어
그의 머리를 가격하고 싶은 충동을 느꼈다. 아무래도 좋은 사
람은 아니다. 나는 가족들에게 말하고 싶었다. 꿈에라도 들어
가 알려주고 싶었다. 내가 죽으려고 한 게 아니라고. 그리고
이 남자는…… 무언가 잘못되었다고. 하지만, 좋은 사람? 좋
은 사람…… 그게 뭘까. 그런 건 어떤 사람을 말하는 걸까.

몸과 빛

남자는 한 손에는 재킷과 샴페인을, 한 손에는 케이크를 들고 힘겹게 집 계단을 올랐다. 나는 남자의 표정을 유심히 살폈다. 그가 웃음을 흘리기라도 한다면 어떻게든 넘어뜨리리라. 그러나 그는 웃지 않았다. 그저 어금니를 너무 꽉 깨물고 있었는데 자신도 인지하지 못하는 것 같았다. 옥상에 올라간 남자는 거친 숨을 몰아쉬었다. 늦여름의 해가 지고 있었다. 그가 숨을 고르는 동안 나 역시 그와 마찬가지로 숨이 차고 땀이 나는 것 같아 숨을 크게 내쉬었다. 그러나 나는 숨이 차지 않았고 땀이 나지도 않았다. 내가 놀란 것은 땀이 나지 않는다는 사실이 아니었다. 땀을 닦으려고 손을 들었는데 오른손이 없었다. 손목까지만 있는 팔을 나는 낯설게 바라보았다. 그새 또 무엇을 잊은 걸까. 다른 형상은 그대로였다. 우습게도 나는, 옷이 사라질까 봐, 벌거벗게 될까 봐 그게 걱정이었다. 문수가 그런 나를 보며 허공에 동동 떠 있었다. 문수는 아디다스 로고가 새겨진 티셔츠를 입고 있었다. 이제는 상체도 반 이상이 사라져 로고 윗부분만 조금 보일 뿐이었지만. 이제야 그게 눈에 들어왔다. 나는 안도했다. 인간이란 뭘까. 아니, 도대체 귀신이란.

여자는 남자의 손에 들려 있는 케이크와 샴페인을 받고 기뻐했다. 어떻게 이런 날 저런 표정을 지을 수 있는 것인지 나는 의아했다. 도대체 무엇을 축하하려는 걸까. 누군가를 죽였음에도 많은 것을 잃지 않고 큰 타격 없이 넘어갈 수 있으리라는 현실을 축하하려는 건가? 사실 나는 그에게 죄를 지었다고 생각했다. 할 수만 있다면 시간을 돌리고 싶었다. 하지만 축배를 들기엔 지나치게 이르지 않은가. 인간으로서 예의가 아니지 않은가. 오늘은 여자의 생일이었다. 그래, 아까 빵집에서 초를 달라고 했었지. 아니, 그렇다고 해도 샴페인까지는 좀 너무하지 않은가. 여자는 자신이 직접 포장을 뜯고 케이크에 정성 들여 초를 꽂았다. 남자가 라이터로 불을 붙이자 얼마 안 가 촛농이 금방 케이크 위로 뚝뚝 떨어졌다. 남자는 소리가 거의 나지 않게 손뼉을 치며 쑥스러운 표정으로 노래를 부르기 시작했다. 생일 축하합니다. 생일 축하합니다. 사랑하는 우리 쑤안…… 생일 축하합니다…… 쑤안? 문수는 썸밧이라고 불렀는데. 나는 문수를 바라보았다. 문수는 남은 팔하나로 여자의 머리를 쓰다듬으려 끊임없이 애썼다. 안타까운 눈빛이었다. 나는 문수가 다른 여자와 쑤안을 착각하는 거라 생각했다. 그러나 착각이면 어떤가. 다만, 문수에게 썸밧은 어떤 존재이길래 이토록 간절히 썸밧을 읊고 다니는 것인지 궁금했다. 나는 문수의 착각과 행동을 귀신으로서 이해했다. 그러나 내게는 왜 그런 이가 없을까. 있었을 텐데, 이상하게 기억이 나지 않았다. 나는 왜 이렇게 기묘한 형태로 남아서 이들의 주위를 맴돌고 있는 것인가.

남자의 노래는 음률이 거의 느껴지지 않았고 목소리는 점점 작아져 나중에는 거의 들리지도 않았다. 마치 누가 들을까 봐 염려하는 것처럼. 노래가 끝나자 여자는 촛불을 불어 끄고 활짝 웃었다. 여자는 재빨리 케이크에서 초를 뽑아냈다. 샴페인을 따는 남자에게 여자가 물었다. 잘된 거지?

나쁜 것 중에서는 그나마 나은 편이라고 할 수 있겠지. 일을 다시 구해야겠지만. 남자는 씁쓸한 표정을 지었고 때마침 팡, 하고 샴페인 마개가 튀어나왔다. 여자는 커다란 눈으로 작게 박수를 치며 웃었다. 이곳과 가장 무관한 소리처럼 들렸다. 남자가 소리 없이 입을 벌리고 웃었다. 웃는 모습은 처음이었다. 어금니 쪽 치아가 하나 없었다. 샴페인을 물컵에 따르며 남자는 언제 그랬냐는 듯 다시 굳게 입을 다물었다.

둘은 샴페인 한 병을 금세 비운 후 소주를 마시기 시작했다. 여자는 김치와 두부를 꺼내 왔다. 소주 두 병이 비워졌을 때에는 어둠이 내린 뒤였다. 문수는 썸밧, 작약이 예쁘고, 참이슬 빨간 뚜껑, 썸밧, 동산장 여관, 손톱, 한남대교, 물방울 무늬 맛…… 하고 알 수 없는 단어들을 나열하며 그들 옆에 붙어 있었다. 문수 씨는 어떻게 죽은 거예요? 내가 물었다. 문수는 초점이 희미한 눈으로 나를 응시했다. 죽었다. 죽었다…… 아, 도, 동산장 여관, 한강, 남산 고양이는, 문수? 아니? 나? 너? 뜨거운, 문이. 문수도 답답한지 입을 달싹이며 갑자기 자신의 머리를 때렸다. 문수는 마지막 남은 팔마저도 점점 희미해지고 있었다. 나는 문수의 이름이 문수가 아닐 수도 있겠다고 생각했다. 내가 나의 이름을 기억하지 못하는 것처럼.

합의금이 많이 들 거야. 그 여자 가족들은 좋은 사람들 같았어. 하지만 돈은 또 다른 문제지. 돈 앞에서 사람들은 바뀌니까. 뛰어든 건 확실히 아니었거든. 그런데 실수로 걸어 나온 거 같지도 않은데. 남자는 계속해서 잔을 기울이며 여자가 알아듣든 말든 계속 말했다. 돈? 여자가 물었다. 그래, 돈. 얼마? 몇천은 되겠지, 최소. 남자의 주름이 깊어졌다. 천만 원? 여자가 놀란 눈으로 되물었다. 천만 원이 아니라, 몇천……휴, 됐다. 남자는 깊은 한숨을 내쉬었다. 그러다 갑자기 목소리를 높였다. 왜 나야? 왜 하필, 왜 하필 그때 튀어나와서, 왜 나한테. 대체 왜 나냐고! 씨발 정말 좆같아서 못살겠네! 남자는 소리를 질렀다. 여자는 아무 말도 못 하고 남자를 보고만 있었다. 남자가 거칠게 자리에서 일어났다. 피곤하다, 자자. 남자가 욕실에서 샤워하는 소리를 들으며 여자는 남은 소주를 한 빈에 털어 넣고 식탁을 대충 치웠다.

남자는 속옷 바람으로 침대에 누웠다. 잠시 뒤 방으로 들어선 여자는 불을 끄고 남자 옆에 누웠다. 둘은 금방 잠이 들었다. 남자는 코를 심하게 골았다. 문수와 나는 어두운 방 안

에 남았다. 어느새 나는 허벅지까지 사라진 모양새로 문수와
마찬가지로 둥둥 떠 있었다. 누가 나를 본다면 무섭겠다, 그
런 생각을 하며 문수를 보았다. 문수는 이제 얼굴만 남아 있
었다. 무슨 생각 해? 내가 묻자 문수는 의아한 눈으로 대답했
다. ……썸밧이, 손, 까만 눈썹이, 썸밧은 …… 썸밧을…… 문
수가 웅얼거리며, 커튼 사이로 희미한 빛이 들어오는 창을 바
라보았다. 창문에 도도도도 무언가 부딪히는 소리가 들렸다.
다시 비가 내리기 시작했다. 나는 눈을 감고 가만히 그 소리
를 들었다. 함께 누워 빗소리를 들었던 사람이 있었다. 나는
그의 가슴에 팔을 올린 채, 비가 그치지 않기를 바란다고 말
했다. 영원히 비가 내려 우리가 이곳에서 더 이상 어디로도
가지 않기를 바란다고 말했다. 영원히. 나도 그래, 나도. 나는
그런 대답을 듣는 게 좋았다. 사랑해. 내가 말했다. 그는 대답
대신 내 몸을 더 꼭 끌어안았다. 나는 몇 번이나 말했다. 사랑
해. 사랑해. 그러나 비는 내가 생각하는 것보다 훨씬 더 빨리
그칠 거라는 걸 잘 알고 있었다. 영호. 그의 이름은 영호. 나의
장례식장에서 고개를 떨군 채 가만히 앉아 있던 남자.

　문수가 창가로 가까이 다가갔다. 그의 얼굴은 점점 희미해
져서 이제는 눈동자만 겨우 알아볼 수 있었다. 나는 문수에게
다가가 손이 없는 팔로 그를 쓰다듬었다. 온기가 느껴지는 것
은 아마 착각이겠지. 썸밧. 문수가 힘겹게 단어를 내뱉었다.

그래, 썸밧. 나는 문수가 부르던 이름을 함께 불러주었다. 잠시 후에 문수는 완전히 사라졌다. 나는 그대로 서서 문수가 바라보던 창밖을 바라보았다. 나는 나의 미래를 이제 이해할 수 있었다. 몸을 돌려 둘의 자는 모습을 내려다보았다. 그런데 자고 있던 남자가 눈을 부릅뜬 채 나를 보고 있었다. 나는 깜짝 놀라 손으로 입을 막으려 했는데 손도, 손목도, 팔도 없었다. 남자는 몸이 빳빳하게 굳은 채로 몇 초간 꼼짝없이 누워 있다가 몸을 벌떡 일으켰다. 여자가 화들짝 잠에서 깼다. 괜찮아? 왜? 꿈꿨어요? 여자는 급히 불을 켰다. 남자의 몸이 식은땀으로 젖어 있었다.

여자가 찬물을 떠 왔다. 단숨에 물을 들이켠 후 남자가 길게 한숨을 쉬었다. 악몽을 꿨어. 그 여자가 나를 내려다보고 있더라. 아, 진짜 같았어. 여자는 두려운 눈으로 주위를 살피고는 남자의 등을 쓸어주며 말했다. 꿈이야. 진짜 아니야. 괜찮아요. 진짜 아니야. 잠시 후에 불은 다시 꺼졌고 주위는 고요해졌다. 진짜 아니야,라는 여자의 말이 귓가에 맴돌았다. 어둠 속에서 여자가 남자의 가슴을 계속 쓸어내렸다. 숨을 고르던 남자는 여자의 옷 속에 손을 집어넣었다. 둘은 서로의 입술을 찾아 정신없이 빨기 시작했다. 서로의 옷을 벗기고 격렬하게 몸을 섞었다. 방 안이 신음 소리와 거친 숨소리로 가득 찼다. 나는 그들을 보지 않기 위해 몸을 돌렸다. 남자가 낮고 깊은 신음을 흘린 후 둘은 따로 누워 숨을 골랐다. 미안해. 남자가 작게 말했다. 미안? 여자는 남자의 어깨에 기대어 속삭이듯 계속해서 말했다. 미안 아니야. 안 미안이야. 안 미안해. 남자가 울기 시작했다. 아니야, 내가 아무래도 잘못한 거 같아. 내가 그 여자를 죽인 게 맞는 거 같아. 자꾸 그런 생각이 들어. 하루 종일 그 생각만 들어. 남자는 엉엉 울면서 말했다. 앞으로 나 어떻게 사냐······ 평생 어떻게 사냐······ 여자는 멍한 표정으로 남자의 등을 하염없이 쓰다듬었다. 나는 둘의 모습을 보는 것이 괴로워졌다. 그들에게 무언가 해주고 싶었지만 줄 수 있는 것이라고는 가위눌리는 고통뿐이었다. 나는 무력했다. 영혼의 무력함은 몸의 무력함과 비교가 되지 않았다. 나는 아무것도 만질 수 없었다. 그것이 말할 수 없이 쓸쓸했다. 말할 수 없이.

이곳을 벗어나고 싶었다. 다시 나의 장례식장으로 돌아가고 싶었다. 아직도 영호가 있을지 궁금했다. 당장 달려가 그의 얼굴이라도 한번 보고 싶었다. 가족들의 얼굴도. 이제 나는 얼굴과 어깨까지만 겨우 남아 있는 신세였다.

나는 있는 힘을 다해 남자의 집을 나섰다. 이곳이 어디인지 알 수 없었다. 장례식장으로 가는 법은 더더욱 몰랐다. 다만 영호가 있는 곳으로 향하고 싶었다. 그 마음뿐이었다. 여름 해는 일찍 떴다. 파랗게 하늘이 밝아오는 것을 느꼈다. 나는 내가 빠른 속도로 희미해지고 있음을 알았다. 부스스한 얼굴로 걸어가는 행인이 있었다. 나는 그의 뒤를 따라갔다. 저기요, 나는 이름이, 장례식장에, 지숙, 목덜미, 영호…… 나는 내가 문장을 잊어간다는 사실을 깨달았다. 술냄새를 풍기며 지나가는 젊은 남자가 보였다. 영호, 팔베개, 우리가, 계란밥, 빗방울이, 영호, 영호를…… 그러나 남자의 눈에는 내가 보이지도 들리지도 않았다. 나는 시간과 공간을 잊었다. 바로 앞에 보이는 비틀거리는 남자의 뒤를 속절없이 따라갔다. 내가 할 수 있는 것이라고는 아무도 들을 수 없는 말을 더듬는 것. 영호, 바람이, 종이 냄새, 영원, 부니까, 어깨, 영호…… 나는 사라지고 있었다. 해가 떠올라 눈이 부신 게 아니라는 것을 알고 있었다. 나는 만지고 싶었다. 몸을 섞고 피부와 체온을 느끼고 싶었다. 그러나 나에게는 몸이 없었다. 나는 문수를 이해했다. 죽음을 이해했다. 내가 마지막으로 발음할 단어를 이해했다. 잊고 싶지 않았다. 살고 싶었다.

눈만 내리면 평등한 밤이

김형중
(문학평론가)

은으로 만든 냉장고

한 미술관에 이런 설치미술 작품이 있다고 상상해보자. 은으로 만들어진(혹은 은빛으로 도금된) 구형 냉장고다. 냉장고는 잘 작동되고 있다. 냉장실 문은 열려 있는데, 자연산으로 보이는 싱싱한 해산물들이 내부를 채우고 있다. 그 위의 냉동실을 채우고 있는 것은 뜬금없게도 물에 젖었다가 얼어버린 책들이다. 책들의 목록은 대강 이렇다.『죄와 벌』『돈키호테』『기형도 전집』『천국보다 낯선』『백년의 고독 1』(이 책의 2권이 없다는 사실, 그리고 중복되는 책들도 있다는 사실은 중요하다)…… 설치작품 제목은「은의 세계」, 그리고 부제는 '어느

늘여름 한적한 바닷가 민박집에서'쯤이 적당하겠다.

아마도 위수정의 이전 소설집『은의 세계』(문학동네, 2022)를 읽은 독자라면 저 설치물이 오롯이 상상의 작품만은 아니란 사실을 눈치챘을 것이다. 저런 냉장고가 단편「마르케스를 잊어서」에 등장한 적이 있기 때문이다. 다만 그 냉장고가 은색이었는지는 알 수 없다. 그러나 은색이 틀림없었을 텐데, 그래야만 저 오브제는 위수정이 그려내는 차갑고 견고하면서도 불안정한 세계에 대한 그럴듯한 알레고리가 될 수 있기 때문이다.

'은'은 물론 '금'이나 '동'과의 차이 속에서 의미를 지닌다. 그러나 꽤 오래전부터 ('수저'를 매개로) 한국에 유행하는 계급적 은유에 따를 때, 동은 '동'이라고 쓰고 '흙'이라고 읽어도 무방하겠다. 그러니까 은은 금과 흙 사이 어디쯤의 금속이다. 귀금속이라고는 하나 금보다 희소성과 견고함이 덜해 가치는 낮게 매겨지고, 시각적으로는 황금의 누런색보다 차가운 느낌을 주며, 독성이나 물리적 자극에 약해 쉽사리 변질되기도 하는 것이 은이다(그래서 은은 자주 수저의 재료가 된다). 그럴 때 은색 냉장고는 '은의 세계'의 경계이자 가누리이다.

냉장실을 채운 식재료들은 그 세계에 사는 이들이 누리는 얼마간의 부에 대한 알레고리이다. 맘먹으면 별다른 준비나 계획 없이 한적하고 철 지난 바닷가로 여행을 떠나 물에 몸을 담근 후 자연산 재료로 만든 해물탕 정도는 먹다 남길 수 있는 수준의 부, 그것은 그 세계의 필수적인 '토대'다. 수식어 '한적하고 철 지난'도 중요한데, 왜냐하면 그 세계에 속한 이들은 고만고만한 사람들과 섞이는 걸 꺼리고, 타인들과 유사해지는 것도 싫어하는 방식으로 자신들의 생활 패턴을 (특히 '흙'의 세계 사람들과) '구별 짓기' 때문이다.

한편 냉동실에 저장된 저 책들의 목록은 은의 세계에 속한 이들의 '취향'을 보여준다. 아니 정확히는 그들이 어떤 취향을 가지고 있는 것으로 '여겨지고' 싶어 하는지를 보여준다. 도스토옙스키와, 세르반테스, 기형도, 마르케스, 짐 자무쉬로 (자무쉬는 작가가 아니라 영화감독이었고 책을 낸 적이 없다. 실은 이장욱의 소설 제목이지만 인물들은 그 사실을 모른다) 이어지는 목록은 충분히 훌륭하다. 다만 저 책의 주인들이 저 책을 완독하지 않았을 것이란 점은 지적할 필요가 있겠다. 작중 저 책들은 민박집 여주인이 물에 젖은 채로 냉동실에 보관한 것들이고, (그렇게 하면 들러붙은 낱장들이 분리된다) 책 주인들은 그 책들을 잊고 떠났다. 게다가 저 책들의 목록이 '너무 훌륭하다'는 것도 어딘지 석연찮다. 아카이브에 오래 저장된 정전 중의 정전은 종종 뒤샹의 '수염 달린 모나리자'와 같아서 패러디의 대상은 될 수 있을지언정 취향의 훌륭함에 대한 증거는 되지 못한다. 「모나리자」를 싫어하는 사람은 아무도 없으니 더 이상 특별한 취향의 증거물 역할을 할 수 없는 탓이다. 가령 '요즘 가장 좋아하는 작가가 누구야?'라는 질문에 '위수정이요!'가 아니라 '마르케스!'라고 답한다면 그는 정말 힙한 취향을 가진 독자는 못 된다. 어찌 되었든 이 훌륭하지만 식상하고 어딘가 지적인 허영이 느껴지기도 하는 책들의 냉동실, 여기가 은의 세계의 '상부구조'다.

그러나 '금'이 아닌 '은'의 세계라고 했다. 그리고 은은 자극과 독성에 약한 금속이라고도 했다. 그러니 그것으로 구축된 세계가 견고하기만 할 수는 없는 노릇이다. 당연히 그 세계는 견고해 보이는 외관과 달리 내적인 불안과 충동에 항상적으로 노출된 세계이기도 하다. 외부 자극, 특히 금의 세계에 대한 동경과 흙의 세계에 대한 죄의식도 한몫하는데, 위기와 그에 대한 관리가 상호 구성적으로 얽혀 있는 면역 체계라고나 할까? 그렇게 내외의 자극과 독성을 '예절'과 '취향'으로 '관리'하고 '중성화'함으로써 오히려 면역력을 키워가는 역설적이고 악무한적인 세계가 위수정이 깊이 들여다보고 묘사한 '은의 세계'였다. 그럴 때 (내용과 형식의 일치라고나 할까?) 그의 문장 또한 마치 은과 같아서, 자주 소름이 돋을 만큼 차갑고 섬세했다.

흙으로 만든 냉장고

좀 멀리 돌아온 감이 있지만 첫 소설집 『은의 세계』를 일별했으니, 이제 두번째 소설집 『우리에게 없는 밤』이야기를 해보자. 당겨 말해 이번 소설집에 실린 작품들은 여전히 '취향을 매개로 한 계급 탐구' 정도로 요약 가능해 보인다. 그러나 이번 소설집은 『은의 세계』의 연장이자 확대이기도 한데, 이유는 작가의 시야가 '은의 세계'에 머물지 않고 '금의 세계'나 '흙의 세계'에까지 미치고 있기 때문이다.

혹자는 물을 수도 있겠다. '취향'이란 게 왜 그리 중요한지…… 근대 미학의 시조라는 칸트마저 그것의 '주관성' 때문에 골머리를 앓았고, 저마다 다르기 때문에 그저 존중해주면(시쳇말로 '취존') 그만인 것이 취향이긴 하다. 그러나 경험적으로 확인하듯이, 취향을 존중하기는 생각보다 쉽지 않다. 그것은 너무 같아도 혹은 너무 달라도, 분리와 단절의 필요충분 조건이 된다. 여기 취향 차이로 헤어지는 연인이 있다.

나는 잭과 자취방을 공유하는 사이가 되었다. [……]
우리는 취향이 비슷했다. 술과 담배를 좋아했다. 고딕, 추리, 미스터리, 히어로물과 중국 음식을 좋아했다. 파란색을 좋아했다. 손잡는 것을 좋아했다. 우리는 비슷한 면이 많았다. 그러니까, 같지는 않았다. 어떤 관계든 함께하는 시간이 많아질수록 그 유사함 속의 차이점이 점점 부각되기 마련인 것일까. 잭은 마블 코믹스를 나는 DC를 선호했다. 잭은 셜록 홈스를 나는 에르퀼 푸아로를, 잭은 레이먼드 챈들러를 나는 조르주 심농을, 잭은 맥주를 나는 소주를, 잭은 짜장면을 나는 짬뽕을…… 그러나 그런 문제로 크게 다툴 일은 없었다. 그런데 왜 우리가. (「플루토, 너의 검은 고양이」, pp. 204~205)

  E. A. 포를 영국인으로 알고 있다거나 아일랜드산인 기네스 맥주를 영국산으로 알고 있는 잭이(그는 영국적인 것에 집착이 심해 꼭 영국에 가겠다고 되뇌지만 가망은 없다) 실망스러울 때도 있지만, 그게 그렇게 "크게 다툴 일"은 아니다. 잭이 '나'는 영국인으로 알고 있던 E. T. A. 호프만이 실은 독일 사람이란 사실, 「호두까기 인형」의 원작자가 차이콥스키가 아니라 바로 그 호프만이란 사실을 일깨워주며 '메롱'을 연발했다고는 해도, 그 역시 "크게 다툴 일"은 아니다. 마블 코믹스와 DC의 세계관은 분명 '차이'가 나지만 실은 그 미세한 차이보다 '유사함'을 훨씬 많이 공유한다. '고딕, 추리, 미스터리, 중국 음식, 홈스' 등도 마찬가지인데 대체로 우리는 그런 기호들의 묶음을 유사성에 따라 'B급 장르물'이란 이름으로 통칭하곤 한다. 그러니까 저 연인은 특정 집단 혹은 부류가

선호하는 취향의 영향권 내에 여전히 함께 결박되어 있다.

그러므로 인용문의 마지막, 화자의 "그런데 왜 우리가"라는 자문에 대한 답은 '취향 차이'가 아니라 그 반대여야 맞다. 그들은 취향이 달라서가 아니라 같아서 헤어진다. 정확히는 화자가 자신과 잭이 공유하는 취향의 정체를 알아버렸기 때문에 헤어진다. 잭과 결별하는 순간 화자가 던진 마지막 말은 이랬다. "돈이나 갚아. 아는 거라고는 좆도 없는 돼지 새끼야"(p. 215). 그러니까 그들이 헤어진 진짜 이유는 '생활고' 때문이다. 좁디좁은 원룸에 살며 일정한 직업도 없고, 우연히 구조한 유기묘 병원비도 지불하기 어려울 정도로 가난한 삶, 그들은 '흙의 세계' 거주민들인데, 그렇다면 단편 「플루토, 너의 검은 고양이」는 '흙으로 만든 냉장고'에 관한 이야기다. 냉장실에는 가난이, 냉동실에는 B급 장르물들이 보관되어 있는 냉장고 말이다. 아마도 화자는 어느 순간 그 사실을 개관했던 듯하다. 대체로 '독특함' '기이함(uncanny)' '고상한 것에 대한 조롱' 등의 의미로 해석되곤 하는 그들의 취향이 실은 옴짝달싹할 수 없는 가난(토대)의 상부구조에 불과하다는 사실을…… 그리고 정전 중의 정전이 고작 클리셰가 되듯(은제 냉장고의 냉동실에 보관된 책들의 목록!) B급 중의 B급도 고작해야 흔하디흔한 기호 상품이자 스스로를 무취향한 이들과 구별 지으려는 버둥거림이 되고 만다는 사실도……

그러니까 '취향'은 고작 이별의 이유나, 존중하면 그만인 무엇이 아니다. 그것은 강력한 사회적 기능을 가지고 있는데, 계급을 형성하고 재생산하는 일이 취향의 몫이다. 아마도 고전적인 마르크스주의자라면 계급이란 취향이 아니라 생산수단의 소유 여부에 따라 결정된다고 고집스레 강변할지도 모르겠다. 그러나 (그건 댁들 취향이고) 작가 위수정에게 취향은 그와 다르다. 위수정에 따를 때 취향은 넘어설 수 없는 계급 간 경계를 획정하고 유지시킨다. 「제인의 허밍」은 바로 그런 취향의 기능에 대한 보고서와 같은 작품이다.

  한나는 전신 거울 앞에 섰다. 바깥 기온은 영하로 내려갔지만 오피스텔 안은 28도. 하늘색 데님에 검은색 브래지어. 속옷 색깔이 **은근히 비치는** 하얀 셔츠를 입고 가는 목선과 얇은 로즈골드 목걸이가 **보이도록** 단추는 언제나 두 개 풀 것. 구독자 20만 명 달성 기념으로 구매한 다이아몬드가 박힌 프레드 팔찌를 찼다. 팔 라인이 **드러나도록** 셔츠 소매는 두어 번 접어 올렸다. 어제 네일 숍에서 손질받은 손톱은 옅은 핑크빛으로 깔끔하게 성돈되어 있었다. 입술 색도 중요했다. 코럴색 틴트와 투명 립밤으로 **자연스럽게** 마무리하고 머리는 포니테일로 올려 묶었다. 마지막으로 연한 회색의 반스 캡 모자를 쓰고 잔머리가 **자연스럽게** 흘러내렸는지 꼼꼼하게 [……] (「제인의 허

밍」, p. 89. 강조는 인용자)

흙의 세계에서 태어났으나 이제는 20만 구독자를 가진 인플루언서 유튜버('제인의 허밍')가 된 한나의 완벽한 차림을 묘사하면서 소설은 시작한다. 그녀가 지금 살고 있는 곳은 '금의 세계'인 것만 같다. 만약 계급을 그가 소유한 부의 양으로만 구분한다면 그럴 수도 있겠다. 그러나 한나는 완벽한가? 실제로는 그렇지가 않다. '자연스럽게' 치장하는 일은 자연스럽지 않은 사람들이 하는 모방술이고, 감추는 듯 드러내는 일은 인위적인 '연출'과 다르지 않기 때문이다. 그러니까 한나의 취향은 모방 욕망의 산물이다. 그리고 바로 그 이유로 그녀는 금의 세계 사람이 아니다. 금의 세계에 속한 사람은 "돈이 필요했다. 무엇보다 돈"(p. 91)이라고 말하지는 않는 법이다. 명품을 중고로 사지도 않을 뿐만 아니라, 심지어 명품으로 도배하는 일조차 금의 세계 사람들의 취향은 아니다. 위대한 정전이 위대함의 기호로 소비되고, 독창적인 장르물이 독창성의 클리셰가 되듯, 명품 중의 명품은 한낱 허영과 보바리슴의 증거물로 전락하기 마련이다(에르메스와 프라다와 디올로 일색을 갖춘 누군가를 상상해보라!). 한나와 달리 금의 세계에 속한 작중 규희는 그런 사실을 알고 있다. 아니 취향은 아는 것이 아니라 몸에 배는 방식으로 '자연스럽게' 상속되는 것일 테니, 그런 사실을 알고 있다기보다는 '모르는 채로 알고 있다'고 해야 맞겠다.

에르메스 버킨 백의 로고로 남은 제인 버킷의 삶을 모방하느라 여념이 없던 한나에게 작품 말미 숙제처럼 남겨진 것이 셋 있다. 친구 규희(프랑스에 살고 아티스트이며 프랑스 남자와 연애 중이고 한나에게 진심으로 아름답다고 말해준)로부터 전해진 것인데, 하나는 베레모다. 규희가 한나에게 선물한 그 모자는 놀랍게도 로고도 없는 중국산이었다. 그러나 규희는 그 싸구려 모자로 한나를 조롱하거나 놀릴 생각이 전혀 없었다. '자연스러움'이나 '새로움' 같은 취향의 미덕은 명품들의 계열체에서 나오는 것이 아니다. 금의 세계에 속한 이들은 모방 욕망의 대상은 될 수 있을지언정, 모방 욕망의 주체가 되는 일은 '자연스럽게' 사양한다. 그들에게는 명품과 중국산 베레모 간의 가치 차이조차 중요하지 않다.

규희가 한나에게 두번째로 전한 것은 '꺄흐띠에'이다. 실제로 꺄흐띠에 시계를 주었다는 말이 아니라 한국에서는 흔히 '까르띠에'라고 발음하는 그 단어의 불어 발음을 주었다는 의미이다. 규희가 그 단어를 발음하는 순간 "한나는 웃었고 규희는 그런 한나를 보며 미소 지었다. 자신이 왜 웃는지 규희는 영원히 알 수 없으리라"(p. 111)는 것을 한나는 알았다. 하지만 규희는 모르는 그 웃음의 의미를 우리는 안다. 까르띠에

와 '꺄흐띠에' 사이에 장벽이 있다. 어쩌면 영원히 넘어설 수 없을 것 같은 취향과 계급의 장벽 말이다.

한나가 마지막으로 건네받은 것은 규희의 이런 질문이다. "너, 나 흉내 내는 거, 아니지?"(p. 112). 아니라고 답했지만 이내 한나가 공황 상태에 빠지는 것은 당연해 보인다. 이제 한나는 유튜브 방송 중 셔츠 단추 하나를 더 풀 참이다. 조회수는 늘겠지만, 그러나 취향의 경계는 너무도 견고해서 그렇게 넘을 수 있는 성질의 것이 아니다.

금으로 만든 냉장고

앞서 『우리에게 없는 밤』이 『은의 세계』의 연속이자 확장이라고 말했던 이유가 이제 어느 정도 드러난 셈인데, 주로 '은의 세계'에 몰두했던 첫 소설집에 비할 때 이번 소설집에서 작가는 금과 은과 흙의 세계에 골고루 시선을 던진다. 더러 세 세계를 마치 비교라도 해보라는 듯 한 공간에 나란히 놓기도 한다. 은과 흙의 세계에 대해서는 대강이나마 살펴봤으니 이제 금의 세계를 들여다봐도 좋겠다. 여기 그 세계에 속해 있는 것이 분명한 두 명의 부인이 있다.

첫번째 부인의 이름은 원희, 은퇴 후 우울증을 잠시 앓다가 다행히 지금은 자전거에 빠져 있는 남편(규석)이 "천만 원이 넘는 티타늄 MTB 자전거를 가볍게 들고" 집을 나서자, 그녀는 "음대 교수인 수임과 미용실에서 만나 머리를 한 후 피부 관리를 받으러" 가려고, "고주완이 연주한 쇼팽의 에튀드를 들으며 외출 준비를 시작"(「오후만 있던 일요일」, p. 48)한다. 원희는 수임의 소개로 고주완이라는 젊은 피아니스트의 연주회에 갔다가 그에게 완전히 반해 '덕질'을 넘어 감정의 동요까지 겪고 있는 상태다. 요컨대 사랑에 빠진 원희는 지금 기로에 서 있다. 손자들을 돌보며 권태롭지만 안온하게 늙어가는 삶과, 얼마간의 일탈에 몸을 던져보는 삶…… 말하자면 협화음으로 충만했던 그녀의 삶에 불협화음이 침입했다. 흥미로운 것은 그녀의 삶에 불협화음이 침입하자 그녀의 취향에도 불협화음이 침입한다는 점이다.

고주완은 버르토크나 프로코피예프 같은 20세기 작곡가를 특히 애정하는 듯했다. 원희는 불협화음에 매력을 느끼지 못했다. 기승전결이 있는 고전적인 곡들을 선호했다. 그런데 고주완의 공연 이후로 달라졌나. 원희는 이렇게 단번에 취향이 다른 쪽으로 열리는 경험을 해본 기억이 없었다. (p. 59)

결국 이 작품은 열린 결말로 끝난다. 셋째를 낳으러 병원에

간 딸의 두 아이를 돌보러 간 원희의 차가 손녀들이 놀고 있는 놀이터 앞에 멈춘다. 원희는 내내 고주완이 연주한 불협화음을 듣고 있던 참이다. 내릴 것인가, 불협화음 속에 남을 것인가! 여기서 나가자고 여러 차례 다짐하면서도 끝내 불협화음의 볼륨을 높이며 펑펑 우는 원희의 모습과 함께 소설은 끝난다.

그러나 오해하면 안 될 것은, 이 소설의 결말을 두고 열려 있다고 말하는 것이 원희 앞에 놓인 삶이 두 갈래여서는 아니라는 점이다. 원희는 어차피 협화음의 세계에 남을 것이다. 규석이 보장해줄 "15년에 보증금 8억, 월 5백, 1인 추가 시 3백"(p. 81)짜리 실버타운은 금으로 만든 냉장고의 토대와 같아서 쉽사리 포기하거나 박차버릴 수 있는 것이 아니다. 이 소설의 결말을 열려 있다고 말하는 것은 오히려 이제 그녀가 자신의 삶에 불쑥 끼어든 불협화음을 어떻게 처리할 것인가 하는 점이다. 상부구조, 그러니까 다시 취향의 문제다. 선택지는 둘, 첫번째 길은 기승전결이 분명한 고전적인 곡들의 취향을 유지하는 길이고, 두번째 길은 불협화음마저도 자신의 취향의 일부로 만들어 냉동실에 보관하는 길이다. 확신할 수 없으나 그녀는 아마도 두번째 길을 택할 듯한데, 취향 중 가장 존중받는 미덕이 (최소한 르네상스 이후에는) '새로움에 대한 관용'이라는 점에서 그렇다. 종종 그런 관용은 '노블레스

오블리주'라고도 불리는데 그녀가 '단번에 취향이 바뀌었다'고 말하지 않고 "단번에 취향이 다른 쪽으로 열"렸다고 말한다는 사실, 그녀가 열심히 불협화음을 연습해보기로 결심한 적이 있다는 사실은 그런 점에서 의미심장하다.

그러나 말의 축자적인 의미와 달리, '관용'이 때론 더욱 배타적일 수도 있다는 점은 강조할 필요가 있다. 여기 두번째 부인이 등장한다. 이름은 알 수 없고, 나이는 사십대 중반쯤, 아이디는 '라이온퀸'이다. 생활고로 인해 어쩌다 '조건 만남' 아르바이트를 하고 있는 지수를 그녀가 최고급 호텔로 불렀다. 비용도 넉넉히 지불하고, 자태도 우아하고, 말수는 적지만 폭력적이지 않고, 손길은 부드럽다. 자연스러운 엔티크 가구들로 치장된 호텔 방에 그토록 어울리는 인물은 달리 없을 듯하다. 가령 이런 문장들은 그녀가 어떤 사람인지를 잘 보여준다. "여자는 속옷도 벗겨달라고 부탁했다. 말투는 더없이 정중했지만 지수는 그녀가 명령을 하고 있다고 생각했다." "그림이나 장식품을 감상하는 사람처럼. 여자는 손으로 지수의 가슴과 엉덩이를 천천히 쓸어내렸다"(「우리에게 없는 밤」, p. 136). 그러나 저와 같은 라이온퀸의 태도에도 불구하고 지수는 그녀에 대해 이렇게 느낀다. "견고하고 단단한, 얼음으로 만든 벽 앞에 서 있는 기분이었다. 그런 건 실제로 본 적도 없는데, 실수로 손이라도 닿으면 얼음에 손이 붙어버려 뗄 수 없는, 억지로 떼었다가는 살갗이 찢어져 피를 볼 것이 분명한. 지수의 내부에서 빨간불이 깜빡였다. 위험하다고"(pp. 134~35).

방을 나서며 '헤일리'라는 이름의 아이와 통화하는 걸로 보아 라이온퀸은 아이 엄마다. 양성애자? 성정체성을 감춘 레즈비언? 이도 저도 아니라면 그 세계 특유의 권태(왜냐하면 금은 잘 변하는 법이 없으므로)를 달래려고 한 번씩 즐기는 불협화음? 알 수 없는 일이지만 지수가 느낀 위협감에 대해서라면 이해할 수 있다. 계급의 장벽, 도저히 넘거나 화해할 수 없는 취향의 장벽……

소설 말미 지수가 은선을 떠올리며 반복해서 듣는 노래가 있다. '짙은'의 노래이고 가사 중에는 이런 구절이 있다. "차가운 눈이 모든 걸 평등하게 해". 그리고 지수가 은선에게 마음속으로 말한다. "은선아, 우리는 이미 몸을 너무 많이 쓴 걸까. 그래서 이런 걸까. 폐허인가. 그곳에는 지금 눈이 내리니? 모든 것을 평등하게 만드는 눈이? 그러나 여기에 그런 눈은 내리지 않을 것이다. 창문을 열어볼 필요도 없지. 손을 대는 순간 모두 사라져버리는 것들"(p. 158). 이 소설집의 제목이 '우리에게 없는 밤'인 이유일 텐데, 위수정의 소설 속에서 저 얼음처럼 차가운 취향의 장벽이 눈에 덮여 사라지는 '평등한 밤' 같은 것은 오지 않는다.

정지된 변증법

「9」「몸과 빛」「아무도」 같은 '독한' 소설들에서 위수정이 거듭 강조하는 테마도 바로 그 '평등한 밤의 불가능성'이다. 「9」는 극렬하게 대비되는 두 세계를 묘사하면서 시작한다. 혜신과 동재 부부, 그리고 지인 부부들이 스키 여행 중 먼저 본 거리는 전당포 간판만 번쩍이고 인적은 드문 폐허 같은 세계다. 혜신은 생각한다. "알던 세상과는 동떨어진, 낯선 장소로 진입한 느낌이었다." 이어서 보게 되는 세계에는 위압적인 크기의 호텔과 화려한 정원, 현대적인 디자인의 고급스러운 콘도와 건물 뒤로 설산처럼 보이는 스키장이 우뚝 서 있다. 그 세계에 들어서자 혜신의 상태는 호전된다. "그제야 마음이 놓였다. 정말 딴 세상이네"(p. 248). 혜신의 말대로 두 세계는 정말 딴 세상인데, 한번 그 경계를 넘으면 다시는 되돌아올 수 없다는 점에서 그렇다. 우연히 시작한 단 한 번의 도박으로(권태가 지배적인 세계에서는 가장 매혹적인 것이 위험한 우연이다) 혜신은 자신의 세계에서 영원히 추방된다. 그 추락을 회복하려는 혜신의 사투 과성에 내한 묘사가 어찌나 리얼한지, 마치 이 작가가 정말 도박 중독자는 아닌가 싶을 정도이긴 하지만(이 말은 찬사다!), 혜신은 끝내 한번 넘어선 경계를 되넘어 오지 못한다.

디킨스의 「크리스마스캐럴」 패러디처럼 읽어도 무방해 보이는 「몸과 빛」에서도 같은 주제가 변주된다. 우울증으로 인해 도로에 발을 들였다가 죽은 유령 화자, 그리고 그녀의 '추상적'인(이유를 알 수 없으므로) 죽음 탓에 졸지에 트라우마와 빚에 시달리게 되는 배달 노동자(그의 아내는 또 다른 흙의 세계에서 온 국제결혼 이주 여성이다)의 고통스러운 삶이 대조된다. 죽고 나서야 화자는 자신과 다른 세계에 속해 있는 사람들의 '구체적인' 삶, 그 고역을 볼 수 있게 되지만 때는 늦었다. 디킨스의 「크리스마스캐럴」에서 일어난 온정과 후의의 반전은 위 수정의 세계에서는 일어날 수 없다. 유령이 된 몸으로는 도덕적으로, 윤리적으로, 혹은 정치적으로 올바르게 등등 하여튼 어떻게도 그들의 옷깃 한번 만질 수 없기 때문이다. 그런 의미에서 「아무도」 말미, 유부남인 '그 사람'과의 불가능한 사랑을 위해 다정하고 이해심 많고 부유한 가족과 남편을 떠나 집을 나왔던 '희진'의 귀가는, 어찌 보면 그녀의 나약함보다는 차라리 운명에서 비롯되었다고 보는 것이 타당하다. 소설 말미 그녀는 이렇게 말한다. "하지만 나는 당신과 집으로 돌아갈 것이다. 당신이 이 일을 결코 잊지 못하리라는 것을 나는 안다. 그럼에도 너와 함께 생활하기 위해, 아주 오랫동안 함께 살기 위해. 부모는 되지 않고"(pp. 42~43).

위 세 작품과 결이 좀 다른 「몬스테라 키우기」에 대해서는 좀 길게 덧붙일 필요가 있을 듯한데, 이 작품이 이번 소설집에서는 다소 이례적으로, 마치 '평등한 밤의 불가능성'이라는 테마의 극복이자 지양이라도 되는 듯, 흙과 금의 두 세계를 하나의 공간에 중첩시키고 있기 때문이다. 그 공간은 어느 해안 도시의 게스트 룸을 갖춘 방 네 개짜리 고급 아파트다. 민희가 살지만 그녀의 어머니 소유이고(교양 있지만 모르는 사람과는 식사하지 않는 법이란 게 그녀의 가치관이다), 민희는 마약중독 경험이 있다. 현재는 별일 없이 나날의 지루함을 견디며 혼자 요양 겸 이 아파트에 살고 있다. 피트니스 센터에 등록도 해보고, 주위 관광지를 찾아다녀도 보고, 넷플릭스 섬네일을 한참씩 훑어보기도 하지만 이 계급 특유의 정념인 권태에서 벗어나지는 못한다. 바로 그 집에, 그녀가 낸 룸메이트 구인 광고를 본 "이 지역 국립대 인문학부 2학년생. 한재순"이 찾아온다. 이른바 '지잡대' 문과생이다.

물론 민희는 관용적이다. 그 관용 덕에 재순은 "부엌에 있는 건 뭐든 먹고 써도 되고 설거지는 식기세척기 돌"리고 "거실도 청소기만 한 번씩 돌려주면" 된다는 규칙만 지켜주면 "퀸 사이즈 침대와 책상으로 쓸 수 있는 테이블과 빈 책장이 있는"(p. 164) 넓은 방을 쓸 수 있다. 민희에게도 다행인 것이 재순은 요리도 잘하고, 발소리도 내지 않으면서 걸을 만큼 조용하며(민희는 미어캣을 연상한다), 시키지 않은 일까지 척척

해낸다. 굳이 흠을 찾자면 대화할 때 눈을 마주치지 않고 쓸데없이 자주 웃는다는 것 정도이다. 물론 재순이 하는 살림에 들어가는 비용은 민희 몫이다. 민희는 돈을 내고 재순은 이 집의 양육자가 된다. 심지어 그 비싸다는 몬스테라와 밍크 선인장을 키우는 호사 취향을 누리는 것도 재순이다(사들인 건 물론 민희다).

이상이 이 소설의 간단한 줄거리인데, 이쯤에서 헤겔을 떠올릴 독자가 그리 적을 것 같지는 않다. 그 유명한 '주인과 노예의 변증법' 말이다. 자유냐 생명이냐를 건 결정적인 투쟁이 일어난다. 한 측은 목숨을 걸었으므로 승리해 주인으로서의 자유를 누린다. 반대 측은 목숨을 걸지 않았으므로 패배해 노예가 된다. 정확히는 상대를 주인으로서 '인정'한다. 바로 이 '인정'이 중요한데, 노예는 주인을 주인으로 인정함으로써 노예 됨을 감내해야 하고, 주인은 노예의 인정을 통해 스스로의 주인 됨을 유지할 수 있다. 그런데 얼마 안 가 역전이 발생한다. 왜냐하면 주인은 갈수록 노예의 노동에 의존적이 되고, 노예는 노동을 통해 스스로를 실현함으로써 대상 세계를 향유할 수 있게 되기 때문이다. 그럴수록 주인은 노예의 '인정'(이 인정에 고급한 취향은 중요한 역할을 한다)을 욕망하지만, 인정을 욕망한다는 사실 자체가 인정받을 자격이 없음에 대한 징표가 된다. 그렇게 주인과 노예는 자리바꿈을 한다.

그러니까 주인과 노예의 자리에 각각 민희와 재순의 자리를 배정해줄 만도 하다는 말이다.

실제로 비슷한 일이 일어난다. 재순은 민희 몰래 인스타그램에서 박재희란 이름으로 자신이 이 집에서 누리고 있는 풍요가 모두 실제 자신의 것인 듯 가장해왔다. 「제인의 허밍」의 한나에게서 보았던 예의 그 모방 욕망이다. 민희는 그 사실을 알면서도 오히려 그의 인스타그램을 들여다보는 일에 중독되는데, 그것은 자신을 모방하는 노예의 인정에 대한 확인처럼 읽힌다. 그러나 어느 날 민희는 그의 인스타그램에서, 잠들어 있는 자신의 발 사진과 함께 "자본주의의 개년. 왜 사는 걸까"(p. 194)라는 문구를 읽게 된다. 재순의 변명처럼 '개년'이 '개념'의 오타였는지는 끝내 밝혀지지 않지만, 노예의 인정을 의심하게 된 판이니, 주인인 민희로서는 불안하고 분하기 그지없다. 그렇다면 이것은 주인과 노예의 변증법인가?

그러나 위수정의 소설에서 그런 일은 일어나지 않는다. 재순을 내보낸 뒤 며칠이 지나자 집 안은 다시 머리카락과 먼지가 뭉쳐 굴러다니기 시작한다. 그러자 민희는 이렇게 한다.

민희는 휴대폰으로 지역 카페에 접속했다. 룸메이트 구해요. 성별 불문, 식물 좋아하시는 분. 숙식 제공……까지 쓰다가 모두 삭제했다. 한참을 멍하게 창밖을 보던 민희는 다시 자판을 치기 시작했다. 도우미 구함. 주 3회 1일 세 시간. 청소 및 빨래. 40세 이상 여성. 페이는 별 고민 없이 주급으로 넉넉하게 썼다. 민희는 글을 올린 후 휴대폰을 던져놓고 소파에 누웠다. 1분도 되지 않아 댓글 알람이 울리기 시작했다. (p. 199)

그러니까 주인을 인정하지 않는(것 같은) 노예는 내보내면 된다. 왜냐하면 민희는 그 어떤 노동도 자연 대상의 향유도 스스로는 수행할 수 없으므로 존재론적으로는 이미 노예이지만, 주인의 존재 근거인 '인정'은 얼마든지 얻을 수 있기 때문이다. '넉넉한 주급'이면 인정도 살 수 있다. 그렇게 주인과 노예의 변증법은 정지한다. 노예는 어떻게 해도 노예로 주인은 어떻게든 주인으로 남는 이 세계에서, '대립물의 통일'은 극복되거나 지양되지 않는다.

비관적 취향

혹자는 작가의 저 집요한 비관주의를 탓하고 나설지도 모르겠다. 그 얼음 장벽 같은 취향과 계급의 경계를 허무는 모습도 보여줘야 하지 않겠느냐고 말이다. 차가운 눈이 모든 것을 평등하게 만드는 세계를 향해 조그마한 몸부림이라도 쳐

봐야 하지 않겠느냐고 말이다. 위수정 소설엔들 왜 그런 몸부림이 없겠는가?「아무도」의 희진이 시도한 가출, 그리고「집」의 '나'가 떠난 영원한 여행이 그것이다. 그러나 이미 알다시피 희진은 '운명의 비극'(비유가 아니라 장르적인 의미에서)을 받아들였고,「집」의 화자는 얼어 죽는다. 그 죽음은 '나도 그렇게 죽고 싶다'란 말을 삼켜야 할 만큼 아름다웠으나 여기 인용하지는 않는다. 어떤 인용도 한 작품의 미세한 결과 뉘앙스와 슬픔을 온전히 옮겨 올 수는 없고「집」은 그러기엔 너무도 아까운 작품이기 때문이다. 작품 읽는 일은 독자에게 부탁하고, 다만 위수정의 소설이 (그리고 이 해설도) 과장되게 숙명론적이고 결정론적이라고 나무랄지도 모를 몇몇 독자에게는 비관 쪽이 취향인 나도(해설은 객관적이어야 한다는 통념에 따라 이 대명사는 아직 이 글에서 주어로 사용된 바 없으나, 이제 글을 끝내는 마당에 진심의 서약 같은 의미로 한 번 쓴다) 한두 마디쯤 남겨두고 싶다. 낙관은 맥들의 취향이니 어쩔 수 없다지만, 저 얼음 장벽 둘러쳐진 금과 은과 흙의 세계가 정말로 과장되게 결정론적인지, 눈만 내리면 평등한 밤이 찾아오는지, 오늘 자 뉴스 사회면만이라도 힌번 훑어보시라고⋯⋯

작가의 말

    두번째 소설집이다. 첫번째 소설집에는 여덟 편을, 이번 소설집에는 열 편을 싣게 되었다. 그러니까 발표를 스무 편 가까이 한 것인데, 아직도 소설을 시작하지 않은, 아니 시작하지 못한 기분이다. 여전히 작가라는 이름이 낯설다. 어쩌면 그건, 적어도 내게 있어서는, 글을 쓴 시간이나 분량과는 무관하겠다는 생각도 든다. 작가라는 직업을 당연하게 받아들일 수 있는 날이 오기를 바라지 않는 걸지도 모르겠다. 겸손함이라든가 자아 성찰과는 무관한 의미로.

    「아무도」를 쓸 때에는 인칭에 관해 생각했다. 단순하고 정직한 마음에 관한 소설이라고 생각하면서도 인칭을 잠깐 고

380

민했던 것이 나를 가라앉게, 그러므로 담담하게 만들었다.

「오후만 있던 일요일」은 예전에 많이 들었던 '어떤날'의 앨범을 다시 들으면서 썼다. 나는 어릴 적부터 허무나 권태에 관해 일가견이 있다고 생각해왔다. 어쩌면 삶의 진실을 본능적으로 남보다 빨리 알아차린 건 아닐까, 하고. 그것이 나의 비극이라고. 하지만 사실 나는 허무와 권태가 싫었기 때문에, 그것을 간절히 떨치고 싶었기 때문에, 오히려 그것에 파고드는 인간이라고, 그게 좀더 나의 진실에 가까운 것 같다고 지금은 인정한다.

요즘에는 종종 유튜브를 본다. 유튜브는 나와 무관한 세계라고 생각한 적이 있다. 「제인의 허밍」을 쓸 때에도 그랬다. 지금 다시 쓴다면 또 다른 작품이 나올까.

「우리에게 없는 밤」은 제목을 먼저 떠올렸다. 처음 제목을 염두에 두었을 때에 마음에 담고 있던 인물과 서사가 있었지만, 소설을 시작하면서 전혀 다른 이야기가 되었다. 이 소설의 제목은 이번 소설집의 제목이기도 한데, 이 소설이 소설집을 대표하는 작품으로 읽히지는 않았으면 한다. 오히려 이 제목은 이번 소설집을 아우르는 제목으로 더 잘 어울리는 것 같다. 다음 소설집이 나온다면 그때에는 작품 제목이 아닌, 소설집만의 제목을 지어보고 싶다.

한창 식물 키우기에 관심을 가지던 때에 「몬스테라 키우기」를 썼다. 불과 2년 전쯤일 뿐인데 몬스테라 알보의 가격이 폭락하여 이제는 웬만하면 누구나 가질 수 있는 품종이 되었다. 얼떨떨해진 나는 퇴고 과정에서 시세에 맞추어 작품에 약간의 수정을 가했다. 지금 생각해보면 그대로 두었어도 큰 상관은 없었겠다고 생각은 하지만.

「플루토, 너의 검은 고양이」는 가장 짧은 시간에 쓴 가장 짧은 작품이다. 그래서인지 소설집을 엮을 때 다시 읽으며, 내가 쓴 글 같지 않다는 느낌을 받았다. 그게 좋았다.

「멜론」은 일종의 '납량 특집' 기획으로 쓴 소설이다. 예전부터 나는 '무섭고 불길한데 왠지 웃음이 비실비실 나오는 글'을 쓰는 것을 목표로 삼고 있다. 무섭고 불길하기만 한 글은 비슷하게 쓸 수 있을 것 같은데 거기에 웃음을 더하는 일은 멀기만 하다. 하지만 뭐, 목표란 원래 요원한 것이니까. 아닌가.

「9」는 수년 전에 카지노에 가본 기억으로 썼다. 나는 운을 시험하는 모든 것에 쉽게 매혹된다. 그러나 한편으로 그러한 것에 결코 매혹되지 않는 이들에게 훨씬 끌린다.

「집」은 오랜만에 긴 여행을 마친 후, 돌아오는 비행기 안에서 시작했다. 나는 집중력이 짧고 시간 낭비가 주특기인데, 특히 비행기 안 같은, 낯선 이들과 촘촘하게 부대끼는 공간에서 눈에 불을 켜고 소설을 쓴 기억을 떠올리면, 역시 마감은 무서운 것이며 글쓰기의 가장 중요한 동력이라는 것을 새삼 느낀다.

나는 아침에 일어나는 것을 싫어한다. 애초에 몸이 아침형으로 설계되지 않은 것 같다. 나이가 들면 일찍 일어나게 된다는데 나도 그럴까? 아직도 나는 자정이 훌쩍 넘은 시간에 창을 열고 밤공기를 마시고는 하는데, 그럴 때마다 맞은편 빌라의 복도에 불이 깜빡 켜지는 것을 본다. 처음에는 무섭다가 지금은 아무렇지도 않다. 「몸과 빛」은 죽음 이후에 대해, 내가 상상할 수 있는 가장 물질적인 방식으로 써보고 싶었던 글이다. 나는 죽음에 대해 많이 생각하지만 깊게 이해하지는 못하는 것 같다.

처음 소설집을 낼 때에는 내가 과연 두번째 소설집을 낼 수 있을까 궁금했다. 따뜻하게 응원해주신 문학과지성사 여러분께 감사를 전합니다. 많은 힘이 되었어요. 처음을 함께해준 원경 씨, 나무와 행복하기를. 마지막까지 세심하게 살펴주신 필균 선생님께 존경의 마음을 전합니다. 무엇보다 김형중 선생님의 글을 함께 싣게 되어 이 책이 제게 더 소중해졌습니다. 고개 숙여 감사드립니다.

요즘에는 거의 하루도 빠지지 않고 '끝'에 대해서 생각한다. 오늘의 끝, 만남의 끝, 마음의 끝. 결국 몸의 끝을. 몸이 없으면 마음도 없다고 믿는다. 그것이 위안이 된다.

여기에, 여전히 미성숙한 내가 있다. 자주 반복적으로 징징대는 나를 견뎌주는 이들의 얼굴이 떠오른다. 내가 생생하게 살아가기를 바라는 이들의 힘으로 나는 어설프나마 의욕을 끄집어내어 생활인으로 살아내고 있다. 그들에게 사랑과 감사와 존경을. 그리고 나의 열두 살 강아지 쪼무에게도.

나의 말과 내가, 나의 글과 내가, 내가 말하지 않고 쓰지 않은 것과 내가, 일치될 수 있기를 바란다. 불가능한가. 그러므로 나는 내가 계속 쓰기를 바란다. 쏠 수 있기를.

2024년 7월

위수정

수록 작품 발표 지면

아무도 『문학과사회』 2021년 겨울호

오후만 있던 일요일 『문학들』 2022년 여름호

제인의 허밍 『전자적 숲, 더 멀리 도망치기』, 문학과지성사, 2023

우리에게 없는 밤 『현대문학』 2022년 2월호

몬스테라 키우기 『문학의 오늘』 2022년 겨울호

플루토, 너의 검은 고양이 『너는 지구에 글 쓰러 오지 않았다

　—8인의작가들 메타 소설집』, 리메로 북스, 2023

멜론 『현대문학』 2023년 7월호

9 『우리 MBTI가 같네요!』, 인다, 2023

집 『굿닛』 5호, 2023년 9월

몸과 빛 『문학사상』 2022년 8월호